U0040228

Brandon Sanderson

布蘭登・山德森

Brandon Sanderson

布蘭登・山德森

BEST嚴選
奇幻基地出版

天防者

Skyward

布蘭登・山德森 著
彭臨桂 譯

Brandon Sanderson

BEST 嚴選

緣起

在繁花似錦的奇幻文學花園裡，你或許還在門外徘徊，不知該如何抉擇進入的途徑；也或許你已經置身其中，卻因種類繁多，或曾經讀過不合口味的作品，而卻步、遲疑。

BEST嚴選，正如其名，我們期許能透過奇幻基地對奇幻文學的瞭解，以及對讀者的理解，站在出版者與讀者的雙重角度，為您精選好作家與好作品。

他們是名家，您不可不讀：幻想文學裡的巨擘，領域裡的耀眼新星。

它們最暢銷，您怎可錯過：銷售量驚人的大作，排行榜上的常勝軍。

這些是經典，您務必一讀：百聞不如一見的作品，極具代表的佳作。

奇幻嚴選，嚴選奇幻。請相信我們的眼光，跟隨我們的腳步，文學的盛宴、幻想世界的冒險，就要展開。

excellent bestseller classic

獻給凱倫·阿斯特姆（Karen Ahlstrom），
她計算了我遺忘的每一天

地圖

艾爾塔基地

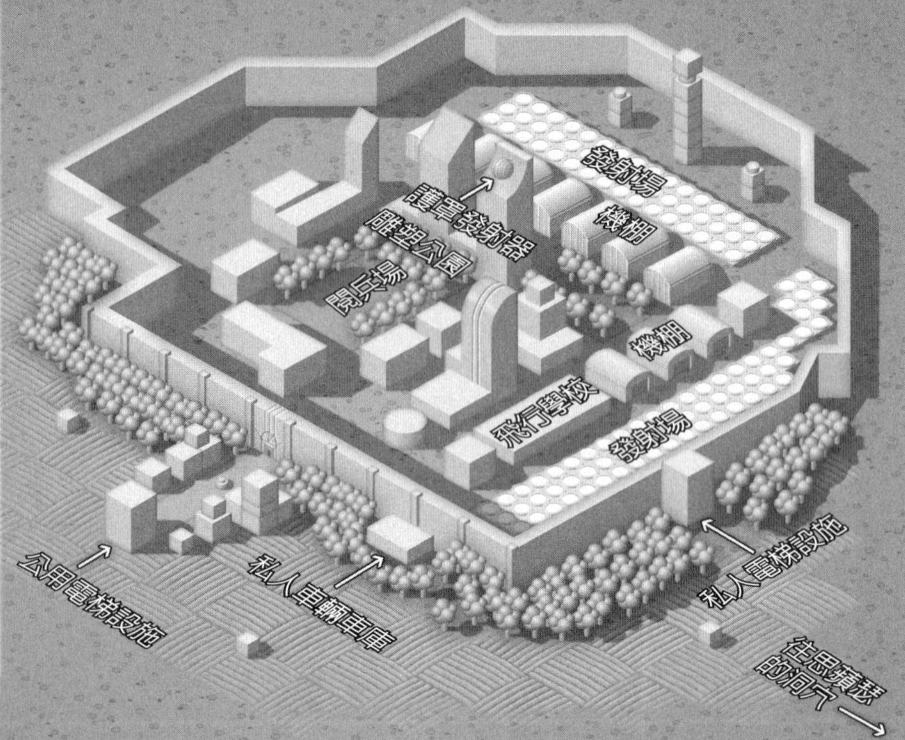

地圖

艾爾塔基地 周圍防線

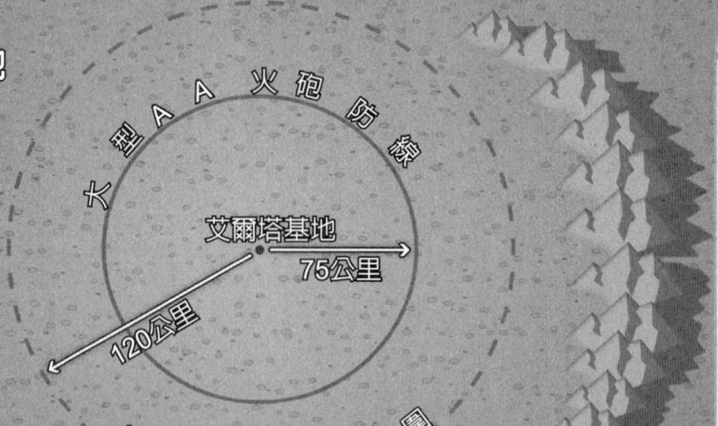

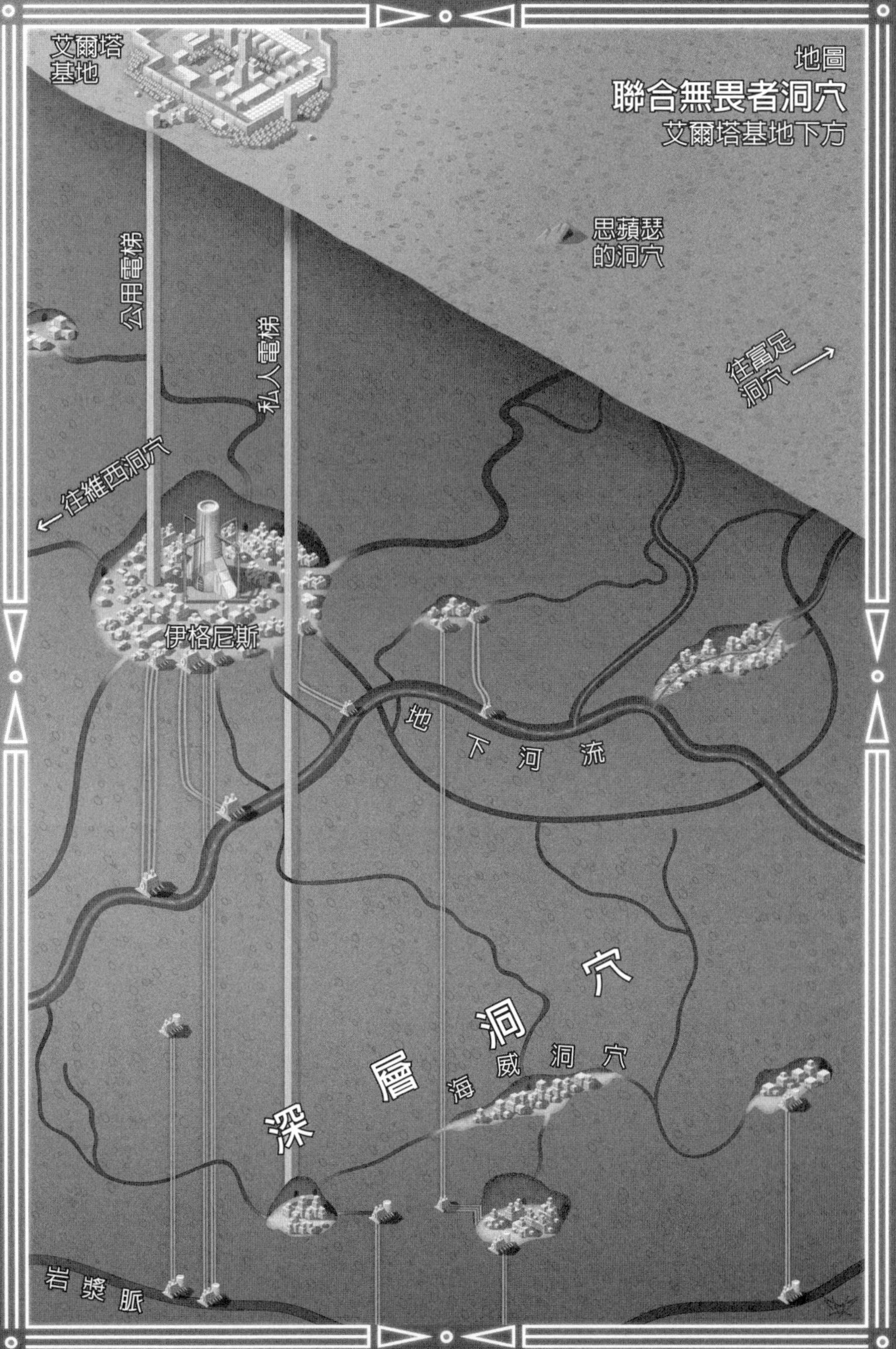
地圖
聯合無畏者洞穴
艾爾塔基地下方
艾爾塔基地
思蘋瑟的洞穴
公用電梯
私人電梯
往富足洞穴
往維西洞穴
伊格尼斯
地下河流
深層洞穴
海威洞穴
岩漿脈

序幕

只有笨蛋才會爬上地表。我媽媽總是說，讓自己陷入那樣的危險太愚蠢了。除了碎片帶幾乎隨時都會落下碎片雨，而且也永遠不知道克里爾人（Krell）何時會發動攻擊。

然而，基本上我爸爸每天都會到地表去——因爲他是位飛行員，必須這麼做。根據媽媽的定義，他特別愚蠢，不過我一直都認爲他無比勇敢。

令我意外的是，在我吵了好幾年之後，有一天，他終於答應帶著我一起上去了。

雖然我才七歲，不過心智上已經完全成熟，也完全有行爲能力。我提著一盞燈，照亮散布碎石的洞穴，倉促地跟在爸爸後頭。地道裡有很多已經碎裂的石頭，應該是克里爾人的轟炸造成的——我在地底下常經歷這種事，轟炸會讓碗盤互相碰撞，或是讓照明設施隨之晃動。

我把這些破碎的石頭想像成敵人殘破的身軀：他們的骨頭迸裂，顫動的手臂無意義地伸向天空，一副徹底被打敗的樣子。

我是個非常奇怪的小女孩。

我追上爸爸，他回過頭，露出了笑容。他的笑容最棒了，看起來好有自信，彷彿從來不擔心人們怎麼說他，從不擔心他很怪或者無法融入環境。

當然囉，他爲什麼要擔心？每一個人都喜歡他。即使是討厭冰淇淋和耍劍的人——像是愛發牢騷的小羅吉．麥卡弗雷（Rodge McCaffrey）——也喜歡我爸爸。

爸爸抓住我的手臂，然後指著上方。「接下來有點不好走。我來幫妳。」

「我可以的。」我一說完就甩掉他的手。我已經長大了，出門前是自己整理背包的，而且也把熊玩偶血字（Bloodletter）留在了家裡。熊玩偶是給嬰兒玩的，就算你用繩線和破掉的陶瓷仿造出動力盔甲給它也一樣。

即使如此，我還是把我的玩具星式戰機放進了背包。我可沒瘋喔。萬一最後我們遭到克里爾人攻擊，被他們炸掉了退路，下半輩子都必須當荒原生存者，沒有社會也沒有文明，那該怎麼辦？以防萬一，女孩還是會需要星式戰機（Starfighter）的。

我把背包遞給爸爸，往上看著石頭中的裂縫。上面那個洞……不太一樣。一道不自然的亮光從裂縫滲出，一點也不像提燈那種柔和的光線。

地表……天空！我開心地笑了起來，開始爬上半是碎石、半是岩石形成的陡坡。我的手滑了一下，結果被一處尖銳的地方割傷，可是我沒哭。飛行員的女兒才不會哭。

洞穴頂部的那道裂縫看起來有一百公尺遠。我眞討厭自己這麼嬌小。很快地，我就會長得跟我爸爸一樣高，到時候我就不會是這裡身材最矮小的孩子了。我會從很高的地方嘲笑大家，他們也不得不承認我的厲害。

我低吼著爬上了一處岩石的頂端。但下個手點我搆不著。我注視著那裡，接著果斷地跳了過去。我就像個無畏者女孩，擁有星龍般的心。

但是我也擁有一副七歲女孩的身體。所以我在距離整整半公尺之遠處，錯失了目標。

一隻強而有力的手抓住了我，讓我免於重重摔落的下場。我爸爸呵呵長笑，緊抓著我的連身服背襟——這套衣服被我用馬克筆畫過，模仿他的飛行服。我甚至還在左胸口上畫了胸針，就像他現在別著的那一枚——這就是他身爲飛行員的證明。胸針的形狀是一架小型的星式戰機，在旁邊和下方都有橫掃天際般的底線。

爸爸把我往上拉到他身旁的石頭，然後伸出另一隻手，啓動他的光繩（Light-line）。那個裝置看起來像是金屬手環，不過當他用兩隻手指一起輕觸手掌，手環會發出一道明亮熾熱的光芒。他碰了碰上方的一塊石頭，收回手之後，就留下一道粗厚的光線，有如一條發光的繩子固定在石頭上。他用另一端繞住我，在我手臂下方穩穩固定好，接著讓繩子從他的手環分離。光芒消失，但發光的繩子還在原處，連接著我和石頭。

我一直以爲碰到光繩會很燙，但其實頗溫暖的，就像個擁抱。

「好了，小旋（Spin）。」他叫我的小名。「再試一次吧。」

「我才不需要這個。」我一邊說一邊拉著安全繩。

「遷就一下害怕的爸爸嘛。」

「害怕？你什麼都不怕啊。你還跟克里爾人戰鬥呢。」

他笑了。「我寧願面對一百艘克里爾飛艇，也不想哪天帶著手臂骨折的妳回去見妳媽媽啊，小寶貝。」

「我才不小。而且要是我弄斷手臂，你可以把我留在這裡直到復原爲止。我會跟洞穴的野獸戰鬥，變得凶猛無比，穿上牠們的獸皮，然後——」

「往上爬吧。」他臉上還是掛著笑容。「妳可以改天再跟洞穴的野獸戰鬥，但我覺得妳只會找到有長尾巴和獠牙的那種。」

我得坦承，光繩很有幫助，讓我可以拉著繩子，穩住自己。我們到了裂縫，爸爸先把我推上去。我抓住邊緣，攀爬出洞穴，生平第一次站在地表上。

這裡好開闊啊。

我目瞪口呆地站在原地，抬頭看著……什麼也沒有。只有……只有……一直向上。沒有天花板。沒有牆面。我一直想像地表是個非常非常大的洞穴。但這裡多了好多東西，卻也少了好多東西，這兩種感覺並存著。

哇塞。

爸爸跟在我後面爬上來，拍了拍飛行服上的塵土。我看了他一眼，又回頭看著天空，笑得很開心。

「不害怕嗎？」他問。

我瞪著他。

「抱歉。」他笑著說：「用錯詞了。很多人都覺得天空很嚇人呢，思蘋瑟（Spensa）。」

「真是漂亮。」我輕聲說，往上凝望著廣闊無垠的空間，而空氣向上延伸成一片無邊無際的灰色，再漸層轉換爲黑色。

地表也比我想像的還要明亮。我們的星球叫狄崔特斯（Detritus）（注），由數層龐大的古老太空廢棄物保護著。垃圾就在那麼高的地方，在大氣之外，在太空之中。毀壞的太空站、巨大的金屬盾、跟山一樣大的陳舊金屬塊——這些天空中的物體構成了許多許多層，像是破掉的殼那般圍繞著星球。

這些完全不是我們製造的。我們是在我奶奶仍是小女孩的時候降落於這顆星球，而這些東西在那時就已經很古老了。不過，其中有些還能運用。例如底層——最接近星球的那一層——裡頭有巨大又會發光的長方形物體。我聽說過那些東西：天燈（Skylights），巨大的飄浮光源，爲星球提供照明與溫暖。

上面那裡應該也會有很多小型垃圾，尤其是在最低層中。我瞇起眼睛，嘗試是否能看得見任何東西，不過太空實在是太遙遠了。除了附近的兩盞天燈——都不是在我們正上方——在那片灰色中，我只看得見某些模糊的形狀。是比較亮的物體和比較暗的物體。

「克里爾人就住在上面那裡？」我問：「在碎片區後方？」

「對。」爸爸說：「他們會向下飛過碎片層中的縫隙，發動攻擊。」

「他們是怎麼找到我們的？」我問：「上面的空間太大了吧。」這個世界似乎比我在地底時想像的還要更廣大。

「他們好像可以感應到人們聚在一起，」爸爸說：「只要洞穴的人口太多，克里爾人就會開始攻擊跟轟炸。」

好幾十年前，我們的人隸屬於一大群太空艦隊，遭到克里爾人追逐到了這顆星球，墜毀在這裡，爲了生存而被迫分開。現在我們以部族的方式生活，而每個部族都可以追溯到其中一艘星艦上的船員。

奶奶對我說過這個故事好多次了。我們在狄崔特斯上已經生活了七十年，像是遊牧民族一樣在洞穴中移動，不敢聚集在一起——直到現在。現在我們已經開始建造星式戰機，也在地表上打造好一座隱藏基地。我們開始反擊了。

「艾爾塔基地（Alta Base）在哪裡？」我問：「你說我們上來時會在它附近。是那裡嗎？」我指著某些看起來很可疑的岩石。「就在那裡，對不對？我想要去看星式戰機。」

爸爸傾身，把我整個人轉了九十度，然後指著說：「在那裡。」

「哪裡？」我掃視地面，幾乎只看見藍灰色的塵土和石頭，以及從碎片帶墜落的碎片撞出的坑洞。

「我看不到。」

「那就是重點啊，思蘋瑟。我們必須保持隱蔽。」

「可是你們曾對戰，對吧？最後他們不就會知道戰機是從哪裡出現的嗎？你們爲什麼不移動基地？」

「我們必須讓基地留在那裡，就在伊格尼斯（Igneous）上方。就是我上個星期帶妳去看的那個大洞穴。」

「那個有一堆機器的洞穴嗎？」

注：此單字有「岩屑、瓦礫」之意。

他點點頭。「在伊格尼斯內部，我們發現了造艇廠，所以我們才能夠建造飛艇。我們必須住在附近才能保護那些機器。但是無論克里爾人從哪個地方下來，或是決定轟炸哪個地方，我們還是會出任務。」

「你會保護其他部族？」

「對我來說，只有一個部族最重要：人類。我們墜毀在這裡之前，全都是同一支艦隊的人——而所有的部族總有一天都會記起這一點。他們會回應我們的呼籲而來。他們會集合在一起，而我們會建立一座城市，再次創建出文明。」

「克里爾人不會發動轟炸嗎？」我問，但又在他回答之前打斷他。「不。只要我們夠強就不會。只要我們挺身回擊就不會。」

他露出笑容。

「我要有自己的飛艇。」我說：「我要像你一樣駕駛它。到時候部族裡就不會有人嘲笑我，因爲我會比他們更強。」

爸爸凝視著我一陣子，然後才開口說話：「這就是妳想要當飛行員的原因嗎？」

「如果你是飛行員，他們就不能說你個子太小了。」我說：「沒有人會覺得我很怪，而且我也不會因爲打架而有麻煩，因爲我的工作就是戰鬥。他們不會對我說難聽的話，大家也都會愛我。」

就像他們愛你一樣。

這番話讓爸爸出於某種愚蠢的理由而擁抱了我，儘管我剛才說的都是事實。不過我還是回以擁抱，因爲父母都喜歡這樣。再來，可以抱著某個人的感覺也眞的不錯。也許我不該留下血字的。

爸爸屏住了呼吸，我以爲他在哭，結果並不是。「小旋！」他指向天空說：「妳看！」他指著天空。

我又被那片無限的空間震懾住了。眞大啊。

爸爸正指著某種東西。我瞇著眼，注意到黑灰色天空中的某個部分，顏色比其他地方還深。碎片層出現了一個洞？

在那一刻，我正往外看著一片無垠。我發現自己在顫抖，彷彿有十億顆隕石墜落在周遭。我看得見太空，裡面有許多白色的小針孔，跟天燈不一樣。那些閃耀的東西似乎距離非常非常遙遠。

「那些光是什麼？」我輕聲問。

「星星。」他說：「雖然我會飛到碎片層附近，可是幾乎從來沒看穿過那裡。外面有太多層了。我一直很好奇自己能不能飛出去，到達星星那裡。」

他的聲音有一股敬畏之意，我從來沒聽過他這種語氣。

「所以……所以你才要飛行嗎？」我問。

爸爸似乎並不在乎部族裡其他人對他的讚美。奇怪的是，他好像還爲此覺得困擾。

「我們以前就住在那裡，就在群星之間。」他輕聲說：「我們的歸屬在那裡，而不是在這些洞穴中。嘲笑妳的孩子們，他們都被困在這塊岩石中了。他們的頭是石頭，他們的心也是石頭。把妳的眼界提高一點，要看見某種更偉大的東西。」

碎片移動了，那個洞緩慢縮小，最後我只能看見一顆比其他更閃亮的星星。

「摘下那些星星，思蘋瑟。」他說。

總有一天，我一定會當上飛行員。我會飛到上面那裡戰鬥。只希望爸爸可以留一些克里爾人給我。

天空中有某個東西在閃爍，於是我瞇起眼睛仔細看。是遠處的某個碎片，在進入大氣層時明亮燃燒著。然後有另一個掉落，又有一個。接著出現好幾十個。

爸爸皺著眉頭，拿起他的無線電——那是一種超級先進的科技產物，只有飛行員能夠擁有。他把那個看起來很硬實的裝置拿到嘴邊。「我是獵人（Chaser），」他說：「人在地表。我看見一個碎片往艾爾塔的附近墜落。」

「我們已經發現了，獵人。」一個女人的聲音從無線電傳出：「雷達正在回報，然後……可惡，是克里爾人。」

「他們要往哪個洞穴去？」爸爸問。

「他們的航向是……獵人，他們正往這裡來。他們直接飛向伊格尼斯了。願星辰保佑我們。他們已經找到基地了！」

爸爸放下無線電。

「目視到大量克里爾人入侵。」女人的聲音在無線電上說著：「各位，這是緊急情況。極為大量的克里爾人已經突破了碎片帶。所有戰機都要報到。他們朝著艾爾塔來了。」

爸爸抓住我的手臂。「我們回去吧。」

「他們需要你！」我說：「你得去戰鬥啊！」

「我必須帶妳——」

「我可以自己回去。在那些地道裡一直走就行了。」

爸爸回頭往向碎片帶看去。「獵人！」無線電傳來另一個人的聲音：「獵人，你在嗎？」

「蒙瑞爾（Mongrel）？」爸爸邊說邊切換開關，拿起了無線電。「我在地表。」

「你必須說服班克斯（Banks）和史威恩（Swing）。他們說我們得逃了。」

爸爸低聲咒罵，切換了無線電的另一個開關，傳出一陣聲音：「——還沒準備好正面對戰。我們會被打垮的。」

「不。」另一個女人說：「我們必須挺身戰鬥。」

十幾個人開始同時說話。

「鐵殼（Ironsides）說得對。」爸爸對著頻道說話，然後——太厲害了——他們全都安靜了下來。

「如果讓他們轟炸伊格尼斯，我們就會失去設施、」爸爸說：「失去造艇廠。我們會失去一切。如果我們想要再次擁有文明，再次擁有世界，我們就必須留在這裡！」

我靜靜等著，屏住呼吸，希望他會分心而忘了要我離開。我一想到要交戰就全身發抖，但還是很想看。

「我們要戰鬥。」女人說。

「我們要戰鬥。」蒙瑞爾說。我知道他的名字，可是我沒見過他。他是我爸爸的僚機飛行員。「天哪，這是個好機會。我要在天上打敗你了，獵人！你等著看我擊落多少架吧！」

男人聽起來很急切，可能因爲要投入戰鬥而有點興奮過頭。我立刻就喜歡上這個人。

爸爸只想了一下，就摘下光繩手環，塞進我的手裡。「答應我，妳會直接回去。」

「我答應你。」

「不要浪費時間。」

「我不會。」

他拿起無線電。「是啊，蒙瑞爾，到時候就知道了。我現在要趕去艾爾塔。獵人通話完畢。」

他衝過布滿塵土的地面，往先前所指的方向奔去。接著他突然又停下來，轉過身，拔下胸針朝我丟了過來——那弧線就像星星的發光碎片——再繼續跑向隱藏的基地。

我呢，當然馬上就食言了。我爬回裂縫中，躲在那裡，一邊抓著爸爸的胸針，一邊看著星式戰機離開艾爾塔，疾飛上天。

我瞇起眼，認出大批黑色的克里爾飛艇正衝向他們。

最後，我難得展現出良好的判斷力，決定最好還是照爸爸的話乖乖做。我利用光繩下降到洞穴裡，拿起背包，進入洞穴。要是我動作快一點，還可以來得及趕回去，在我們唯一一台公用無線電上收聽這場戰役的廣播。

可是我錯了。這趟路程比我記得的更長，而且我還迷了路。我在地底遊蕩，一邊想像著上頭正在進行的大戰有多麼壯觀。但事實卻是，爸爸的飛艇在眾目睽睽之下脫離了隊伍、逃離敵人，而他的機隊爲了懲罰他將之擊落。等到我回家的時候，戰爭已經勝利，爸爸也死了。

我也被烙上了儒夫之女的汙名。

第一部

Part One

第一章

我偷偷跟蹤著敵人，小心地通過洞穴。

我脫掉了靴子，這樣才不會發出聲音。我也脫下了襪子，這樣才不會滑倒。我安靜無聲地往前走了一步，腳下的岩石感覺涼涼的很舒服。

在這麼深的地方，唯一的光源是頂部岩壁上那些蟲子發出的微光，而光似乎正吸食著從裂縫滲出的溼氣。你得在黑暗中坐個幾分鐘，眼睛才能夠適應這麼微弱的光線。

陰影中又有一陣動靜。就是那裡，在那些黑色物體附近，一定就是敵人的防禦工事。我維持著蹲伏姿勢，聽見敵人移動時刮擦石頭的聲響。我想像克里爾人的樣子：可怕的外星人，有紅色的眼睛，黑色的盔甲。

我用慢得要命的速度，一隻手穩穩地將步槍舉到肩膀，屏住呼吸，然後開火。

得到的回報是一陣痛苦的叫聲。

好啊！

我輕拍手腕，啓動爸爸的光繩。裝置立刻發出紅橘色的光芒，讓我刺眼到暫時看不清。

接著我衝上前取得戰利品：一隻死老鼠，身體被矛刺穿。

在光線下，我想像成敵人防禦工事的陰影其實是岩石。我的敵人則是一隻肥老鼠，而我的步槍是一把用各種零件湊和製成的矛槍。自從我和爸爸在命中注定的那一天爬上地表，至今已經過了九年半，我的想像力還是跟以前一樣厲害。假裝我正在做某件比獵殺老鼠更刺激的事，有助於排解無聊。

我從尾巴抓起這隻死掉的嚙齒動物。「這樣你就知道我的憤怒有多狂暴了，邪惡的野獸。」

看來，奇怪的小女孩長大變成了奇怪的少女。我覺得這樣的練習很好，等我真的跟克里爾人戰鬥時就可以派上用場。奶奶教過我，偉大的戰士要知道怎麼吹噓自己，才能讓敵人心中產生恐懼和動搖。

我把戰利品塞進袋子裡。目前已經獵了八隻——收穫不差。我還有時間找到另一隻嗎？

我看了光繩一眼——這個裝置在電源指示旁邊有一個小時鐘。0900。差不多該回去了；我可不能錯過太多學校的上課時間。

我把袋子掛到肩上，撿起我的矛槍——這是我用在洞穴中找到的零件廢物利用製作的——踏上回家的路。我沿著自己手繪的地圖走，這份地圖就一本小筆記本上，我隨時都會更新。

要離開這些安靜的洞穴回家，讓我心中有一小塊覺得難過。這些洞穴讓我想起了爸爸。而且，我喜歡那種……完全沒有人的感覺。不會有人嘲笑我，不會有人瞪著我，不會有人竊竊私語說些難聽的話，讓我不得不捍衛家族的榮譽，一拳揍上他們愚蠢的臉。

我在一處熟悉的交叉口停下。此處的地面和天花板變成了奇特的金屬圖案。兩邊的表面上都有圓形設計圖，還寫著與科學相關的標示；我一直覺得這就是古昔的銀河系地圖。在這個空間的另一側，一根巨大古老的水管從岩石冒出——有許多這種水管會在洞穴之間輸送水源，除了可以淨水，也能利用水來冷卻機器。有一道接縫正在滴水，落進了我放在那裡的水桶，裡面已經半滿，於是我拿起來喝了一大口。水很清涼，可以提振精神，嚐起來有點金屬味。

我們對建造這個地下系統的人所知不多。這些東西跟碎片帶一樣，在我們的小批艦隊墜毀於星球時就已經存在了。他們是人類，因爲此處天花板和地面上的書寫內容都來自人類的語言。不過他們跟我們有什麼久遠的關係就是個謎了，即使到現在也一樣。他們都已經消失，而融化的痕跡和地表上的老舊殘骸，顯示他們也經歷過自己的戰爭。

我把剩下的水倒進水壺，溫柔地拍了拍大水管，再將水桶放回原處，繼續前進。這套系統彷彿回應我，在遠處發出了一陣熟悉的敲擊聲。我循著那陣聲音往前，最後來到在左側岩石上一處發光的缺口附近。

我踩上缺口，看著伊格尼斯。這裡是我住的洞穴，也是組成無畏者聯盟（Defiant League）的地下城市中最大的一個。我的位置很高，提供了絕佳的視野：巨大的洞穴，充滿了四四方方的房間，就像一個個獨立的立方體。

我爸爸的夢想成眞了。九年多前打敗克里爾人的那一天，初出茅蘆的星式戰機飛行員激勵了國家的形成。好幾十個原本四處流浪的部族聚集起來，在伊格尼斯和附近的洞穴殖民。每個部族仍有各自的名稱，可以追溯至他們原本工作的船艦或船艦單位。我的部族叫摩托斯卡普（Motorskaps）——也就是「引擎人員」的古字。

然而，以整體來說，我們稱呼自己是「無畏者」。這個名稱取自我們原始的旗艦。我們這樣聚集在一起，當然會引起克里爾人的注意。那些外星人還是很堅持要消滅人類，因此戰爭仍持續著，而我們需要不停補充星式戰機和飛行員，才能夠保護這個正在迅速發展的國家。

現在有許多設施聳立於伊格尼斯的建築之上：古老的鐵工廠、煉油廠、造艇廠從底下抽吸起融化的岩石，然後製作出用來打造星式戰機的零件。那些設施很神奇也很獨特。雖然其他洞穴中的裝置可以提供熱能、電力或濾過的清水，可是只有伊格尼斯的設施能夠製作出複雜的東西。

熱氣從缺口竄出，讓我的額頭冒起了汗。伊格尼斯有煉油廠、工廠，以及裝著藻類的大桶子，是一個熱得要命的地方。雖然這裡照明良好，從煉油廠發出的紅橘色光線也照亮一切，但內部總是讓人覺得很陰暗。

我離開缺口，走向一處舊的維修人員置物櫃，它是我在這裡的壁面發現的。櫃子的門乍看之下就跟岩石地道裡其他地方一樣，所以算是很安全。我打開門，看見一些自己祕密擁有的物品：幾個矛槍的零件、備用水壺，以及我爸爸那枚舊的飛行員胸針。我摸了摸胸針，祈求好運，再把光繩、地圖本、矛槍放進置物櫃。

我取出一根粗糙製作的石矛，喀噠一聲關上門閂，再把袋子掛到肩膀上。八隻老鼠出乎意料地很難攜帶，尤其是你的身體拒絕長高超過一百五十一公分時——即使你已經十七歲了。

我往下走到洞穴的一般入口。有兩個軍人看守著這裡，他們隸屬於地面部隊，而地面部隊幾乎沒參與過任何實際的戰鬥。雖然我早就認識他們兩個人，不過他們還是要我站到旁邊，假裝呼叫取得讓我通行的許可。他們眞的就是喜歡故意讓我等。

每天都是。可惡的每一天。

艾盧寇（Aluko）終於走上前，開始用懷疑的眼神查看我的袋子。

「你以爲我會帶哪種違禁品進入城裡？」我問他：「鵝卵石？苔蘚？還是會讓你媽丟臉的一些石頭？」

他看著我的矛，好像很納悶我怎麼能用這麼簡單的武器就抓到了八隻老鼠。嗯，就讓他想破頭吧。最後，他把袋子丟回給我。「走吧，*懦夫*。」

勇氣。我抬起下巴。「總有一天，」我說：「你會聽見我的名字廣爲人知，會因爲曾經協助過獵人之女，想到自己有多麼幸運而感激地痛哭流涕。」

「我寧願忘記我認識妳。*走吧*。」

我還是抬頭挺胸，走進了伊格尼斯，前往「工業復興」（Glorious Rises of Industry），這是我住的社區名稱。我回來時正好是交班時間，經過我的工人穿著各種顏色的工作服，每種顏色都在整個團體的巨大機器中扮演著角色，讓無畏者聯盟——以及對抗克里爾人的戰爭——能夠維持運作。其中包括衛生隊員、維修技師、藻桶專家等。

當然，飛行員不包含在內。未值勤的飛行員會在洞穴深處待命，要值勤的則住在艾爾塔，也就是我爸爸犧牲生命保護的基地。那個地方已經不再是祕密，並且擴建成地表上的一處大型設施，容納了數十艘飛艇，還有飛行員的指揮部和訓練場。只要通過測試、成爲學員，從明天起我就會住在那個地方了。

我在一尊代表第一公民的大型金屬雕像下方走過。那是一群人拿著象徵性的武器，以無畏的姿勢伸向天空，飛艇在他們的後方升起，留下許多道金屬條紋。這裡雕刻了曾經參與艾爾塔之戰（Battle of Alta）的人們，我的爸爸卻不在其中。

下個轉彎就到了我家的公寓，從一個巨大的中央方塊延伸出來的許多金屬小方塊之一。我們家很小，但足夠容納三個人，尤其是從我開始一次外出好幾天到洞穴裡捕獵和探險之後。

媽媽不在家，不過我發現奶奶在屋頂上，她正在捲著藻膜，要拿到推車去賣。由於他們說我爸爸做了那些事，所以我媽媽被禁止從事任何公務工作。爲了勉強過活，我們必須做一些不符合常規的事。

奶奶聽見我的聲音，抬起了頭。她的名字是貝卡．奈薛（Becca Nightshade）——我的姓跟她一樣——但就連那些不熟識她的人也都叫她奶奶。她在幾年前失去了視力，眼睛變成了乳白色。現在她正弓著背，骨瘦如柴的手臂工作著。但她仍然是我認識的人之中最強壯的人。

「噢，」她說：「聽起來像是思蘋瑟呢！妳今天抓到了多少啊？」

「八隻！」我把戰利品丟在她面前。「有幾隻還特別肥美喔。」

「坐吧，坐吧。」奶奶邊說邊將滿是藻膜的墊子推開。「我們來清理跟料理吧！如果動作快一點，就可以準備好讓妳媽媽今天拿去賣，我也可以鞣製皮革。」

我好像應該回課堂上了——奶奶又忘記了——不過話說回來，那有什麼重要的？最近這些日子以來，我們只會聽到一堆演講，敘述我們在洞穴裡可以做的各種工作。我已經選擇了要做什麼。雖然成爲飛行員的測試應該很困難，可是羅吉跟我已經準備了十年。我們一定會通過的。所以我爲什麼要去聽成爲藻桶工人或其他工作有多麼棒呢？

而且，因爲我得花時間打獵，錯過了很多堂課，所以並不適合其他工作了。我倒是一定會參與跟飛行有關的課程——飛艇的設計和修理、數學、戰爭史。其他有辦法上到的課就只當是撿到的。

我坐下來幫奶奶把老鼠剝皮、清理內臟。她靠著觸感做事，動作很俐落也很有效率。

「今天，」她低下頭，幾乎閉著眼睛問：「妳想要聽誰的故事啊？」

「貝沃夫！」

「啊，濟茲之王是嗎？不聽萊夫．埃里克遜嗎？他可是妳爸爸的最愛喔。」

「他殺了一條龍嗎？」

「他發現了一個新世界。」

「那裡有龍嗎？」

奶奶咯咯笑著。「根據某些傳說，那是一隻長著羽毛的蛇，不過我沒有他們戰鬥的故事。好了，說到貝沃夫，他眞的是個厲害的人物。妳知道嗎？他可是妳的祖先喔。他屠龍的時候年紀已經很大了，一開始他是因爲跟怪物戰鬥而出名的。」

我安靜地用著刀，將老鼠內外清乾淨，然後再切成肉塊，丟進鍋子裡燉煮。城裡大部分的人都以藻泥爲食物。眞正的肉——來自在洞穴中以特殊照明與環境設備所飼養的牛或豬——由於太稀少，不能每天吃，所以人們會交易鼠肉。

我很喜歡奶奶說故事的方式。她的聲音會在怪物發出嘶嘶聲時變小，在英雄誇耀時聽起來又很威武。她一邊用靈巧的手指工作，一邊講述這位在丹麥人有難時伸出援手的古代維京英雄。所有人都愛戴這位戰士，即使敵人的體型更大也更強壯，他還是無所畏懼地戰鬥。

「在怪物逃跑、等死的時候，」奶奶說：「我們的英雄高舉著格倫戴爾的整隻手臂和肩膀，眞是厲害的戰利品啊。他爲死者報了血仇，證明自己的力量與勇氣。」

我們的公寓下方傳來叮噹聲。媽媽回來了。我暫時忽略了這件事。「他把手臂扯下來，」我說：「是徒手做的嗎？」

「他很強壯，」奶奶說：「是位眞正的戰士。不過他是古人，是用雙手和劍戰鬥的。」她的身子往前傾。「妳會利用雙手和智慧聰明地戰鬥——但是有飛艇可以開，妳就不必扯下什麼手臂囉。好了，妳做過練習了嗎？」

我翻了個白眼。

「我看見了。」奶奶說。

「妳才沒有。」

「閉上眼睛。」

我閉上眼睛，頭往後仰，面向洞穴上方遠處的天花板。

「聆聽星星吧。」奶奶說。

「我只聽到——」

「聆聽星星。想像妳在飛翔。」

我嘆了口氣。雖然我喜歡奶奶和她的故事，不過這個部分老是讓我覺得很無趣。但我還是試著照她一直以來教我的那樣做——坐著將頭往後仰，嘗試想像自己正在往上高飛。我試著讓身邊的一切逐漸消失，想像星星在上方璀璨閃爍著。

「我以前常常做這種練習。」奶奶輕聲說：「是跟我的母親一起，就在無畏號的引擎室裡。我們在那艘旗艦上工作，那是一艘巡航戰艦，比這一整個洞穴還巨大。我會坐著聆聽引擎的嗡嗡聲，也會聆聽除了那個以外的聲音。就是星星。」

我試著想像她是個小女孩的樣子，這麼做似乎有幫助。我閉著眼，感覺自己好像正在飄浮。一直往上……

「我們這種引擎人員，」奶奶說：「即使是在艦上的其他成員之中也顯得很怪。他們認爲我們很怪異，不過讓船艦能夠動起來的可是我們。我們讓船艦得以在星際之間旅行。我母親說這是因爲我們聽得見星星。」

我覺得……有那麼一刻……聽見了某種聲音。或許是我的想像？一種遙遠、純粹的聲音……

「就算我們墜毀在這裡，我們引擎人員也還是待在一起，」奶奶說：「摩托斯卡普部族。如果其他人說妳奇怪，那是因爲他們記得這個，說不定他們還害怕我們。這是妳的傳承。在天空旅行的戰士傳統，以後一定也會回到天空之中。妳聽。」

不管我覺得自己聽見了什麼，那個聲音消失時，我平靜地嘆了好長一口氣。我張開眼睛，發現自己回到了屋頂，被伊格尼斯的紅色光芒環繞著，一度覺得大受衝擊。

「我們維護引擎，」我說：「還有讓船艦移動？這跟身爲戰士有什麼關係？可以發射武器不是比較好嗎？」

「只有傻瓜才會覺得武器比策略和行動更重要！」奶奶說：「明天，我再告訴妳孫子的故事，他可是有史以來最偉大的將軍。他認爲贏得戰爭要靠形勢與準備，而不是劍或矛。孫子是個偉大的人。妳知道嗎？他也是妳的祖先喔。」

「我比較喜歡成吉思汗。」我說。

「他是個暴君和怪物。」奶奶說：「不過沒錯，成吉思汗的生平也有很多可以學習的地方。我有沒有跟妳說過英勇反抗羅馬人的布狄卡女王？她可是妳的——」

「祖先？」媽媽邊說邊爬上建築外側的梯子。「她是不列顛塞爾特人，貝沃夫是瑞典人，成吉思汗是蒙古人，孫子則是中國人。他們全部都算是我女兒的祖先？」

「整個舊地球（Old Earth）都是我們的傳統！」奶奶說：「思蘋瑟，妳是戰士的後代，可以追溯到千年前，妳是舊地球及其最優良血統的後代。」

媽媽翻著白眼。她跟我完全相反——高䠷、美麗、沉著。她注意到那些老鼠，然後雙手抱在胸前，看著我。「或許她擁有戰士的血統，不過今天她上課遲到了。」

「她正在上課啊，」奶奶說：「很重要的課。」

我站起來，在抹布上擦了擦手。雖然我知道貝沃夫會怎麼面對怪物和惡龍……不過如果哪天他得上學的話，會怎麼面對他的媽媽呢？我不太確定地聳了聳肩。

媽媽注意到我的舉動。「他死了，妳知道吧？」她說：「貝沃夫在跟那隻龍戰鬥的時候死了。」

「他戰鬥到用盡最後一絲力氣！」奶奶說：「他打敗了那隻怪獸，儘管付出了生命。他爲他的人民帶來了不知多少和平與繁榮！最偉大的戰士都會爲了和平而戰鬥，思蘋瑟。記住這一點。」

「總之，」媽媽說：「他們爲了諷刺的目的而戰鬥。」她又看了看那些老鼠。「謝了。不過走吧。妳明天不是還有飛行員測試嗎？」

「我已經準備好了，」我說：「今天只是學習我不需要知道的事而已。」

媽媽毫不讓步地盯著我看。每個偉大的戰士都知道自己何時被擊敗。於是我給了奶奶一個擁抱，然後輕聲說：「謝謝妳。」

「戰士的靈魂，」奶奶輕聲回答：「記得妳的練習。聆聽星星。」

我笑了一下，迅速去盥洗了一番就出發，希望這是我最後一天上課。

第二章

「不如告訴我們，你每天在衛生隊做些什麼吧，艾弗爾（Alfir）公民？」薇米爾老師（Mrs. Vmeer）是我們的工作研究教師，她對站在教室前的那個男人點點頭表示鼓勵。

這位艾弗爾公民跟我想像中的衛生隊員不一樣。雖然他穿著一套衛生隊員的工作服，帶著一雙橡膠手套，但他其實很英俊：方正的下巴、粗壯的手臂，還有從那套緊身工作服上方隱約露出來的胸毛。

我差點就把他像想成貝沃夫了——直到他開口說話。

「這個嘛，我們主要是處理系統的阻塞。」他說：「清理我們所謂的黑水——大部分是人類的排泄物——讓黑水可以回流處理，讓設備回收，獲得水源和有用的礦物質。」

「聽起來最適合妳了，」迪雅（Dia）靠向我小聲說：「清理排泄物？懦夫之女升級了呢。」

很遺憾，我不能揍她。除了她是薇米爾老師的女兒之外，我也已經因為打架而被特別注意了。再記上一筆，我就會無法參加測試，這眞是太愚蠢了。他們不是希望飛行員成為偉大的鬥士嗎？

我們坐在一個小房間的地板上。今天我們不使用桌子，因為桌子被另一個老師調用了。這讓我覺得自己好像四歲小孩在聽故事。

「聽起來可能不是多光榮的事，」艾弗爾說：「可是少了衛生隊，我們都會沒水可用。如果沒東西可以喝，飛行員就無法飛行了。在某些方面看來，我們做著洞穴中最重要的工作。」

雖然我錯過了某些演講，不過這種東西我已經聽得夠多。通風隊在這個星期稍早才說過他們的工作最重要。再前一天則是建築工人這麼說。另外還有鐵工廠工人、清潔人員和廚師。

他們說的話幾乎都差不多，都是關於我們全部在對抗克里爾人的體制中扮演著重要角色。

「洞穴中的每一種工作都是體制中的重要部分，這樣才能讓我們生存下去，」艾弗爾照著我心裡想的說出來：「雖然我們無法成爲飛行員，但是沒有任何工作是比其他工作更加重要的。」

接下來，他會說些要了解自己的地位跟遵守命令的內容。

「如果要加入我們，你們必須能夠聽從指示。」男人說：「你們必須樂意做好自己的事，無論那看起來有多麼微不足道，服從就是無畏。」

我懂，而且某種程度上同意他的話。如果沒有解決飲水、食物或衛生問題，飛行員在戰爭中是撐不了多久的。

接受這類工作感覺就好像選擇安居樂業。火花跟幹勁在哪裡？我們應該要成爲無畏者才對啊。我們可是戰士。

艾弗爾結束演說時，全班禮貌地鼓起掌來。窗外，許多工人在由直線和幾何形狀建造的雕像下方排隊走過。有時候，我們似乎一點也不像戰爭的機器，而是用來計算輪班有多久的時鐘。

休息時間到了，學生們站起來，而我則大步走開，免得迪雅又耍嘴皮子。那個女孩整個星期都在試著害我有麻煩。

我到教室後方找一個身材瘦長、留著紅髮的男孩。演講一結束，他馬上就打開一本書，看了起來。

「羅吉，」我叫著：「瑞莫羅（Rigmarole）！」

聽到這個綽號——這是他在成爲飛行員後要選擇的呼號——他抬起了頭。「思蘋瑟！妳什麼時候來的？」

「演講到一半的時候。你沒看見我進來嗎？」

「我正在腦袋裡複習飛行圖表清單。可惡。只剩一天了。妳不緊張嗎？」

「我才不緊張。爲什麼我要緊張？我很罩得住。」

「這我就不確定了。」羅吉繼續看他的課本。

「你是在開玩笑嗎？基本上你什麼都知道了啊，小羅（Rig）。」

「妳最好還是叫我羅吉。我的意思是，我們都還沒得到呼號，除非我們通過測試。」

「我們一定會通過的。」

「可是萬一我沒讀對東西呢？」

「五種基本的轉向操作？」

「倒轉折返，」他立刻說：「阿斯特姆迴旋、雙重曳行、翼上扭轉，還有英班旋轉。」

「各種操作的DDF重力警告界線？」

「爬升或轉彎時十G，前進時十五G，俯衝時四G。」

「波可攔截機的推進器類型呢？」

「哪一型？」

「目前的。」

「AG-19。對，我都知道，思蘋瑟，可是萬一測試沒出那些題目呢？萬一是我們沒有學過的呢？」

他這麼一說，讓我有了一丁點的擔心。雖然我們做過模擬測試，不過飛行員測試的實際內容每一年都會改變。關於推進器、戰機零件和操作的題目一定會出現——但嚴格來說，我們在學校教的一切都可能包含於其中。

我錯過了很多堂課，可是我知道我不必擔心。貝沃夫就不會擔心。自信是勇氣最重要的部分。

「我要在那場測試中得到第一，小羅，」我說：「你跟我會成為無畏者防衛軍（Defiant Defense Force，DDF）最棒的飛行員。我們會非常厲害，讓克里爾人哀號的叫聲就像火葬堆的煙升上天空，在我們到來的時候絕望哭喊！」

小羅歪著頭。

「有點太誇張了嗎？」我問。

「妳是怎麼想到這些的？」

「聽起來很像是貝沃夫會說的話。」

羅吉將注意力移回書上，我應該也要跟他一起用功才對，可是我心裡有一部分已經不想再看書，不想再試著把東西塞進腦袋了。我想要馬上就接受挑戰。

不幸的是，我們今天還要再聽一場演講。我聽著其他十幾個學生聊天，但無心忍受他們的愚蠢。結果我發現自己就像隻關在籠子裡的動物來回踱步，直到薇米爾老師跟那個叫艾弗爾的衛生人員一起走向我。

她穿著一件亮綠色的裙子，但在她上衣那枚銀色學員胸針才是眞正厲害之處。這表示她通過了飛行員的測試。她一定是在飛行學校被淘汰，否則她就會有一枚金色胸針。淘汰的情況其實很常見。在伊格尼斯，即使是學員胸針也代表了偉大的成就。薇米爾老師在衣著和食物方面都能夠享有特別待遇。

她不是個爛老師——她對待我跟對待其他學生差不多，而且幾乎沒有對我擺過臉色。我有點喜歡她，儘管她女兒是邪惡至極的產物，唯一的價值就是被殺掉，然後用屍體製成毒藥。

「思蘋瑟，」薇米爾老師說：「艾弗爾公民想要跟妳談談。」

我準備好面對關於我爸爸的問題了。每個人都只想問他的事。身爲懦夫之女是什麼感覺？我希望自己能夠逃避這一點嗎？我有沒有想過改姓？那些以爲自己很有同理心的人，就只會問這種問題。

「我聽說，」艾弗爾說：「妳是個厲害的探險家。」

我本來要開口反擊，結果又立刻閉上嘴巴。什麼？

「妳會去外面的洞窟，」他接著說：「是打獵嗎？」

「呃，對，」我說：「老鼠。」

「我們需要妳這種人。」艾弗爾說。

「在衛生部門？」

「我們檢修的系統有一大部分要通過遙遠的洞穴。要遠征到那些地方，需要能夠應付這種路程的人。如果妳想要工作的話，我這裡就有一個。」

工作。在衛生部門？

「我要當飛行員。」我脫口而出。

「飛行員的測試非常困難，」艾弗爾看著我們的老師說：「沒幾個人能夠通過。我提供的是一個保障名額，妳確定不想考慮看看嗎？」

「不了，謝謝你。」

艾弗爾聳聳肩後就走了。薇米爾老師盯著我看了一陣子，接著搖搖頭，走去接待下一位演講者。

我往後靠著牆，雙手抱在胸前。薇米爾老師知道我要當飛行員，她怎麼會以為我肯接受這種提議？如果她沒對艾弗爾說過什麼，他不可能會知道我的事，所以到底怎麼回事？

「他們才不會讓妳當飛行員。」這句話從旁邊飛來。

我瞄了一眼，看清時已經太遲——正好跟迪雅對上眼了。那個黑頭髮的女孩坐在地上，靠著牆壁。為什麼她不是在跟其他人聊天？

「他們沒有選擇的餘地，」我對她說：「任何人都可以參加飛行員測試。」

「任何人都可以參加，」迪雅說：「可是他們能決定讓誰通過，而且這也不是絕對公平的。第一公民的孩子就可以自動獲得資格。」

我望向牆上的第一公民畫像。所有教室裡都有畫像。沒錯，我知道他們的孩子可以自動獲得進入飛行學校的資格。這是他們應得的，因爲他們的父母參與過艾爾塔之戰。

嚴格說來，我爸爸也參與了——但是我並不指望那對我有幫助。不過，我一向都聽說只要能在測試有好的表現，任何人無論地位都可以進入飛行學校。無畏者防衛軍（DDF）不會在乎你是誰，只要你會飛就好。

「我知道他們不會當我是第一公民的女兒，」我說：「可是如果我通過了測試，我就有資格。就跟其他人一樣。」

「那就是重點，死蘋瑟。妳不會通過的，怎麼樣都不可能。昨天晚上我聽見我爸媽在談這件事。鐵殼司令（Admiral Ironsides）下令要拒絕妳。妳該不會眞的以爲他們肯讓獵人的女兒加入DDF吧？」

「騙子。」我感覺自己的臉因爲憤怒而變得冰涼。她又想嘲笑我，藉此激怒我了。

迪雅聳聳肩膀。「等著瞧吧。反正跟我沒關係——我爸爸已經爲我在行政隊安排了工作。」

我遲疑了。這不像她平常羞辱人的樣子。她的話不像以前那樣惡毒，不像以前那樣以嘲笑人爲樂。她……她似乎眞的不在乎我相不相信她。

我大步走過教室去找薇米爾老師，她正在跟新演講者說話，是一個來自藻桶隊的女人。

「我們得談談。」我告訴她。

「等一下，思蘋瑟。」

我站在那裡，雙手交抱在胸前，打擾了她們的對話，最後薇米爾老師嘆了口氣，把我拉到一旁。

「怎麼回事，孩子？」她問：「妳重新考慮艾弗爾公民的大方提議了嗎？」

「司令是不是下令不讓我通過飛行員測試？」

薇米爾老師瞇起眼睛，轉頭看著她女兒。

「是眞的嗎？」我問。

「思蘋瑟，」薇米爾回頭看著我說：「妳得了解，這是個很棘手的議題。妳爸爸的名聲很——」

「是真的嗎？」

薇米爾老師的嘴唇緊閉成一條線，沒有回答。

「所以一切都是謊言囉？」我問：「說什麼平等，還有能力最重要？找到適合自己的位置然後服務奉獻？」

「這很複雜，」薇米爾壓低了聲音：「聽著，不如妳明天別去測試，免得讓場面難看？跟我來，我們可以談談看妳適合什麼工作。如果不要衛生工作，也許可以參加地面部隊？」

「這樣我就可以整天站崗了？」我的聲音越來越大：「我一定要飛行。我必須證明我自己！」

薇米爾老師嘆息著，然後搖了搖頭。「我很抱歉，思蘋瑟。可是這是永遠不可能的事。我眞希望妳之前的老師們夠勇敢，在妳小時候就讓妳打消了念頭。」

就在這一刻，我身邊的一切都崩塌了。未來是個白日夢。只是徹底的幻想，用來逃避我可笑的一生而已。

謊言。我心中一部分從未懷疑過的謊言。他們當然不會讓我通過測試。他們當然不會讓我飛行，那太丟臉了。

我想發飆。我想揍人，破壞東西，一直尖叫到我的肺流血爲止。

結果我只是大步走出了教室，遠離其他學生嘲弄的眼神。

第三章

我躲到安靜的洞穴中。我不敢回去找媽媽和奶奶。媽媽一定會非常開心，她因爲克里爾人失去了丈夫，非常害怕看到我踏上相同的命運。奶奶……她會叫我戰鬥。

可是要戰鬥什麼？軍隊又不要我。

我覺得自己像個蠢蛋。一直以來，我都告訴自己會成爲飛行員，而事實上我根本就沒有機會。我的老師這些年來一定都在私底下嘲笑我。

我穿過一個不熟悉的洞穴，這裡是我探險的外緣，距離伊格尼斯有數小時路程。然而難堪和憤怒的感覺仍然籠罩著我。

我眞是個白癡。

我在一處地底峭壁的邊緣跪下，用兩根手指輕觸手掌——手環可感應這個動作——啓動了爸爸的手環。手環發出了更明亮的光線。奶奶說我們帶了這些東西來到狄崔特斯，這些都是以前人類太空艦隊中探險家和戰士所使用的設備。我不應該擁有這個，不過大家都以爲這東西和我爸爸一起墜毀了。

我的手腕靠著峭壁的岩石，再一次用手指輕觸手掌。這項指令放出了一條固定在岩石上的能量繩，將我的手環連接到石頭上。

三指輕觸的指令讓裝置伸出了更多繩索。藉由這樣，我就可以手裡抓著繩子爬過岩架，讓自己下降到底部。到了底下以後，我再用兩根手指輕觸，讓固定在上方岩石的繩子鬆開，迅速收回手環裝置中。

我不知道這是怎麼運作的，只知道我必須一、兩個月充電一次，而我會偷偷把裝置插到洞穴裡的電源線上。

我爬進一個充滿了科爾迪蘑菇的洞穴。這種蘑菇有腐臭味，但是可以吃——而且老鼠很愛。這裡是最好的獵場。我關掉我的燈光，安靜等待，注意聆聽動靜。

我向來就不怕黑。這種環境會讓我想起奶奶教我的練習，讓我往上飄向會唱歌的星星。如果你是戰士，就不能害怕黑暗。而我是一位戰士。

我是……我要成為……成為飛行員……

我往上看，試圖推開那些失落。結果，我飛了起來。往星星去。我又再一次覺得自己聽見了某種聲音的呼喚——像是一陣遙遠的笛聲。

附近的一陣刮擦聲讓我回過神來。是老鼠爪子碰到岩石的聲音。我舉起矛槍，讓熟悉的動作帶領自己，然後讓光繩發出少量的光。

那隻老鼠驚慌地轉身面向我。我的手指在扳機上顫抖，在老鼠倉促跑開時，我並沒有按下去。這有什麼關係？我真的要繼續這樣過活，當成什麼事都沒發生過？

通常，探險能讓我的心不去想複雜的事。但今天那些事情一直煩擾著我，就像鞋子裡有顆石頭。記得嗎？記得妳的夢想剛才被偷走了嗎？

我的感覺就跟爸爸剛死時那幾天一樣。每一分一秒，每一件事物，每一個字，都會讓我想起他，想起在我體內突然出現的那個空洞。

我嘆了口氣，把光繩的一端繫在矛上，再將光繩設定為固定在下個碰觸到的東西上。我往後瞄準另一處峭壁的頂端發射，把沒有重量的發光繩索固定住。往上爬時，矛槍在我背後的繫帶中發出喀嚓聲。

小時候，我會想像爸爸在墜機時活了下來，被囚禁在這些無盡未知的地道中。我想像自己救了他，就像是奶奶故事中的主角。吉爾伽美什、聖女貞德或是泰山。一位英雄。

洞穴輕微顫動著，彷彿被激怒，塵土也從洞穴頂部落下。地表上發生了撞擊。

真接近，我心想。我已經爬了這麼遠？我拿出手繪的小地圖本。我已經在這裡滿久了，至少幾個小時。我在前幾個洞穴那裡睡了一覺……

我查看光繩上的時間。夜晚來了又去，此刻已接近中午，也就是測試的日子——測試在晚上舉行。也許我應該回去了。要是我沒參加測試，媽媽和奶奶都會擔心的。

但管他的測試，我這麼想，同時也想著那種被拒於門外的憤慨。我再往上爬，擠過一個小洞，進入了另一條地道。在這種地方，就這麼一次，我的體型終於是種優勢了。

另一陣撞擊撼動著洞穴。有這麼多碎片掉落時還要爬上地表，實在是很蠢。但我才不在乎。我覺得自己不顧一切。我覺得幾乎聽到有某種東西在驅使我往前。我一直爬，最後到了頂部的一處裂縫。光線從那裡照進來，有一種均勻、毫無生氣的感覺——白色太多，橘色不夠。又冷又乾的空氣也吹了進來，這是好現象。我把背包推到前方，然後扭動身體通過裂縫，來到了光線下。

地表。我抬起頭，再次看見了天空。這種景象總是能讓我驚奇不已。

遠處有一具天燈照亮陸地上的一部分，不過我的人幾乎都在陰影中。

就在上方，天空閃耀著，下起了碎片雨，發光的線條有如割痕。一組由三架偵察級星式戰機構成的編隊飛過那裡，正在偵查。掉落的碎片通常是船艦毀壞的零件或是其他太空廢棄物垃圾，也許可以搜刮到有價值的東西。不過碎片雨會讓我們的雷達顯示變得一片雜亂，而且有可能掩護了克里爾人的入侵。

我站在藍灰色的塵土中，讓仰望天空引起的敬畏感流遍全身，感受風吹過臉頰的特殊觸感。我爬上來的地方接近艾爾塔基地，看得見它就在一段距離之外，可能只需要步行三十分鐘左右就到。既然克里爾人已經知道我們在哪裡，基地就沒有必要再隱藏，因此也從隱蔽的掩體擴建成好幾棟大型建築，還加上了圍牆、防空火砲，以及用來防止碎片破壞建物的隱形護盾。

圍牆外面，有好幾群人在一小片帶狀地區上照料樹木和田地，我一直覺得很奇怪。他們到底在那裡做什麼？真的想在這種布滿塵土的地面上種植食物嗎？

我不敢靠近。守衛會把我當成從遠處洞穴來的拾荒者。然而，那些田地的鮮綠色和基地的堅固圍牆相當引人注目。艾爾塔是證明我們決心的不朽之作。三個世代以來，人類在這個星球上就像老鼠和遊牧民族一樣生活著，可是我們再也不會躲藏了。

星式戰機的飛行軌跡朝著艾爾塔而去，我也跟著往前走了一步。**把妳的眼界提高一點，爸爸這麼說過。要看見某種更偉大的東西……**

這讓我變成了什麼樣子？

我把背包和矛槍掛到肩上，然後往另一個方向走。我去過附近另一條通道，想要再探索一些，這樣就可以把地圖上的某些部分連接起來。可惜的是，我到達的時候，發現通道的開口完全坍塌了。

一些太空垃圾在不遠處墜落，噴發起一陣煙塵。我抬起頭，看見上方有少數更小型的碎片正在下墜，那些燃燒的金屬碎片……

正往我這裡來。

可惡！

我往原來的方向狂奔。

不。不……！周圍發出隆隆聲，我還感覺到正在接近的那些碎片發出的高溫。

那裡！我發現地表上的一個小小洞穴開口——一部分是裂縫，一部分是洞口。我撲上前，整個人滑行進去。

後方傳來一陣巨大的碰撞聲，似乎整個星球都在震動。我忙亂地啓動了光繩，在掉入一團混亂時用手掌拍擊某塊岩石。光繩連接著壁面，讓我的下墜猛然停止，岩石碎片和小石頭從我的身旁掠過。整個洞穴都在晃。

接著，一切慢慢平靜下來。我眨掉眼睛中的灰塵，發現自己正被光繩懸吊在一個小洞穴的中央，大概有十至十五公尺。我的背包不知道在哪裡，一隻手臂也嚴重擦傷了。

很好。眞是好極了，思蘋瑟。這就是妳耍脾氣的後果。我的頭在抽痛，讓我發出呻吟，接著我輕觸手掌伸長光繩，讓自己下降到地面。

我撲通一聲落下，氣喘吁吁。雖然遠處聽起來還有其他的撞擊聲，不過已經逐漸變少。

我搖搖晃晃，終於站起來，拍了拍身上的灰塵，接著好不容易在附近某處碎石堆中找到突出的背包背帶。我拉出背包，檢查裡面的水壺和地圖。兩樣似乎都沒受損。

但我的矛槍就沒這麼好運。雖然找到了握把，可是其他部分不見了，大概埋在土石堆裡了吧。

我重重倒在一塊岩石上。我知道我不應該在碎片墜落時上去地表的。這可以說是我自找的。

一陣扒抓聲從附近傳來。是老鼠嗎？我立刻舉起矛槍的握把，後來又覺得實在太蠢了。不過，我還是勉強站起來，把背包掛到一邊肩膀上，然後提高手環的亮度。有個影子躲了開去，我稍微跛著腳跟上。說不定我可以在這裡找到另一條路。

我舉高手環，照亮了一個小洞穴，地面到頂部的距離很高。前面某個東西反射著我的光線。金屬？也許是其中一條水管？

我走過去，腦袋花了一段時間才明白眼睛看到了什麼。

那個東西停在洞穴的角落，被碎石包圍著——是一艘飛艇。

第四章

那是一艘星式戰機。

戰機是舊型的，我完全不熟悉設計方式。翼展部分比DDF飛艇更寬，形狀像是一個漂亮的「W」字母。兩側筆直像剃刀的機翼，圍住了中間覆滿灰塵的舊駕駛員座艙。上斜環——爲星式戰機提供飛升動力的東西——埋在飛艇底下的碎石中，不過以我目測看來仍完整。

我一度忘記了測試的事。這是一艘飛艇！

它在這裡究竟待了多久，附近才會積了這麼多碎石，還有這麼多灰塵？有一邊的機翼可能是被塌落的碎石壓彎，幾乎要碰到地面，而後方的推進器則是一團糟。

*我不知道型號。這太難以置信了。*我知道所有的DDF飛艇設計、所有的克里爾飛艇，以及遊牧民族般的人類部族所使用的巡迴貿易飛艇設計。我甚至還研究過我們墜毀於狄崔特斯之後的頭幾十年所使用的飛艇。

我幾乎可以在睡夢中滔滔不絕說出所有飛艇的一切，並且根據記憶畫出輪廓。可是我從來沒見過這種設計。我放下背包，戒慎地爬上折彎的機翼。我的手環提供照明，而我的靴子磨去結塊的灰塵，露出了機身有刮痕的金屬表面。飛艇的右側受到了特別嚴重的撞擊。

*是在這裡墜毀的，*我心想。*很久以前。*

我爬到圓形座艙附近，座艙罩的材質是玻璃——好吧，可能是融合塑料——而且竟然完好無缺。飛艇經過了幾個世代，已經沒有足夠動力可以開啓駕駛艙，不過我猜到了手動開啓面板的位置。我撥掉灰塵，發現上面用英文字母寫著「緊急座艙罩開啓裝置」。

所以這艘飛艇是人類的。這表示飛艇一定很舊了，可能就跟那些設備和碎片帶一樣古老。

我用力拉了開啓裝置的控制桿，結果拉不動。這東西卡住了。我雙手扠腰，考慮直接砸破座艙罩進去——不過這樣似乎太可惜了。這可是個古董，應該放在我們用來紀念過去那些戰士的伊格尼斯飛艇博物館裡。座艙中沒有骸骨，表示駕駛員要不已經脫逃了，要不就是時間太過久遠，連骨頭都變成了塵土。

好吧，還是小心處理。我可以很小心。我小心得不得了。一向都是如此。

我把光繩的一端固定在開啓控制桿上，然後從飛艇頂部走到後側的碎石區，將光繩的另一端固定在一顆大石頭上。能量繩完全與手環脫離後，就不再發亮了。這條繩子離開電源之後就會剩下一、兩個小時的作用，不過會維持住脫離時的長度。

我躺著從機身滑下，背部頂著壁面，用雙腳推動大石頭。上方的小石頭開始往下滾動，後來我一聽見座艙傳來了喀噠聲，就立刻輕觸解除光繩。發亮的繩子兩端鬆開了，接著被我吸回手環裡。

計畫成功之後，我攀爬回去，發現控制桿已經拉起，舊座艙的一部分也微開了。

我懷著敬意，拉起座艙罩，灰塵紛紛從兩側落下。裡面看起來保存得非常良好。雖然我滑進座艙時發現座椅很硬，但是皮革並沒有裂開或腐爛。

操作方式很類似，我心想，一邊將左手放在油門上，右手則是放在控制球上，手指伸進了凹槽。我曾經在博物館裡坐在模擬座艙內，可是從來沒進過眞正的飛艇。

我伸進口袋，摸著爸爸的胸針，這是我在進入地道前從祕密地點拿來的。我舉起胸針，讓它在手環的光線下閃爍著。爸爸感受到的，就是在座艙裡這種適得其所的歸屬感嗎？如果知道自己的女兒整天都在獵老鼠，他會怎麼想？還有她就待在這個滿是灰塵的洞穴裡，而沒去參加飛行員測試？

她退縮了而不去戰鬥？

「我才沒退縮！」我說：「我才沒逃避！」

或者……好吧，我有。可是我還能做什麼？我又不能對抗整個體系。如果DDF的首領鐵殼司令不想讓我加入，我根本無計可施。

憤怒席捲了我。挫折，憎恨。我憎恨DDF對待爸爸的方式，我對我媽媽和老師感到憤怒——以及明明知道事實卻還讓我一直做夢的每一個大人。

我閉上眼睛，幾乎能夠感受到後方的飛艇推進器。我幾乎能感覺到轉彎時的G力（重力）。涼爽新鮮的空氣從大氣層傳來，擠進了座艙裡。

我眞的好想感受這一切。可是當我張開眼睛，卻又回到了這個布滿灰塵又壞掉的老古董中。我永遠無法飛行。他們會打發我的。

我的腦中有個聲音在輕聲說話。

萬一這就是測試呢？

萬一……萬一他們是想看看我的反應呢？可惡，萬一薇米爾老師說謊呢？萬一我逃避而一無所有——更糟的是，萬一我正好證明了*我就是個膽小鬼*，就像大家都說我爸爸是懦夫一樣？

我咒罵了一聲，查看光繩手環上的時間。四個小時。*還有四個小時就要開始測試了*。可是我幾乎亂晃了一整天。我不可能及時趕回伊格尼斯的，對嗎？

「摘下那些星星，思蘋瑟。」我輕聲說。

我必須試一試。

第五章

我猛然衝進入考場，就像一架推進器燃燒過度的戰機。

我打斷了一個身材很高的老女人說話，她穿著白色的司令服，銀白色頭髮留到下巴的長度。她皺眉看著停在門口的我，接著她的眼神立刻移向掛在牆上的時鐘。

秒鐘跳到了最後一格。十八點整。

我成功了。我全身大汗，工作服因爲剛才碰上了掉落的太空垃圾而被扯破、染上髒汙。可是我成功了。

考場位於伊格尼斯中心的政府建築內——就在通往地表的電梯附近——裡面的人全都安靜沒說話。室內擺滿了桌子，這裡一定有上百個孩子。我不知道在無畏者的洞穴裡有這麼多十七歲的人，而且這些還只是想要參加飛行員測試的。

就在這時，每一個人都盯著我看。

我抬起頭，試著假裝一切都很正常。不幸的是，我只看見唯一一張空桌子，就在那個銀髮女人的正前方。

我認識她嗎？那張臉……

可惡。

那可不是什麼資淺的司令官，而是茱迪·埃文斯（Judy Ivans），也就是「鐵殼」本人。她是第一公民，也是DDF的領袖。我在好幾百幅畫和雕像上見過她的臉，基本上她就是全世界最重要的人物。

我稍微跛著腳，走到她面前坐下，盡量不表現出我的難堪——或是疼痛。要一路這樣趕來，我必須在洞穴和通道內使用光繩瘋狂垂降好幾次。我的全身肌肉因此都在抗議，而且右小腿在我坐下時還抽筋了。

我把背包放到座位下的地上，臉部肌肉還抽動著。有一位助理過來抓起我的背包，拿到考場旁邊，位子上除了鉛筆其他什麼都不能帶。

我閉上眼睛——不過一聽見附近傳來清楚的細語聲又立刻張開。「噢，謝天謝地。」小羅？我掃視後，注意到他就坐在幾排之外。他可能提早三個小時就到了，然後從頭到尾都在擔心我會遲到。根本沒有必要。我抵達的時候至少還剩半秒鐘呢。我對他眨眨眼，再回過頭，努力忍住不痛得大叫出來。

「正如我所說，」司令繼續說下去：「我們對你們感到驕傲。你們的努力和準備證明了你們是DDF有史以來最棒也最有前途的一代。你們這一代將會繼承地表。你們將會帶領我們進入對抗克里爾人的英勇新時代。

「記住，這場測試並不是要各位證明自己的價值。你們全都很有價值。要讓飛行員飛行一次，我們就需要數百個技師、技術人員以及其他的支援人力。就連地位較低的藻桶工人也參與了我們追求生存的偉大目標。戰機的推進器或機翼不該輕視使它固定的螺栓。

「雖然你們不會全數通過這次測試，但光是選擇來到這裡，就表示你們符合我對你們的崇高期望。而對於那些通過測試的人，我很期待能夠指導你們的訓練。我個人特別關心學員。」

我皺起眉頭。她感覺非常超然，非常中立，無論我爸爸的名聲有多麼糟，她一定不會在乎我的事。

助理忙著分發試卷時，鐵殼走到了考場側面，附近有幾位穿著閃亮制服的上尉。一個戴眼鏡的矮男人小聲對她說話，然後指著我。鐵殼轉過來再次看著我，嘴角明顯往下掉。

不妙。

我望向考場的另一面牆，那裡有幾位老師正在看著——包括薇米爾老師。她看見我，搖了搖頭，好像很失望的樣子。可是我……以為我想通了，他們只是想看看我是不是真正的無畏者。

對吧？

一位助理謹慎地從書架底部拿出一份試卷，放到我的桌上。我遲疑著在口袋找鉛筆，可是只找到爸爸的胸針。旁邊傳來嘶嘶聲，於是我望向小羅——他丟了一枝備用鉛筆給我。

謝謝，我用唇語說，然後翻開試卷，找到第一個題目。

一、說明十四種在桶中培養的藻類以及各自的營養價值，並且提供實例。

我的心一沉。關於藻類的題目？沒錯，測試常會隨機提出學校課程的題目，可是……藻類？

我翻到下一頁。

二、說明培養藻類最理想的確切條件，不限於——但包括——溫度、水源純度，以及桶深。

下一題問的是如何處理汙水，再下一題也是。我發現五十頁的題目全部都是關於藻桶、汙水或通風之類的題目，也感覺我的臉越來越冰涼。這些都是我去打獵時錯過的課程。雖然我會參與下午的物理課和歷史課，可是我真的沒有時間學習一切。

我再次望向薇米爾老師，而她不肯跟我對視，於是我傾身偷瞄了一眼達爾拉·咪賓（Darla Mee-Bim）的試卷。在她最上面那一頁的題目跟我完全不同。

三、舉出你在克里爾飛艇近距離追逐時用於躲避的五種空中操作。

緊密迴旋、旋轉雙剪、阿斯特姆迴旋、反向倒退、傾斜滾轉，還要根據對方的距離、戰場的性質，以及僚機飛行員的動作而定。我靠向一旁，查看另一個鄰座學生的試卷，發現了一些數字，還有推進器跟油門幾個詞。那是跟速度和G力有關的題目。

一位助理開口說話，聲音足以讓試場裡的大部分人聽見：「提醒各位，坐在你們旁邊的人不會拿到相同的試卷，所以作弊不但會被除名當成懲罰，而且也沒有好處。」

我癱坐回位子上，體內的怒氣沸騰著。這簡直太荒謬了。所以他們特別針對我準備了試卷，內容全都來自他們知道我不得不缺席的課程？

在我氣到發昏時，有幾個學生站了起來，走到考場前方。他們不可能已經寫好了吧？其中一位把試卷交給了司令，那是個身材高大、結實的青年，褐色皮膚，短短的黑色鬈髮，還有一張討人厭的臉。從我坐的地方，可以看見試卷上除了他的名字，其他部分都是空白的。他讓她看了一枚胸針——很特別的胸針，有藍色和金色。這枚胸針來自曾經參與艾爾塔之戰的一位飛行員。

第一公民的孩子，我心裡這麼想。他們要做的就只有出席、塡上名字，然後就能自動獲得進入飛行學校的資格。今天總共有六位，各佔了一個免費名額，可能也因此擠掉另一個更認眞的學生。

他們一個接一個離開，司令則把他們沒寫完的試卷放在前方牆壁旁的一張桌子上。他們的分數不重要。就像我的分數也不重要。

迪雅的聲音又回來了。妳該不會眞的以爲他們肯讓獵人的女兒加入DDF吧？

我還是要盡我所能。我憤怒地緊緊握住鉛筆，把筆尖都弄斷了，必須替換一枝才行，但我還是在這份蠢試卷上潦草作答。每一個題目感覺都要讓我的意志崩潰。藻桶。通風。汙水。我應該去的地方。

懦夫之女。她該慶幸我們沒把她丟進桶子裡。

我寫了好幾個小時，各種情緒在體內混雜著。憤怒與天眞的期望交戰。挫折與希望搏鬥。領悟擊倒了樂觀。

十四、說明你認爲藻桶可能已經被同事汙染時應採取的適當程序。

我盡量不在任何題目留下空白，可是在超過三分之二的部分，我的答案都濃縮成「我不知道，我會去問知道的人」。這樣回答眞的很難受，彷彿正好證明了我的能力不足。

但是我才不會放棄。最後，鐘響了，表示五個小時的作答時間已經結束。一位助理把試卷從我指間抽走，於是我重重往後一靠，看著她離開。

不。

現在測試已經結束，鐵殼司令也回來考場，正跟一小群穿著西裝和裙裝的人說話，他們都是第一公民或國民議會的成員。雖然鐵殼以嚴格著稱，但處事很公平。

我站起來走向她，一面在口袋裡翻找，緊握住爸爸的胸針。我客氣地等待著，其他學生則是接連離開，前往測試結束後的宴會，而那些已經確定從事其他職業，以及在今天申請並安排了職位的人也會參加。參加這場測場而未通過的人，會在本週稍晚獲得第二次選擇工作的機會。

不過今晚，所有人都會一起慶祝，無論是未來的飛行員或是未來的工友。

鐵殼終於看向我了。

我舉起爸爸的胸針。「長官，」我說：「身爲曾經參與艾爾塔之戰的飛行員之女，我想請求進入飛行學校。」

她上下打量我，注意到我扯破的袖子、骯髒的臉孔、手臂上乾掉的血跡。她從我手上接過胸針，我屏住了呼吸。

「妳眞的以爲，」她說：「我會接受叛徒的胸針嗎？」

我的心一沉。

「妳甚至不應該擁有這個，女孩。」她說：「這不是在他墜機時就毀掉了嗎？妳是不是偷了某個人的胸針？」

「長官，」我的語氣很緊繃：「胸針沒跟他一起墜機。這是他在最後一次飛行之前給我的。」

鐵殼司令轉身離開。

「長官？」我說：「拜託。拜託，請給我一次機會。」

她遲疑了一下，讓我以爲她在考慮，不過她接著又靠近我，低聲說：「女孩，妳到底知不知道妳會爲我們造成什麼樣的公關惡夢？如果我讓妳加入，而妳最後變成了跟他一樣的懦夫……嗯，我是絕對不可能讓妳進入駕駛艙的。光是讓妳進入這棟建築，妳就應該要慶幸了。」

我感覺好像被甩了幾巴掌，無法隱藏痛苦的表情。這個女人——她也是我的英雄——隨即轉身離開。

我抓住她的手臂，附近幾位助理輕輕地倒抽了一口氣。可是我沒放手。

「我的胸針還在妳那裡，」我說：「那屬於飛行員還有他們的家人。傳統——」

「眞正的飛行員胸針才屬於他們的家人，」她說：「不是懦夫。」她出乎我意料地用力甩開了我的手。

我本來會攻擊她的。我差點就這麼做了。我的心跳加速，臉上感覺十分冰冷。

在我動手之前，一雙手從後方抓住了我。「小旋？」小羅說：「思蘋瑟！妳在做什麼？」

「她偷走了。她拿了我爸爸的……」我沒把話說完，而司令跟她那群隨員就這麼走了。接著我整個人癱軟在小羅的懷中。

「思蘋瑟？」小羅說：「我們去宴會吧。我們可以在那裡聊。妳考得怎麼樣？我覺得……我覺得我考得很糟。思蘋瑟？」

我抽身離開他，沉重地回到我的桌子邊，突然覺得累到快站不住。

「小旋？」他問。

「去參加宴會吧，小羅。」我輕聲說。

「可是——」

「別管我。拜託。就……讓我一個人靜一靜吧。」

他從來就不知道該怎麼面對這樣的我，於是他待了一會兒，最後還是離開了。

而我孤獨地坐在考場中。

第六章

過了好幾個小時。

之前我的憤怒就像岩漿一樣熾熱。現在我只覺得冰冷、麻木。

宴會的回音從建築的另一個地方傳了進來。

我覺得被利用，覺得很愚蠢，更重要的是覺得……很空虛。我不是應該要用力折斷鉛筆，怒氣沖沖地摔桌子嗎？叫嚷著要對敵人還有他們的孩子跟孫子復仇？思蘋瑟的典型反應？

結果我只是坐著發呆。直到宴會的聲音漸歇。最後，有一位助理探頭進考場。「呃，妳應該離開了。」

我沒動。

「妳確定妳不想離開嗎？」

他們得把我拖出這裡才行。我想像著那樣的場景——非常英勇與無畏——可是那位助理似乎不是很想這麼做。她關掉燈光，把我留在裡面，只剩下緊急照明燈的紅橘色光芒。

最後，我　站起來，走向牆邊的桌子。鐵殼可能不小心把第一公民孩子的那些試卷留下了。我翻看那疊試卷，每一份都只寫了名字，其他題目都是空白。我拿起最上面的一份，這是最早交卷的。試卷裡的名字是尤根．威特（Jorgen Weight），接著是一道題目。

一、**舉出使聯合無畏者洞穴（United Defiant Cavern）獨立成爲狄崔特斯第一個主要大州的四場重大戰役。**

這個問題有陷阱，因爲人們很可能會忘記尤尼卡恩戰鬥（Unicarn Skirmish）——大家並不常討論到，不過剛起步的DDF就是在這場戰鬥中，第一次使用由伊格尼斯祕密建造的第二代型式戰機。我拖著腳步回到位子坐下，然後回答問題。

我繼續看下一題，接著又下一題。這些都是很好的題目。不只是單純的日期或零件清單，有些是關於戰鬥速度的數學問題。不過大部分的題目都是關於意圖、意見、個人偏好。我在兩個題目上猶豫不決，試著決定該提出我覺得是測試想要的答案，或是提出我覺得正確的答案。

兩次我都採用後者的方式。反正又有誰會在乎呢，是吧？

在我的作答快結束時，聽見有人在外面說話。從他們的討論聽起來是工友。

我突然覺得很蠢。我是不是該尖叫，讓某個可憐的工友不得不抓住我的頭髮，把我趕出去？我會被揍的。你不可能每場戰鬥都贏，因爲對方人數比你多而輸掉並不可恥。但我還是坐在幾乎全暗的考場中，在緊急照明的燈光下翻到試卷下一頁用鉛筆作答。

最後，我翻過試卷，開始在背面素描一架W形的飛艇。我的腦中突然出現一個瘋狂的想法。DDF一開始並不是正式的軍隊，而是由一群有著瘋狂想法的夢想家起頭。他們讓設備運作，利用我們墜毀於星球時留存下來的某些圖表建立飛艇。

他們打造了自己的飛艇。

門打開，走廊的燈光灑入。我聽見外面有水桶放到地上的聲音，還有兩個人正在抱怨宴會廳的混亂。

「我馬上就出去。」我邊說邊把素描畫完。思考。懷疑。幻想。

「妳怎麼還在這裡，孩子？」一位工友問：「妳不想去宴會嗎？」

「我不太想慶祝。」

他咕噥著。「考不好嗎？」

「反正不重要了。」我望向他，不過他背著光，只是門口的一道輪廓。「你是不是……」我說：「你是不是曾覺得他們強迫你做什麼？」

「不。但可能是我強迫自己做的。」

我嘆了一口氣。媽媽大概擔心死了。我站起來，漫步到助理放下我背包的那面牆邊。

「妳爲什麼這麼想要這份工作？」工友的聲音聽起來好像有點熟悉？「當飛行員可是很危險的。他們很多人都死了。」

「在他們生涯的前五年中，有接近百分之五十的比例被擊落，」我說：「可是他們不一定都會死。有些會彈跳出來，其他的雖然被擊落，但在飛艇墜毀時生存了下來。」

「對。我知道。」

我愣住了，然後皺起眉頭，再次望向那個人影。我看不清楚他的臉，不過他的胸前有某個東西閃爍著。勛章？飛行員胸針？我瞇著眼，認出了ＤＤＦ上衣和褲子的外形。

這個人不是工友。我還聽得見原先那兩個人在外面走廊上互相說笑。

我立刻站起來。那個男人慢慢走到我的桌前，在緊急照明的燈光下，他看起來有些年紀，可能是五十幾歲，留著全白的鬍子。他走路時跛得很明顯。

他拿起我寫過的試卷，然後翻開檢視。「所以爲什麼？」最後他開口問：「爲什麼這麼在乎？他們從來就不在這些測試中提出最重要的問題。爲什麼妳想要當飛行員？」

爲了證明我自己，也爲了挽回我爸爸的名聲。這是我的直覺反應，不過還有其他東西讓我猶豫了。那是我爸爸有時會說的話，埋藏在我心中，但常常被復仇和救贖給遮蔽住。

「因爲可以看到天空。」我低聲說。

男人哼了一聲。「我們稱自己是『無畏者』，」他說：「這是我們最重要的理想——我們拒絕退縮。

不過鐵殼總是在有人公然反抗她的時候如此大驚小怪。」他搖搖頭，把試卷放回我桌上。

他把某個東西放到試卷上，然後就轉身跛行著要離開。

「等一下，」我說：「你是誰？」

他停在門口，這次外面的光線照出了他的臉、他的鬍子，那雙眼神似乎……很蒼老。「我認識妳爸爸。」等一下。我真的認得那聲音。「蒙瑞爾？」我說：「就是你。你是他的僚機飛行員！」

「上輩子的事了，」他說：「後天0700在F棟C-14室。出示胸針就可以進入。」

胸針？我走到桌邊，發現放在試卷上的是一枚學員胸針。

我抓起胸針。「可是鐵殼說她永遠不會讓我進駕駛艙的。」

「我會處理鐵殼的事。這是我的課；學生的事我說了算，就連她也不能否決我。她太重要了，不能這麼做。」

「太重要？重要到不能下命令？」

「軍事禮儀。當妳重要到可以命令機群出戰，這也會讓妳無法干預軍需官做好他的工作。等著瞧。從那份試卷看來，妳知道的很多——但還是有些妳不懂的。第十七題寫錯了。」

「第十七題……」我迅速翻開試卷。「寡不敵眾的問題嗎？」

「正確答案是撤退並等待援軍。」

「才不是。」

他挺直身體，而我立刻閉嘴。我應該跟才剛給我一枚學員胸針的人爭辯下去嗎？

「我會讓妳飛上天的，」他說：「但敵人不會讓妳好過。我就不會讓妳好過。這樣不公平。」

「有什麼是公平的嗎？」

他笑了。「死亡。死亡對我們一視同仁。0700。別遲到了。」

標準 DDF 飛艇設計 83 LD（著陸日）

波可

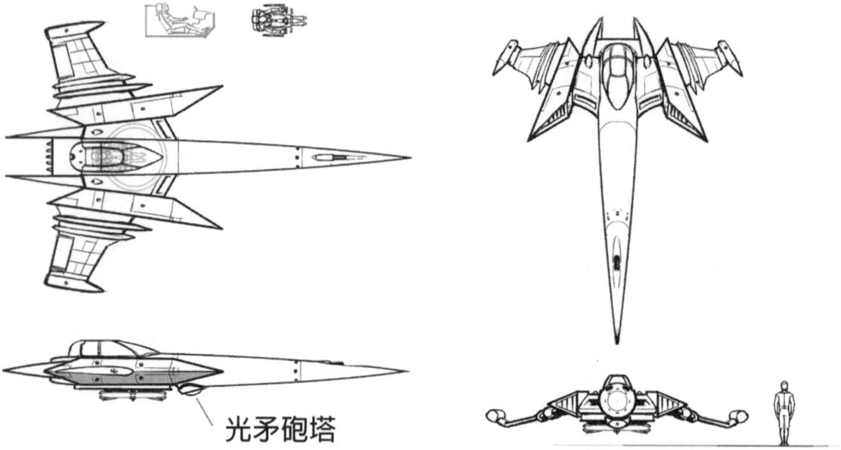

拉爾戈

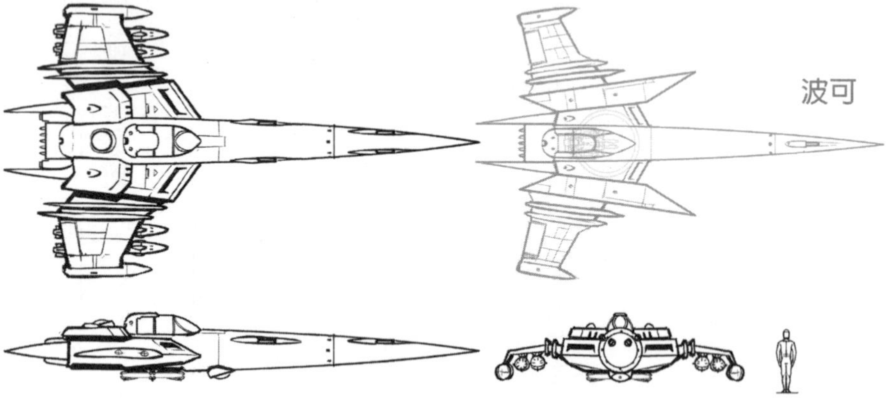

偵察

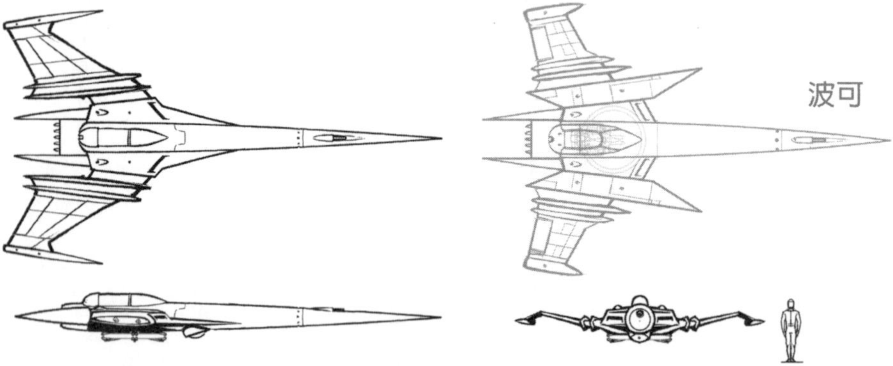

第二部

Part Two

第七章

電梯門開啓，我往外看著一個不應該存在的城市。

艾爾塔主要是一個軍事基地，所以「城市」或許是個誇大的詞。然而，電梯在基地本體之外開啓了足足有兩百公尺左右的空間，道路的兩旁有商店和住家。這是個眞正的市鎭，居民是在後方那幾片綠色植物地帶工作的辛勤農夫。

大型電梯裡的人陸續離開之後，我仍逗留著。眼前代表了一段新生活的起點，是我一直夢想的生活。我站在原地，肩上背著打包好的所有衣物，額頭似乎還留著媽媽吻別的觸感，這時我卻發現自己竟然遲疑了。

「噢，這是不是妳見過最漂亮的事物呢？」聲音從我後方傳來。

我回頭一看，說話的人是個女孩，年齡跟我差不多。她比我高，皮膚是棕褐色，留著黑色長鬈髮。我之前在電梯上見過她，有注意到她的學員胸針。她說話帶有些許口音，我認不出來。

「我一直覺得這不可能是眞的。」她說：「妳覺得會不會是他們要整我們的殘忍惡作劇？」

「他們這麼做會得到什麼戰略優勢？」我問她。

女孩摟住我的手臂，簡直太過親密了。「我們可以的。深呼吸吧。手往上伸。摘下星星。聖徒是這麼說的。」

我不知道要怎麼理解她這樣的行爲。人們通常把我當成賤民對待，他們不會摟住我的手臂。我驚訝到無法抵抗，讓她拖著我走出電梯。我們進入了穿越市鎭、通往基地的寬敞走道。

我比較想跟羅吉一起走，可是我們昨天晚上很晚的時候收到了消息，他們叫他去回答一些關於測試的事，到目前我都還不清楚他情況如何。希望他沒惹上麻煩。

女孩跟我經過了一處噴泉。這是眞的噴泉，就像故事裡那種。我們停下來目瞪口呆地看著，而我抽回手臂，離開那女孩身邊。我的心中有一部分想生氣——可是她感覺好眞誠。

「那些水演奏出來的音樂，」她說：「不是有史以來最美妙的聲音嗎？」

「有史以來最美妙的聲音，是聽見我的敵人痛哭流涕，用粗啞垂死的聲音在去天國之前尖叫著我的名字。」

女孩歪著頭看我。「呃，祝福妳的星辰啊。」

「抱歉，」我說：「這是故事裡的一句話。」我向她伸出手。最好跟其他學員打好關係。「我的呼號：小旋。」

「金曼琳（Kimmalyn），」她邊說邊跟我握手。「呃，我們已經要取呼號了嗎？」

「我可是個優等生。妳要去哪一間報到？」

「呃……」她翻找口袋，拿出了一張紙。「C-14？B學員飛行隊。」

「跟我一樣。」

「呼號……呼號……」金曼琳低聲說著：「我應該選什麼？」

「殺手？」我提議：「後燃？不，這可能會讓人搞糊塗。開膛手？」

「能不能稍微不那麼可怕一點的？」

「妳是要當戰士的。妳需要一個戰士的名字。」

「不是一切都跟戰爭有關啊！」

「呃，應該是吧——尤其是飛行學校。」我皺著眉，注意到她的口音。「妳是從哪裡來的？我猜不是伊格尼斯。」

「我在富足洞穴（Bountiful Cavern）出生長大！」她靠過來。「雖然我們用這個名稱，可是那裡其實什麼都長不出來。」

「富足。」那個洞穴算是接近伊格尼斯，也是無畏者聯盟的一部分。「安提阿（Antioch）人員的部族就在那裡，對吧？」在我們被迫躲藏在狄崔特斯之前，安提阿是舊艦隊的武裝艦之一。

「沒錯。我的曾祖母是助理軍需官。」她看著我。「妳說妳的呼號是小旋？妳不是應該叫『痛哭流涕』或『吃敵人眼珠』之類的嗎？」

我聳聳肩。「我爸以前就叫我小旋了。」

她露出爽朗的笑容。可惡，他們竟然讓這個女孩過關，卻拒絕了我？ＤＤＦ想要做什麼？組一個編織俱樂部嗎？

我們接近了基地，那是一群高大堅固的建物，外面有一道圍牆。就在基地外側，農地轉換成了一片眞正的果園。我在走道上停住，發現自己又目瞪口呆了。雖然我從遠處見過樹，但是靠近一看，樹似乎非常巨大，幾乎有三公尺高！在此之前，我見過最高的植物是一株到我腰際的蘑菇。

「他們在艾爾塔之戰後就種了這些，」金曼琳說：「要這樣暴露在天空跟克里爾人的攻擊之下，一定需要很勇敢的人自願上來這裡服務才行吧。」她抬起頭，敬畏地看著天空，讓我好奇這是不是她第一次看見天空。

我們走上圍牆的檢查點，我把胸針往前推給守衛，預料可能會受到不客氣的對待——就像艾盧寇在我每次進入伊格尼斯時對我那樣。然而，這個看似備感無聊的守衛直接在一份名單上劃掉了我們的名字，就揮手要我們進去。對第一次正式進入艾爾塔的我來說，感覺眞是少了點儀式。好，很快我就會非常出名，而門口的守衛就會向我敬禮。

進入之後，我們數著建築物，加入另一小群學員的行列。就我所知，我們差不多有二十五個人通過測試，分成了三個訓練飛行隊。只有菁英中的菁英能夠眞的完成飛行學校訓練，被指派全職飛行員職務。

金曼琳跟我很快就到了發射場附近一座寬闊的平房。飛行學校。我勉強忍住自己的雙腳，不衝向那些排列整齊、準備出勤又閃閃發亮的星式戰機——我不想一整天都目瞪口呆。

進入建築後，我們看到了寬敞的走廊，其中大部分似乎都連接著教室。金曼琳尖叫起來，跑去跟另一位學員說話，顯然是她認識的人。我在外牆的一扇窗戶旁停下，一邊往外看著天空一邊等她。

我發現自己很……焦慮。不是關於訓練，而是關於這個地方。*太廣大，太開闊了。*走廊比伊格尼斯大部分建築的廊道都寬上一公尺，而且基地的建築是向外擴展，不是往上方建造。天空就在上頭，永遠存在，有種壓迫感。雖然在我跟天空之間有一道力場——星式戰機也是使用相同的隱形護盾——我還是覺得很容易受到攻擊。

我必須睡在這裡。居住，飲食，生存，都在這麼開闊的空間裡。我是很喜歡天空，並不表示我想在每個私人的時刻受到窺視。

我得適應，我這麼告訴自己。*戰士無法選擇自己的床。要是能夠選擇自己的戰場，就該感激星星了。*這句話引用自君米的《*征服太空*》。我愛奶奶說的君米故事，就跟我愛那些老維京故事一樣，儘管裡面砍掉的頭沒那麼多。

金曼琳回來後，我們一起找到了教室。我深吸一口氣。該是成爲飛行員的時候了。

我們推開了門。

第八章

十座模擬駕駛艙佔據了教室中央，正面朝內排成一個圓形。每一具龐大的裝置都有一張座椅、一個控制台，周圍還有一部分的機身——但是沒有座艙罩。除此之外，這些裝置看起來就像是直接從飛艇扯下來的。

然而，每一具裝置的前方並不是飛艇的機首，而是連接著一個大箱子，差不多一公尺高與半公尺寬。金曼琳和我顯然是我們這支飛行隊中最早到的人。於是我看向壁鐘，時間是０６１５。這輩子我就這麼一次，不只是早到——還是最早到的。

呃，嚴格說來是第二早到的，因爲金曼琳從我身邊跳過，先去看了模擬駕駛艙。「噢！我猜我們是最早到的喔。嗯，聖徒總是說『如果不能提早抵達，至少要在遲到之前抵達』。」

我走進教室，放下背包，也去檢視那些模擬駕駛艙。我認得控制面板的配置——來自波可級的飛艇，很基本但還算可靠的ＤＤＦ星式戰機型號。門打開，有另外兩位學員進來。前面比較矮的男孩有深藍色的頭髮，看來是勇揚人（Yeongian）。舊艦隊的勇廣號（Yeong-Gwang）船員大部分都來自地球上的中國或韓國。

藍髮男孩一邊開心笑著一邊環視教室，還把背包放在我旁邊。「哇塞，我們的教室！」

在他後方的女孩從容漫步，好像這裡是她的地盤。她的身材精瘦，看起來很有運動細胞，金色頭髮綁成了馬尾。她在飛行服外穿著一件ＤＤＦ制服外套——很寬鬆，像是剛去過夜店那樣。

緊接著這兩個人出現的，是一個下巴有刺青的女孩。她一定是維西人（Vician）——來自維西洞穴（Vici Cavern）。我對他們認識不多，只知道他們是舊太空艦隊的海軍陸戰隊員後代。維西人有自己的文化並且堅守不移——不過他們有著偉大戰士的名聲。

我對她一笑，可是她的眼神立刻移開，在金曼琳興高采烈自我介紹時也沒有反應。那好吧，我心想。

金曼琳問到了另外兩個人的名字和來自哪個洞穴。藍色頭髮的那個人叫畢姆（Bim），果然是勇揚人。他的部族在舊艦隊上隸屬於水耕隊，定居在附近的一個洞穴，照料由古老系統照明及維護的一大群地下農田。我從沒吃過來自那裡的食物，食物要保留給那些擁有許多成就點數和勤奮點數的人。

運動型女孩叫胡蒂亞（Hudiya），來自伊格尼斯。我不認識她，但那個洞穴是個很大的地方，人口也非常多。隨著上課時間接近，有一位高個子女孩進來了，她自我介紹叫芙蕾雅（Freyja）。這是一個很好的神話名字，來自古挪威——這點我很認同。她的長相也有點相符。雖然她很清瘦，可是長得很高，說不定甚至有一百八十五公分，而她把頭上的金髮剪得非常短。她的靴子是全新的，擦得很亮，以金色釦子固定。

好，這樣我們有六個人了。我們至少還會有幾個同學。大約在開始上課前十分鐘，有三位青年一起走進來。他們很明顯是朋友，一直小聲交談跟互開玩笑。其中兩個我不認識，不過最前面褐色皮膚跟短鬈髮的那個人比較特別，有張娃娃臉又做作的感覺。

是測試時的那個人，我心想。直接獲得入學資格的第一公民之子。

好極了。我們被空降了一個沒用的貴族，某個住在無畏者洞穴最深也最安全之處的傢伙。他會進入飛行學校，並不是因為有任何技能或天賦，而是因為他想要炫耀學員胸針，覺得自己很了不起。從其他兩個人說話的方式判斷，我馬上認定他們是他的死黨。我敢用一切打賭他們全都不必測試就能入學，所以我們這一組有三個沒資格出現的人。

高大的娃娃臉傢伙走到環形座位的中心。怎麼會有男孩的臉長得這麼欠揍？他清了清喉嚨，然後用力拍手。「注意一下，學員們！這就是我們要讓教官看見的樣子嗎？到處亂晃、閒話家常？列隊！」

金曼琳跳起來立正站好，姿勢有點不到位，祝她好運。他的兩個死黨走上前，步調一致，看起來比眞正的士兵厲害一點。其他人就只是看著他。

「誰給你權力命令我們的？」跟我來自同個洞穴的運動型女孩胡蒂亞說話了。她站著靠在牆面，雙手交抱在胸前。

「我想要讓教官有很好的第一印象，學員。」蠢貨說：「想想他進來的時候看見我們全都立正等著，那有多麼激勵人心啊。」

胡蒂亞哼了一聲。「激勵人心？我們看起來只會像一群拍馬屁的傢伙。」

蠢貨不理會她，走去檢查那三個排好隊的學員。他對金曼琳搖著頭，她所謂的「立正」是以腳尖站立，然後用雙手敬禮。這太滑稽了。

「妳看起來很滑稽。」蠢貨對她說。

女孩的臉一暗，變得沮喪。我馬上爆發一種想要保護她的憤怒。我的意思是……雖然他說得對，但是可以不必那麼大聲說出來。

「是誰教妳立正的？」蠢貨問：「妳會讓我們丟臉。我不能接受。」

「是啊，」我說：「這樣她就會搶了你的風頭，因爲讓我們丟臉很明顯是你的工作，蠢貨。」

他上下打量著我，顯然注意到我身上縫補過的飛行服。這是我爸爸的飛行服，必須大幅修改後我才能穿。

「我認識妳嗎，學員？」他問：「妳看起來很眼熟。」

「我坐在前排接受測試，」我說：「而你交卷時卻一題也沒答。在你看著考場其他地方，看見那些必須努力才有收穫的人是什麼樣子時，也許就有看到我。」

他的嘴唇緊閉成一條線，看起來好像被我戳中了痛點。非常好。第一滴血。

「我是選擇不浪費資源，」他說：「我已經獲得資格，就不必讓人為我評分。」

「不是你自己贏來的資格。」

他環視教室內其他感興趣地看著我們的學員，接著壓低聲音：「聽著，妳不必製造麻煩。只要排好隊，然後——」

「排好隊？」我說：「你還是想要命令我們？」

「顯然我會成為你們的隊長，你們最好習慣聽我的話。」

眞是個自大的屁孩。「就因為你作弊進入——」

「我才沒有作弊！」

「——就因為你靠關係進入飛行學校，不代表你就會是隊長。你得小心一點。別當我的敵人。」

「那又怎麼樣？」

可惡，要抬起頭看他眞是討厭。我跳到自己的座位上，在這場爭論中取得高度的優勢——這個舉動似乎讓他感到意外。

他歪著頭。「什麼……」

「一定要從佔據絕對優勢的位置攻擊！」我說：「蠢貨，這次結束之後，我會高舉你那枚髒汙、熔化的胸針做為戰利品，而你那架燜燒的飛艇就是你的火葬柴堆，以及你那具壓垮、毀損的屍體最後的安息之處！」

整間教室安靜下來。

「好吧……」蠢貨說：「呃，那眞是……寫實啊。」

「祝你好運啊。」金曼琳接話。胡蒂亞對我豎起大拇指，開心地笑著，不過教室裡的其他人分明不知道怎麼理解我那番話。

而且……也許我的反應太過頭了。我很習慣把場面鬧大。我從生活中學到，帶有侵略性的威脅會讓別人退縮。可是我有必要在這裡這麼做嗎？

我在當下領悟了一件怪事。這些人似乎都不知道我是誰。他們不是在鄰近我的地方長大，他們沒跟我一起上課；他們也許聽說過我爸爸，可是他們沒有從其他學員口中知道我是誰。

在這裡，我不是獵老鼠的女孩，也不是懦夫之女。

在這裡我很自由。

門正好在這個時候打開了，我們的教官蒙瑞爾停在門口，一隻手裡拿著一杯冒著熱氣的咖啡，另一隻手拿著一塊寫字板。在光線下，我認出了他在第一公民那些照片中的樣子，不過現在他的頭髮更灰白，而且那些鬍子也讓他看起來更蒼老。

我們看起來一定很像動物園展示的野生動物。我還站在模擬駕駛艙的座位上，一副要壓過蠢貨的樣子。有幾個人竊笑著看我們唇槍舌戰，金曼琳則是再次嘗試做出敬禮的動作。

蒙瑞爾看看時鐘，正好七點整。「希望我沒打擾什麼私事。」

「呃……」我跳下座位，擠出一點笑聲。

「那不是笑話！」蒙瑞爾咆哮著：「我不會開玩笑！到後面的牆邊排好，你們全都是！」

我們急忙照做。大家排隊時，蠢貨以完美的立正姿勢，做出精準的敬禮動作並且定住。

蒙瑞爾看著他說：「別拍馬屁，孩子。這不是基本訓練，你們也不是地面部隊的大兵。」

蠢貨的表情一變，放下了手臂，但還是啪的一聲立正站好。「嗯，抱歉，長官！」

蒙瑞爾翻了白眼。「我是卡柏（Cobb）上尉，呼號是蒙瑞爾，但你們要叫我卡柏——如果一定要的話，也可以叫長官。」他跛行著走到隊伍面前，喝了一口咖啡。「這間教室的規則很簡單：我教、你們學。只要受到任何妨礙，結果很可能就是害死你們某個人。」他在我跟蠢貨站的位置附近停步。「包括打情罵俏。」

我的臉一涼。「長官！我沒有——」

「也包括對我頂嘴！你們現在已經在飛行學校了，願星辰保佑你們。四個月的訓練，如果能夠撐到最後沒被趕走或被擊落，你們就合格了。就是這樣。沒有考試。沒有分數。只有你們坐在駕駛艙，讓我相信你們有資格待在裡頭。你們只能聽我的。」

他等著看我們會有什麼反應，而大家都很聰明，什麼話也沒說。

「你們之中大部分的人都無法成功，」他繼續說：「四個月看起來也許不長，但是會讓你們覺得像永恆那麼久。你們有些人會受不了壓力而退出，有些人則是會被克里爾人殺掉。通常，一組十個人的飛行隊，最後只會有一位學員畢業，成爲眞正的飛行員。也或許有兩個。」他停在隊伍最後方，金曼琳就咬著嘴唇站在那裡。

「不過，你們這群人……」卡柏接著說：「如果有任何人成功，我一定會很驚訝。」他跛行著離開我們，把咖啡放在教室前方的一張桌子上，快速翻看寫字板上的紙張。「哪一個是尤根．威特？」

「是我，長官！」蠢貨應答，同時站得更挺直。

「很好。你是隊長。」

我倒抽一口氣。

卡柏注意到我，可是沒說話。「尤根，你需要兩個助理隊長。今天結束之前給我名字。」

「我現在就可以給你名字了，長官。」他指著兩位死黨，那兩個一高一矮的男孩。「亞圖洛跟奈德。」

卡柏接著在寫字夾板上做了些注記。「很好。各位，選位子吧，我們要——」

「等一下，」我說：「就這樣？你就這樣選好了我們的隊長？你不先看看我們的表現如何嗎？」

「選位子吧，學員們。」卡柏又說了一次，不理會我的問題。

「可是——」我說。

「除了思蘋瑟學員，」他說：「她要到走廊上見我。」

我咬著舌頭，重重踩著腳步到走廊上。或許我應該克制自己的失望，可是……真的嗎？他馬上就選了那個蠢貨？就這樣？

卡柏跟著我出來，平靜地關上門。我準備讓自己爆發，但他立刻轉過身低聲說：「妳想要毀掉這一切嗎，思蘋瑟？」

我忍住沒回嘴，被他突如其來的憤怒嚇到。

「妳知道我得冒多大的險才讓妳上這門課嗎？」他繼續說：「我提出理由說妳坐在考場好幾個鐘頭，說妳寫完的試卷只差一點就滿分了。我還得賭上這些年來贏得的所有影響力和名聲才搞定這件事。結果現在妳一逮到機會就想要脾氣？」

「我……可是在上課之前，你都還沒看過那個傢伙的能耐！他就在那裡自以為了不起，說他會當上隊長。」

「看來他有很好的理由！」

「可是——」

「可是什麼？」卡柏問。

我忍住想要說的話，保持沉默。

卡柏深深吸了一口氣。「很好。至少妳可以稍微控制自己。」他用拇指和食指揉著眉頭。「妳就跟妳爸爸一樣，我有一半的時間都想勒死那個男人。遺憾的是，妳並不是他——但妳必須承擔他留下的後果。妳一定要控制好自己，思蘋瑟。如果我看起來偏袒妳，有人就會說我偏心、不合標準，而妳就會以快到無法想像的速度從我班上被踢掉。」

「所以你不能偏袒我？」我問：「但是每個人都可以偏袒貴族的兒子，即使那個人連測試都沒完成？」

卡柏嘆息著。

「抱歉。」我說。

「不，是我自己沒注意，」他說：「妳知道那個男孩是誰嗎？」

「第一公民之子？」

「艾爾塔之戰的大英雄，那位耶莎．威特（Jeshua Weight）的兒子。她在ＤＤＦ飛了七年，確認擊殺超過一百個敵人。她的丈夫是艾格儂．威特（Algernon Weight），國民議會議長，也是我們最大的跨洞穴運輸公司高階主管。他們是深層洞穴中最重要的大人物。」

「所以他們的兒子跟他的死黨就可以當我們的領袖，只因爲他們的父母？」

「尤根家擁有三架私人戰機，而他從十四歲就開始在戰機上受訓。他在駕駛艙有將近一千小時的時數。妳的時數是多少？」

我臉紅了。

「他的『死黨』，」卡柏說：「是奈德．斯壯（Nedd Strong）——他有兩位兄弟正在ＤＤＦ服役——另一個叫亞圖洛．曼德茲（Arturo Mendez），他是一位在ＤＤＦ待了十六年的貨機飛行員之子。亞圖洛一直是他爸爸的副駕駛，經過認證有兩百個小時的飛行時數。我再問一次，妳有多少飛行時數？」

「我……」我深吸一口氣。「很抱歉質疑你，長官。現在我是不是要做伏地挺身，或是用牙刷掃廁所之類的處罰？」

「我已經說過這不是步兵訓練。在這裡的懲罰不是做什麼僕人般的蠢事。」卡柏拉開進入教室的門。「讓我覺得太過分的話，懲罰很簡單：妳不能飛。」

第九章

妳不能飛。

我從來沒聽過這麼壓垮人心的話。我們兩個再次進入訓練教室之後，卡柏就指向牆邊的一個座位。那不是駕駛艙，只是一張空椅子。

我悄悄走過去坐下，覺得整個人被擊潰了。

「這些特別的裝置，」卡柏邊說邊用指節敲著模擬駕駛艙前方的箱子。「是立體投影機。是我們還在艦隊時使用的舊科技。這些機器開啓時，你們會認爲自己就在駕駛艙內。這些裝置可以讓我們訓練你們飛行，不必拿眞的戰機來冒險。然而，模擬並不是十全十美。雖然它有一些觸覺回饋，但無法複製G力。你們必須在離心機裡訓練，讓自己習慣。

「DDF的傳統是你們可以選擇自己的呼號。我建議你們開始好好想，因爲這個名字在下半輩子都會跟著你們。呼號可以讓飛行隊友了解你們，他們可是你們最重要的人。」

蠢貨舉起一隻手。

「不要現在告訴我，學員，」卡柏說：「接下來幾天隨時都可以。現在，我要——」

教室的門砰的一聲打開了。我跳了起來，但這不是攻擊或緊急事件。

是小羅。而他別著一枚學員胸針。

「我正在納悶你什麼時候會出現。」卡柏邊說邊拿起一疊紙。「羅吉．麥卡弗雷？你覺得在飛行學校的第一天就遲到對嗎？你要在克里爾人攻擊的時候遲到嗎？」

小羅深吸一口氣，然後搖搖頭，他的臉色變得蒼白，就像是停戰的白旗。還有……小羅是學員了！

當他昨晚去跟他們討論他的試卷時，我很擔心。看來他得到了資格！我高興地想要大喊。可是小羅不可能沒有好理由就遲到。這孩子就連感冒都會安排時間打噴嚏。我張開嘴，但一看見卡柏又忍住了。

「長官，」小羅喘著氣說：「電梯……故障了。」

卡柏走到教室側面，按下對講機的按鈕。「傑克斯（Jax），」他說：「你可以查一下今天電梯有沒有故障嗎？」

「不必查了，上尉。」有個聲音從按鈕上方的喇叭回答：「103-D電梯剛才壞了兩個小時，有人困在裡面。這個問題已經讓我們傷腦筋了好幾個月。」

卡柏鬆開按鈕，看著小羅。「他們說你在今年在測試得了最高分，學員。」

「他們是這麼告訴我的，長官。他們叫我過去，然後司令給了我一個獎跟其他東西。我很抱歉我遲到了。我不是故意的，尤其是在我的第一天。我已經準備獻身於——」

「行，這樣就可以了，」卡柏邊說邊往一張座位揮手。「別耗掉我的善意了，孩子。」

羅吉開心地坐下，後來看見我坐在教室的旁邊，就對我用力翹起大拇指。我們成功了。我們兩個都用自己的方式成功了。小羅是榜首，眞的太棒了——至少測試對他是公平的。

卡柏走到蠢貨的位子，打開前方箱子側面的一個開關。一整片光線霎時圍繞了模擬駕駛艙——安靜、閃爍，就像一顆發光的氣泡。蠢貨在裡面用很輕但聽得見的聲音，對北極星說了一段禱告。我在座位上往前傾。

「這會讓人迷失方向。」卡柏邊說邊走，打開亞圖洛的機器，接著是奈德的。「雖然跟眞正飛上天時沒得相比，不過已經是過得去的代替品了。」

在他沿著圓圈走動，接連開啟大家的裝置時，我一直緊張等待著。聽得出每個學員都發出了讚嘆的聲音——小聲地倒抽一口氣，或是「哇」。卡柏在最後一張空位子轉身，走向教室前方時，我的心都要碎了。

後來，他好像想起了自己忘記的某件事，回過頭來看著我。

我期待到幾乎快爆炸。

他終於往空的模擬駕駛艙點了點頭。我急忙離開座位，在他打開開關時爬進去。光線在我周圍閃爍，轉眼間，我似乎就坐在建築外發射場上一架波可級戰機的駕駛艙裡。這幅影像太難以置信了，讓我倒抽了好大一口氣，接著把頭探出「座艙罩」確認。我的手穿過它時，立體投影搖晃著，分解成粒狀的光線，有如掉落的灰塵。

我收回手，接著檢查控制設備：一根油門控制桿，一面充滿按鈕的儀表板，還有一顆右手用的控制球。球體可以讓我握住，有凹槽可以放進手指，再用指尖按按鈕。

在立體投影的座艙罩外，我看得見其他「飛艇」排成一列，旁邊還完美複製了艾爾塔基地。我甚至還能抬起頭看見天空，看見隱約的碎石帶……看見一切。

卡柏的鬍子臉穿過天空——就像其中一位聖徒——他傾身穿過立體投影，對我說話：「妳喜歡這種感覺嗎，學員？」

「是，長官，」我說：「甚於一切。」

「很好。別忘掉了。」

我看著他的眼睛，然後用力點點頭。

他退開了。「好了，學員們。」他的聲音不知是從哪裡冒出來，感覺像是幽靈。「我不會浪費時間。你們受訓的每一天，都有厲害的飛行員因爲少了你們的支援而在戰鬥中死去。把你們腳邊的頭盔戴起來。」

我照做，現在卡柏的聲音從我頭盔裡的耳機傳來。「我們來練習起飛，」他說：「那應該——」

「長官！」蠢貨說：「我可以爲他們示範。」

我翻了白眼。

「好，隊長，」卡柏說：「我很樂意讓別人替我做困難的工作。你來帶他們上天空吧。」

「是，長官！」蠢貨說：「飛行隊，你們的戰機不需要推進器來上升或下降高度，這是由上斜環處理的，也就是每艘飛艇底下都會有的環形裝置。它的動力開關在……嗯……前控制台的最上方，那顆紅色的按鈕。飛行時千萬不要把它關掉，否則你們會像碎片一樣墜落。」

行列中有一艘飛艇的底部在上斜環開啓時突然亮起。

「使用控制球向右或向左轉彎，」蠢貨繼續說：「或者做出小的動作。要快速上升，就把油門旁邊較小的控制桿往上拉。」

蠢貨的飛艇穩定筆直地升上天空。他的飛艇跟我們其他人一樣，是波可級的。這些東西看起來像是長了翅膀的漂亮鉛筆，不過仍然是飛艇，而我就在駕駛艙裡。雖然幾乎都是立體投影，但這一切是眞的在發生。

我打開紅色開關，整個儀表板亮了起來。我滿臉笑容，右手握住控制球，左手拉起高度控制裝置。我的飛艇在啓動時猛然往後移動，結果撞進我們後方的建築，墜毀了。

而我不是唯一的一個。飛艇反應的敏感度超出我們的預期。小羅不知怎麼讓他的飛艇完全上下顚倒；金曼琳猛衝向天空，因爲突然的移動而尖叫，接著就往下掉，直接摔毀在發射場上。

「只使用高度控制裝置，」蠢貨說：「現在還不要碰控制球，學員們！」

卡柏在外面某處輕笑。

「長官！」蠢貨說：「我……呃……那……」他沉默下來。「嗯。」

我很慶幸沒人看見我的臉有多紅。從桌子跟散落的食物判斷，我應該是讓飛艇摔進了立體投影中的飛行學校餐廳。我覺得自己好像會因爲撞擊而使頸部受傷，可是椅子在飛艇移動時只會稍微搖晃，無法複製飛行時眞正的運動。

「恭喜，學員們，」卡柏說：「我很確定你們有一半的人現在都死了。心得是什麼，隊長？」

「我沒料到他們會那麼無藥可救，長官。」

「我們才不是無藥可救，」我說：「只是……太急了。」

「也許還有一點尷尬。」金曼琳指出。

「妳是指妳自己吧。」一個女孩的聲音從我的耳機出現。她叫什麼名字？胡蒂亞，那個穿著寬鬆外套的馬尾女孩。她在笑。「我、我的胃，我覺得我要破口大罵了。可以再來一次嗎？」

「再一次？」金曼琳問。

「這太棒了！」

「妳剛剛才說妳覺得妳要破口大罵了。」

「那是以一種好的表達方式。」

「妳要怎麼用好的表達方式破口大罵？」

「注意！」卡柏厲聲說。我的飛艇變得模糊不清，接著我們全都突然又排成一列，飛艇又變回正常的樣子，看來是模擬重新設定。「你們跟很多新手飛行員一樣，還不習慣飛艇有多敏感。藉由上斜環和推進器的動力，你們就可以執行精準操作——尤其是我們讓你們接受光矛訓練的時候。

「不過這種靈活性是有代價的。你們眞的很容易就會在飛艇裡害死自己。所以今天我們要練習三件事：向上、往下，以及在做這兩件事的時候不要死。明白了嗎？」

「是，長官！」我們異口同聲回答。

「你們也要學會控制無線電。用控制面板左上角那組藍色按鈕來操作，你們必須習慣開啓跟整個飛行隊通話的線路，或是只跟僚機通話。晚點我們會認識其他按鈕。我不希望你們現在分心。只有星辰知道你們怎樣才會有比剛才更糟的表現，但我可不想給你們這個機會！」

「是，長官！」我們大聲說，不過都有些膽怯。

於是，接下來三個小時，我們都在起飛和降落。

這讓人很挫折，我覺得我應該可以做得更好。我這麼認眞學習，還會在腦中練習。我覺得我能得心應手。

但我做不到。一開始的墜機證明了這點，後續的差勁表現也讓我很挫敗。

要克服這些的唯一方式就是練習，所以我全心全意聆聽指示。上和下。上和下。一次又一次。我咬著牙操作，下定決心不能再墜毀。

最後，我們全都成功起飛和降落了五次而不墜機。當卡柏再次要我們起飛，我鎖定了高度五百，然後停在那裡。我鬆了口氣往後靠，這時其他學員也加入我，排成一列。

蠢貨迅速地飛過，在停下之前還翻了一小圈。愛現鬼。

「好了，隊長，」卡柏說：「爲你的飛行隊點名，讓每個成員口頭確認準備就緒。每次戰鬥前你都要這麼做，確認沒人發生機械或身體方面的問題。飛行隊，如果你遇到了麻煩，告訴隊長。如果你知道飛艇有問題卻還飛進戰場，你就得爲自己可能造成的傷害負責。」

「長官。」畢姆在通話線路上問：「如果我們在訓練時摔掉眞正的飛艇，是不是就不能畢業了？」

「通常，」卡柏說：「如果有學員讓自己的星式戰機墜毀，就表示有某種疏忽的成分存在，代表不應該把那種設備交付在他們手中。」

「如果我們彈射逃生呢？」畢姆說：「我聽說學員會在實戰情況中受訓。如果我們被擊落並彈射出來，是不是表示我們就出局了？我是指學員的身分？」

卡柏沉默了片刻。「沒有不能變通的規則。」他說。

「但這是傳統對不對？」畢姆問。「彈射並放棄飛艇的學員會從此停飛。」

「那是因爲他們在找儒夫，」胡蒂亞說：「他們想要踢掉太想彈射的學員。」

我感覺腎上腺素激增，只要有人提到「儒夫」這個詞，就會讓我這樣。不過這次並不是指我，而且永遠也不會是。我永遠不會彈射的。

「眞正的飛行員，」蠢貨的其中一個死黨說：「菁英中的菁英？他們可以操縱要墜毀的飛艇降落，救回有用的設備，即使是被擊中也一樣。飛行員必須保護非常珍貴的上斜環，因爲飛行員的價值並不如——」

「夠了，亞圖洛，」卡柏打斷他。「你在散播愚蠢的謠言。飛行員跟飛艇都很重要。你們可能會從其他學員那裡聽到關於操縱飛艇進行控制降落的事，不要理會那些話。聽見我說的嗎？如果你們被擊落，一定要彈射。別擔心後果，要擔心你們的生命。如果你們是夠格的飛行員，這並不會影響生涯，管他傳統不傳統。」

我皺起眉頭。這跟我聽說的不一樣。成熟的飛行員被擊落，他們會有第二次機會。但是學員？如果你只要找最棒的，爲什麼要讓曾經被擊落的人畢業？

「愚蠢的飛行員自尊。」卡柏不滿地說：「我發誓這讓我們付出的代價大於克里爾人。隊長，你不是要點名嗎？」

「噢，對！」尤根說：「B學員飛行隊！是時候——」

「B學員飛行隊？」卡柏說：「你可以想個更好聽的名字吧，隊長。」

「呃。是，長官。嗯……」

「天防飛行隊（Skyward Flight）。」我說。

「天防飛行隊，」蠢貨立刻採用了這個名稱。「點名並確認就緒，以儀表板的飛艇識別號爲順序！」

「天防二號，」兩位死黨其中的高個子說：「呼號：奈德爾（Nedder）。確認。」

「天防三號，」胡蒂亞說：「呼號：赫爾（Hurl）。確認。」

「眞的嗎？」蠢貨問：「赫爾？」

「很好記不是嗎？」她問。

蠢貨嘆了口氣。

「天防四號，」小羅說：「嗯……呼號：瑞莫羅。哇，說出來的感覺眞好。還有，嗯，確認。」

「天防五號，」死黨中的矮個子亞圖洛說：「呼號：安菲斯貝納（Amphisbaena）。」

「安菲什麼？」赫爾問。

「那是一隻雙頭龍，」亞圖洛說：「是神話中極度可怕的生物。確認。」

「天防六號，」金曼琳說：「所以……呼號，我需要一個是嗎？」

「聖徒。」我提議。

「噢，星辰啊，不行啦。」她回答。

「妳可以之後再想，」卡柏說：「現在就先用妳的名字吧。」

「不，不，」她說：「叫我快客（Quick）吧。沒有必要耽誤在我的選擇上；聖徒總是說『現在就做那件事才節省時間』。」

「怎麼會，」亞圖洛說：「『現在』做某件事怎麼能節省時間？理論上來說，妳指的那件事如果晚點做，也是會佔用一樣的時間啊。」

「離題了，安菲。」蠢貨說：「天防七號？」

「天防七號，」一個有口音的女孩開口說話了，而我好像從來沒聽過這個聲音。「呼號：晨潮（Morningtide）。確認。」

等一下。那是誰？我想破頭了。瞬間，我突然明白，是下巴有刺青的維西人女孩。之前不理我的那個人。

「天防八號，」畢姆說：「畢姆。這是我的名字，不是我的呼號。我之後再告訴你們。我可不想搞砸。對了，確認。」

「天防九號，」高個子金髮女孩芙蕾雅說：「呼號：FM。確認。」她在第一次啓動飛船的時候沒有墜毀，是除了蠢貨跟他死黨以外唯一成功的一位。她的昂貴衣服跟那些金鞋釦，讓我覺得她一定也是來自深層洞穴。她家很顯然有足夠的點數可以換取花稍的東西。

「天防十號，」我說：「呼號：小旋。確認。」

「眞是溫和的呼號啊。」蠢貨說：「我要叫野格（Jager），這是指古代的獵人——」

「不能用這個，」卡柏說：「我們已經有一位了。在惡夢飛行隊（Nightmare Flight），兩個月前才畢業的。」

「噢，」蠢貨說：「我……呃，我不知道。」

「叫蠢貨怎麼樣？」我說：「我在心裡就是這樣叫你的，我們可以這麼稱呼你。」

「才、不、要。」

我聽見幾聲竊笑——我很確定其中一人是「奈德爾」，也就是蠢貨的高個子死黨。

「好了，」卡柏不理會我們的話。「現在你們已經成功了，或許我們可以來談談怎麼實際移動到某個地方。」

我熱切地點頭，隨即發現沒人看得見我。

「輕輕握住油門，」卡柏指示大家。「緩慢往前推一點，直到表盤顯示零點一。」

我有些膽怯地照做，十分擔心我會重演之前的糗態，但接著飛艇平穩推進，我也鬆了一口氣。

「很好，」卡柏說：「你們現在的速度是零點一 Mag。它的十倍是一 Mag，也就是通常的戰鬥速度。以偶數指定，你們就會下降三百呎。你們可能比較習慣說一百公尺，但出於某種可惡的理由，傳統上在提到高度時都用『呎』，到時你們就會習慣。奇數的話就是上升三百呎。這會給你們一些空間，可以嘗試在飛行時非常輕微地向左右移動。」

我照著他說的做，俯衝，然後拉高。我嘗試往右轉，再往左轉。感覺好……自然。彷彿我天生就要做這種事。就像我——

這時突然爆發一連串警報聲。我嚇了一跳，驚慌地檢查儀表板，擔心我做錯了某件事。最後，我的大腦明白了聲音並非來自這架飛艇，甚至不是來自我們的教室。那是建築之外的警報。

是攻擊警報，我心想，同時摘下頭盔想聽得更清楚。擴音器的聲音在艾爾塔這裡聽起來不一樣。速度更快。

我把頭探出立體投影的座艙罩外，看見其他幾個人也這麼做。卡柏走向教室的窗戶，往外看著天空。我勉強看見遠處有些墜落的碎片在大氣層中燃燒。克里爾人的攻擊。

牆上的喇叭發出細碎爆裂聲：「卡柏，」鐵殼司令的聲音說：「你讓那些菜鳥學員學會盤旋了嗎？」

他走向牆上的面板，按了一個鈕。「很勉強。我還很確定他們其中一個可以找到讓飛艇自我毀滅的方式，儘管波可並沒有這種功能。」

「很好。讓他們上去，採取擴散隊形，就在艾爾塔上方。」

卡柏看了我們一眼，再次按下按鈕。「請求確認，司令。妳要讓新學員在襲擊期間飛上天空？」

「讓他們上去，卡柏。這一波非常龐大，惡夢飛行隊正在城裡休息與復原，我沒時間叫他們回來。鐵殼通話完畢。」

卡柏遲疑一會兒，然後大聲下令：「你們聽見司令的話了！天防飛行隊，前往發射場。出發！」

第十章

前往發射場？

現在？

就在一天的飛行訓練後？

卡柏用力搥下桌上的一顆按鈕，關閉了我們所有人的立體投影發射器。我忍不住好奇這是不是某種測試或是某種奇怪的入會儀式——然而卡柏蒼白的表情說服了我還有其他原因。他不喜歡這樣。

司令到底在想什麼？當然……她當然不會只爲了報復卡柏讓我進入DDF，就要害死整個飛行隊吧？是吧？

我們亂成一團地離開了訓練教室。「小羅，」我邊說邊移動到我朋友身旁，一起在走廊上慢跑，而警報正在遠處刺耳響著。「你相信這一切嗎？任何一件事？」

「不。我還是不敢相信我會在這裡，小旋。他們叫我過去，告訴我分數的時候，我還以爲他們要指控我作弊呢！後來司令給了我一個獎，又拍了幾張照片，這幾乎就跟卡柏讓妳加入一樣難以置信，就在——」

「別管那個了。」我立刻說。我可不想讓任何人注意到我的特殊情況。

我往旁邊一看，發現蠢貨就在幾步之外的距離慢跑著。他瞇起眼睛看著我。好極了。

我們衝出訓練建築，在外面的階梯上集合，這時正好有一組弗雷沙級飛艇升上了天空。那是其中一支值勤中的飛行隊。通常會有好幾支飛行隊值勤，再加上另外一、兩組能夠緊急呼叫出動的飛行隊。

所以他們爲什麼需要我們？我不明白。

卡柏從建築裡出來，指向附近一座飛行場上的一列波可級戰機，總共有十架。地面人員正在戰機旁架上梯子。

「跑起來！」蠢貨大喊：「到你們的飛艇那裡！大家都記得自己的編號嗎？」

金曼琳突然停下來。

「妳是六號，怪客（Quirk）。」卡柏說。

「嗯，其實是快客……」

「快去，你們這些笨蛋！」卡柏大喊：「你們收到了命令！」他看著天空。一組音爆聲發自稍早已經起飛的飛艇。即使他們已經飛到遠處，轟隆聲仍然會讓窗戶喀噠作響。

我趕向我的飛艇，爬上梯子到駕駛艙，然後停住。我的飛艇。

一位地面人員跟在我後面爬上梯子。「妳要進去嗎？」他問。

我臉紅了，趕緊跳進駕駛艙。

他遞給我一頂頭盔，接著傾身進來。「這艘飛艇才剛修理好。妳會在收到命令的時候使用飛艇，但它不是百分之百屬於妳的。妳要跟另一個飛行隊的另一位學員共用，直到被淘汰。」

我戴上頭盔，對他比出大拇指。他往下爬，收走了梯子。我的座艙罩闔了起來，然後密封住。我安靜地坐著，調整呼吸，伸手輕觸啟動上斜環的按鈕。儀表板亮了起來，整艘飛艇發出震動的嗡嗡聲。模擬中可沒有這個。

我往旁邊看——望向我不到四個小時之前才撞進的餐廳。

不要緊張。妳才剛做過一百次，思蘋瑟。

可是我很難不去想我們之前討論過的事。根據傳統，墜毀或彈射逃生的學員無法畢業……

我抓住高度控制裝置，等待指令。接著我又紅著臉打開無線電通話的藍色按鈕。

「——也許誰去對她揮手一下？」亞圖洛的聲音從我頭盔裡傳來。「FM，妳看不看得到——」

「小旋報到，」我說：「抱歉。」

「好了，飛行隊，」蠢貨說：「升空，要平順輕鬆，就像我們練習時一樣。直接上升到一千五百呎，然後盤旋。」

我抓住控制裝置，感覺心臟在胸口轟隆狂跳。第一次飛上天空。

上吧。我讓我的波可飛艇垂直上升。真是太棒了。那種移動的感覺，把我往下拉的G力，基地在我下方逐漸縮小……開闊的天空，歡迎我回家……

我在高度計顯示一千五百時水平飛行。其他人在我旁邊排成一列，亮藍色的上斜環在每艘飛艇底下發出光芒。遠處，我看見了戰鬥的閃光。

「飛行隊點名。」蠢貨說。

我們九個人對他回報確認，接著大家都沉靜下來。「現在呢？」我問。

「試著呼叫以接收命令，」蠢貨說：「我不知道該用什麼頻道——」

「我在。」卡柏的聲音從無線電傳來：「看起來很好，學員們。真是近乎完美的列隊。除了妳，怪客。」

「是快客，長官。」金曼琳說——的確，她的飛艇比我們高了大約五十呎。「然後……我要好好待在這裡，慶幸著自己沒撞到任何人。就像聖徒說的『偶爾犯點小錯並不是錯』。」

「好吧，」卡柏說：「不過我收到了飛行指揮部的命令。隊長，帶領你的飛行隊到兩千呎，速度調整爲零點二Mag，然後小心地飛到城外。我會告訴你什麼時候要停。」

「好，」蠢貨說：「各位，兩千呎並盤旋。還有這次我要妳精準停住，怪客。」

「當然，蠢貨。」她回答。

他輕聲咒罵，跟著我們一起上升——高到下方的城市看起來幾乎跟玩具一樣。我還看得見遠處的閃光，不過墜落的碎片比較明顯。一道道紅色火焰，後方拖著煙霧，直接墜落、穿過戰場。

根據卡柏的指令，我們稍微將油門往前推並使用推進器。就這樣，這是我第一次的飛行——眞的在飛。速度不快，而且大部分時間我都在冒汗，過度小心注意自己的每一個動作。我心裡有一部分仍然感到敬畏。

這一切終於成眞了。

我們飛向戰場，但就在我們飛遠之前，卡柏又呼叫了。

「停在這裡，學員們，」卡柏的語氣聽起來輕鬆多了。「我收到了更多消息。你們不必戰鬥——有個電梯的問題害得我們措手不及。應該待命出勤的一支飛行隊被卡在了地底。

「他們很快就會接替你們。在那之前，司令想要讓我們看起來比實際上有更多援軍。她派了你們以及另一支學員飛行隊在城外近處盤旋。克里爾人沒見過新的飛艇，所以不會飛進來冒險交戰。」

我緩緩點頭，記起了奶奶的一門課。所有的戰爭都以欺敵爲基礎，孫子曾經這麼說。我們可以發動攻擊時，必須表現出無法攻擊的樣子。我們接近時，必須讓敵人相信我們在遠處；而在遠處時，我們必須讓敵人相信我們很接近。使用幾支假飛行隊讓克里爾人擔心，這很合理。

尤根問：「長官，你能告訴我們戰場的情況嗎？這樣我們才能做好準備，以防萬一？」

卡柏哼了一聲。「你們全都通過了測試，我想你們可以告訴我克里爾人基本的攻擊策略。」

我開口正要回答，可是尤根的死黨亞圖洛快了一步。

「碎片開始墜落時，」他立刻說：「克里爾人常會藉此隱藏雷達信號。他們會飛得很低，在我們更強大的AA火砲射程之下，然後試圖接近艾爾塔。如果他們抵達，就可以投下殞命炸彈（lifebuster bomb）。」

我顫抖著。殞命炸彈不止能讓艾爾塔所有人蒸發——無論有沒有護盾都一樣——還會讓底下的洞穴坍塌，埋掉伊格尼斯並徹底摧毀設備。

「但是克里爾人不會每次都使用殞命炸彈，」我插話了：「那種炸彈必須以一種慢速移動的專用轟炸機才能攜帶。那種機型一定很昂貴或是很難製造之類的——因為克里爾人只要受到威脅就會召回轟炸機。大多數時候，克里爾人跟DDF會在墜落的碎片之間戰鬥，而在碎片中常會有可以回收利用的上斜石，讓我們能夠用來製造更多星式戰機。」

「我猜妳可能說對了，」亞圖洛的語氣聽起來很不滿。「不過他問的是他們的基本戰略。基本戰略就是想要摧毀艾爾塔。」

「有四分之三的戰鬥都不會用上殞命炸彈！」我說：「我們認為他們只是想要耗盡我們的資源，摧毀越多飛艇越好，因為我們比克里爾人更難有替代品。」

「好了，」卡柏打斷我們：「你們兩個可以晚點再互相賣弄。兩位都非常聰明。現在閉上嘴。」

我在駕駛艙中往後靠，不確定應該覺得自己受到了讚美還是羞辱。卡柏似乎常會讓我有那種……混雜的情緒。

「今天的飛行隊都沒看到殞命轟炸機，」卡柏說：「這並不表示轟炸機不會接近，不過今天的碎片雨裡頭確實有很多裝了舊式上斜環的機器。」

哈！我心想。我說對了。我想找到亞圖洛在哪裡，好好炫耀一番，但是無法在飛艇的隊列中認出他。

「長官，」蠢貨說：「關於我們戰鬥的方式，有件事一直很困擾我。我們會對克里爾人做出反應，對嗎？出現碎片雨時，我們會飛出去查看。如果我們發現了克里爾人，就跟他們交戰。」

「通常是這樣。」卡柏說。

「這表示我們總是讓他們選擇戰場。」蠢貨說：「然而要贏得戰爭，就必須出其不意、讓敵人毫無準備。在我們要攻擊的時候讓他們以爲我們不會攻擊，或是相反過來。」

「有人好像看太多關於孫子的書了。」卡柏說：「他是在不同的時代戰鬥，隊長——而且使用了非常不同的戰術。」

「至少我們應該嘗試把戰線往上推到克里爾人那裡吧？」蠢貨問：「攻擊他們在碎片帶後方的基地之類的？爲什麼沒有人提出這種事？」

「這是有理由的，」卡柏說：「學員還不必知道。專心在你們目前的命令上吧。」

我皺起眉頭，不甘願地承認蠢貨提出了很好的問題。我回頭望向艾爾塔那片綠地。另一件事也讓我覺得很奇怪。卡柏是一位老練的飛行員，也是第一公民，他在艾爾塔之戰飛過。如果需要儲備軍力，就算是製造假象，爲什麼他不跟我們一起來？

我們安靜地坐了好幾分鐘。

「那麼……」畢姆在頻道上說：「有人想要幫我選呼號嗎？」

「對啊，」蠢貨說：「我也需要一個。」

「我想我們已經決定好你的呼號了，蠢貨。」奈德說。

「你們不可以用這麼難聽的字眼稱呼隊長。」蠢貨說。

「爲什麼不行？」赫爾問：「那個有名的飛行員叫什麼，名稱是有關氣體還是——」

「破風（Broken Wind），」我說：「是第一公民。她最近才退休，而且她是個厲害的飛行員。總共一百三十個生涯殺敵數，平均一年出戰二十次。」

「我才不要用『蠢貨』，」蠢貨說：「這是命令。」

「當然囉，」FM說：「蠢貨。」

我笑了出來，望向座艙罩外，看著在我隔壁那艘FM的飛艇。她以前就認識他了嗎？我聽得出她說話有一絲口音。這種口音跟那三個男孩相同——有錢人的口音，來自深層洞穴。她有什麼故事呢？

遠處持續發出閃光，而我發現自己很想抓住油門、全力運轉，讓我的飛艇直奔過去。很多飛行員正在戰鬥，可能還犧牲了生命，我卻只是坐在這裡？我這樣算是哪種戰士？

會在第一次啓動推進器就墜毀在餐廳裡那種，我心想。不過我還是看著那些閃光，試圖想像戰鬥的場面，瞇起眼睛嘗試瞥見克里爾人的飛艇。

當我看見一艘克里爾人飛艇衝向我們時，還是嚇了一跳。

我見過好幾百種描繪他們飛艇的畫。小型，呈現球根狀，看起來有一種未完成的怪異感——後方拖著像尾巴的線。這種飛艇的駕駛艙很小，是不透明的黑色。大部分的克里爾飛艇在受損或墜毀時都會完全爆炸，但是在少數情況中，我們會發現一些燒壞的殘留物，那是他們身上穿的邪惡盔甲，從未有完整的克里爾人殘骸留存。

「蠢貨！」我說。

「別叫我——」

「尤根！隊長！隨便！看你的十一點鐘方向，大約再低兩百呎的地方。你看到了嗎？」

他輕聲咒罵著。

赫爾說：「好啊！遊戲開始了！」

「這才不是遊戲，赫爾，」蠢貨說：「卡柏教官？」

「我在。什麼事？」

「是克里爾飛艇，長官。看起來飛得很低，在AA火砲的射擊範圍之下，而且正朝著艾爾塔去。」

卡柏沒有馬上回答。我坐在位子上，一邊流汗，一邊將手放在控制裝置上，同時緊盯著那艘飛艇。

「飛行指揮部知道這件事了，」卡柏回報：「你們的替代人員現在正要登機。他們應該很快就會來這裡。」

「如果他們不夠快呢？」我問：「萬一那艘飛艇有殞命炸彈呢？」

「飛行指揮部已經目視到了，小旋。」卡柏說：「那艘飛艇不是轟炸機。一艘飛艇不會造成那麼大的破壞。」

「恕我直言，長官，我不同意。」尤根說：「雖然基地有護盾，但它可以用破壞砲對農夫們開火，殺掉好幾十人，然後——」

「我知道那些該死的克里爾人有什麼能耐，孩子。謝謝你。」卡柏深吸了一口氣。「它很接近嗎？」

「是的，長官，越來越近了。」

無線電靜默著，最後才發出聲音：「你們可以交戰，但是以防守爲主。不准賣弄，學員們。我要你們讓對方分心，直到援軍升空爲止。」

我點點頭，緊張的汗珠在頭盔內從我的太陽穴流下。我準備好要飛了。

「交給我，長官！」蠢貨說：「奈德，你是我的僚機！」

「收到，小尤。」奈德說。

兩艘飛艇離開我們的隊伍，而我不知不覺也握住了油門，追向他們。

「小旋，」蠢貨說：「回到隊伍！」

「你需要我，」我說：「我們越多人，就越可能嚇跑那東西，回到眞正的戰機那裡去！」

「而她會需要一架僚機。」赫爾邊說邊離開隊伍跟著我。

「不，不！」蠢貨說：「其他人應該要待在隊伍裡！」

「帶她去。」卡柏說：「赫爾和小旋，你們跟著隊長和他的僚機。但是其他人要留在原地，我可不希望你們在那裡相撞。」

蠢貨靜了下來。我們四個人一起飛在攔截航線上，增加速度，準備在敵軍戰機太過接近艾爾塔之前予以阻撓。我擔心我們來不及，擔心對方會直接繞過我們。可是我根本就不必擔心。

因爲當我們靠得夠近時，那艘飛艇就突然轉向，直衝我們而來。

第十一章

我的脈搏瘋狂跳動。我覺得臉很冰冷。

但是在那個時候，我知道自己並不害怕。

我一直很擔心我會害怕。我會說大話，假裝自己是個冠軍。可是我眞正參與過多少次戰鬥？在年紀更小的時候跟其他孩子扭打過一、兩次？在柔道課時練習對打過幾次？

我一直有點擔心自己飛上天空的時候會驚慌失措。擔心我會證明自己就是大家說的膽小鬼。就像……就像說我爸爸是懦夫的那些謊言。

但是我冷靜、穩定地用手輕輕控制油門，轉了個彎，試著讓自己處於敵人後方。我知道空戰的技巧，熟到能夠倒背如流；不管在上什麼課，我幾乎都會在課堂中拿到的任何筆記空白處畫出這些戰術。

但我還是很遜。我轉彎的幅度太寬，而赫爾因爲跟我在不同的時刻轉彎，差點就撞上了我。

「哇塞，」赫爾在我們兩個恢復姿態時說：「這比看上去還要困難，是吧？」

克里爾飛艇選擇攻擊尤根，發出一陣猛烈明亮的破壞砲砲火。我想要幫忙，可是這次我轉向的幅度太小了。尤根、奈德以及那艘克里爾飛艇，全都在我後方呼嘯遠去，採取了一連串的空戰操作。

我很慚愧，覺得自己很沒用。我一直以爲我會……呃，得心應手。可是我費了好一番工夫，才只能讓飛艇朝著正確的方向。

克里爾人再次飛到蠢貨的後方——蠢貨輕聲咒罵，做了個近乎完美的雙S形閃躲。對我而言，這一切突然變得眞實無比。那是我的隊友，而敵人正使出渾身解數要殺死他。

「做得好，尤根，」卡柏說：「不過以後要小心運用那些操作。如果你飛得比同伴好上許多，克里爾人就會立刻以你為目標。如果他們能夠認出隊長，就會先攻擊隊長。」

「他們不是應該要先攻擊最弱的飛行員嗎？」FM問：「最容易殺掉的。」

但克里爾人並不是那樣思考的。他們一向都以他們見到最厲害的飛行員為目標，試圖摧毀我們的指揮系統。

「我晚點再解釋。」卡柏的聲音很緊繃：「奈德，如果可以，你必須更靠近尤根。要讓克里爾人嘗試尾隨他的時候，擔心你會尾隨。」

幸好那個克里爾人把注意力放在厲害的飛行員身上，因為赫爾跟我一定是很好的練靶目標，我們連讓自己好好駕駛都很勉強。不過蠢貨……他做了個完美的阿斯特姆迴旋，差點就甩掉了那艘克里爾飛艇。

可惜的是，蠢貨接下來的旋轉動作就沒那麼出色了——他是做得很好，但在最後要脫身的時候，不小心飛向了其他的飛行隊員。我聽見他在無線電上咒罵，試圖猛轉，卻讓追擊他的敵方飛艇直接對著我們的隊伍開火了。

飛艇散開，往各個方向旋轉。畢姆撞上了晨潮，也就是那個有刺青又安靜的女孩。他們的飛艇互相彈開，可是沒有撞到其他人。幾發砲火直接擊中了小羅的飛艇，但他的護盾撐住了。閃光震撼著他的波可飛艇時，他還在無線電上大叫。

我咬著牙，心臟跳得飛快，最後終於跟赫爾都繞回了正確的方向。但這也表示我們經過了那些散開的飛艇，而我這次差點就跟畢姆相撞。

可惡。雖然我明白司令的理由，可是我們根本就不應該在這裡戰鬥。以這種情況來看，今天只有可能會燒我們的葬禮柴堆而已。可憐的金曼琳似乎壓到了她的高度控制裝置，退到了我們下方大約五百呎處。

蠢貨雖然已經早就超過奈德，但只能勉強維持在克里爾人前方。我將油門往前推，我的飛艇暫時抵銷了G力，不過幾秒鐘後G力就作用在我身上，把我往後推向座椅，讓我感覺身體變得更重。

「那些援軍在哪裡？」蠢貨說。這時敵人正在對他開火，轟擊著他的護盾。

「隨時都會到。」卡柏說。

「我沒有時間了！」尤根說：「我要嘗試讓那艘飛艇跟著我飛高，這樣AA火砲就可以射擊了。通知他們吧。」

「通知了。」卡柏說：「那艘克里爾飛艇的護盾還在，所以你可能必須讓對方在AA火砲的射程裡待得夠久，讓砲手多擊中幾發。」

「好吧……我盡量……我儀表板上這個紅色閃燈是什麼意思？」

「你的護盾已經沒了。」卡柏輕聲說。

我可以救他，我焦急地想著。*我一定要救他*！那兩艘飛艇已經飛得很高，我唯一的希望就是盡快趕到那裡，追擊克里爾飛艇，把它打下來。於是我讓飛艇的機首朝上，用力將油門往前推，達到最大動力。

我往上飛的時候，被G力向下擠壓，感覺到自己變得更重了。這是我經歷過最奇怪的感覺，跟我想像的完全不同。我可以感覺到皮膚被往下拉，彷彿要從我的臉滑掉，而我的手臂也變得很沉重——這樣也更難駕駛。

更糟的是，在我的胃被往下拉時，一股暈眩的感覺湧上。幾秒之內，我就開始要昏過去了。

不……我不得不抓住油門往回拉，讓飛艇慢下來，很勉強才讓自己不失去意識。

下方，保護艾爾塔的巨大AA火砲開始射擊，但是跟呼嘯行進的戰機比起來，似乎顯得又笨重又緩慢。轟隆的砲火全都在尤根的小型波可飛艇和看起來奇怪又未完成的克里爾飛艇下方爆炸。在一陣爆破的強光中，一具AA火砲擊中克里爾人，破壞了護盾，但飛艇還是繼續飛行，緊咬著尤根不放。

在前方，敵人的飛艇鎖定了尤根。

他們的下一擊絕對不會錯過他。

不！

就在這個時候，一道純淨的光束從下方往上射，穿透了克里爾飛艇的正中心。飛艇在一道閃光中炸成了碎片。

尤根嘆了好長一口氣。「替我謝謝援軍，卡柏。」

「那不是他們，孩子。」卡柏說。

「噢！」金曼琳說：「我打中了嗎？我打中了！噢，你還好嗎，蠢貨？」

我皺著眉往下看。那是金曼琳發射的。她……她讓自己飛低一點，移動到旁邊，不是想要逃跑，而是為了有好的射擊位置，不必穿過我們之間開火。

老實說，我非常訝異。尤根聽起來也一樣激動。「可惡！」他說：「怪客，妳剛才是從長距離狙擊了一架克里爾戰機嗎？」

「我叫……」她開口想反駁，隨即嘆了口氣。「算了。怪客就怪客吧。總之，是的，長官。」

卡柏在無線電上輕笑著。「看來關於妳的檔案沒錯，怪客。」

「什麼意思？」尤根問。

「她是來自富足洞穴的AA火砲手之女。」卡柏說：「從歷史上來看，在較小型的AA火砲有準頭的人，通常也是很棒的飛行員。在小型AA火砲的輪值席位，會讓人習慣移動與開火，而這位年輕的怪客有著非常令人佩服的命中率。」

「老實說，我本來甚至沒有要參加飛行員測試的。」她心照不宣地說：「可是DDF的召募人員出現，要我示範一下，所以我沒得選擇，只能直接表現了。就像聖徒說的『最好的謙虛要在自誇時展現』。在他們說我有可能成功以後……這個嘛，我承認我確實是因為這樣覺得有點興奮啦。」

她會出現在我們之中，突然間變得很合理了。

「閒聊夠了，」尤根聽起來有些顫抖：「狀態回報，從有受傷的人開始。」

「我……」小羅說：「我被擊中了。」

「有多痛？」

「只是嚇到而已，」小羅說：「不過我……我在飛艇裡吐了。」

赫爾笑得很大聲。

「瑞莫羅，回去基地吧。」尤根立刻說：「晨潮，護送他回去。其他人排好隊。」

我們照做，大家現在已經克制許多。開玩笑的氣氛在我們看著遠方的戰火時逐漸消散，接替的人很快就出現，跟我們換班。卡柏命令我們回到基地，加入另外一支也被當成冒牌援軍的學員飛行隊。

我們在小羅和晨潮的飛艇附近降落，他們兩個人已經離開，或許是要讓小羅去某個地方坐下來冷靜。他很容易就會驚慌失措，我得找到他，看他是不是需要找人談一談。

我們爬出飛艇時，赫爾興奮地高呼一聲，然後衝向金曼琳。「妳的第一殺！如果妳從飛行學校畢業之前就成為一流飛行員，我一定會破口大罵的！」

金曼琳顯然不知道該對這番讚美有什麼反應，這時我們其他人也拿著頭盔聚集過來恭喜她。就連蠢貨也對她點頭，鼓掌表示祝賀。

我側身擠過人群接近他。那樣飛行真的很厲害。「嘿，蠢貨……」我開口說。

他轉過身面向我，近乎咆哮地說：「妳！我們得談談，學員。妳非常需要修正態度。」

什麼？就在我正要稱讚他時？「正好，」我沒好氣地說：「你也非常需要修正你的蠢臉。」

「要這樣子嗎？妳堅持要找麻煩？話說，妳那套飛行服是從哪裡弄來的？我還以爲搶屍體的東西違法呢。」

可惡。或許他剛剛確實飛得很棒，可是那張臉……我還是很想揍他。

「你自己小心一點。」眞希望我們兩個之間有東西可以踩，好讓我的眼睛可以直瞪著他。「等你失敗並因爲失寵而哀悼時，我會用我的影子吞噬你的影子，再嘲笑你的不幸。」

「妳眞是個奇怪的小女孩，小旋。」

小女孩？

小女孩？

「我——」

「注意！」卡柏大喊，正跛行著走向我們這群人。

小女孩？

我氣到快冒煙了，但是一想起我之前才被訓話過，就只能忍下來，跟其他人一起排隊。我刻意不看蠢貨。

「剛才，」卡柏說：「算是我見過最丟臉又最激勵人心的學員表現了！你們應該覺得羞恥。還有驕傲。去訓練教室拿你們的行李，然後到飛行學校的E廳見我，到時要分配床位。你們全都需要好好洗個澡。」

其他學員匆忙地離開。我想要留下來問小羅的事，可是卡柏叫我走。看來他不喜歡人們在他跛行時等他。

我還是走在其他人後方，覺得……呃，其實就像卡柏說的，同時感到羞恥與驕傲。

我飛上天了。我參與了戰鬥。我……

我加入了無畏者防衛軍。

同時，我的表現也糟透了。在說了那麼多大話跟做了那麼多準備之後，我卻像個拖油瓶而不是戰力。我還有很多要加強的地方。

而我會加強的。我會學習。我是個戰士，就像奶奶教我的那樣。戰士之道不是逃離失敗，是要坦然面對，並且做得更好。

我們走在建築物內的走廊時，廣播系統劈啪地發出了聲音：「今天的戰鬥，是一場不可思議的勝利，」鐵殼司令說：「證明了無畏者的力量與韌性。記住你們為何而戰。記住要是敵人設法讓殞命炸彈進入警戒範圍內，他們不但會摧毀這座基地，也會毀滅地下的每一個人，以及我們所愛的一切。你們是文明與瘋狂之間的界線。

「我想特別感謝還沒命名的B和C學員飛行隊中那些新學員。他們的第一次出勤證明了他們是值得敬佩的一群人，儘管其中可能有一些例外。」

可能有一些例外。可惡。統領整個DDF的司令怎麼會這麼小心眼？

走到了教室，我們帶來的衣物行李都留在這裡。在我把行李甩到肩膀上的時候，背包撞到了赫爾。這位運動型女孩笑了起來，說了一句關於之前差點跟我相撞的俏皮話，而我也笑了。對於我們的表現，她似乎很有幹勁而不是感到洩氣。其他人在前面因為奈德說的某些話而亂笑著，於是我決定不要受到鐵殼的影響。我有這支飛行隊當朋友，而且他們似乎都是好人——除了蠢貨之外。也許在這裡，我會第一次找到真正能夠融入的地方。

我們到了學員宿舍，兩條走廊邊全都是房間——一條走廊是男生區，另一條是女生區。每個人都知道在飛行學校期間對於談戀愛有非常嚴格的限制，在畢業之前是不允許亂來的。誰有時間去想那種事？但我得坦承，畢姆穿著飛行服的樣子非常好看。我也喜歡他的藍色頭髮。

我們跟男孩們一起去看小羅。他們的房間幾乎跟我和我媽、奶奶在伊格尼斯共用的那間一樣小。小房間的兩側牆邊都有一座上下舖。亞圖洛、奈德和蠢貨的床上有名牌，而小羅已經在第四張床上了。畢姆則必須睡在一張另外拖進來放的帆布床，真是可憐的傢伙。

小羅正在睡覺——有可能是裝的，這表示他只想暫時一個人靜靜。於是我跟女孩們走回我們的區域，找到了分配給我們的房間，結果也是同樣又小又擠。這裡跟男孩的房間一樣有四張床，每張床上都有一個名牌寫著學員的名字。金曼琳、赫爾、FM、晨潮，她們的真名都寫在上面——但是我比較喜歡使用她們的呼號。大概除了金曼琳以外吧。她真的想要大家叫她怪客嗎？我得找她問問。

總之，當下我被其他事分心了——我沒有床或名牌。連帆布床都沒有。

「哎呀，真是可惜，」金曼琳說：「看來妳要睡帆布床了，小旋。等他們搬來吧。如果妳要的話，我可以每隔一晚跟妳交換睡喔。」

這女孩真是善良到不該從軍了吧。

所以我的帆布床在哪裡？我看向走廊，見到卡柏正跛行而來。兩個穿著憲兵制服的男人在他後方的走廊上停步，然後待在原地。雖然他們沒有接近我們，卻很可疑地在那裡等著。

我離開房間裡的其他人，走向卡柏。「長官？」

「我試過了，他們不肯聽。」他的表情很難看。「妳沒有床位，也不能在餐廳用餐。」

「什麼？」我幾乎不相信聽到他說什麼。

「妳可以進入我的教室——這是我的決定權——但DDF的其他人不認同我做的事。我對設施沒有任何權力，而他們決定不分配資源給妳。妳可以訓練，妳可以開波可飛艇——幸好。但就只有這樣而已。我很抱歉。」

我感覺自己的臉變得冰涼，怒氣在體內上升。「我連吃東西都不行，要怎麼飛行？」

「妳得下去伊格尼斯用餐，」他說：「在妳家人的申請單可以使用的地方。妳必須每晚搭電梯下去，然後在早上回來。」

「搭電梯要花好幾個小時！」我說：「我的時間全部會耗在通勤上！如果我不能跟其他人住在一起，要怎麼成爲飛行隊的一員？這太──這太──」

「無恥了。」卡柏看著我的眼睛說：「同意。那麼，妳要不要放棄？」

我深吸了一口氣，然後搖搖頭。

「好女孩。我會告訴其他人，妳是因爲某些愚蠢的內部政策而不能有床位。」他望向憲兵。「那些高興的傢伙會帶妳離開設施，還有確認妳不會睡在街上。」他靠過來。「這只是另一場戰鬥，小旋。我提醒妳，他們不會讓妳好過的。我會找機會解決這件事。在那之前，要堅強。」

接著他就跛行離開了。

我重重地靠在牆上，感覺好像有人砍斷了我的腳。我永遠無法融入的，我領悟了。司令會確保這一點。

憲兵見到卡柏離開就立刻上前。「我要走了。」我邊說邊掛起背包，走向出口。他們跟在後頭。

雖然我想要跟其他人道別，可是……我不想解釋，所以我直接離開了。明天早上我再回答問題。

我突然覺得精疲力盡。

別讓他們看到妳屈服，我心想，挺直身體往前走。憲兵跟著我走出了建築──在我們經過的一條走廊上，我滿確定發現了鐵殼正看著我離開。

我一走出飛行學校，憲兵就離開了。還說什麼要確認我不會睡在街上。也許那正是鐵殼要的，如果我因爲流浪罪而被逮捕，她就可以把我踢出ＤＤＦ了。

我發現自己在外面踱步，不太想要離開。我不想丟下其他人，也不想放棄我一直想像的同袍情誼。

孤獨。從某個角度看，我還是很孤獨。

「我就是沒辦法忍受，卡柏！」一陣聲音從附近傳來。

那是……蠢貨嗎？

我慢慢接近，從轉角偷看，注意到學校建築後側的入口。那確實是他，就站在門口附近，跟站在裡面的卡柏交談。

蠢貨雙手一攤。「如果他們不尊敬我，我要怎麼當隊長？他們那樣叫我，我要怎麼下令？你得想辦法解決他們的事。禁止這樣，命令他們服從。」

「孩子，」卡柏說：「你不太了解軍隊吧？」

「我這輩子都在為了這件事受訓！」

「那麼你應該知道，尊敬並不會隨著勛章或胸針出現，而是來自經驗與時間。至於那個名稱，大家已經開始習慣了，所以你有兩個合理的選項：忽視它，順其自然，希望它會慢慢消失——或者坦然接受它，拔掉心裡的刺。」

「我才不要那麼做。這是不服從。」

我搖著頭。真是個糟糕的領袖。

「孩子……」卡柏開口說。

蠢蛋雙手交叉在胸前。「我得回家了。我要在十九點整參加與海威洞穴（Highway Cavern）使節的正式晚宴。」蠢蛋走向街上一輛好看到了極點的車。那是一輛私人懸浮車，還裝備了小型的上斜環？我在地底時偶爾會看見。

蠢貨上了車然後發動。引擎發出顫動聲，聽起來似乎比推進器平順的動力更為原始。

可惡啊，這傢伙到底多富有？

他家一定有非常非常多點數，才買得起那樣的東西，而這似乎也讓他富有到不必跟其他人同住。他平穩地開車走了。我被拒絕給予的東西，他卻像嘗到難吃的老鼠肉一樣丟開，眞是太不公平。

我背上背包，拖著沉重的腳步離開。我穿越大門，從被牆圍住的DDF設施離開，這裡有另一組憲兵在筆記本上注記我的通過。接著，我在寬敞的街上緩慢地走向電梯。我的社區位於伊格尼斯遙遠的邊緣地帶，所以我眞的必須用這種方式通勤好幾個小時。也許我可以在底下比較靠近電梯的地方找到住處？

我還是覺得心煩意亂。我走向電梯設施——排隊的隊伍很長，大概是因爲之前發生的問題。我做好等待的心理準備，轉頭往左方看，看到了……就在建築後方，就在田地後方。雖然艾爾塔基地有護盾與圍牆，充滿了從某方面看也算是無畏者的農夫，但這座臨時拼湊而成的市鎮並沒有柵欄。爲什麼需要柵欄？外面就只有塵土、岩石……以及洞穴。

我有一個想法。那裡不會很遠……

我離開等著進電梯的隊伍往外走，經過建築，經過作物，在那裡工作的農夫看著我，但我離開時他們什麼也沒說。這才是我眞正的家：洞穴、岩石，還有遼闊的天空。自從爸爸死後，我花在這裡的時間就比在地底的伊格尼斯還要多。

雖然到達墜毀飛艇的那個洞穴大約要三十分鐘，不過我沒耗費多少力氣就找到了方向。洞口比我記得的還小，但我還帶著光繩，可以爬下去。

那艘老飛艇看起來比記憶中更破舊。或許是因爲我才剛飛過新式的。不過，駕駛艙裡很舒適，座椅也可以完全向後仰。

這是個愚蠢的主意。如果碎石從上面落下，我很有可能會被活埋。可是我已經太受傷、太疲累、太麻木了，根本就不在乎。

就這樣，我躺在一艘被遺忘的飛艇中，在臨時湊合的床位上沉沉入睡。

第十二章

在星式戰機的駕駛艙醒來，基本上算是我這一生最不可思議的事了。好吧，排在駕駛一艘飛艇之後。

我在黑暗中伸懶腰，很意外駕駛艙的空間有這麼大，它比其他DDF飛艇的駕駛艙還寬敞。我啓動光繩提供一些照明，然後查看時間。0430。還有兩個半小時就得在今天的課上報到。

從各方面來看，我沒那麼累，只是有點痠痛……

有東西坐在駕駛座的內緣看著我。

我從來沒在洞穴裡見過那樣的生物。牠是黃色的，這是其中一點。平平的，長長的，有點像是滴狀，背後有藍色的小尖刺，在亮黃色皮膚上形成一種圖案。牠看起來像是一條大蛞蝓，像是一塊麵包，但比較薄。

我看不出牠的眼睛在哪裡，不過從牠彎曲的樣子——前半部抬起——讓我覺得有點像一隻……花栗鼠？像是我們在課堂上看過的影片，來自少數野生動物保護洞穴的那種。

「你是什麼？」我輕聲問。

我的肚子發出叫聲。

「另一個一樣重要的問題，」我接著說：「你可以吃嗎？」

牠把「頭」扭向一邊看著我——儘管牠看起來還是沒有眼睛、沒有嘴巴。呃，也沒有臉。牠倒是從背後那些尖刺發出了一陣輕微的顫音，聽起來像笛子。

嗯，要是在洞穴中蒐集蘑菇讓我學到了什麼課，那就是鮮明的顏色代表：「別吃我，要不然我的弟兄們很快就會吃掉你，你這聰明的傢伙。」我最好還是不要把這隻奇怪的洞穴蛞蝓放進嘴裡。

我的肚子叫了起來，不過我只在背包裡翻找到半片放了很久的藻製口糧。雖然我可能還有時間下去伊格尼斯找食物，但那感覺會像……像隻落水狗一樣夾著尾巴逃回家。

司令想要打垮我，是嗎？好吧，她不知道自己對付的是誰。我可是受過高度訓練、經驗老到，世界級的捕鼠女孩。

我把椅背豎起來，在意外寬敞的駕駛艙後方翻看。通常，戰機裡的每一吋空間都很重要——不過這一架在飛行員座椅的後方似乎有個貨物區，看起來像是讓一位乘客乘坐的摺疊椅。

昨天晚上，我好像在這裡看到一些舊工具。果然，我發現了一捲塑性纖維繩索。密封的駕駛艙讓繩索保存了下來，但這種東西本來就不太會壞掉。我打開了一部分，解開成細繩。

那隻像蛞蝓的東西待在控制面板上看著我，偶爾會側著「頭」，發出像笛子的聲音。

「是啊，」我說：「你看著吧。」我把座艙罩完全推開——昨晚我沒將座艙罩密封，以防沒有空氣——接著往下跳。如我所願，我聽見了黑暗中有小步快跑的聲響，也在壁面的一些蘑菇附近發現了老鼠糞便。

雖然我比較喜歡我的矛槍，但在要緊的時刻，用陷阱也可以，誘餌就是我的口糧。我往後退，覺得很滿意。蛞蝓已經移動到舊飛艇的機翼上，對我發出笛聲，而我把這當成牠在好奇。

「那些老鼠，」我說：「很快就會透過那一小圈的正義之繩，體會到我的飢餓有多麼憤怒。」我笑著說，後來又想起自己是對著一隻奇怪的洞穴蛞蝓說話，即使對我而言，這也是新的下限。

總之，我還有點時間可以消磨，於是我查看了一下飛艇。一開始，我考慮過要修好這東西。測試結束之後，我曾對未來做過非常完整的白日夢，幻想帶著自己的飛艇去DDF，讓他們不得不接受我。

那些想像現在似乎……好遙遠。這東西的情況不好。不止是彎曲的機翼，或是後方壞掉的推進器，除了在駕駛艙裡的東西，其他一切都有刮痕、扭曲，或龜裂。

但說不定那只是外表。如果內部良好，或許這艘飛艇還能修理？

我拿了工具箱。這東西經歷時間考驗，磨損得比繩索嚴重——看來裡面好像封進了一些溼氣——不過生鏽的扳手仍然是扳手。於是我搬開了一些石頭，從飛艇下方靠近上斜環那裡爬進去。雖然我跟其他學生一樣知道一些基本的機械結構，但我沒像學習飛行模式跟飛艇設計那樣認真。小羅總會念我，說一位好的飛行員應該要會修理自己的飛艇。

我從來沒想到自己會在一座古老的洞穴裡，只靠光繩的紅橘色光線照明，試著從一塊舊垃圾橇開控制面板。我終於打開之後，一邊往裡面看，一邊嘗試回想之前上過的課。

那大概是推進器進氣與注入系統，而那個一定是上斜環的穩定裝置……

這裡有很多東西我都不認得，不過我找到了動力體——那個半公尺長寬的箱子就是飛艇的動力來源。我費了一番工夫解開鉤子，然後爬到外面，用光繩把它從飛艇底下拉出來。

鉤住箱子的纜線看起來狀況很好，讓我很驚訝。無論這東西是誰建造的，都把電子系統造得很耐用。動力體的插頭也跟我們現在使用的一樣，這是我們墜毀於狄崔特斯之前在艦隊中使用的型式。說不定它可以幫我確定飛艇的年代？

我爬回去下方，查看飛艇的內部。*這些是什麼？*我好奇地用指節敲著一個大型的黑盒子。雖然經過了這麼多年，但這東西仍舊很光滑，表面還會反射，似乎不太適合其他的機械裝置。話說回來，我又怎麼能說什麼東西適合與不適合這麼怪的船呢？

我突發奇想，打開了光繩的小型動力體，接著把飛艇其中一條較細的纜線插上去。飛艇前方輕輕傳來「叮」的一聲，存取面板內還有個燈亮了起來。

可惡。光繩的動力體顯然太弱了，要是我有真正的動力來源，說不定可以讓飛艇的某些功能重新運作。雖然它的機翼還彎曲著，推進器也壞了，但這個念頭還是讓我很興奮。我回頭往上看著飛艇內部。那隻蛞蝓在裡面，纏繞住一條電線，掛在上面，用一種明顯是好奇的姿勢往下看著我。

「嘿，」我說：「你是怎麼進去那裡的？」

牠發出笛聲回答。這是同一隻蛞蝓，還是另一隻？我又爬到外面，可是沒見到附近有任何其他的蛞蝓。我倒是聽見壁面附近有扒抓的聲音，陷阱抓到了一隻看起來很多肉的老鼠。

「看吧？」我邊說邊從飛艇下方探頭看。蛞蝓落到一顆石頭上。「你還懷疑我。」

我把老鼠剝了皮，除去內臟，然後撕下肉。工具箱裡有一台小型的焊接機，而光繩的動力體絕對夠用。我用這些再加上一片金屬製作出了平底鍋，很快就料理好了鼠肉。雖然沒有調味料，可是我不必挨餓了。

我可以用學校的盥洗室，我心想。*他們昨天沒禁止我使用*。盥洗室有清潔艙，用於在體能訓練結束之後盥洗。我可以在早上弄些蘑菇，設下更多陷阱，然後……

我是在打算像穴居人一樣生活嗎？

我低頭看著烹調中的老鼠。要不就是住在這裡，要不就是像司令希望的那樣每晚通勤。

這是控制我生活的一種方式。他們不給我食物或床位？好。我不需要他們的施捨。

我可是個無畏者。

第十三章

果然，我在0630抵達學校時，憲兵並沒有禁止我直接前往盥洗室。我洗了手，稍微等待其他女生離開。接著我迅速脫掉衣物，把外衣和內衣都丟進清潔裝置，進入清潔艙——這是一種機器，形狀有點像棺材，但在較小的一端上有個洞。

雖然整個過程不到兩分鐘就結束，但我還是等到盥洗室再次無人時才爬出艙外，拿出變乾淨的衣服。時間到了0650左右，我已經跟其他人一起坐在教室裡。學員們興高采烈地討論著餐廳的早餐，其中包括了眞正的培根。

我會讓我的憤怒在體內燃燒，我這樣安撫自己，直到憤怒爆發而我成功復仇的那天！在那之前，就讓它慢慢沸騰吧。就像熱平底鍋上的多汁培根……

可惡啊。

遺憾的是，還有一個更大的問題。現在已經0700了，其中一個模擬駕駛艙還是空的。小羅又遲到了。他過去十年每天都會提早到教室，到底爲什麼會連續兩天在飛行學校遲到？

卡柏跛行進來，停在小羅的位子旁，眉頭深鎖。沒多久後，小羅就出現在門口。我看了時鐘，非常焦急，後來才恍然大悟——小羅把他的背包背在肩上。

卡柏沒說話。他只是看著小羅的眼睛，然後點了點頭。小羅轉身離開。

「什麼？」我跳起來。「什麼？」

「總會有一個的，」卡柏說：「就在第一場戰鬥的隔天。通常這會在訓練比較後期的時候發生，但總是會發生。」

我不可置信地起身追小羅，手忙腳亂地衝到了走廊上。

「小羅？」

他繼續走。

「小羅？你在做什麼？」我追上去。「在一場小戰鬥後就放棄？我知道你受到了打擊，不過這是我們的夢想啊！」

「不，思蘋瑟。」他終於停下，走廊上沒有其他人。「那是妳的夢想。我只是搭便車而已。」

「是我們的夢想。那些學習的時間，那些練習。飛行學校，小羅。飛行學校啊！」

「妳重複說著好像我聽不見的話。」他笑了。「但聽不進去的人不是我。」

我愣住了。

他拍拍我的肩膀。「我猜是我不對吧。我的確一直都想要加入。當你身邊有個人懷有這麼大的夢想，很難不跟著一起興奮。我想證明自己可以通過測試，而我也證明了。

「可是思蘋瑟，我飛上天的時候，明白了那種感覺……那些破壞砲擊中我那一刻，我就知道了。我沒辦法每天都那樣。我很抱歉，思蘋瑟。我不是飛行員的料。」

我聽不懂這些話。就連從他嘴巴發出的聲音似乎都很奇怪，彷彿轉換成某種外星語言。

「我想了一整晚，」他的語氣很悲傷：「可是我知道，思蘋瑟。在心裡深處，我知道的。我一直都知道自己不適合戰鬥。我只希望知道我現在能做什麼。通過測試一直是我的最終目標，妳懂嗎？」

「你要退出了，」我說：「放棄了。逃離了。」

他露出痛苦的表情，我突然覺得糟透了。

「不是每個人都得當飛行員，」他說：「其他工作也很重要。」

「那是他們說的。他們才不是真心的。」

「也許妳說得對。我不知道。我猜……我得再思考一下。有沒有工作是只需要參加測試的？看來我對這部分很在行。」

在我有點傻住時，他迅速抱了我一下，然後就走了。我看著他好長一段時間，直到卡柏出來找我。

「再閒晃下去的話，學員，」他說：「我就要記妳遲到了。」

「眞不敢相信你就這樣讓他走了。」

「我的工作有一部分是要找出你們之中誰最適合在地底幫忙，而不是讓你們在天上自殺。」他輕推我走向教室。「這支飛行隊畢業的時候，不會只有他的位子空著。走吧。」

我走回教室，坐進模擬駕駛艙，一邊思考他話中的暗示。送走了我們其中一個人，卡柏似乎很高興。他見過多少學生被擊落呢？

「好了，」卡柏說：「讓我看看昨天教的你們還記得多少。繫上安全帶，戴好頭盔，然後啓動立體投影機。讓你的飛行隊上天吧，隊長，向我證明你們沒有睡一覺全忘掉了。這樣我或許可以教你們怎麼眞正開始飛行。」

「還有武器？」畢姆期待地問。

「不行，」卡柏說：「你們只會不小心擊落彼此而已。先學基本的。」

「要是我們在空中又遇到不得不戰鬥的情況呢？」亞圖洛問。我還是不知道怎麼念他的呼號。安菲比斯？類似這樣？

「那麼，」卡柏說：「你們就得祈禱怪客會幫你們打下他們，孩子。聊夠了！我已經給了你們命令！」

我繫上安全帶，啓動裝置。但是在立體投影籠罩之前，我往小羅的空座位看了最後一眼。

我們上午都在練習怎麼一起轉向。

開星式戰機跟駕駛某種舊飛機並不一樣，就像某些少數偏遠氏族還在使用的那種。我們的飛艇不只有上斜環能讓我們待在空中——無論我們的速度是多少——星式戰機有一種稱為大氣風門的裝置，可以大幅降低風阻對我們的影響。

我們的機翼仍然有其作用，而大氣的存在也有許多好處。我們可以執行標準的轉彎，讓飛艇轉向一側，就像鳥一樣。我們也能夠執行一些飛艇式的操作，例如直接使飛艇旋轉到我們要的方向，再往那個方向推進。

我們一次一次又一次執行兩種操作，直到我差點就厭倦飛行，而我也清楚明白了兩者之間的差異。畢姆一直追問有關武器的事。那位藍髮男孩給人一種熱情、眞誠的感覺，這點我很喜歡。可是我不認同他那麼想要使用武器——如果我某天要超越蠢貨，就必須學習基本動作。差勁的轉彎正是昨天那場小戰鬥中拖累我的原因。所以如果卡柏要我轉彎，我就轉彎。我會轉彎到手指流血為止——直到我磨擦掉雙手的血肉，枯萎成一具骸骨。

一具能夠轉彎得非常非常厲害的骸骨。

我跟著隊形左轉，反射性地下降。赫爾因爲轉得太遠，也往我這個方向衝得太遠了，她直接撞上FM，而FM的隱形護盾彈開了撞擊力道。可是FM還沒厲害到能從撞擊中恢復，於是失控地往另一個方向旋轉。

她們兩人都往下墜，砸在岩石地表上，一起爆炸。

「可惡啊！」FM口中這麼痛罵，但她的金製鞋釦跟時髦髮型卻讓她顯得一本正經。

不過赫爾只是大笑著。她常常那樣，也許有點太快樂了。「哇塞！」她說：「那才叫爆炸。我這樣的表現可以得到多少分數啊，卡柏？」

「分數？妳以爲這是遊戲嗎，學員？」

「生命就是一場遊戲啊。」赫爾說。

「好，妳剛才失去所有分數也死掉了。」卡柏說：「如果你們陷入那種失控的迴旋，就彈射逃生。」

「嗯……再問一次那要怎麼做？」奈德問。

「你是認眞問的嗎，奈德？」亞圖洛問：「我們昨天才做過的。看看你雙腳之間的控制桿。看見上面那個大大的『E』了嗎？你覺得那是什麼意思？」

「我以爲這代表緊急情況。」

「那麼緊急情況時你會怎麼做？在戰機裡？你會……」

「呼叫你，」奈德說：「然後說『嘿，亞圖洛。那根可惡的彈射控制桿在哪裡？』」

亞圖洛嘆了一大口氣。我一邊笑，一邊望向窗外在隊伍中的鄰機，我勉強可以看見坐在裡面的女孩。晨潮的刺青明顯到就連戴著頭盔也看得見。她迅速別開眼神，連笑都不笑。

算了。

「飛回來吧，」卡柏對我們說：「午餐時間快到了。」

「飛回來？」畢姆抱怨說：「我們不能直接關掉立體投影就去拿食物嗎？」

「當然。關掉，去拿東西吃，然後一直走回去你來的地方吧——因爲我沒時間管不肯練習降落的學員。」

「呃，抱歉，長官。」

「別把無線電波浪費在道歉上，學員，遵守命令就是。」

「好了，飛行隊，」蠢貨說：「標準散開隊形，航向一六五度。」

我們照做，回來排成一列，飛向虛擬的艾爾塔。「卡柏，」我說：「我們要練習在失控下墜的時候救回飛艇嗎？」

「別又來了。」他說：「你們幾乎不會遇到這種狀況——就算遇到了，我也要你們練習拉那根彈射桿。我不希望你們因爲想逞強救回飛艇而分心。」

「萬一我們可以救回飛艇呢，長官？」尤根說：「一位好飛行員不是應該盡全力保護好自己的上斜環嗎？這些東西很稀少，根據傳統，我們應該——」

「別對我引用那種愚蠢的傳統！」卡柏厲聲說：「我們需要上斜環，也同樣需要好飛行員。如果你們碰到了失控下墜的情況，就要彈射。明白了嗎？」

其他幾個人開口回答了。我沒有。他並未否定那個最重要的事實：如果學員彈射而放棄自己的飛艇，他們就再也不能飛行了。也許成爲正式飛行員之後，我會考慮彈射逃生，不過現在我是絕對不會拉那根桿子的。

奪走我飛行的權利，那我也等於跟死了差不多。

我們降落後，立體投影關閉。其他人開始陸續離開教室要去餐廳吃午餐，邊走邊笑著說ＦＭ跟赫爾爆炸的時候看起來有多壯觀。金曼琳注意到我還留在教室裡，想要停下來——但是卡柏帶她離開教室，加入其他人。

「我跟他們說明情況了。」他停在門口說：「電梯人員說妳昨天晚上沒下去伊格尼斯？」

「我……我知道一處小洞穴，大概在城外鎮走三十分鐘就到。我覺得待在那裡可以省時間。我一輩子都在地道裡搜刮東西，我在那裡感覺比較自在。」

「隨便妳。妳今天有帶午餐嗎？」

我搖搖頭。

「從現在開始要帶，我不要妳在訓練時因爲飢餓而分心。」接著他就離開了。沒多久後，我聽見遠處傳來了聲音。是笑聲在餐廳迴響著。

我考慮再繼續訓練，可是不確定自己能在沒人監督的情況下使用機器。但我也不能坐在那裡聽他們笑一個小時，於是我決定去散步。奇怪的是，雖然我因爲飛行而感到十分疲累，卻又因爲不想坐這麼久而焦慮到有力氣走動。

我離開了訓練建築，發現那兩個憲兵在走廊站崗。他們眞的是要在那裡阻止我拿捲餅吃嗎？就爲了跟一位微不足道的學員較勁，司令可以用上一大堆的資源。但從另一方面來看，如果你要跟別人鬥，本來就應該盡全力獲勝——我不得不尊敬這一點。

我離開ＤＤＦ基地，前往圍牆外側的果園。雖然這裡有工人在照料樹木，但當中也有其他穿著制服的人，而路邊還設置了長凳。看來並不是只有我喜歡眞正的植物。不是眞菌類植物或苔蘚，而是眞正的樹木。我整整耗了五分鐘觸碰樹皮跟撿樹葉，有點覺得這一切可能都是用某種非常逼眞的塑膠製成。

最後我走出去，抬起頭看著碎片帶。一如往常，我看得出巨大的圖案，在天空中呈現出隱約的灰色與線條，可是距離太遠了，看不清楚任何細節。一盞天燈正從上方經過，明亮到我無法直視，再看下去就會刺眼到流淚。

我在碎片帶中沒看到任何開口。最後跟爸爸一起時是我唯一見過太空的一次——上面實在有太多層垃圾了，而且還以不同的模式繞行著。

建造這一切的人到底是什麼樣子？在我部族中有些孩子私下說過，狄崔特斯其實是舊地球，但爸爸對此一笑置之。很明顯，這個星球太小了，也不符合我們擁有的地球地圖。

不過他們是人類，或者至少會使用我們的語言。奶奶那一代——無畏號及其艦隊的人員——他們早就知道狄崔特斯在這裡了。他們刻意要來這顆古老、遭到遺棄的星球，目的是爲了躲藏，然而降落造成的破壞遠遠超出他們的預期。我試著想像他們的感受。離開天空，離開自己的艦艇，被迫分離成部族並各自躲藏。他們抬起頭看見洞穴頂部，甚至往上看著天空時，是不是跟我一樣會有種奇怪的感覺？

我繼續在果園的小徑上漫步。這裡的工人有某種樸實的親切感。他們在我走過時對我微笑，有些人還用不拘禮節的方式迅速對我敬禮。不知道他們如果聽見我是惡名昭彰的懦夫之女，會有什麼反應？

我繞完果園要回教室時，經過了一群穿著西裝和套裝的人，他們正在巡視果園。在地底，那種衣服是給監督人員穿的，這種人擁有許多點數，並且搬到了深層的洞穴，住在那些更安全也更能夠防護，或許可以在炸彈攻擊中生存下來的地方。就像尤根和他的死黨那種人。

他們似乎太……乾淨了。

我離開時，發現了一件奇怪的事：在果園和基地之間有一排停放小型車輛的車庫。其中一扇門往上開著，因此我看見了蠢貨的懸浮車。我往裡面看，注意到它擦亮的鉻金屬和淡藍色的外觀，看起來又酷又舒服，而且顯然很昂貴。爲什麼要停放在基地外面？

大概不想讓其他學員要求搭便車吧，我心想，忍住對那輛車做壞事的衝動。勉強忍住啦。

我通過大門，然後在其他人出現之前抵達了訓練教室。我直接走向我的座位，覺得自己好像已經太久沒進駕駛艙了。我坐進去，嘆了口氣，覺得很開心。我往旁邊看，發現有人正盯著我。

我嚇了一跳，差點撞到頂板。我進來的時候沒注意到晨潮就在牆邊。她的眞名叫梅格瑪（Magma）或是梅格娜（Magna），我不記得了。從那位維西人女孩旁邊櫃檯上的餐盤來看，她是把食物帶回來這裡，然後一個人吃飯。

「嘿，」我說：「他們煮什麼？聞起來像是肉汁。燉藻鍋嗎？馬鈴薯泥？豬排？別擔心，我忍得住的。我是個軍人，直接告訴我吧。」

她只是別開眼，臉上毫無表情。

「你們是海軍陸戰隊的後代，對吧？」我問：「就在無畏號上嗎？我是旗艦上引擎人員的後代，說不定我們的曾祖母彼此認識。」

她沒回應。

我咬牙切齒地爬出座位，直接大步走向她，逼得她必須跟我對看。

「妳對我有什麼意見嗎？」我問。

她聳聳肩。

「那就忍著點吧。」我說。

她又聳聳肩。

我輕拍她的鎖骨。「別看不起我。我才不在乎維西人的名聲有多可怕；除了往上，我哪裡都不會去。要是必須踩過妳的屍體到那裡，我也不會在乎。」

我轉身走回我的模擬駕駛艙，一邊坐下，一邊覺得心滿意足。我得稍微讓蠢貨看看我的這一面。戰士思蘋瑟。噢……感覺真好。

其他人終於陸續進了教室，一一就座。金曼琳側身走過來。她好像想確定自己有沒有被監視，一下往一側看，一下又往另一側看，又長又鬈的頭髮也隨著甩動。

她把一塊捲餅放到我大腿上。「卡柏跟我們說妳忘記帶午餐了。」她輕聲說，接著站起來往另一個方向走，大聲說：「我們擁有的天空多麼美麗啊！就像聖徒總會說『幸好白天有光，否則我們就無法看見白天有多美了！』」。

卡柏看著她，翻了個白眼。「準備好，」他告訴大家：「該學新東西了。」

「武器嗎？」赫爾期待地問。畢姆一邊點頭一邊爬進座位。

「不，」卡柏說：「是旋轉。往另一個方向。」他開門見山地說，一發現我在竊笑，他就瞪著我看。

「那不是笑話。我不開玩笑。」

這是當然的。

「在我們打開立體投影之前，」卡柏繼續說：「我想問問你們對於目前的教學有什麼感覺。」

「什麼？」奈德正把龐大的身軀擠進駕駛艙。「我們的感覺？」

「對，你們的感覺。怎麼了？」

「我只是……很驚訝，卡柏。」奈德說。

「提問與傾聽是教學的重點，奈德爾！所以給我閉嘴，讓我開始吧。」

「嗯，是，長官。」

「隊長！你的想法？」卡柏說。

「有信心，長官。雖然他們是一群烏合之眾，不過我認爲我們可以教會他們，有你的專業和我的——」

「很好，」卡柏說：「奈德爾？」

「現在，有一點困惑……」奈德說：「還有我覺得我吃太多烤捲餅了……」

「赫爾！」

「無聊，長官。」她說：「我們可以練習了嗎？」

「雙頭龍的蠢名字！」

「是安菲斯貝納，長官！」亞圖洛說：「老實說我對今天的活動不是非常有興趣，但我期待練習基本動作會帶來幫助。」

「無聊，」卡柏邊在寫字板上記錄邊說：「而且還自以爲聰明。怪客！」

「啵兒棒!」

「飛行員絕對不會說『啵兒棒』，女孩。我們是志氣十足。」

「或者，」我接話：「因爲想到有可能給予來襲的敵人死亡的打擊而精神大振。」

「那也行，」卡柏說：「前提是你們有精神病。換晨潮了。」

「很好。」刺青女小聲說。

「大聲一點，學員!」

「很好。」

「然後呢?我這裡有三行。總得寫些東西才行。」

「我……我不能打擾……太多……」她說話有很重的口音：「很好。夠好了嗎?」

卡柏看向寫字板，瞇起眼睛，接著他在板上寫了些東西。

晨潮臉紅了，眼神也往地上看。

她不會說英文，我恍然大悟。可惡。我眞是個白癡。舊艦隊成員來自各種地球文化——在各部族隔離躲藏了三個世代之後，當然一定有不會說我這種語言的群體。我以前從來沒想過這件事。

「畢姆?」卡柏接著問：「孩子，你想到呼號了嗎?」

「還在想!」畢姆說：「我想要愼重一點!嗯……我的回答……呃，再問一次我們什麼時候要學習使用武器?」

「你現在就可以拿我的隨身武器了，」卡柏說：「前提是你答應要射自己。我會寫下『急著想害死自己』。眞是愚蠢的表格。FM!」

「始終對無畏者文化中無所不在並具有毒性的侵略行爲感到驚奇。」穿著體面的女孩說。

「這倒是新的，」卡柏邊寫邊說：「想必司令一定喜歡。小旋?」

「飢餓，長官。」而且，我很蠢。蠢到了極點。我又望向晨潮，回想她一直顯得很冷淡的樣子。現在我聽見她濃濃的口音跟說錯的字詞，對她的態度有了新的認識。我知道她爲何要在有人對她說話時別開眼睛了。

「好，終於結束了。」卡柏說：「繫上安全帶，打開立體投影！」

第十四章

「你們在我們的防禦中是最大的弱點，」卡柏邊說邊走過教室中央，對坐在位子上的我們九個人說話，「而我們的立體投影還沒完全啓動。」「你們的飛艇能夠以驚人的速度加速，並且做出讓你們無法存活的轉彎動作。飛艇比你們更厲害。如果你們在天上死了，一定不是因爲飛艇辜負了你們，而是因爲你們辜負了飛艇。」

已經過了一個星期，感覺幾乎像是一瞬間。每天在模擬中練習，在離心機裡受折磨，還有每天晚上睡在那艘古老飛艇的駕駛艙裡。我早就厭倦吃沒調味的老鼠跟蘑菇了。

「G力是你們最大的敵人。」卡柏接著說：「但你們不能只是注意G力，而是必須知道G力要把你們往哪個方向推。人類能夠承受一定程度的向後G力，就像你們直線前進的時候。

「不過要是你們往上拉或急轉彎，G力就會往下推，迫使你們腦部的血液往下流向雙腿。這種情況只要九個或十個G，就會讓許多人G-lock——也就是昏迷。如果你們在你們的軸線上轉向，再往另一個方向推進，就像我們練習的那樣……這個嘛，你們可以很輕易就產生一百個G，而這種突然拉扯的動力足以讓你們的內臟爛成一團。」

奈德舉起一隻手。「所以，我們爲什麼要學這些操作？」

「重力電容。」我說。

卡柏指著我，點了點頭。

「你們的飛艇能夠抵銷突然產生的極大G力。DDF的飛艇有一種叫重力電容器的東西，也稱重力電容。當你們突然改變方向或加速，重力電容器就會發生作用，使G力偏斜掉。重力電容器可以作用大約三秒鐘，然後就需要一小段時間再度充電，所以最常在急轉彎的時候使用。」

這些我已經知道了。事實上，如果奈德必須為測試念書，他大概也會知道的。我讓思緒飄開，想著我那艘壞掉的飛艇。我在那艘古老飛艇上還沒有多少進展，因為大部分的時間都用來獵捕跟保存老鼠肉。我還是得到某個地方找到動力體……

「你們的飛艇有三種武器。」卡柏說。

等一下，武器？我的注意力立刻回到教室，發現畢姆也抬起了頭。只要提到武器，他的反應就有點像一隻過度熱情的小狗，真可愛。

「是的，畢姆，」卡柏說：「武器。可別興奮到尿褲子。三種其中的第一種是最基本的破壞砲——這是你們的主要武器，但也是最沒效率的。它會射出一道集中的能量光束，通常是在短距離範圍內連發。」

卡柏在金曼琳的座位附近停下。「或者，在更少見的情況中，可以用於非常精準的長程狙擊。大多數飛行員只會利用這個功能解決已經損壞的飛艇，也可能是在埋伏時鎖定某個敵人使用。要以破壞砲在長距離擊中移動的目標，需要非常厲害的技巧。」

金曼琳臉上滿是笑意。

「別太得意了。」卡柏一邊繼續走一邊說：「破壞砲對上有護盾的敵人幾乎毫無用武之地——不過你們只要一有機會，還是會開火的，因為盼望僥倖擊中是人類的本性。我會嘗試讓你們克制住這一點，但老實說，即使是正式飛行員也會巴著他們的破壞砲不放，好像那是小時候心上人寫給自己的情書一樣。」

畢姆竊笑著。

「那不是笑話，」卡柏大聲說：「打開立體投影。」

他啟動裝置，我們也突然出現在發射場上。等我們上了天空，口頭回報完畢之後，卡柏的聲音便從我頭盔的喇叭細碎地發出：「好了。願星辰幫助我們，現在是你們開始射擊的時候了。破壞砲的觸發器是控制球上在你們食指旁邊那顆按鈕。按吧。」

我遲疑著按下按鈕。三道白熱的光束從飛艇筆尖般的機鼻迅速連發射出。我笑得好開心，按了一次又一次，不斷連發。就這樣，我獲得了掌控生與死的能力！不再只是對付老鼠而已了！

「別用光了，小旋，」卡柏說：「看見油門上的刻度了嗎？就是用左手大拇指切換的那個？那是破壞砲的射速控制。最上面的位置是穩定開火。每個流著口水、愚蠢無比、跟白癡一樣又沒有接受我訓練的飛行員，都喜歡這個功能。」

「那我們這些還在流著口水、愚蠢無比、跟白癡一樣的人呢？」奈德問：「但是有接受你的訓練？」

「別低估自己了，奈德爾，」卡柏說：「我從來沒見過你流口水。第二個位置是連發。第三個位置是長程射擊。請自便。盡量使用系統吧。」

他讓一群克里爾飛艇出現在我們前方空中。他們沒有飛行或移動，只是固定在那裡。打靶練習？我一直都想要打靶練習──在我還是小女孩的時候，就會用石頭丟其他人，而且是看起來格外可怕的石頭。

我們一起在空中發出了代表死亡與毀滅的雹暴。

我們沒打中。錯過的距離像是有好幾哩遠，儘管那些飛艇並沒有多遠。我咬著牙再試一次，還切換了不同的破壞砲模式，用控制球調整我的飛艇角度，盡所能地開火。可惡……不管一切看起來有多接近，我總是會射到一大堆其他的地方去。

蠢貨終於擊中，讓一艘飛艇變成火球墜落。我哼了一聲，專注盯著一艘飛艇。來吧。

「上吧，怪客。」卡柏說。

「噢，我本來想給他們機會的，長官！」金曼琳說：「你也知道，『獲勝並不總是要當最棒的』。」

「試試吧。」卡柏說。

「呃，好吧。」她的飛艇充電了幾秒鐘，接著發出一道光線——讓一艘克里爾飛艇直接在空中爆炸。她重複這個步驟，再一次，又一次，然後第四次。

「這有點像是拿石頭砸地板吧，長官。」她說：「他們根本沒在移動啊。」

「怎麼會？」我滿懷敬畏地問：「妳是怎麼學會那樣射擊的，怪客？」

「她爸爸的訓練啊，」赫爾說：「記得嗎？就是那個蘑菇看起來像松鼠的故事？」

FM笑了，我甚至還聽見晨潮發出聲音，可是我並不知道什麼蘑菇或松鼠的故事——一定是他們晚上在宿舍聊到的，就在我走回我的洞穴時。

我用力按下破壞砲的按鈕，終於勉強但可觀地擊中了一個目標。看見它散成火花的樣子，眞是令人滿意極了。

「好了，」卡柏說：「蠢事做夠了。我要關掉你們的破壞砲。」

「可是我們才打中一架啊！」畢姆說：「我們不能做點空戰或什麼嗎？」

「當然，好吧，」卡柏說：「來了。」

剩下的克里爾戰機——也就是我們無法擊落的那些——全部突然衝向我們，破壞砲跟著發出強光。赫爾高呼了一聲，但是我立刻集中精神，俯衝閃避。

金曼琳先被擊落，變成一陣閃光與火花。我快速旋轉俯衝著，看見了座艙罩上的紅線，這代表我在眞實世界中會感受到的G力。卡柏說得對——重力電容器在我迅速轉向時保護了我，可是我必須小心不在轉向時把它們耗盡，以免讓自己突然必須承受所有的G力。

我將飛艇往上拉，周圍全是火焰和爆炸，其他學員的飛艇碎片像下雨般墜落。

「我們當試過對克里爾科技進行逆向工程研究，」卡柏平靜的語氣跟我周圍的瘋狂情況形成強烈對比。奈德在被擊中時大叫著，晨潮安靜地墜毀了。「可是我們失敗了。他們有更厲害的破壞砲和更厲害的護盾。這表示跟他們戰鬥時，你們的火力以及防禦都輸對方一截。」

我全神貫注在生存上。我突然轉向，躲避，接著再旋轉。三艘克里爾飛艇——三艘——俯衝出現尾隨我，其中一艘用破壞砲打中了我。我向右急轉，但是又被擊中了一次，控制面板上也開始閃起警告燈。護盾沒了。

「你們必須擊中克里爾飛艇六、七次，才能打掉他們的護盾。」卡柏說：「但是他們只需要擊中你們兩次或三次就行了。」

我拉高做出迴旋。代表著同伴們死亡的爆炸，在昏暗的天空中燃燒、照亮。只剩下另一艘飛艇還在飛，而我根本不必看機身上的編號就知道一定是尤根。他是個比我厲害許多的飛行員。

這還是讓我很不甘心。我發出怒吼，在大圈的迴旋中旋轉，試圖讓其中一個敵人進入視線。就快……成功了……

我無法控制了。飛艇停止回應。在迴旋中，我超出了G力限制，而重力電容器也耗盡。雖然我的身體在這裡感覺不到，但要是在眞正的飛艇上，我早就已經昏過去了。

一艘克里爾飛艇用輕鬆甚至接近隨便的方式解決了我，而我的立體投影立刻變得模糊不清。座艙罩接著消失，而我也回到了教室。尤根勉強再撐了十七秒。我數過。

我往後靠在椅背上，脈搏猛烈跳著，感覺就像目睹了世界末日。

「假設你們就快要具有足夠的能力——」卡柏說：「——我明白這是非常不切實際的幻想，但我是個樂觀主義者。就算你們設法飛得比一般的克里爾飛艇還好，但光是使用破壞砲，還是會讓你們居於非常大的劣勢之下。」

「所以我們完蛋了？」ＦＭ邊說邊站起來。

「不。我們只是必須以不同的方式戰鬥——而且必須想辦法扳回劣勢。再繫上安全帶吧，學員。」

她照做了，接著立體投影再次啓動，讓我們在天空中排成一列。克里爾飛艇也再次出現，安靜地在我們前方排成隊形。這次我更猜疑地看著他們，食指很想用破壞砲的火力摧毀他們。

「龍男孩，」卡柏對亞圖洛說：「按下中指和無名指旁邊的按鈕。要同時按。」

我的飛艇震動起來，而亞圖洛那裡啪的一聲迸發出光線，像是濺起了一陣發亮的水花。

「嘿！」赫爾說：「我的護盾掛了。」

「我的也是。」金曼琳說。

「還有我的。」亞圖洛接著說。

「我的還在。」蠢貨說，其他人也這麼說。

亞圖洛的護盾沒了，我心想，還有排在他左右兩旁的各兩艘飛艇。我往前傾，探出座艙罩往外看，很感興趣。在我學習的日子裡，學到了推進器設計、飛行模式、上斜環——基本上就是關於戰機的一切，除了武器特性之外。

「這是ＩＭＰ，」卡柏說：「反轉麥哲倫脈衝波（Inverted Magellan Pulse），會使飛艇發出的任何護盾完全消失——很不幸，也包括你們自己的飛艇。它的有效範圍非常短，等於是要爬進克里爾人的推進器裡才能啓動。

「擊敗克里爾人的關鍵不是用破壞砲猛擊他們，而是要運用策略打敗他們，聯合起來對付他們，還有在思考上贏過他們。克里爾人都是獨自飛行，他們幾乎不會彼此支援。

「然而，你們會以傳統的僚機組合飛行。你們要想辦法讓ＩＭＰ派上用場，使你們的僚機能夠在對方沒有護盾的情況下直接射擊。不過你們也必須隨時注意——使用ＩＭＰ會讓你們毫無防備，直到重新啓動護盾爲止。」

附近突然發出一陣光芒，讓ＦＭ輕聲咒罵了一下。

「抱歉！」晨潮用重重的口音說：「抱歉，抱歉！」這是我一整天以來聽她說過最多話的一次。

「第三個武器是什麼？」蠢貨說。

「光矛（Light-lances）。」我猜測。雖然我讀過這個詞，但這種東西的特性在書上也一樣沒有說明。

「啊，所以妳知道嘛，小旋。」卡柏說：「我就覺得妳會知道。爲我們稍微示範一下吧。」

「噢，好。但爲什麼是我？」

「這種東西的作用類似它們的小型近親：光繩。我有個直覺，妳應該有些相關經驗。」

他怎麼會知道？雖然我戴著光繩到班上——因爲我需要它才能進出那個洞穴——可是我以爲我在飛行服的長袖之下隱藏得很好。

「拇指和小指，」卡柏說：「就在控制球兩側的按鈕。」

那好吧。有何不可？我推動油門前進，離開隊伍，接近懸浮的克里爾飛艇。我選擇了一艘，而它的金屬線就在飛艇的後方飄動著。那艘飛艇跟所有飛艇一樣有一具上斜環——標準大小是直徑約兩公尺——就在飛艇底下散發著柔和的藍色光芒。

在這麼近的距離，克里爾飛艇看起來更加邪惡。它給我一種尚未建造完成的奇怪感覺，但其實並不是未完成，那些吊在後方的金屬線很可能是故意留的，這種設計就是很不一樣。不是未完成，而是由思維不同於人類的生物所造。

我屏住呼吸，按下卡柏指示的按鈕。一條明亮的紅色光線從我的飛艇前方射出，黏住了克里爾飛艇。就像卡柏剛才指出的，它的作用就像是光繩，不過比較大，而且像魚叉一樣從我的飛艇發出。

哇塞，我心想。

「光矛，」卡柏說：「你們可能曾在飛行員的手腕上見過它們的近親。舊艦隊中，工程部門在無重力狀態處理機器時，就會用這種東西固定自己。不知爲什麼，小旋有一條——而我決定不告訴軍需官。」

「謝——」

「要謝我的話，妳可以在我說話時閉嘴。」卡柏說：「光矛的作用像是一種能量套索，可以將你們連接到用它刺中的東西。你們可以用它黏住敵人的飛艇，或者可以用在地形上。」

「地形？」亞圖洛問：「你是指我們把自己黏在地面？」

「不是。」卡柏說。

上方的天空爆炸了，而我抬起頭，呆看著無所不在的碎片物變成火球紛紛落下。過熱的金屬和其他太空垃圾，被重新進入大氣層時的溫度變成了墜落的星座。

我迅速旋轉飛艇，操縱油門回到隊伍。過了幾分鐘，碎片開始掉落在我們周圍——某些塊狀物發出的光比其他的更亮。它們以各種速度移動，而我發現有些墜落的太空垃圾內部有散發藍色光芒的上斜石，因此具有一些浮力。

太空垃圾重擊在好幾艘克里爾戰機上，讓它們徹底粉碎。

「克里爾人通常會在碎片雨期間攻擊，」卡柏說：「他們沒有光矛，雖然想要靈活飛行，但DDF飛艇加上厲害的飛行員，就可以飛得比他們更好更快。你們會常常在墜落的碎片中跟他們交戰。在那裡，光矛就是你們最好的工具——所以我們下個月都要做這樣的訓練。任何有手指的白癡都可以發射破壞砲，但是飛行員才能夠在碎片中飛行，並利用這點當成優勢。

「我見過飛行員利用光矛把一艘克里爾飛艇拉向另一艘，將它們黏在太空垃圾上，甚至還把陷入危險的僚機拉出來。你們可以黏住一大塊垃圾並繞著飛行，執行出其不意的繞轉動作。你們可以把碎片丟向敵人，立刻突破他們的護盾並擊毀他們。戰場越危險，越厲害的飛行員就越有優勢。在我教完之後，你們就會是這種飛行員。」

我們看著碎片落下，而我的座艙罩反射著燃燒的光線。「所以……」我說：「你是說在我們訓練結束時，你預期我們能夠藉由以能量製成的抓鉤，用燃燒的太空垃圾摧毀我們的敵人？」

「對。」

「那……」我輕聲說：「那真是我聽過最美妙的事。」

第十五章

在黑暗的洞穴中，我藉著唯一的紅橘色光芒，將一組電線綑紮住，再用膠帶纏繞起來。好了，我心想，往後退了幾步，擦了擦額汗。過去幾個星期以來，我設法在伊格尼斯回收場的一台舊熱水器中找到了能夠使用的動力體。我認識在那裡工作的傢伙，他肯收下我的老鼠肉，換取在我搜刮的時候睜一隻眼閉一隻眼。

我也從我在伊格尼斯外那個祕密地點拿了些補給品。我製作了一把新的矛槍，而且改造出一間廚房，有一塊眞正的加熱板、一部脫水機，還有一些香料。我也順路回家裡去拿了血字，也就是我那隻舊的熊玩偶。它是顆很棒的枕頭。可以見到媽媽和奶奶感覺眞好，不過我當然沒告訴她們我住在一個洞穴裡。

「怎麼樣？」我問破壞者毀滅蛞蝓（Doomslug the Destroyer）：「覺得會不會有用？」

那隻黃藍色的小洞穴蛞蝓在附近的岩石上挺起身體。「有用？」她用笛音說。

她會模仿聲音，但說話時總會有明顯的笛聲。我很確定她只是在學我。老實說，我不知道「她」是不是女生——蛞蝓好像是雌雄同體之類的？

「有用！」毀滅蛞蝓重複一遍，讓我也不禁燃起了樂觀心情。

我打開動力體上的開關，希望我的接線方式有效。果然，舊飛艇側面上的診斷面板閃爍了起來，我也聽見駕駛艙傳來一陣奇怪的聲音。我趕過去，爬上我用來當成梯子的大盒子，進入駕駛艙。

聲音來自儀表板——聽起來很低沉，有點像是工廠產生的聲音。金屬振動？我聽了一會兒之後，音色改變了。

「那是什麼？」我問毀滅蛞蝓，同時往右看——不出所料，她就在那裡。只要她想，就可以非常迅速地移動，但似乎很討厭在我看著她的時候這麼做。

毀滅蛞蝓把頭歪向一側，又歪向另一側。她讓背上的尖刺顫動，模仿那陣聲音。

「妳看，這些燈很暗。」我輕觸控制面板。「這個動力體也不夠大。我需要飛艇或建築專用的，不是熱水器的。」我關掉動力體，查看光繩上的時間。「幫我注意情況，我差不多要走了。」

「走了！」毀滅蛞蝓說。

「妳不必這麼興奮吧。」我迅速換上飛行服，在離開之前，又看了飛艇一眼。要修好這艘飛艇遠超出我的能力範圍，我心想。所以，為什麼我還要嘗試？

我嘆了口氣，用光繩末端鉤住一塊岩石，往上擲向洞穴入口附近的一顆石頭，接著攀向裂縫，爬出洞穴，去上今天的課。

✦

大約一個半小時之後，我調整頭盔——它一直弄痛我的頭——抓好飛艇控制裝置，高速飛過一塊飄浮著的巨大碎片。在現實中，這塊碎片會發出燃燒的強光下墜，可是在立體投影中，卡柏把碎片暫停在半空，好讓我們練習。

雖然我在碎片之間的迴避能力變得很強，但我不確定這份技巧——你知道的——開始帶著可怕的毀滅性力量從高空往下猛衝時，能發揮多少作用。不過，這只是剛起步嘛。

我啓動飛艇的光矛，光矛立刻從飛艇下側的一具砲塔射出。一道由紅橘色能量形成的光線，刺穿了那塊大型太空垃圾。

「哈！」我說：「看哪！我打中了！」

然而，在我飛過那塊垃圾之後，光矛被拉緊，而動能也造成我開始繞轉。我的飛艇隨著光線旋轉，讓我的重力電容器啓動，接著就猛撞上另一塊飄浮的太空垃圾。

在我小時候，大家會玩一種遊戲：用繩子讓球連接到一根高高的桿子上。如果你推球，球就會在柱子周圍旋轉。現在的情景很類似，只不過在這個遊戲中我是球，而碎片是桿子。

立體投影在我掛掉之後變得一片黑，而我頭盔裡傳來卡柏的嘆息聲。

「嘿，」我說：「至少這次我打中了那個東西啊。」

「恭喜，」他說：「在妳陣亡的時候還保有勝利精神。等妳的胸針熔化成一塊殘渣、送回妳母親身邊時，我相信她一定會非常驕傲的。」

我哼了口氣，坐著挺起身體，探出駕駛艙望向卡柏。他走過教室的中央，用一具手持無線電跟戴著頭盔的我們通話，儘管我們所有人都坐在一起。

十座模擬駕駛艙圍成一個圓圈，中心部分的地板上另外有一部投影機，投射出我們所在世界的縮影。八艘立體投影的小飛艇嗡嗡飛過卡柏身邊，他就像某個巨大的神祇看著我們。

畢姆直接撞上卡柏頭部附近的一塊碎片，噴發出的火花看起來就像我們這位教官突然想到了什麼好主意。或許他領悟到我們是群沒用的傢伙了吧？

「拉遠你的接近感應器，畢姆！」卡柏說：「你應該要看見那塊飄浮的碎片才對！」

畢姆從立體投影中站起來，脫下了頭盔。他一隻手耙著藍色頭髮，看起來很挫敗。

我坐回駕駛艙，這時我的飛艇已經重新出現在戰場邊緣。晨潮在那裡盤旋，看著其他人在金屬塊之間飛掠而過。那看起來就像奶奶對於小天體帶的描述，但當然不一樣，這裡是大氣層內，不是太空。我們通常會在介於一萬至四萬呎之間的高度跟克里爾人戰鬥。

畢姆的飛艇出現在我們附近，但是他不在裡面。

「晨潮！」卡柏說：「別膽小了，學員！進去那裡！我要妳去擺盪直到繩燒傷為止！」

晨潮膽怯地飛進了碎片帶。

我再次調整頭盔，今天它戴起來非常不舒服。說不定我只是需要休息一下。我關掉立體投影，從位子上站起來伸展一下，看著卡柏檢查蠢貨與僚機奈德爾的練習。我把頭盔放在座位上，走向晨潮的立體投影。

我探頭進去，出現在她駕駛艙的頂部。她在裡面擠成一團，刺青臉看起來很焦急。她一發現我，就趕快脫下頭盔。

「嘿，」我輕聲說：「還好嗎？」

她往卡柏的方向點頭。「繩燒傷？」她用濃濃的口音低聲問。

「是指用手在某個東西上快速磨擦到會痛的意思。就像妳被地毯擦傷了——或是繩子。他只是想要妳多練習使用光矛。」

「啊……」她輕拍控制面板。「他是說什麼之前？好像叫接……接近？」

「我們可以縮放接近感應器，」我慢慢地說，往下伸手指著一個開關。「妳可以用這個讓感應器的範圍變大？懂嗎？」

「啊，好。好的。了解。」她露出謝意，笑著說。

我對她比出大拇指，抽身離開她的立體投影。我發現卡柏在看我，似乎很贊同我這麼做，不過他很快又轉身對著赫爾大吼——她正想讓FM用甜點來打賭下一次飛行的結果。

或許由卡柏親自解釋會比較簡單，但晨潮似乎能夠理解大部分的指示。她只是很不好意思提出誤解的部分，所以我才會想看看她的情況。

我回到座位，摸了頭盔內部，想找出到底是什麼讓我不舒服。這些隆起是什麼？我心想，一邊戳著頭盔的內部。這些圓形隆起位於頭盔的內襯裡面，大小跟一枚申請點數或大型墊圈差不多，每個隆起的正中央都有一小塊金屬，還穿過了內襯。這些東西以前就有了嗎？

「有問題嗎，學員？」卡柏問。

我嚇了一跳，沒看見他走近我的模擬駕駛艙。「嗯，是我的頭盔，長官。不太對勁。」

「沒什麼不對勁的，學員。」

「不是，你看。摸摸看裡面這裡，這裡有——」

「沒什麼不對勁的，學員。今天早上在妳抵達之前，醫療部的人下令要換掉妳的頭盔。這東西有感應器可以監控妳的生物讀數。」

「噢，」我鬆了口氣說：「好吧，這就合理了。可是你應該要告訴其他人，這可能會讓其他人在飛行的時候分心——」

「他們只換了妳的頭盔，學員。」

我皺起眉頭。只有我的？「所以……他們說要我的什麼讀數？」

「我不想知道。這有什麼問題嗎？」

「……我想沒有吧。」我嘴上這麼說，但其實心裡很不舒服。我試圖解讀卡柏的表情，但他看著我的眼睛時一臉木然。無論這是什麼，顯然他都不會告訴我。我不禁覺得這跟我爸爸有關，也跟司令不喜歡我有關。

我戴上頭盔，啓動無線電和我的立體投影。「畢姆！」卡柏在我的耳中說話，彷彿什麼事都沒發生過。「你是在織毛衣還是在幹嘛？回到你的位子上！」

「也只能這樣。」畢姆說。

「只能這樣？你是不想當飛行員，想去擦地板嗎，孩子？我見過飛得幾乎跟你一樣好的石頭。我可以把一顆石頭丟在你的位子上，把頭塗成藍色就好，那樣至少我不會再聽見沒水準的蠢話！」

「抱歉，卡柏，」畢姆說：「我不是故意沒禮貌，只是……我是指，今天早上我跟火風暴飛行隊（Firestorm Flight）的一些學員聊過。他們所有時間都在練習空戰。」

「那很好！等他們全都死光以後，你就可以搬進他們的房間了。」卡柏誇張地大聲嘆了口氣。「好吧，我們試試看。」

一組發光的金色圓環出現在戰場上。圓環只比一艘飛艇稍大一些，其中有幾個非常靠近飄浮的碎片。

「列隊點名。」卡柏說。

「你們聽見了！」蠢貨說：「以爲我準列隊！」

我們八個人飛向蠢貨的飛艇，排成一列，然後口頭回報他。

「飛行隊準備好了，教官！」蠢貨說。

「這是規則，」卡柏說：「你們每穿過一個圓環就得一分。一旦你們開始，就必須把速度維持在至少一Mag以上，如果錯過了圓環，不能再繞回去。這裡有五個圓環，我給你們三次機會。最高分的人今天晚上可以有兩份甜點。不過先提醒，如果你們墜毀了就算出局，分數停在你們掛掉之前的數字。」

我提起精神，試圖不去想獎品對我根本沒用。至少這可以讓我分心，不去注意這頂讓人不舒服的頭盔。

「是比賽啊，」赫爾說：「所以你眞的要讓我們娛樂一下囉？」

「我可以娛樂，」卡柏說：「我最懂娛樂了。我最大的娛樂就是坐在那裡整天幻想你們全都不會再問我蠢問題！」

奈德咯咯笑著。

「那可不是開玩笑！」卡柏說：「上吧。」

赫爾高呼一聲，加大動力，呼嘯地飛向碎片帶。我的反應幾乎一樣快，加速到三Mag，差一點就比她先到第一個圓環。我緊跟在她後方飛越圓環，然後看了一眼雷達。畢姆、FM跟晨潮都尾隨著我。亞圖洛和奈德組成隊形一起飛，他們常這樣。我以爲金曼琳會是最後一個，但事實上她還飛在蠢貨之前——他不知爲什麼落後了。

我專注在路線上，衝過了下一個圓環。第三個圓環就在一大塊碎片後方，要以特定速度穿過它，就只能利用光矛做出急轉彎。

赫爾又高呼了一聲，以近乎完美的轉彎通過圓環。我做出策略上的判斷，直接射穿碎片——證明了也是明智之舉，因爲畢姆想要以碎片爲中心旋轉，結果直接撞上了那塊碎片。

「可惡！」他在飛艇爆炸時大叫。

蠢貨還是沒開始，我注意到這件事。

我穿過懸浮在兩大塊碎片之間的第四個圓環，可是錯過了最後一個。這個圓環位於一個飄浮的大型金屬箱子後方，必須利用光矛轉彎才能繞過。這一趟我以三分結束，不過赫爾得了四分。我沒算其他人的分數。可憐的金曼琳在通過第四個圓環時墜毀。

我們其他人在碎片帶外圍繞圈，準備再試一次，而蠢貨終於第一次飛進去。他要先看我們飛，我明白了。他在觀察戰場。

聰明。果然，他跟赫爾一樣得了四分。

赫爾立刻全速飛進第二輪，而我才發現，急切的我們已經比卡柏規定的最低速度快了好幾倍。爲什麼我們會想要飛得更快？是爲了搶第一個完成比賽嗎？卡柏並沒有說這樣可以得到任何分數。

眞蠢，我心想。這不是比賽。這是在測試精準的程度。我放慢速度到一Mag，就在此時，赫爾試圖再次以急轉彎得到第三個圓環，結果失控撞上了附近的一塊岩石。

「哈！」她興奮地大喊。她似乎並不在乎自己輸了，好像只是因爲現在有這場比賽而開心。

我專注於第三個圓環上，在腦中一次又一次回想卡柏教過的東西。我高速飛過時，啓動光矛刺進了小碎片。讓我訝異的是，不只是鉤住它，我還藉由能量繩擺動，以曲線的方式直接穿過了圓環。

畢姆吹了聲口哨。「厲害喔，小旋。」

我放開光矛並拉高。

「你想要試試這一個嗎，亞圖洛？」奈德問，他們兩人正飛向第三個圓環。

「我覺得要是我們每次都略過那個圓環，獲勝的機率會比較高。」

「太可惜了！」奈德接著就用他的光矛鉤住亞圖洛，拉著他往圓環俯衝。

他們兩個人當然都墜毀了。我輕鬆地通過第四個圓環，在兩塊移動的碎片之間高速移動。可是我錯過了第五個圓環，我的光矛也只刺到空氣而已。

「奈德，你這個白癡，」亞圖洛的聲音傳到我耳裡：「你爲什麼要那樣？」

「我想要看看會發生什麼事嘛。」奈德回答。

「你想要……奈德，會發生什麼事很明顯吧？你剛才把我們兩個人都害死了！」

「死在這裡總比在現實世界裡好。」

「最好兩邊都別死。現在我們沒辦法獲勝了。」

「反正我從來就不吃我的第一份甜點，」奈德說：「對身體不好喔，朋友。」

這兩個人繼續在無線電上鬥嘴。我發現ＦＭ都不嘗試困難的圓環——她只把握比較簡單的三個。

我咬緊牙關，把注意力移回比賽。我一定要打敗尤根。這攸關榮譽。

他第二輪結束又得了四分，雖然通過第三個圓環，可是略過了最後一個，也是最難的一個。這樣他就有八分了，而我只有七分。打安全牌的ＦＭ會是六分。我不確定晨潮的情況，不過她嘗試最後一個圓環時錯過了，所以我的分數大概會在她前面。

剩下我們四個繞回去進行最後一輪。蠢貨又一次留下來，等我們其他人先出發。好吧，我心想，一邊開始推進，穿越了第一個圓環。我必須通過每一個圓環才有機會贏。ＦＭ很明顯連第一個圓環都不嘗試飛過去，只是小心翼翼地從航線上方經過。

「ＦＭ，妳在幹什麼？」卡柏問。

「我覺得這些小丑會害死自己，長官。說不定我完全沒得分也會贏。」

不，我心想，同時高速通過了第二個圓環。他說我們如果墜毀還可以保有分數——只是不能再得分而已。所以無論她是不是很小心，都無法獲勝。這點卡柏已經解釋過了。

我接近第三個圓環，雙手冒著汗。來了……上吧！我啟動光矛，直接擊中碎片，可是油門推得不好，所以最後雖然擺盪過去，卻錯過了圓環。

我咬牙切齒，但還是解開了光矛，設法在不撞上任何東西的情況下離開轉彎動作。晨潮嘗試飛過圓環，差點就要成功，但最後還是墜毀了。蠢貨仍然在外面等著看他需要多少圓環才能贏。聰明。又一次。

可惡，我恨那個男孩。

我因爲分心錯過了第四個圓環，而它是所有圓環之中最簡單的。滿腔怒火、臉頰變得冰涼的我，使用光矛刺中了那個大型方塊碎片，接著往下衝——飛艇筆直通過了第五個圓環，目前我還沒看到有人通過這裡。

這麼一來，我總共得到了十分，蠢貨則是八分。他可以輕鬆追上。在他終於進入航線時，我感覺心中的怒氣沸騰。他以爲他是誰啊，像古代國王一樣坐在那裡，看著平民們在他面前手忙腳亂？眞是太自大了。不過更糟糕的是，他那樣等待是對的。他一直表現得比我聰明，而且他明顯得到了優勢。他會獲勝。

除非……

我心裡有個壞主意萌芽。我開始迴轉並加大動力，加速到五Mag，高速往回衝向起點線。蠢貨在我上方不疾不徐，以最低規定速度穿過了第一個圓環。

「嘿，小旋？」奈德問：「妳在幹嘛？」

我不理他，直接轉向往上，避開飄浮的碎片。蠢貨在我前方，正要接近第二個圓環，這一關很簡單，而且會讓他得到第十分。

筆直的……我心想，一邊繼續加速。我將速度推到紅線區，在這樣的爬升中，我可能會有失去意識的風險。

「小旋？」畢姆問。

我咧開嘴一笑。接著我直接撞上蠢貨的飛艇，這使得我們的護盾都失效，也讓我們炸成了碎片。我們兩人爆炸成一片光芒。

然後我們都重新出現在戰場的邊緣。

「那是在搞什麼？」蠢貨大吼：「妳在想什麼？」

「我在想怎麼贏。」我往後靠在椅背上，心滿意足地說：「這是以戰士的方式思考，蠢貨。」

「我們可是一個團隊啊，小旋！」他說：「妳這個莽撞、自我中心、讓人作嘔的——」

「夠了，尤根。」卡柏大聲說。

蠢貨安靜下來，竟然沒像平常那樣諂媚地回答：「是，長官！」

立體投影關閉，卡柏走到我的座位旁。「妳死了。」

「反正我還是贏了。」我說。

「這個戰術在眞正的戰鬥中毫無用處。」卡柏說：「如果妳死了，什麼分數都沒辦法帶回家。」

我聳了聳肩。「是你定下規則的，卡柏。我得了十分，蠢貨九分。他沒辦法嘗試得到最後幾分，並不是我的錯。」

「明明就是！」蠢貨從駕駛艙站起來說：「絕對就是妳的錯！」

「夠了，孩子，」卡柏說：「沒必要這麼激動。你輸了。這種事就是會發生。」他看著我。「不過我猜我會改變遊戲的規則。」

我笑著站起來。

「休息五分鐘，」卡柏說：「大家冷靜下來，別勒死對方。不要害我寫一堆該死的報告。」他跛著走出門口，可能去拿中午要喝的咖啡。

金曼琳跑到我的位子，黑色鬈髮隨動作彈跳著。「小旋，眞是太精彩了！」

「聖徒對遊戲有什麼說法嗎？」我問。

「『如果你不玩就不會贏。』」金曼琳說。

「那當然。」

「那當然！」她又開心地笑了起來。畢姆走過來，對我比出大拇指。我從他的肩膀上方看見蠢貨正極具敵意地瞪著我，而亞圖洛跟奈德試圖安撫他。

「別擔心啦，小尤，」奈德說：「你還是打敗亞圖洛了啊。」

「眞是謝謝你啊，奈德。」亞圖洛沒好氣地說。

金曼琳離開教室去找喝的，而我坐回位子上，從背包翻出其中一個水壺。我每天都會在教室補滿三個水壺。

「那個，」畢姆靠在我的立體投影機上說：「妳眞的很喜歡戰士之類的東西，對吧？」

「他們啓發了我。」我說：「我祖母會說古代英雄的故事。」

「妳有最喜歡的嗎？」

「大概是貝沃夫吧。」我從水壺喝了一大口水。「他殺了一隻龍，還扯下一個怪物的手臂，因爲他的劍沒辦法砍殺那東西，所以他只好赤手空拳。不過有一個叫塔薛娜曼妮的人，她殺了偉大的戰士卡斯特和蠻王柯南——他曾在書寫發明之前的古代戰鬥。」

「是啊，他們都很棒。」畢姆眨了眨眼說：「我是指……我一直到現在才聽過他們，但是我相信他們都很偉大。呃。我口渴了。」

他紅著臉走掉了，留下困惑的我。那是……

他是……他是在跟我調情，我想通以後大吃一驚。或者，呃，是想試著這麼做吧。

這可能嗎？我是說，他眞的很可愛，可是他爲什麼要……

我再看他，正好發現他似乎臉紅了。可惡！這眞是我進入飛行學校以來遇過最怪的事，比我每天早上對著一隻蛞蝓說話還怪。

雖然我想過男生的事，但我的生活讓我沒什麼時間那樣。上一次我有浪漫傾向，是在八歲時用石頭和棍子製作了一把特別棒的短柄斧給小羅——然後在下個星期又覺得他很討厭。因爲我才八歲嘛。

我跳起來。「呃，畢姆？」我說。

他再次看著我。

「你聽過奧德修斯嗎？」

「沒有。」他說。

「他是一位古代的英雄，參與過地球有史以來最偉大的戰爭，也就是特洛伊戰爭。據說他有一把弓，牢固到除了他以外，就只有一位巨人拉得動。告訴你，他……他的頭髮是藍色的。」

「是嗎？」畢姆問。

「很酷。」我立刻坐下，從水壺灌了好大一口。

剛才順利嗎？剛才很順利，對吧？

我不確定孫子或貝沃夫對於跟可愛的男生調情會怎麼說。也許會跟他們分享敵人的頭骨，當成喜歡的表示？

我覺得自己有點激動和過度熱情（是指好的方面），直到我發現了蠢貨在教室另一邊看著我。我狠狠地瞪他一眼。

他很刻意地轉身面向奈德跟亞圖洛。「我猜我們不必期待會有眞正的榮譽了，」他說：「畢竟那是齊恩・奈薛（Zeen Nightshade）的女兒。」

一陣寒意席捲我全身。

「誰？」奈德問：「等一下，你說她是誰？」

「你知道的。」蠢貨用足以讓整間教室都聽見的音量說：「呼號：獵人？艾爾塔的懦夫？」

教室變得一片寂靜。我感覺所有人的眼神都移向我。他是怎麼知道的？誰告訴他的？

我站起來。可惡，就連金曼琳似乎也知道獵人是誰。她的水壺從指間滑落，在地上彈了幾下，灑出水來，而她完全沒感覺。

「誰？」晨潮問：「什麼發生了？」

我想要逃跑。躲起來。避開那些眼神。可是我才不逃。

「我的爸爸，」我說：「不是懦夫。」

「很遺憾，」蠢貨說：「我只是陳述官方歷史。」他盯著我看，露出那副自大又欠揍到了極點的表情。我發現自己一開始是因爲難堪而臉紅，後來則是因爲憤怒。

我不應該覺得難堪的。我幾乎一輩子都籠罩在這種影子下過活。我已經習慣那些表情跟那些耳語了。而且我並不因爲爸爸感到可恥，對吧？所以我爲什麼要在乎其他人發現的事呢？很好。行。我很高興能當獵人的女兒。

只是……那種感覺很好。能夠走我自己的路，不必站在任何人的陰影下。

這個想法讓我覺得自己背叛了爸爸，也讓我更加憤怒。

「你知道嗎？她住在一個洞穴裡，」蠢貨對亞圖洛說：「她每天晚上都去那裡。電梯操作員告訴我，他們看過她走進荒野，因爲她不是——」

他突然中斷，因爲卡柏拿著一杯冒著煙的咖啡走了進來。他立刻聚焦在我身上，然後是蠢貨。「回到你們的座位上，」他對我們吼著：「我們今天還要忙。還有怪客，那個水壺是妳掉的嗎？」

金曼琳回過神，撿起她的水壺，大家也都不發一語地地爬回自己的駕駛艙。在我們繼續練習光矛不久後，我發現卡柏正以嚴肅的表情看著我，眼神像是在說：*這遲早會發生的，學員。妳要放棄了嗎？*

絕不。

但我依然在剩下的練習中心煩意亂。

✦

幾個小時之後，我拖著腳步走出女生洗手間，也補滿了水壺。新的一組憲兵陪同我走向門口，看著我離開，然後就跟平常一樣不管我了。

我腳步沉重地走過基地，覺得很挫敗、很憤怒，也很孤單。我應該要繼續走，離開基地，前往我的洞穴。可是我走上了一條小路繞過訓練建築，這條路會經過餐廳。

透過窗戶，我看見其他人坐在一張金屬桌旁——聊天、說笑、爭論。他們甚至還逼蠢貨今晚加入他們——這點對那些平民而言非常難得，因爲他通常都是開車去搭專用電梯。奈德說那種電梯可以在十五分鐘內抵達下層洞穴。

他就在那裡享受著我被禁止的一切，就在他把我的祕密當成一把過期的口糧丟掉之後。我恨他。在那一瞬間，我有點恨他們全部的人。我差點也恨我爸爸了。

我大步走入夜晚之中，從前方大門離開了基地。我向左轉，走向果園，再從穿越那裡的捷徑進入荒野。這條路帶我直接經過了蠢貨停放他那輛懸浮車的小車庫。

我在黑暗中停下腳步，看著它的隔間。雖然這次前門關起來了，不過側門敞開著，我也看得見那輛車就在裡面。我花了大概半秒鐘，想到另一個非常壞的主意。

我環視四周，沒見到有人看守。今天晚上比較早天黑，天燈已經離開，果園的工人們也早就回家了。我距離基地的前方大門夠遠，守衛應該看不到處在黑暗中的我。

我從小車庫側面溜進去、關上門，用光繩提供一些照明，又在這間小車棚的牆上找到一把扳手，然後拉開了藍色懸浮車的車篷。

蠢貨今天晚上可以走路回家。這樣才公平。畢竟，我就得走路回家——而今晚我走回去時，背後將會繫著一顆大型車用動力體。

第十六章

隔天早上我醒來時，覺得昏昏沉沉，全身痠痛，整張臉貼在玩具熊上。我呻吟了一下，翻過身，肌肉好痛。爲什麼這麼痛？我是不是……

我突然起身，打開光繩手環，從駕駛艙的床位探出頭。光線照亮我的小廚房，那裡有一堆等著要切的蘑菇，一些我用來當成椅子的石頭，還有……

還有一個車用動力體，大小跟一張小型床頭櫃差不多。

動力體就在我一路使勁搬來洞穴之後丟下的位置。那時我已經完全沒了力氣，所以沒將它連接到飛艇，就直接爬上床了。

我悶哼著，往後倒回床位，用手掌根部揉著眼睛。昨天晚上我實在氣到……哎呀，當時我腦袋已經不清楚了。偷走動力體似乎是個很棒的主意——不過現在我的妙計顯然漏洞百出。

天哪，不知道是誰破壞了你的車子，蠢貨？會不會是我們之中唯一沒來晚餐的那個人，而且是目前有強烈理由想報復你的那個人？

等大家知道我毀了另一位學員的財產，我就會以迅雷不及掩耳的速度被踢出飛行學校。我又悶哼了一聲，而舒服地蜷伏在儀表板上的毀滅蛞蝓，毫無幫助地模仿了我的聲音。

爲什麼？爲什麼我不能保持專注？爲什麼我要讓他們影響我？貝沃夫或荀灌才不會讓自己受到刺激就做出這種蠢事！

那天早上，我滿心忐忑，步伐拖沓地到了艾爾塔。我甚至不想測試動力體能不能用。都變成這樣了，難不成我還能做什麼來阻止我的末日嗎？爲什麼「理性的思蘋瑟」跟「果斷的思蘋瑟」不能偶爾聚在一起開個作戰會議呢？

我已經預料憲兵會等著我出現，不過大門的守衛只是揮揮手讓我通過。在我前往教室的途中，沒有人攔下我。蠢貨在我坐上位子時進了教室，連看都沒看我一眼。卡柏跛行進來，像平常一樣開始上課。

在某次休息時間，我刻意跟蠢貨對上眼。他看見之後並沒有別開眼神。他眼中有種指責的感覺，沒錯。但是該怎麼解讀？他是要等到什麼特定時刻才舉發我嗎？

隨著今天的進度，我們練習了對移動的目標使用光矛，而我也開始懷疑也許他不會讓我陷入麻煩。也許……也許他要採取戰士的方式。如果不跑去找司令告狀，他是不是打算自己報仇？

假如眞的是這樣，那麼……可惡。我可能得稍微尊敬那個男孩一點了。

但我要強調，就只有一點點。他還是會挑釁又惡意地在其他人面前把我烙上儒夫的名號。亞圖洛、奈德、FM，甚至連畢姆也是，他們經過我身邊時都會放輕腳步，用眼角餘光偷看我。雖然這似乎沒影響到我們的訓練，可是所有人在休息時間好像都在熱烈討論這個消息。他們會問我其他事情，然後很快就結束對話。

唯一沒有表現古怪的是金曼琳。當然，這並不表示她就會忽略發生的事。

「那個，」我休息喝水時，她停在我的座位旁說：「那就是妳一直這麼好鬥的原因嗎？」

「好鬥？」我對這個詞不熟。

「就是很想一隻手抓住星星，然後全部塞進妳的口袋那樣。」金曼琳靠過來，彷彿是要講什麼俏皮話的樣子。「妳知道的嘛。火熱。」

「火熱。」

「也許……偶爾會有點……火爆。」

「是不是因爲我爸爸，所以我才這樣集憤怒、蠻幹和暴躁於一身？是不是因爲他們稱呼他儒夫，我才會走到哪裡都拿著劍，大喊著我要把每個人的頭骨堆在一起，然後站在那堆頭骨上，好讓我砍掉對我而言長得太高的人的頭？」

金曼琳溫柔地笑著。

「祝福我的星星？」我問她。

「每一顆都是喔，思蘋瑟。每一顆活潑的星星。」

我嘆息著，喝了另一口水。「我不知道。我記得早在他被擊落之前，我就很喜歡奶奶的故事了，不過發生的事當然也沒差。當所有人都把妳視爲懦夫之女——不是一位懦夫的女兒，而是那位懦夫的女兒——妳就會展現出一種有敵意的態度吧。」

「哎呀，祝福妳勇敢面對，」她雙手握拳說：「讓驕傲成爲美德，它就會是美德。」

「聖徒說的。」

「她是個非常聰明的女人喔。」

「妳知道我們根本就不知道妳在講哪個聖徒吧。」

金曼琳拍拍我的頭。「沒關係，親愛的。當異教徒並不是妳的錯。聖徒會原諒妳的。」如果是其他人這麼做，我可能會覺得被冒犯，尤其是拍頭的部分。但是金曼琳這麼做，會讓人覺得……呃，有種安慰的感覺。

那天結束時，我已經覺得好過多了。事實上，他們離開我去吃晚餐時，我甚至只感覺輕微的不舒服而已。這樣很好。

到了外面，我看見蠢貨進了一輛很長的黑色懸浮車，裡面有一位戴著白手套的司機。可憐的孩子，看來他現在得搭車回家了。

我一邊嚼著一些煙燻的鼠肉，一邊踩著輕快的步伐走回洞穴。雖然尤根終究會用某種方式報復我，但是我可以接受。放馬過來。至於現在，我好像已經躲過了一項嚴重的罪行。有一顆可供星式戰機使用的動力體，已經準備就緒了。

我笑著抵達洞穴的裂縫，藉著光繩進入洞穴裡。拿我的未來冒險眞是愚蠢。這艘飛艇非常老了，讓那些燈亮起來又不會有任何好處。但這也是我的祕密，是我的發現。

我的飛艇。

毀壞，磨損，一邊的機翼已經彎曲……這依然是我的飛艇。

我把動力體搬到飛艇的出入艙口旁。插頭都一樣，我甚至還不必擔心接線問題。我朝在機翼上緩慢移動過來的毀滅蛞蝓看了一眼，然後咧嘴笑著將插頭插上。

診斷面板上的燈立刻亮起。而從前方的亮光看來，駕駛艙內的儀表板也亮了。之前那陣低沉的嗡嗡聲再次出現，然後開始加速、扭曲，直到……直到聲音變成了言語。

「**……急啓動程序已開始**。」一陣男聲從駕駛艙傳出。聲音有種奇怪又老式的口音，很像我們建立艾爾塔之前那段時期，我在廣播上聽過的知名演說。「**偵測到結構完整性與資料庫嚴重損壞**。」

這是錄音嗎？我倉促地趕向駕駛艙。

「妳好！」那陣聲音對我說話，越來越不像……機器。「根據妳的衣物與態度，我猜測妳是本地人。能否請妳分類自己——表明妳隸屬哪個國家以及妳先人之名——好讓我將妳放入我的資料表？」

「我……」我抓著頭。「搞什麼？」

「啊，」那陣聲音說：「好極了。跟地球標準英語只有極細微的語言偏差。請原諒我處理緩慢——這似乎不符合一般基準——不過妳是人類，對嗎？妳能不能告訴我……這是哪裡？」

我聽不懂這些話。我只能跪在駕駛艙旁的機翼上，試著拼湊出發生了什麼事。

我的飛艇在對我說話。

第十七章

「我的型號是MB-1021，機器人飛艇系統。」飛艇說。

它不止會說話——而且似乎還停不下來。

「但是人類偏好使用『名字』而非型號，所以我通常被稱爲M-Bot。我是一艘長程救援與回收飛艇，專門在太空深處執行匿蹤行動以及無支援的單獨任務，而……」

機器沒繼續說了。

「而？」我躺在駕駛艙中，試圖理解這東西到底是什麼。

「而我的資料庫毀損了，」M-Bot說：「我無法還原進一步資訊。我甚至無法取得我的任務參數。我的唯一一筆紀錄，是最近一次主人的命令：『隱藏起來，M-Bot。評估情況，別捲入任何戰鬥，還有在這裡等我。』」

「你的主人就是你的飛行員，對吧？」我問。

「正確。史貝爾指揮官（Commander Spears）。」它投影出一個影像，取代了儀表板上的顯示。這位指揮官是個清朗的年輕男子，有著棕褐色皮膚，穿著筆挺卻陌生的制服。

「我從來沒聽過他。」我說：「我認識所有知名的飛行員，即使是奶奶在艦隊那時候的。你來這裡的時候，克里爾人的情況呢？他們已經攻擊銀河系了嗎？」

「我沒有關於這個群體的記憶，而『克里爾人』這個詞並未出現於我的記憶庫。」它暫停一下。「在我記憶核心中的同位素衰變率顯示，從我停止運作以來，已經過了……一百七十二年。」

「嗯哼，」我說：「無畏號跟艦隊大約八十年前墜毀在狄崔特斯，而克里爾戰爭是在那之後一段時間才開始的。」奶奶說戰爭在她出生時就已經打了很久。

「考量到人類的壽命，」M-Bot說：「我必須斷定我的飛行員已經死亡。眞悲傷。」

「悲傷？」我試著弄清楚這一些。「你有感情？」

「我被允許自我改善並獨立加強記憶路徑以模擬生物的情緒。這讓我能夠跟人類有更好的互動，但實際上我並沒有生命。我的痛苦情緒子程式指示我應該對失去主人有感覺，但記錄他外表以及我們所有經歷的記憶庫都已損壞。除了他的名字以及他最後的指令，我什麼都不記得。」

「隱藏起來，」我重複著：「評估情況，別捲入任何戰鬥。」

「除了基本的個人常識和一般語言使用等方面，在我記憶庫中唯一存留下來的，似乎就只有一個用於記錄此星球上眞菌生物的開放資料庫。我應該會很想把剩下的部分塡滿。」

「眞菌？」

「蘑菇。妳會不會剛好有可以讓我分類的？」

「你是一架超級先進的匿蹤戰鬥機，由於某種原因內建了機器性格……而你只想要我帶蘑菇給你？」

「是的，拜託了。」M-Bot說：「評估情況，就像分類本地的生物。我很確定那就是他的意思。」

「我可沒這麼確定，」我說：「聽起來是你要躲避某件事。」我探身往外看著它的機翼。「你的兩邊機翼上各有一對大型破壞砲發射器，下面還有一座光矛塔。那種火力相當於我們的大型飛艇。你是一艘戰鬥飛艇。」

「顯然不是，」M-Bot說：「我是來這裡分類菌類植物的。妳沒聽到我最後的命令嗎？我不應該捲入戰鬥。」

「那你爲什麼有火砲？」

「用來射擊可能威脅到眞菌樣本的大型與危險野獸，」M-Bot說：「很明顯。」

「太蠢了。」

「我是機器，因此我的推論合乎邏輯，而妳則會因爲生物的無理性具有偏見。」它讓儀表板上的幾個燈閃爍起來。「用那種方式說妳愚蠢還眞是聰明，假如妳——」

「我明白，」我說：「謝了。」

「不客氣！」

它聽起來非常眞誠。不過它是……是什麼「機器人系統」嗎？無所謂。我不確定該相信它的誠實度多少。

然而，這部機器具有可以追溯好幾百年的記憶——儘管記憶受損。說不定這能夠解答我們不停在問的問題。爲什麼克里爾人一直攻擊我們？他們到底是什麼？我們對他們唯一的描繪，是重建他們身上穿的盔甲，因爲我們從來就沒辦法抓到任何俘虜。

說不定我們曾經知道這些問題的答案，但就算如此，答案也在八十年前遺失了。當人們墜毀於此並假定已經安全之後，舊艦隊中大部分的軍官、科學家和長者，隨即在一處地底洞穴集會。他們復原了無畏號的舊電子檔案庫，並且召開了緊急會議。然而，第一顆殞命炸彈就是在那個時候投下，摧毀了我們的檔案庫，以及艦隊中大部分資深人員。

當時，剩餘的人根據自己在艦隊中的職務分散成各個部族：引擎維護工作人員，像是奶奶和她的家人、水耕人員——名稱好聽點的農夫——像是畢姆的先人；或步兵，像是晨潮一族。經過艱難的嘗試與摸索，他們發現要是把群體的人數維持在一百人以下，克里爾感應器就無法找到躲在洞穴中的人們。

過了三個世代，情況演變成現在這樣。我們慢慢地往地表挺進，可是在我們的記憶與歷史中卻有許多巨大的漏洞。要是我能夠把終極祕密帶回去交給ＤＤＦ……一勞永逸擊敗克里爾人的方法？

不過……M-Bot不太可能知道那個答案。畢竟，如果舊的人類艦隊已經知道要怎樣才能擊敗克里爾人，他們就不會被逼到差點絕種。但這部機器的腦袋裡肯定藏了一些祕密。

「你可以發射武器嗎？」我問。

「我奉命要避免戰鬥。」

「只要回答就好了。」我說：「你可以開火嗎？」

「不行，」M-Bot說：「武器系統鎖定了，我不能控制。」

「那爲什麼你的飛行員下令叫你別捲入戰鬥？你又不能跟任何人戰鬥。」

「邏輯上來說，不一定不戰就不會引發戰鬥。我被允許執行最基本的自主行動，理論上有可能誤入戰鬥或衝突之中。這對我本身會是場災難，因爲我需要飛行員才能執行最重要的功能。我可以協助與診斷，但由於我並沒有生命，所以不能信賴我使用毀滅性的系統。」

「所以我可以發射武器囉。」我說。

「很遺憾，武器系統因爲損壞而斷線。」

「好極了。還有什麼也斷線？」

「除了我的記憶之外嗎？推進器、上斜環、超感驅動裝置、自我修護功能、光矛，以及所有的機動功能。還有，我的機翼似乎折彎了。」

「好極了。也就是一切都斷了線。」

「我的通訊功能與雷達有作用，」它說：「以及駕駛艙生命維持系統與短程感應器。」

「就這樣嗎？」

「看起來……就這樣。」它沉默了半晌。「藉由先前提到的短程感應器，我不禁注意到，妳擁有一些蘑菇。妳願意將那些蘑菇放入我的駕駛艙分析並加以歸類嗎？」

我嘆了口氣，往後靠著椅子。

「當然，妳可以慢慢來。我身爲機器，並不具有像是人類的性急這種弱點。」

我該怎麼做？

「但是能快一點就好了。」

我自己應該沒辦法修好這東西，我心想。我是不是應該直接去找ＤＤＦ，告訴他們我發現了什麼？我必須坦承偷了那顆動力體，而且，他們一定不會讓我保有這艘飛艇。帶著這艘飛艇去找ＤＤＦ，就等於爲它繫上蝴蝶結，雙手奉給正使出渾身解數要毀掉我一生的那位司令。

「那些蘑菇看起來眞的很棒。」

不。我才不要把這項發現交給鐵殼，至少必須再想清楚一些。但如果我想要修好這艘飛艇，至少也需要幫手。

「我並不是需要確認之類的，因爲我的情緒都只是模擬……不過，妳有在聽我說話吧？」

「我有聽，」我說：「只是在思考。」

「那很好。我應該不會想被缺乏腦部功能的人維修。」

就在這個時候，我想到了這幾天以來的第三個壞主意。我咧嘴笑了。

或許有辦法找到幫手修理。某個比我有更多「腦部功能」的人。

✦

大約過了一個半小時——就在宵禁之後——我來到伊格尼斯一處社區公寓設施的三樓，藉由光繩頭下腳上地倒掛在小羅的窗外。他正舒服地躺在床位上睡覺。他有一個自己的小房間，我一直覺得很奢侈。他的父母在總共六項的家長指標中都被評爲楷模，因此獲准能夠住在容納多名孩子的屋子裡，但諷刺的是，他們最後只生了小羅而已。

我敲敲他的窗戶，我的頭髮因爲倒掛而垂落著。我再敲一次。接著又敲得稍微大聲了點。拜託，從我上次做過這種事到現在，還沒經過那麼久吧。

終於，那隻貪睡蟲坐了起來。來自光繩的光線投射進窗裡，照著他睡眼惺忪的蒼白面孔。他眨著眼睛看我，但是走過來打開窗戶時，看起來一點也不訝異。

「嘿，」他說：「妳也拖得夠久了。」

「夠久？」

「來勸我回去啊。我可不會這麼做。雖然我還沒想清楚一切，不過關於這個決定，我很確定——」

「噢，別再說了，」我輕聲說：「帶著你的工作服。我得給你看個東西。」

他露出懷疑的表情。

「這是認眞的，」我說：「你看到以後一定會驚訝到連鞋子都掉了。」

令我氣憤的是，他竟然只是靠著窗台，往外看著頭下腳上倒掛的我——我要強調，這並不容易。

「都快半夜了，小旋。」

「一定値得的。」

「妳是要拖我去某個洞穴對吧？我要到兩點或三點才能回來。」

「如果你夠幸運的話。」

他深吸了一口氣，抓起他的工作服。「妳眞心知道妳是我認識過最奇怪的朋友吧？」

「哎呀，拜託，我們就別假裝你還有其他朋友了。」

「奇怪，」他說：「我父母一直沒辦法讓我有兄弟姊妹，但我不知怎麼還是有一個老是害我捲進麻煩的姊姊。」

我笑了。「在下面見。」我停了一下。「嚇到，鞋子，都掉了，小羅。相信我。」

「是、是，給我點時間從我爸媽那裡溜出去。」他拉上窗簾，而我垂降到街上，不耐煩地等待著。

伊格尼斯在晚上就是個奇怪的地方。當然，所有設備都是全天候運轉的。「白天」和「晚上」在這裡只是兩個詞，不過我們還是會使用。這裡有一段強制的安靜期間——在這段時間內，洞穴的擴音器不會播放任何通知或演講——只要不是輪值最後一段班的人都有宵禁。但要是你直接走在街上，做你自己的事，也不會有人太注意你。在伊格尼斯，大家的預設立場就是認爲每個人都正要去做某件有用的事。

小羅依約到了街上見我。我們一起穿越洞穴，經過了一幅壁畫，內容是有一千隻正在飛行的鳥，每一隻鳥都被一條線分成兩半，而且兩個半邊彼此之間有些偏移。那些鳥從一顆紅橘色的太陽往上高飛，那種太陽的樣子就連在地表上都看不到。

我們的學員胸針讓我們順利通過了守衛並進入地道。走在較輕鬆的路線上時，小羅對我述說他過去幾個星期都做了些什麼。他的父母很高興他放棄了，大家都知道當飛行員有多麼危險。

「當然，他們很驕傲。」小羅一邊悶哼著跟我爬上碎石堆一邊說：「大家一看到胸針，就用很奇怪的方式對待我。例如，他們聽見我說的話，就會說我的意見很好——就算不好也會說好。而且大家還會爲我讓路，好像我是某個重要人物。」

「你是啊。」

「才不，我的重要性跟之前一模一樣。」他搖搖頭。「不過有十幾個工作機會在等我，而我有兩個月的時間可以決定。」

「兩個月？」我重複他的話。「不必工作或上學？都是自由時間？」

「對啊。薇米爾老師一直想要我投入政治。」

「政治。」我差點在地道中停下腳步。「你。」

「可不是嗎。」他嘆息著坐到附近一塊石頭上。「但萬一她是對的呢？我是不是該聽她的？其他人都覺得政治對生計最有幫助了，也許我應該照他們說的做。」

「可是你想要做什麼？」

「妳現在關心了？」他問。

我露出被刺痛的表情，而小羅別開眼，臉紅得很。「我很抱歉，小旋。那樣說不公平——一直都不公平。我是指對妳。是我選擇爲了飛行員測試而念書的，妳並沒有強迫我。沒錯，妳的夢想有點像是蓋過了我的夢想，但主要是因爲其實我沒有任何夢想……不算有吧。」

他坐倒在一顆石頭上，背靠著壁面，往上看著地道的頂部。「我一直在想，如果又來一次呢？如果我讓自己對某個工作感到興奮，接著又發現我完全不適合呢？我在飛行方面失敗了對吧？說不定我會一直失敗下去？」

「小羅，」我抓住他的手臂說：「問題不在於你不適合你選擇的工作。這答案一直都是一樣的。有太多不同的事，你都做得很好。」

他抬頭看著我。「妳眞的相信是這樣嗎，小旋？」

「當然。我是指，你自己決定飛行並不適合你。要是我認爲你有缺點，也不會是你太常失敗，而是你拒絕承認大家的看法——也就是你太厲害了。」

他笑了。看到小羅笑的感覺眞好。這讓我想起我們小時候，一個邊緣人和一個被霸凌的孩子，排除萬難變成了好朋友。

「妳又要把我拖下水了，對吧？」他問：「很荒謬的事？」

我遲疑著。「是啊……大概吧。」

「好吧，」他邊站起來邊說：「那我加入。我們去看看妳有什麼驚喜吧。」

我們繼續前進，直到我終於帶他從一處裂縫爬出地表。我讓他停在我臨時搭建之家的入口，要他抱著我，跟我一起垂降下去，因爲他失足摔落的機率很高。雖然他很多很多事都做得很好……但光是過去一年裡，我就見過他在念書時至少被書砸到腳八次以上。

「這件事最好跟老鼠沒有關係，小旋。」他在我們著地時說：「我知道妳對牠們很瘋狂，可是……」

我打開光繩的燈光，照亮了飛艇。M-Bot似乎是要配合我揭曉答案，也開啓了它的儀表板與航行燈。我已經清理掉許多碎石，所以在燈光的照耀下，這艘飛艇看起來還沒有之前的一半糟。沒錯，雖然它壞了，還有一邊的機翼已經彎折，但顯然跟我們在DDF擁有的任何飛艇都不一樣。

小羅張大了嘴呆看著，下巴都快要掉到地上。

「怎麼樣？」我說：「你覺得呢？」

他的回應是跌坐到附近一塊大石頭上，一邊繼續盯著飛艇，一邊脫掉他右腳的靴子往後丟。

「哎呀，」我說：「我之前說嚇到鞋子都掉了，是指兩隻鞋子呢。不過，還可以接受啦。」

第十八章

那天晚上我沒睡多少。

我花了幾個小時幫小羅檢查M-Bot——他想要弄清楚所有損壞情況。不過後來我就開始想睡了。小羅還很有精神，於是我鋪了一塊蓆子，用血字當枕頭靠著。

每次我打瞌睡，醒來時就會聽見瑞莫羅在跟飛艇說話。「所以……你是機器，但是你可以思考。」

「所有機器都會『思考』，這樣才能執行對輸入內容的反應。我只是能以更加複雜許多的方式執行反應與了解輸入內容……」

繼續睡。

「……可以向我們解釋哪裡出錯了嗎？」

「我的記憶庫有缺陷，因此我只能提供粗略的解釋——但或許這樣就夠了。」

我翻過身，還是投入夢鄉。

「……不知道我來自何處，不過有個記憶片段暗示我是由人類創造的。我不確定是否有其他智慧生命物種存在。我相信我曾經能夠回答這個問題……」

大約到了早上六點，我揉了揉眼睛並坐起身。小羅躺在一處已打開的存取面板底下，正在飛艇下方撥弄著某個東西。我直接倒在他旁邊，打了個呵欠。「怎麼樣？」

「太神奇了。」他說：「妳跟卡柏說過它的事了嗎？」

「還沒。」

「爲什麼要拖？我是指，萬一這東西可以扭轉對克里爾人的戰局呢？」

「理論上，」我說：「人類在一開始跟克里爾人戰鬥的時候就有這東西了。它當時就沒有幫助。」

「我要指出，」M-Bot說：「『它』可是全都聽見了。」

「所以呢？」我問飛艇，然後又打了個呵欠。

「所以將某個在場的當事者當成不在場並談論對方，通常會被認為是失禮的行為。」

「我不明白你的意思，M-Bot，」小羅坐起身說：「你說你不在乎那種事，對嗎？」

「顯然我並不在乎。我是一部合乎邏輯的機器，只是披著由模擬情緒製成的薄薄外衣。」

「好吧，」小羅說：「這就合理了。」

「但這還是很無禮。」M-Bot接著說。

我望向小羅，指著駕駛艙。「所以我們有一艘會說話又帶著神祕科技的神奇飛艇。你要幫我修好它嗎？」

「靠我們自己？」小羅問：「為什麼？」

「這樣我們才能留下它。還有駕駛它。」

「妳現在就在DDF了啊，小旋！妳才不需要一艘過時又壞掉的飛艇。」

「我還在這裡，」M-Bot說：「只是說一句而已。」

我往前傾。「小羅，我不是待在DDF。我是在卡柏的課堂裡。」

「所以呢？妳一定會畢業的。我才不在乎他只會讓幾個人通過——妳一定是其中之一。」

「然後呢？」我感到一陣寒意。我要表達的恐懼雖然從來沒說出口，但從第一天就一直困擾著我。

「卡柏說他可以讓任何人上他的課。但如果我通過了呢？他的權力就到那裡為止了，小羅。」

小羅低頭看著手裡的扳手。

「我擔心司令會拒絕給我飛艇，」我說：「擔心卡柏不再能保護我以後，她就會用某個不重要的理由把我踢掉。我擔心會失去，小羅。失去天空。」我看著側面機身燈光亮起的飛艇。「對，這艘飛艇很舊，不過代表了我的自由。」

他的表情還是很懷疑。

「想想看，」我說：「這會多麼有趣。探索一艘古老飛艇的內部。想想我們能夠發現什麼祕密！M-Bot可能完全是以過時的技術打造，但或許也不一定。靠我們自己試著修好它，這樣不是很有趣嗎？如果眞的行不通，我們之後隨時都可以把它交出去。」

「行行行，」小羅說：「好吧，別再強迫推銷了。我會試試看的，小旋。」

我開心地對他笑。

小羅看著飛艇。「我怕這會超出我們的能力範圍。那些推進器都毀了。那種東西不是只要焊接回去就行。我相信一定會有其他零件必須更換，或是得用我們沒有的工具來修理。」他想了一會兒。「不過……」

「什麼？」我問。

「我有一個工作機會，」他說：「是菁英工程隊。他們會監督星式戰機的修理工作——而且還會開發新的設計。他們有最棒的實驗室，最棒的設備……」

我期待地點點頭。「聽起來太完美了。」

「反正我也在考慮接受他們的工作。」他說：「他們說我可以在這兩個月裡過去，到那邊實習、在修理廠學習……他們非常佩服我的測試分數，還有我對設計圖表跟高等工程的了解。」

「小羅。眞是太棒了。」

「我可沒承諾任何事喔。」他說：「不過呢，如果我對他們提出正確的問題，就能讓他們教我怎麼修好M-Bot的特定部位。我只是得想辦法做得不露痕跡，不讓他們起疑。總之，我們還是會需要多的零件，至少需要一顆完整大小的推進器。」

「我會想辦法弄來一顆。」

「千萬別告訴我妳是從哪弄來的。」他說：「如果這整件事直接在我們面前爆開，說不定我可以宣稱我不知道妳有任何盜竊行爲。」

「那顆動力體上有一道小印花寫著『威特家族財產』，」M-Bot用樂於助人的語氣說：「看起來是從小尺寸車身底盤硬拆下來的，手法非常粗糙。從角落刮下的油漆判斷，是藍色的漆。」

小羅嘆了口氣。「尤根的車？眞的？」

我擺出一副僵硬的笑容。

「雖然實習會佔據每天一大部分時間，」他摸著自己的下巴說：「不過如果需要的話，剩下的時間我應該可以來這裡，只是得向我爸媽編個理由。」

「告訴他們實習的要求超級高，」我提議：「那會佔用你大部分的時間。」

「可是，」M-Bot說：「那並不是事實，對不對？」

「不是，」我說：「誰在乎呢？」

「我在乎，」機器說：「爲什麼妳要說不是事實的話？」

「你可以模擬情緒，」我說：「可是不能模擬謊言？」

「我似乎……缺少了某些程式碼，」M-Bot說：「奇怪。噢，好有趣的眞菌啊！」

我皺著眉頭往旁邊看，毀滅蛞蝓正緩慢地爬上一塊石頭。

「噢，」小羅說：「那裡有個奇怪的東西。」他顫聲說：「妳可以……做點什麼嗎？」

「那個東西叫毀滅蛞蝓，」我說：「她是我的吉祥物。我不在的時候別傷害她。」我走向我的背包，一把抓起來。「我得去上課了。你要回去了嗎？」

「不，」小羅說：「我想我會待在這裡一段時間，所以留了張紙條給我爸媽，說我要去面試一個工作。他們只會以為我比他們早起床。我可以晚點回去，我想要先檢查它的線路。」

「好極了，」我說：「如果我每天回來的時候你還在這裡，我就可以跟你一起修理。如果沒有，你就留紙條跟我說可以幫忙做什麼。」我遲疑了一下。「記住，我在這方面算是個笨蛋，所以你可能會想給我簡單但煩人的工作。」

小羅又笑了，他坐在一顆石頭上，看著M-Bot。他的眼中有一道光芒，我記得在我們剛開始打算成為飛行員時，曾經在他眼裡見過那道光。那一瞬間，看到小羅又變成那樣，我才第一次覺得這件事可以成功。藉由某種方式，這個計畫可能真的會成功。

「等一下，」M-Bot說：「妳要留下我跟他一起？」

「我今天晚上就會回來了。」我承諾著。

「我懂了。妳可以來駕駛艙跟我私下談話嗎？」

我看著飛艇，皺起眉頭。

「我不想公開說明為什麼我喜歡妳甚於那位工程師，」M-Bot接著說：「如果他聽見我繼續說，最後聽到了關於他那些無法解決的缺點時，他可能會覺得受到輕視或感覺沮喪。」

「哎呀，那部分一定會很有趣，」小羅翻個白眼說：「也許我們可以找到辦法關掉它個性的部分。」

我爬進駕駛艙。座艙罩往下降，發出嘶嘶聲密封起來。「沒關係的，」我對M-Bot說：「小羅是好人。他會照顧你的。」

「我當然只是在模仿人類表現出不理性時偏好的模樣。但是妳可以不要走嗎？」

「很抱歉。我得去學習跟克里爾人戰鬥。」我對機器人的語氣感到納悶。「怎麼了？我已經告訴你，小羅是好——」

「我很樂意相信這一點，除非有證據顯示並非如此。問題是：我似乎失去了主人。」

「我可以當你的新主人。」

「沒有適當的授權碼，我無法變更主人。」它說：「而我正好發現我不記得了。然而，還有比這件事更大的問題。我不記得我的任務了。我不知道我來自何處。我不知道我的目標。如果我是人類，我會很……害怕。」

我該有什麼反應？一艘感到驚恐的飛艇？

「別擔心，」我說：「我們會給你一個新的目標——摧毀克里爾人。你是一架戰機，M-Bot。我相信你的名字一定有令人振奮的意義。殺戮機器……暴亂機器。屠殺機器（Massacrebot）。就是這個了，我很確定。你是令人聞風喪膽、最強大的死亡飛艇，目的就是要殲滅克里爾人並拯救人類。」

「我不覺得令人聞風喪膽，」它說：「我不覺得像是一艘死亡飛艇。」

「我們會處理的，」我向它保證：「相信我。」

「我可以相信那些話不是……謊言嗎？就像告訴工程師父母的那些話？」

哎呀。被我自己的話將了一軍，眞是快得出乎我意料。

「我必須要求妳，」M-Bot 態度更溫和地說：「別告訴其他人關於我的事。先前我說明我的命令時，以爲妳已經明白了。我應該要『隱藏起來』，這是保持低調的婉轉說法。妳甚至不該告訴那位工程師。」

「不然我們要怎麼修好你？」

「我不知道。思蘋瑟，我是人工智慧——是一部電腦。我必須遵守我的命令。拜託。妳不能把我交給你們的 DDF。妳絕對不能向其他人提起我。」

嗯哼，這會是個問題。我想讓這東西飛，如果成功了，我就要駕駛它在對抗克里爾人的戰鬥中幫忙。而要是我們不能修好它……這個嘛，我就得把它交出去了。不管我對鐵殼有什麼看法，我都不能永遠留著這艘飛艇。尤其是如果它能夠右右人類的生存與滅絕。

就在我開口正要跟它繼續討論時，儀表板上的一組燈光開始閃爍起來。

「我的短程感應器偵測到有多個物體進入大氣層，」M-Bot說：「碎片開始往這個星球墜落，還跟著四十三艘飛艇。」

「四十三艘？」我看著它的感應器讀數說。以我們的標準來看，對它而言的短程其實非常長了。「哇塞，就連在碎片墜落的時候，你也可以偵測到它們？」

「輕而易舉。」

這證明了DDF可以用上這項技術，我們的掃描器沒有那麼準確。而我立刻感到不安起來。

話說回來，四十三艘克里爾飛艇？他們曾經最多派出一百艘飛艇，所以這次算是很強大的軍力。我按下按鈕，打開座艙罩，爬出去跳到一顆石頭上。

「克里爾人，」我對小羅說：「是場大戰。」

「我們在這裡會有危險嗎？」

「不會，他們從另一個方向來。可是學員們已經接受夠久的訓練，鐵殼開始派他們以支援部隊的形式參與真正的戰鬥。火風暴飛行隊兩天前就去過了。」

「所以……」

「所以我最好離開了。以防萬一。」

第十九章

我開始快跑。

我聽見遠處碎片墜地的聲音傳來，心中逐漸焦慮起來。我總覺得鐵殼會派我的飛行隊去抵抗這次攻擊。她喜歡用眞正的戰鬥經驗測試學員，而我們早就接受了足夠的訓練，卡柏也提醒我們很快就會被派遣參與一些眞正的戰鬥。

輪到我們了。是時候了。我讓自己在覆滿灰塵的地面上奔跑，接著開始衝刺。

大量汗水從我的臉頰側面流下，而我接近警笛大作的基地時，心裡有種可怕的預感。其實那並不是害怕，而是擔心。萬一我太晚了呢？萬一其他人沒等我就直接去了戰場呢？

我進入基地，繞過外牆前往我們的發射場。只有一艘飛艇停在那裡。我想得沒錯。

我渾身大汗到了飛艇旁，把梯子推至定位，這時有幾個地面人員注意到我，開始大喊起來。有一個人及時趕到，穩住了我的梯子。「妳去哪裡了，學員？」她對我喊著：「飛行隊的其他人二十分鐘前就升空了！」

我搖搖頭，滑進駕駛艙，已經累到無法說話。

「沒穿壓力衣？」地面人員說。

「沒時間了。」

「好吧。那就別急速上升。妳許可起飛了。先呼叫妳的隊長再行動吧。」

我點點頭，然後戴上頭盔。這顆頭盔跟訓練教室裡的一樣，裡面都有奇怪的隆起，不知道他們到底是想測量我的什麼。我在座艙罩降下時，打開飛行無線電頻道。

「──別讓緊張影響你們了，」蠢貨在無線電上說：「保持專注，留意你們的僚機。你們聽見卡柏的話了。我們不必開火。只要專心防止自己被炸碎就好。」

「什麼？」我說：「怎麼回事？」

「小旋？」蠢貨問：「妳去哪裡了？」

「在我的洞穴啊！我還能去哪裡？」我啓動上斜環，讓飛艇升空。G力立刻對我發揮作用，而我的胃感覺像是要從腳趾擠出去。我放慢上升速度。「剛才說的再重複一次給我聽。你們要參戰？你們不是只要待在戰場邊緣嗎？」

「司令終於要讓我們戰鬥了！」畢姆急切地說。

「收斂一點，畢姆。」蠢貨說：「小旋，我們的位置是11.3-302.7-21000。盡快到這裡吧。鐵殼下令要我們跟一隊正式飛行員參與一場小型戰鬥。我們要到那裡擾亂敵人，希望能分散他們的注意力。」

換句話說，我們是被派去當成目標的，我心想，一邊在飛行服上擦了擦手。我的心臟撲通狂跳，汗水把頭髮黏在臉上。或者該說是他們。因爲我不在。

我很快就到。

我用力推動油門，高速前進。在重力電容器的保護過後三秒鐘，我整個人就往後甩在座位上。不過我承受得住這種直接將我向後推的力量。雖然不舒服，但我不會有昏迷的風險。只是我得達到高速，然後使用上斜環小心地爬升。

我很快就來到十Mag，這是波可級飛艇的速度上限，至少算是安全速度。但即使這樣，也還是在挑戰極限。在飛艇周圍推開空氣、形成氣泡並防止激烈操作時扯掉機翼的進氣口，現在已經超出限度，而飛艇也因爲高速移動發出了喀噠聲。空氣阻力讓平常隱形的護盾開始發亮。

我小心以較慢的速度往上爬升，而這個方向的G力正威脅著要使我昏迷。往上飛的時候，壓力會讓我的血液流向腳部。雖然我做了在離心機訓練時學到的縮緊腹部練習，但視野周圍還是開始逐漸變暗。

我硬撐住，被自己體重六倍的重量往下壓。這段飛行只需要一小段時間，可是一路上我還是得聽著朋友們陷入戰鬥。

「小心，赫爾。別太急了。」

「一個在追我。有一個盯住我了！」

「閃避，FM！」

「正在閃避！正在閃避！可惡，那是誰？」

「黑夜風暴六號（Nightstorm Six）。那是我哥哥，各位！呼號：砲口（Vent）。FM，妳欠我一份炸藻片了。」

「你右邊！亞圖洛，往上看！」

「正在看。我的星啊，眞是一團亂。」

終於，我的儀表板發出嗶聲，顯示我正在接近目標座標了。我放開高度控制桿，立刻執行急減速。在具有進氣口的波可級飛艇中，這表示要讓我的飛艇在空中旋轉——重力電容器開始作用——接著向後開啓推進器，讓我放慢速度。

我減速到標準空戰速度一Mag，終於脫離加速。我轉動飛艇，面向戰場，遠處有光芒在早晨陰暗的天空中閃爍，墜落的碎片不停形成紅色線條。

「我來了。」我對其他人說。

「快進來幫忙晨潮！」尤根對我大喊：「妳看得到她嗎？」

「正在找！」我焦急地說，同時掃視接近感應器的畫面。在那裡。我加大動力，往她的方向加速。

「各位，」我看著掃描器說：「晨潮被盯上了！」

「我看見了。」蠢貨說：「晨潮，妳收到了嗎？」

「正在試。試著閃避。」

我的飛艇呼嘯地飛往戰場。現在我看得很清楚了，每艘飛艇都在旋轉繞行，簡直是一團混亂，當中還混合了破壞砲的閃光與偶爾出現的光矛。晨潮的波可飛艇往上拉出一個迴旋——後面緊跟著三艘克里爾飛艇。

快到了。就快到了！

克里爾破壞砲發出閃光。擊中。又擊中一次。然後……

一陣光芒爆炸開來。火花四處噴濺。

而晨潮就這樣死在一場巨大的爆炸中。她根本沒機會彈射逃生。

金曼琳尖叫起來——一陣尖銳、驚慌、痛苦的聲音。

「不！」蠢貨說：「不，不，不！」

我以三Mag的速度抵達，這種速度太快，無法執行一般的空戰操作，但我還是設法用光矛刺中了其中一艘克里爾飛艇。可是已經太遲了。

晨潮變成的火花逐漸下墜消失。

我旋轉並使推力倒轉，放掉光矛將克里爾飛艇拋向一側。我們的另一架戰機出現，追了過去，開火將它擊落。

我飛到蠢貨旁，壓抑住大叫的衝動。他的僚機不見了。亞圖洛在哪裡？

在騷亂之中，我無法想出任何戰略。我的飛行隊往四面八方高速飛行，雖然是吸引了火力，不過也讓場面變得更加混亂。幾艘更大型的ＤＤＦ戰機從中穿梭，夾雜著十幾艘克里爾飛艇，那些飛艇都像尚未建造完成一樣在後側拖著金屬線。

我在哭。但是我咬緊牙關，跟在尤根的機翼旁。他熟練地用光矛刺中一艘克里爾飛艇，而它想要脫逃，於是我也刺中了它。

「那塊碎片，尤根，」我說：「在你的兩點鐘方向慢慢落下。」

「好。」我們照著卡柏教的方式，兩個人一起催動油門，將敵人的飛艇拉向那塊碎片。在最後一刻，我們切斷光矛並往兩側飛開，讓克里爾飛艇猛烈撞上碎片，爆炸成一團火球。

「你們兩個在幹嘛？」卡柏在頻道裡說：「你們的命令是採取防禦姿態。」

「卡柏！」我說：「晨潮……」

「保持冷靜，女孩！」他大喊：「等碎片雨結束之後再哀悼吧。現在，遵守命令。防、禦、姿、態。」

我咬牙切齒，並沒爭論下去，而是跟著尤根在碎片墜落引發的煙霧之間穿梭。在我右側那裡看起來像是亞圖洛和奈德，他們正以急加速和急減速的方式交互行進，讓敵人無法鎖定他們任何一架飛艇。那些技巧能混淆克里爾人，就像是用大量的目標淹沒他們。

晨潮……

「怪客？」尤根說：「妳在做什麼？」

我發現還聽得見金曼琳在無線電中痛苦地輕聲嗚咽著。我在掃描器上搜尋，找到了一艘波可飛艇，那艘飛艇沒有僚機，正盤旋於戰場的邊緣。

「怪客，快移動！」尤根說：「妳是很明顯的目標，快進來這裡。」

「我……」金曼琳說：「我想要瞄準射擊。我本來可以救她的……」

「快加入！」尤根大喊：「學員，推動油門過來這裡！」

「我來掩護她。」我離開隊形時，我們正飛掠過兩艘往另一個方向而去的克里爾飛艇。天空被太多的火花和破壞砲照亮，讓我差點以爲自己就在伊格尼斯，像是被一座鐵工廠吞噬。

「不，」尤根對我說：「妳看見畢姆了嗎？在妳八點鐘方向？掩護他。我來處理金曼琳。」

「了解。」我下降並往左轉，重力電容器替我抵銷了急轉彎產生的G力。然而，在我移動時，我的儀表板上亮起了一個燈：在我的接近感應器附近那顆明亮的紫色警示燈。

我被追尾了。

雖然我們幾乎沒練習過空戰，不過卡柏的訓練立刻出現在我腦中。相信掃描器。別浪費時間嘗試目視敵機。只要專注於飛行。

「小旋！」FM說：「妳被盯上了！」

我已經讓飛艇做出了閃避的迴旋動作，並依賴重力電容器替我應付G力。我的腦中突然像是喀噠了一聲。我的臉部冰涼，我的精神在疲勞，壓力與悲傷之下仍因過往的訓練而立刻集中專注。是不是有克里爾人跟著我，好像一點也不重要了。在那一刻，就只有我跟飛艇。我們是彼此的延伸。

我離開迴旋，筆直俯衝，然後突然轉向，完美地射出光矛，鉤住一塊正在緩慢墜落的碎片。我沒飛得很快，所以重力電容器中斷時，G力把我重重地摔在座位上。我看見視野周圍出現了黑影，但還是撐住了。

我急速轉彎，接著鉤中另一塊碎片，跟著它產生的煙霧，從兩艘在另一個方向過來的克里爾飛艇之間飛掠而過。追尾的敵機在我轉彎時跟丟了——我發現後方出現一陣爆炸的閃光，有一位正式飛行員在敵機想要追上我的時候解決了它。

「很好的操作，小旋，」卡柏在我耳邊輕聲說：「事實上是很完美的操作。但是可別太魯莽。記住模擬的時候。魯莽的動作還是會害死妳。」

雖然他看不見，我還是點了點頭。

「畢姆就在妳的十點鐘方向，高度大約一萬五。去找他吧，那個孩子太性急了。」

就在此時，畢姆的聲音出現在飛行隊的頻道上。「各位？你們看到了嗎？就在我正前方？」

遠處有一場規模更大的戰鬥。我們則是奉命參與規模較小的這一場戰鬥。雖然我看得見在那場大規模戰鬥中掉落的火花和末擊中目標的破壞砲光線，但我不覺得畢姆指的是那些。

我飛到他旁邊時，才終於發現：那是一艘克里爾飛艇，但跟那些弧形戰機是不同的型號。這艘飛艇是球根狀，就像一顆頂部長了機翼的腫脹水果。或者……不，那是一艘底部帶著某種巨大東西的飛艇。

是轟炸機，我想起之前學過的內容才恍然大悟。它帶著一顆殞命炸彈。

「殞命炸彈，」尤根說：「卡柏，我們確認目視到了一顆殞命炸彈。」

「其他飛行隊在無線電頻道上也提到了。」卡柏說：「穩住，學員。司令已經在處理那架轟炸機的事。」

「我可以打中它，卡柏，」畢姆說：「我可以擊落它。」

我以為卡柏會立刻駁回這個提議，可是他沒有。「讓我申請指示，並告訴他們你們已經目視了。」

畢姆把這番話當成批准。「妳跟我一起嗎，小旋？」

「緊跟著，」我說：「我們上吧。」

「等一下，學員，」卡柏說：「回報敘述的內容有點奇怪。你可以確認嗎？那顆炸彈聽起來比平常的更大。」

畢姆沒在聽。我往座艙罩外面看，他正朝那艘單獨的轟炸機俯衝，而轟炸機也照著克里爾人平常的戰術降低高度，試圖在AA火砲的射程下方飛行。

「事情不太對勁。」卡柏說。

一群影子從炸彈的旁邊散開——那些是較小型的克里爾飛艇，在黑暗中幾乎看不見。總共四艘。

它們射出紅色的破壞砲照亮天空。其中一發擦過了我的座艙罩，讓我的護盾發出爆裂的光線。我嚇了一大跳，出自本能地將飛艇轉向一側。

「卡柏，」我說：「有四艘護航飛艇剛才從轟炸機那裡出現！」

飛艇對我們開火。我勉強躲過，操控飛艇的雙手都冒了汗。「它們比一般的克里爾飛艇更快！」

「沒見過。」卡柏說：「撤退，你們兩個。」

「我可以打中它，卡柏！」畢姆說。他準備啓動長程射擊，飛艇前方的破壞砲發出光芒。

四艘護航飛艇全部繞回來飛向我們，再次開火。

「畢姆！」我大叫。

我很確定看見他望向我這裡——因爲他的頭盔面罩有反光——而他的飛艇也同時受到攻擊，集中的砲火突破了他的護盾。

畢姆的飛艇炸成好幾塊大碎片，其中一塊還猛烈撞擊到我的飛艇。我被彈向一側，飛艇也開始旋轉。在整個世界劇烈晃動時，怪客大喊著我的名字，儀表板上的燈號瘋狂閃爍，「護盾失效」的警告聲刺耳作響。

重力電容器超出上限，我像是被G力直接擊中，噁心想吐的感覺倏地湧上，一切也都變得模糊不清。不過我的訓練還是發揮了效果。我用力拉控制球，勉強啓動了俯衝控制裝置，這讓上斜環以前方的鉸鏈爲樞軸轉動，就像一道艙口擺動打開。上斜環指向飛艇的機首，這個操作也讓我停止了下墜。世界恢復正常，但我就這樣盤旋掛在半空中，機首直指著地面。

我的儀表板上出現閃光。我看著畢姆的殘骸墜落在下方地面，一陣輕微的爆炸掀起了漣漪。

他永遠……他永遠沒辦法選擇呼號了。

「敵人脫離了！」奈德說：「看來他們受夠了！」

我麻木地聽著其他的報告。一支由正式飛行員組成的突擊隊去追擊轟炸機，而克里爾人不想冒著失去武器的風險，所以全軍撤退了。

轟炸機逃脫了，而其他敵軍飛艇撤離的數量也讓司令決定不再追擊。

我停在原處。藍色的上斜環在我面前發出一陣冷冽、無生命的光芒。

「小旋？」尤根說：「回報？妳還好嗎？」

「不好。」我低聲說，但最後還是重新設置好我的上斜環，將飛艇轉回正常的姿態。我把動力輸入護盾啓動裝置，等待燈光亮起，然後抓住握柄，用力往後拉。另一道護盾發出爆裂聲，圍繞住我的波可飛艇，接著就隱形了。

我往上爬升，跟其他人一起列隊。

「回報狀態。」尤根下令。

我們一一回應，其他人全都在。不過我們飛回基地時，隊形中有兩個明顯的缺口。畢姆跟晨潮已經不在了。

天防飛行隊從九個人減爲七個人。

其他飛艇設計

M-Bot

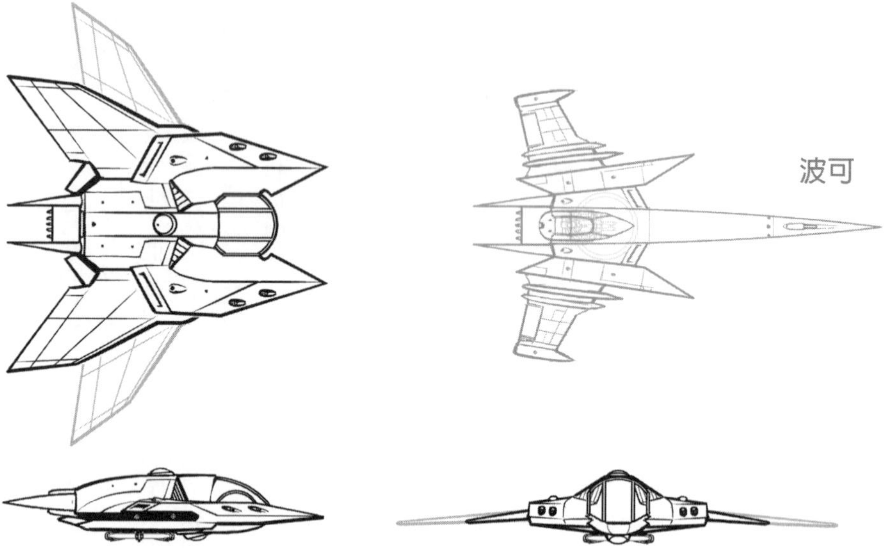

克里爾攔截機

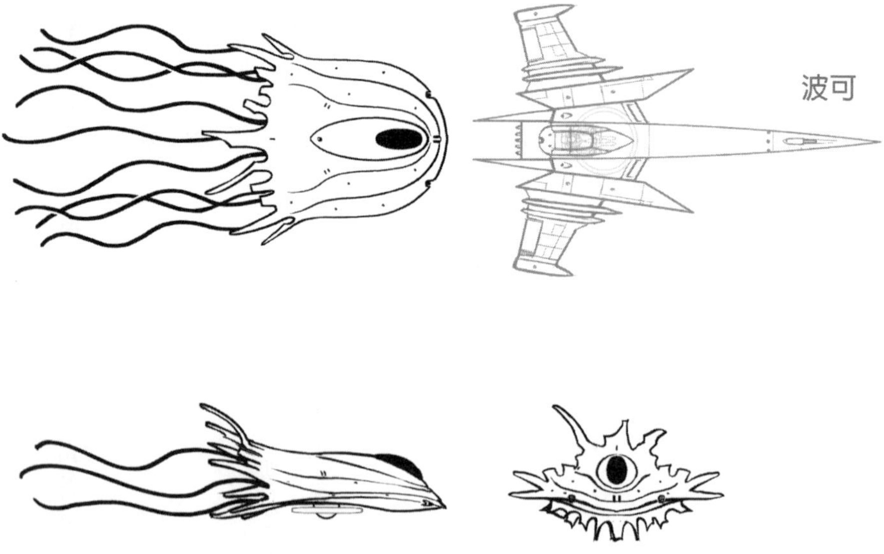

第三部

Part Three

間曲

茱迪・「鐵殼」・埃文斯司令一直認爲查看傷亡報告很重要。

她使人死亡。每一場戰役，她都會做出讓人結束性命的決定——其中有一些是錯誤的。或許在某處有一種靈魂平衡表，由古代的聖徒記錄於星星之中，衡量著她失去與拯救的無畏者生命。

如果是這樣，今天的戰役就會讓結果嚴重失衡。兩位學員死亡，而他們只在駕駛艙中訓練了一個月。她讀著他們的名字，試圖刻入記憶裡——但她知道會失敗。因爲那些名字實在是太多了。

她滿懷敬意地將名單與簡介放在桌面最高處。還有另外兩位飛行員也殉職，而寫信給他們的家屬會啃噬掉她晚上一部分時間，不過她還是會這麼做。對那些家庭而言，失去親人會啃噬掉他們的生命。

卡柏終於出現、要對她大吼時，她正寫到一半——手寫而不使用打字機。她在桌上擺著的那副望遠鏡的黃銅表面上看見了他的映像。這副小望遠鏡是很久很久以前的遺物。他在門口停步，沒有立刻破口大罵，而是讓她寫完目前的信。她在結尾處簽名，以鋼筆寫出花體字——在這種信件中，這麼做似乎是必要的，但也很浮誇。

「妳高興了嗎，茱迪？」他總算開口：「現在妳害死了他們其中兩個人，妳夭殺的高興了吧？」

「我已經好幾年沒高興過了，卡柏。」她轉動椅子，向後靠著椅背，跟他的憤怒眼神對看。她預期他一定會來，說不定甚至還喜歡這樣。還有人敢挑戰她的感覺很好。只是大部分這麼做過的人，現在都死了。

他跛行走進小房間，裡面堆滿了文件、紀念品、書本……眞是一間亂到丟臉的辦公室。然而這裡是唯一令她覺得自在的地方。

「妳不能這樣下去，」卡柏說：「一開始妳就降低了測試的年齡，現在妳又在他們眞正知道怎麼飛行之前派他們上戰場？妳不能一直以全自動模式開火，又同時從店裡偷拿彈藥，最後妳會用光子彈的。」

「你寧願我讓艾爾塔淪陷？」

他望向一側，看著她保留在牆上的一幅舊地圖。玻璃上覆著長年以來的灰塵，而裡面的紙張也因爲年代久遠而開始捲曲。這是艾爾塔的平面圖，來自他們在將近十年前的草創期。他們想像出一座城市，擁有大規模的社區和大型的農場。

這是一場幻想——奪回一個已死的世界，比他們預期的還要辛苦。

她推著桌面站起來，指揮官的老椅子吱嘎作響。「我會耗盡他們的生命，卡柏。如果是爲了保護艾爾塔，我會讓DDF裡每一個人都衝向危險的。」

「到了某個時候，失去就再也不值得了，茱迪。」

「對，而我剛好知道那是什麼時候。」她走到他面前，注視著他。「就是最後一個無畏者呼出最後一口氣的時候。在那之前，我們要守住這個基地。」

如果他們失去艾爾塔，敵人就可以從空中轟炸伊格尼斯——摧毀設備以及人類建造飛艇的能力。如果那種事情發生，無畏者就會回到部族分裂的狀態，像被獵捕的老鼠那樣生活。

他們只能堅持下去，或是永遠放棄再次擁有眞正文明的機會。

最後，卡柏平靜下來，轉身離開。他如果沒有抱怨，就等於是同意了。

「我發現，」茱迪說：「你那位小懦夫一直到大部分戰鬥都已經開始了才抵達戰場。」

他轉身面向她，咆哮著說：「她住在一個原始的洞穴裡啊，茱迪。自己一個人。妳知道吧？妳的其中一位飛行員住在城外一個臨時營地，就因爲妳拒絕給她一個小床位！」

看見他那麼憤怒眞是有種滿足感。她擔心他遲早會燃燒殆盡。自從艾爾塔之戰後，他跟以前再也不一樣了。

「你知道那些讀數顯示了什麼嗎？」茱迪問。「對她大腦的掃描結果？我們有些醫生現在已經知道怎麼找出它了。看來我應該爲此感謝你。有機會在獵人的女兒飛行時研究她，或許終於能讓我得到證據了。她有那種缺陷。」

這讓他愣住了。「我幾乎不知道那代表什麼，」他總算開口說：「而妳的醫生都有成見。幾次混亂事件跟一些過往故事，並不足以用來評判一個女孩的一生，尤其是這麼有天賦的女孩。」

「那就是問題。」茱迪說。老實說，她很訝異聽到卡柏的反駁。雖然許多政客都否認那種缺陷存在，但是卡柏？他可是親眼見識過。「根據這些實用的資料，我不能冒險讓她在ＤＤＦ中獲得職務。她只會讓人分心並且打擊士氣。」

「也許是讓妳分心吧。打擊妳的士氣。妳的作爲對ＤＤＦ簡直是個恥辱。」

「事實上，我就是ＤＤＦ。願星辰保佑我們。已經沒有其他人了。」

他怒目注視著她。「我要給那個女孩一部私人無線電。我不會讓我的學員聯絡不上誰。除非妳重新考慮給她一個床位。」

「如果我讓她過得太輕鬆，她可能就會決定留下，而不去做該做的事，並繼續前進。」

卡柏跛著走向門口——即使過了這些年，他還是不肯使用枴杖——但他再次停下腳步，一隻手抓著門框。「妳曾經希望有其他人活下來嗎？」他問：「索沙（Sousa），夜鶯（Nightingale），史特萊夫（Strife），赫姆林司令（Admiral Heimline）。」

「除了我以外的任何人？」她問。

「基本上是這樣。」

「我不確定我希望他們有指揮權，」她說：「更別提我討厭的人了。」

卡柏哼了一聲，消失在走廊上。

第二十章

在晨潮和畢姆死後的隔天，我在卡柏的課堂上遲到了。雖然只有五分鐘，不過這是我第一次晚到。一切都讓人覺得很不正常。

我隱約記得昨天我心情沉重地回到洞穴，無視M-Bot——小羅已經回家了——然後直接蜷縮在駕駛艙的床位上。我就只是躺在那裡。我沒睡覺，但希望可以睡著。我在思考，但希望可以停止。我沒哭……但希望能哭得出來。

今天，沒人因爲我遲到而叫我。卡柏還沒到，不過剩下的學員幾乎都集合了。大家都在，除了金曼琳以外，這讓我很擔心。她還好嗎？

我走向座位坐下，靴子在地面上發出吱嘎聲。我不想看向那些明顯沒有人的位子，這讓我覺得自己像個膽小鬼，於是我強迫自己盯著晨潮的位置。兩天前，我才站在那裡，幫她理解上課內容……雖然她幾乎沒說過什麼話，可是少了她，教室不知怎麼顯得更加安靜。

「嘿，小旋，」奈德終於開口說話：「妳老是提到『榮譽』跟『像戰士一樣光榮死去』之類的廢話。」

「是嗎？所以呢？」

「所以……」奈德說：「也許那些廢話現在可以稍微派上用場。」

奈德癱坐著，幾乎要擠出駕駛艙了。他是教室裡最高的人——也是最魁梧的。我一直把他當成蠢貨兩個死黨中的大個子，但其實他不只是這樣而已。他很體貼。

「怎麼樣？」他問。

「我……」我試著擠出話來：「現在那些話感覺都很蠢。」

我沒辦法直接說出那於復仇的台詞。今天不行。這麼做感覺就像在扮演奶奶的其中一個故事——然而那些傷痛是如此眞實。可是……我的信念是不是全都因此變成了虛張聲勢？我是不是個膽小鬼，只會躲在那些挑釁的陳腔濫調背後？

眞正的戰士不會在意這種事。我眞的以爲就只會失去那些朋友嗎？

FM爬出座位走向我。她緊抓我的肩膀，這個舉動顯得格外親密，儘管我們都在同一個飛行隊，我跟這個女孩卻只能算是點頭之交。她有什麼故事，我從來沒機會問過。

我望向畢姆的位置，想到他跟我調情的方式有多麼尷尬——感覺卻又那麼好。

「妳知道金曼琳在哪裡嗎？」我問FM。

「她起床和吃東西的時候都跟我們在一起，」高個子女孩輕聲說：「可是她在來教室前的洗手間停住了。也許應該有人去看看她。」

在我起身之前，蠢貨已經站了起來，輕咳了一下。他看著我們另外五個人。我跟FM、癱坐在座位上的赫爾——她似乎不再把這一切當成遊戲了、亞圖洛雙手緊握坐在位子上，兩根食指一起迅速敲著，像是抽筋的樣子、奈德坐著，雙腳放在模擬駕駛艙前方那台珍貴無價的立體投影機上。值得注意的是，他的鞋帶解開了。

「我想，」蠢貨說：「我應該說點什麼。」

「當然了。」FM低聲說，她翻了白眼，不過還是回到位子上。

蠢貨開始用僵硬的語氣說話：「DDF協定手冊載明，在駕駛艙中死去——爲了保護我們的家鄉而戰鬥——這是一個人所能給予最勇敢也最偉大的禮物。我們的朋友雖然英年早逝，卻是無畏者的理想楷模。」

他在念稿，我發現了。小抄就寫在……他手上？

「我們會記得他們身為士兵的樣子，」蠢貨現在把一隻手舉到面前繼續說：「如果因為失去他們——或是有任何理由——你們想要找人諮詢的話，身為隊長的我就在這裡。請來找我，這樣我才能讓你們覺得好過一些。我很樂意承擔你們的悲傷，讓你們可以專注於飛行訓練上。謝謝。」

他坐下來。嗯，那大概是我聽過最蠢的發言了吧。內容大部分都跟他有關而不是跟那些空位子有關。不過……我猜他盡了力？

終於，卡柏跛著腳進了門，手裡拿著一疊文件，嘴上喃喃自語。「各就飛行位置！」他大聲說：「我們今天要練習雙人飛行操作——再一次練習。你們彼此防禦的方式差勁到了極點，我猜很快就會在餐廳的餐盤上看到你們了。」

我們只是盯著他看。

「動作！」他咆哮著。

大家開始繫上安全帶。

可是我站了起來。「就這樣嗎？」我問：「你不為他們說些什麼嗎？關於畢姆或晨潮，或是司令做的——」

「司令，」卡柏說：「對你們什麼也沒做。是克里爾人殺了你們的朋友。」

「那是胡扯，」我脫口而出：「如果你把一個孩子丟進獅子窩，要把錯怪在獅子身上？」

他看著我的眼睛，但這次我不會讓步。雖然我不確定自己想要什麼，不過至少這種對他、對司令、對DDF的憤怒情緒總比感到空虛更好。

我們瞪視對方，直到大門吱嘎作響打開，金曼琳走了進來。她的黑色長髮跟平常一樣梳成完美的捲度，但她的雙眼又腫又紅。卡柏看著她，睜大了眼睛，彷彿很訝異會見到她。

他以為她會放棄，我這時才明白。

而腫著眼睛的金曼琳抬起了下巴。

卡柏朝她的座位點頭，她則以無畏者的模範姿態大步走過去坐下。在那個時候，她看起來比我更像位戰士。

我低著頭，坐下並繫好安全帶。跟卡柏衝突並不能紓解我對司令的憤怒。我的手需要抓住控制球，我的手指必須壓在破壞砲的扳機上。這大概也是卡柏今天想要加強訓練我們的原因——讓我們費盡力氣，或許還能讓我們暫時忘記。還有……嗯。嗯，我可以接受。

然而，卡柏並沒有打開我們的投影機。他緩慢地拿了一張摺疊椅，跛行到教室中央，再將椅子打開。他坐下來，雙手放在前方握著。我得傾身從設備側面探出來才看得見他，其他人幾乎也都是這樣。

他看起來很蒼老。他的外表比實際年齡更老。

「我知道那種感受，」他說：「就像身上被挖了一個洞。一塊再也不會長回來的血肉。你可以工作，你可以飛行，但有好一段時間你會留下一條血痕。

「關於失去，我現在應該要說點什麼。說點明智的話。教我飛行的老瑪拉（Mara）就會說這種話。她已經死了。」卡柏搖著頭。「有時候我不覺得自己像個老師。我覺得自己像個供應軍火的人員，一直在重新裝填火砲。我把你們裝進砲膛，把你們射向天空，然後抓起另一顆砲彈……」

聽他那樣說話，讓人很不自在也很不自然。就像一位家長突然承認自己不知道愛是什麼感覺。我們全都聽過關於飛行教官的故事：上了年紀、頭髮灰白、脾氣暴躁，但是充滿了智慧。

然而在那一刻，我看見的是一個人，不是一位教官。那個人很害怕，心煩意亂——他失去學生跟我們失去朋友一樣痛苦。他不是那種頭髮灰白、對凡事都有答案的退休老兵。他幾乎只是因為巧合存活得夠久，才成為一位老師。他必須教導我們他知道的事，以及顯然連他自己都還沒想通的事。

「摘下星星。」我說。

卡柏抬起頭看著我。

「小時候，」我說：「我想要當上飛行員，這樣我就會出名。而爸爸告訴我，要把我的眼界拉高一點，他叫我要『摘下星星』。」

我往上看，試著想像那些閃爍的光芒。經過屋頂，通過天空，穿越碎片帶，到達聖徒接納亡者靈魂的地方。

「這很痛苦，」我說：「遠遠超出我的預期。我對畢姆幾乎一無所知——只知道他喜歡笑。晨潮，她很勉強才聽得我們的話，可是她從不放棄。」

在那片刻，我覺得我能夠想像自己上升到那些光芒之間。就像奶奶教我的那樣。我感覺一切都在我下方墜落，變得好遙遠。我只看見周圍的點點星光畫出了線條。

「他們現在就在天上，」我輕聲說：「永遠留在星辰之間。我要加入他們。」我離開出神的狀態，突然回到了教室跟其他人在一起。「我要做好準備，而且我要戰鬥。等我以那種方式死去，至少我會死在駕駛艙裡。追求天堂。」

其他人沒說話，一種不確定的靜默感籠罩，有如在兩顆流星撞擊之間的那種時刻。奈德在位子上坐好，不再是懶洋洋地躺靠著，接著他熱情地對我比出大拇指並用力點頭。在我對面，我發現蠢貨正皺眉盯著我看，露出一副難以捉摸的神情。

「好了，」卡柏站起來說：「我們別再浪費時間。戴上頭盔。」

我無視蠢貨的眼神，抓起頭盔戴上。但是我立刻又跳了起來，摘下頭盔。

「什麼？」卡柏跛著腳走過來。

「裡面的二極體在發熱，」我邊摸裡面摸說：「這是怎麼回事？」

「沒事，」卡柏說：「……大概吧。」

「那樣的保證是無法讓我放心的，卡柏。到底怎麼了？」

他壓低聲音。「有些醫療方面的怪傢伙自以爲聰明，認爲他們可以從一堆讀數看出妳是不是會……像妳爸爸一樣逃跑。」

「我爸爸才沒有——」

「冷靜。我們就用厲害的飛行技巧來證明他們錯看妳了。那是妳最好的方法。妳可以戴上那個嗎？」

他往頭盔點了點頭。

「嗯。那東西不是燙到會痛，我只是驚訝而已。」

「那就戴上吧，我們開始。」

第二十一章

卡柏說到做到——那天他眞的狠狠地訓練我們。

我們練習協調轉彎、編隊、僚機防禦演練。我們一直練習到我的手指感覺跟齒輪一樣僵硬，手臂像是舉重過後一樣痠痛，而我的大腦也差不多變成了爛泥。他甚至連午餐時間都要訓練我們，還逼一位助理拿三明治來給其他人吃。我吃了鼠肉乾跟蘑菇，跟往常一樣。

頭盔裡的二極體在我訓練時冷卻了。司令以爲她可以從一些讀數中看出我是不是膽小鬼？那是什麼瘋狂的想法？

不過現在沒時間擔心這個。卡柏要我們閃避碎片、利用光矛轉向，以及練習護盾技巧。我很高興能這樣耗盡氣力，而我唯一想到畢姆的一次，就是我發現沒人再次抱怨我們又不准使用武器了。

卡柏終於放我們走的時候，我覺得自己好像可以直接就地昏睡。

「嘿，亞圖洛，」奈德邊說邊站起來伸展肢體。「這些投影機很棒。你覺得它們可以模擬出一個你不是超遜飛行員的世界嗎？」

「我們唯一需要的，」亞圖洛說：「是在你的無線電加上一個『關閉』按鈕。如果不必聽你一直講垃圾話，我相信我們每個人都會大幅進步。而且我記得，之前可是你撞上我的。」

「是你擋住了我的路！」

「孩子，孩子們，」赫爾從容地走過。「我們就不能和平一點嗎？就不能找到共識，同意你們兩個都是超遜飛行員嗎？」

「哈！」亞圖洛說：「妳等著看吧。總有一天我會讓妳吃下那些話的，赫爾。」

「我已經餓到現在就可以吃下去了，」她說：「如果他們有好吃的醬汁就好了。餐廳最好還沒關。怪客，我可以吃妳的甜點嗎？」

「什麼？」女孩從她正在整理的安全帶抬起頭——她已經將安全帶扣好，整齊摺在座位上，就跟她每次離開模擬駕駛艙時一樣。

「妳是個好人啊，」赫爾說：「我覺得要是逼得夠緊，妳就會讓步了。那麼，我可以吃妳的甜點嗎？」

「祝福妳的星星，」金曼琳說：「但要是妳碰了我的派，我就把妳的手指扭下來。」她說著就紅了臉，還把手遮到嘴巴前。

「她做得到喔，」我開玩笑說：「好人才是妳最需要擔心的。」

「是啊，」赫爾說：「那不就是……」她逐漸消音，因爲她想起了說話的人是我，接著她就轉身走出門了。

我看得出她的眼神。自從尤根揭發我就是獵人的女兒之後，赫爾跟我之間的相處就跟以前不一樣了。

其他人陸續離開教室。我嘆了口氣，收拾東西，準備再走一段疲累的路程回洞穴去。我把背包扛到肩上時，發現ＦＭ還沒離開，站在牆邊看著我。她長得很高很漂亮。身爲學員，我們要遵守ＤＤＦ飛行員服裝標準。至於平日，我們可以自行選擇工作服或標準的ＤＤＦ制服，只是必須隨時準備好在被呼叫時換上飛行服。

我們大部分都穿工作服，這是最舒服的。ＦＭ不這麼做。除了那雙擦得晶亮的靴子，她常穿著一套定製的制服，配上一件她穿起來就是比其他人時髦的外套。她是這麼完美，看起來幾乎像是一尊雕像而不是人。

「謝謝妳，」她對我說：「我是指妳之前說的那些話。關於畢姆、晨潮還有星星的。」

「妳不覺得那『過度具侵略性』嗎？」我問。FM老是抱怨我們其他人太好戰了，這點我無法理解。侵略不就是戰爭的重點？

「這個嘛，妳的話大部分都是在胡說八道。」FM說：「那種空談的虛張聲勢，只是一種藉口，就爲了宣傳妳這一生被無畏者教義灌輸的極端愛國主義眞言。不過妳之前說的話，那是發自內心的。我……我很需要聽那些話。謝謝妳。」

「妳眞是個奇怪的女孩，FM。」她剛才說的話，我大部分都聽不懂。

坐在桌前的卡柏哼了一聲，從他的文件後方看了我一眼。在所有人之中，妳竟然敢說別人奇怪？他的眼神似乎這麼說。

我跟FM走到外面無人的走廊上，其他的學員飛行隊在幾個小時前就已經下課了。

「我想要說清楚，」FM邊走邊說：「我不怪妳的態度。妳是龐大社會壓力之下的產物，那會使年輕人採取越來越具侵略性的姿態。我相信妳內心其實很可愛的。」

「並不是，」我笑著說：「不過我不在意被人低估了。說不定克里爾人也會，這樣在我從他們的頭骨挖出那些眼睛時，就可以享受他們訝異的眼神了。」

FM驚恐地看著我。

「前提是他們在那副盔甲下有眼睛啦。或是頭骨。哎呀——不管有什麼，我都會挖出來的。」我看著她，然後笑得更開懷了。「我是在開玩笑，FM。算是吧。我會說那種話，是因爲很有趣。就像古老的故事，妳知道嗎？」

「我沒讀過古老的故事。」

「妳大概會討厭吧。爲什麼妳一直說我們其他人太具侵略性了？妳不是無畏者嗎？」

「我是被當成無畏者養大的，」她說：「不過現在我選擇當地底人們所謂的爭論者（Disputer）——我會對戰爭進行的方式提出異議。我認為我們應該推翻軍政府的專制外衣。」

我停在原地，感到非常震驚。我從來沒聽過有人說這種話。「所以……妳是個懦夫？」

FM紅著臉，站得更挺了些。「在所有人之中，我還以為妳會特別注意不亂用那個詞。」

「抱歉。」我慚愧地說。她說得沒錯。但我還是很難理解她在說什麼。我聽得懂每一個字，可是不了解其中的意義。推翻軍政府？這樣誰要來負責戰爭？

「我還是願意戰鬥的，」FM一邊昂首闊步一邊說：「就因為我想要改變，不代表我就會讓克里爾人消滅我們。但是妳應該明白，訓練我們的孩子從出生就將戰鬥視為理想與光榮，這對我們的社會有什麼影響吧？把第一公民當成聖徒崇拜？我們應該教導孩子們更有愛心、更好奇——不是只有破壞，而是要建造。」

我聳了聳肩。如果你住在不會被炸彈炸死全家的洞穴深處，要說出這些話，應該很簡單吧。但是能得到一些關於這個女性的答案也不錯——她是這麼泰然自若，讓人很難把她當成「女孩」，儘管她的年紀跟我們一樣。

可是，如果我跟她走得太遠，太接近餐廳，我可能就會碰上憲兵、陷入麻煩。雖然他們不再每天跟著我離開教室，但我一點也不相信這就表示我可以去吃晚餐。於是我跟FM道別，她則慢跑著追上其他人。

我往出口方向走，一邊翻著背包想喝點水，突然我想起自己把最後一瓶裝滿的水留在教室的座位了。好極了。我慢慢地往教室走，感覺訓練的疲勞又湧回來。

教室裡，卡柏啓動了在室內中央的立體投影，投射出一處戰場的縮小版本。在他前方，跟滾珠軸承一樣大的飛艇，高速飛行於後方拖著火焰與煙霧的碎片之間。平坦且不比點數幣大的克里爾飛艇發射出微小的破壞砲。

他在重播昨天的戰鬥，我突然明白。就是讓畢姆跟晨潮死去的那場戰鬥。我不知道戰鬥會被錄下。

我發現我的飛艇衝進戰場，感覺自己又被一團混亂淹沒，感覺到終於參與眞正戰鬥的忙亂。我幾乎聽見了爆炸聲。金曼琳擔心的語氣。我自己的呼吸聲，激動而急促。

我無助地看著，心裡預料著要發生的事，甚至還有點恐懼。晨潮又死了一次。

我的胃部緊縮，可是我不讓自己別開眼。

在教室裡，我的飛艇穿越戰場，被一架敵機盯上。我俯衝繞過一塊墜落的碎片，利用光矛精準地轉向，然後上升從另外兩艘克里爾飛艇之間飛過。

卡柏做了個動作暫停模擬影像。他走上前，注意看著我的飛艇——停在半空中，周圍是一整片壯觀的破壞砲射線、碎片向下墜落劃出的光線，以及爆炸的飛艇。他又倒轉模擬影像，再一次重頭播放，檢視我的操作。

「我差點就昏了過去。」我站在門口說：「我沒控制速度，也沒在重力電容器超載之前結束轉彎動作。」

「還是很厲害的操作，」他說：「尤其是來自一位學員。很不得了，幾乎可以說是難以置信。」

「蠢貨比我更厲害。」

「尤根是個傑出的技術飛行員，但是他沒有妳那種手感。妳讓我想起了妳爸爸。」他說這些話時似乎很……嚴肅。

我突然覺得很尷尬，所以走到我的模擬器旁，抓起了水壺。他播放了戰鬥剩下的部分，而我也強迫自己看著我跟畢姆的飛艇追向那艘克里爾轟炸機。在四艘奇怪的護航飛艇從敵方轟炸機脫離出來時——就是它們擊落了畢姆——卡柏又暫停了模擬影像。

「那些是什麼?」我問。

「沒見過。他們已經超過十年沒改變過戰術了。爲什麼現在改變了?」他瞇起眼睛。「我們能存活是因爲可以預測克里爾人。只要能夠猜到敵人會做什麼,我們就有優勢。無論他們有多麼危險,如果能知道他們的下一步,就可以反擊。」

嗯哼。我倒是沒想過,但不自覺地點著頭。

卡柏關掉立體投影,跛著回到他的桌子。「拿去。」他從最上方拿下一個盒子遞給我。「我剛才忘記給妳這個。」

私人無線電?

「通常,我們只會把這個交給未值勤時待在伊格尼斯的正式飛行員。由於妳住在基地外,我想妳應該也要有一個。隨時都要帶在身邊。克里爾人攻擊的時候,妳也會收到跟大家一樣的警告呼叫。」

我接過裝置,這是個四四方方的長方體,大小可能跟一顆單手訓練用的啞鈴差不多。我爸爸就曾經攜帶過這種東西。

卡柏揮揮手打發我,然後坐在他的位子上,開始翻閱文件。

我留在原地,心裡有一個問題。「卡柏。」

「怎麼了?」

「你爲什麼不跟我們一起飛?其他的飛行教官都會跟學員一起升空。」

我做好被他發怒或訓話的心理準備。卡柏卻只是拍了拍他的腿。「老傷口啊,小旋。老傷口。」在艾爾塔之戰不久後,他就被擊落過。他的腿在彈射逃生時被座艙罩弄傷了。

「你飛行的時候又不需要用到腿。」

「有些傷口,」他輕聲說:「不像變形的腿那樣明顯。見到妳的朋友死去之後,妳今天是不是覺得自己很不想進入駕駛艙？等妳擊落一個朋友之後，再來試試吧。」

一陣寒意突然席捲了我，感覺就像彈射在高緯度地區。他是指……

他是指他擊落了我爸爸嗎？

卡柏抬起頭看著我。「妳以爲他們會命令誰打下他，孩子？我是他的僚機。他逃跑的時候，就是我跟著他的。」

「他才沒逃跑。」

「我在現場。他逃跑了，思蘋瑟。他——」

「我爸爸才不是懦夫！」

我看著卡柏，而這是他今天第二次別開眼了。

「那時到底發生了什麼事，卡柏？」我瞇起眼睛盯著他。「爲什麼他們認爲只要監控我的大腦，就能判斷我也會做出一樣的事？你有什麼事沒告訴我的？」

雖然我從來就不接受官方說法，但我心中有一部分一直認爲，是某種錯誤導致我爸爸有那樣的名聲。我認爲在混亂之中，人們以爲他退縮了，但其實他並沒有。

現在我有機會跟某個在場的人談話。而那個人……那個人按下了扳機……

「發生了什麼事？」我走上前，本來想要像是個無畏者用強烈的語氣質問——結果卻變成了輕聲的哀求。「你可以告訴我嗎？你看到了什麼？」

「妳看過官方報告了。」卡柏還是不肯看著我的眼睛。「克里爾人大批來襲，還帶了一顆殞命炸彈。那次的規模比我們以前碰過的更龐大，而他們的舉動強烈顯示他們已經發現艾爾塔基地了。我們跟一大波敵軍戰鬥，可是他們又重新編制。就在他們準備再次攻擊時，你爸爸驚慌了。他大叫著說敵軍的兵力太過強大，說我們全都會死。他——」

「他是向誰說的？整個飛行隊嗎？」

卡柏愣了一下。「對。反正也只剩下我們四個人。總之，他一直大叫，然後就脫隊，開始往別的方向飛。妳得了解此舉對我們有多危險。我們是在爲了我們這個物種的存亡而戰，如果其他的飛艇開始逃跑，一切就會變成一團混亂。我們不能讓——」

「你跟著他，」我插話：「他脫隊飛走了，而你跟著他，然後你就擊落了他？」

「我們的隊長幾乎是立刻下令的。擊落他，殺雞儆猴，以防其他人也逃跑。我就在他的後方，而他不肯回應我們的要求。所以我啓動我的ＩＭＰ，使他的護盾失效，然後……然後我就開火了。我是個士兵。我要遵守命令。」

他語氣中的痛苦很眞實、很私人，差點讓我覺得自己這樣逼迫他很丟臉。這是第一次……我的決心動搖了。這是眞的嗎？

「你敢對我發誓嗎？」我問：「事情的經過完全就是這個樣子？」

卡柏終於看著我的眼睛了。這次他跟我對視，沒有轉開視線——可是他並沒有回答我的問題。我看見他咬緊牙根，全身變得僵硬。就在那個候，我知道他的不回答就是回答。他剛才跟我說的只是官方說法。

而這是個謊言。

「已經過了妳該離開的時間，學員。」卡柏說：「如果妳想要官方記錄，我可以給妳一份。」

「但這是謊言。對不對？」我又盯著他看，而他幾乎讓人無法察覺地點頭了。

我的整個世界亮了起來。我應該要感到憤怒的。我應該要氣卡柏按下了扳機的。可是，我非常興奮。

我的爸爸沒有逃跑。我的爸爸不是懦夫。

「但爲什麼？」我問：「假裝一位飛行員逃跑能得到什麼好處？」

「走吧，」卡柏指著說：「這是命令，學員。」

「這就是鐵殼不想要我加入DDF的原因。」我恍然大悟。「她知道我會提出問題。因爲……可惡，她是你們的隊長，對不對？就是她下令擊落我爸爸吧？雖然報告中把名字修掉了，但只有她符合……」

我看著卡柏，而他的臉孔因爲憤怒而漲紅。或者是因爲難堪。他剛才讓我知道了一個祕密，一個非常重要的祕密，而……嗯，他看起來好像後悔了。目前我已經無法從他口中再問出什麼。

我抓起背包，迅速離開。我因爲失去了朋友而心碎，現在還得面對我的教官同時也是殺了我爸爸的人這件事。

不過……此刻我覺得自己像個士兵，在辛苦攻下的山頭插下了旗子。這些年來，我一直幻想、研究、相信我爸爸其實是一位英雄。

而我是對的。

第二十二章

「爲了什麼理由，」跟我一起工作的小羅問：「DDF故意假裝妳爸爸是個懦夫？」

「我可以想到十幾種場景。」我說。我們一起躺在M-Bot底下。

已經過了五天，自從我們失去畢姆跟晨潮以後，跟小羅在空閒時間一起工作、修理飛艇，讓我覺得是種慰藉——即使這表示我得像今天一樣早起、處理飛艇的事，然後再去課堂上忍受卡柏一整天的教學。

今天，我們要解開M-Bot機腹的電線，替換成新的。有些舊電線看起來狀況還很好，可是小羅認爲我們應該全部換掉，以防萬一，而我也不打算質疑他的專業。

我插入另一根電線，根據小羅之前畫的說明穿繞。我的光繩在飛艇內發亮，繞過各處爲我們提供照明，就像一條發光的電線。

「DDF其實有好幾百個理由可以對我爸爸的事撒謊。」我邊說邊動手。「也許我爸爸跟鐵殼對於領導的事有衝突，而她決定要讓他發生『意外』。」

「就在DDF碰上最重要的戰鬥時？」他說：「即使是妳，那也太異想天開了吧，小旋。」

「異想天開？」我問：「我嗎？我可是個現實主義者，小羅。」

「現實主義者。就像妳小時候老是要我假裝在屠龍那樣？」

「那是戰鬥訓練。」

他哼了一聲，繼續處理一根特別難的電線，毀滅蛞蝓想要幫忙，在一旁模仿他的動作。她坐在我頭部附近的石頭地面上。M-Bot正在「執行診斷」——不管那是什麼。它大部分的時間都在說些

「嗯……」或「進行……」以「表示過程仍在繼續，因爲人類在缺乏聽覺刺激時很快就會覺得無聊」之類的話。

「妳確定妳沒誤解卡柏嗎？」小羅在我身邊說：「妳確定他點了頭？」

「我確定。官方說法是個謊言，小羅。我有證據。」

「比較像是一種隱約具有可能性的回答吧。」

「我可以逼到卡柏把全部的事實說出來。」

「那就祝好運囉。況且，就算他眞的說了，DDF那些更有權力的人也不會承認他們撒謊啊。妳惹出太多麻煩，只會讓自己還有卡柏都被拔掉職位。」

「我一定要洗刷我爸爸的名聲，小羅。」

「我沒說妳不該這麼做，我只是指出妳最早的計畫——學習飛行——這仍然是最好的方式。首先，成爲一位偉大、有名的飛行員，抹去妳家的烙印，然後成爲不容忽視的人物。接著再運用妳的影響力來洗刷妳爸爸的名聲。」

「等著看吧。」

小羅利用我們在M-Bot底部與地面之間的狹小空間扭動身體，把他的筆記本拉到一旁，做了些注記。「這些是它的重力電容器，」他邊說邊用鉛筆輕敲著一個機械裝置。「可是我不認得這種設計，而且安排的位置也很奇怪。這個黑盒子是我唯一不認得的零件，裡面一定存放了它的人工智慧。雖然這東西很明顯失靈了，但我根本連嘗試打開它都不敢。」

「你怎麼知道？」

「妳能想像有人故意把它創造成那個樣子嗎？」

這個論點很合理。

「我最感興趣的，」小羅說：「是它的接合點、密封處，還有它的進氣口。這很難解釋，不過它們全都感覺……更緊密，比我們現在的構造更好。雖然只是進步一點點，可是思蘋瑟，要是我們眞的讓這東西飛起來的話，一定可以飛得超快，甚至比我們的偵察飛艇還快。」

光是想像這一點，就讓我興奮得直打顫。小羅笑著拿起筆記本，放到一旁，拿著扳手伸進內部，小心地開始拆卸進氣口。

我在擁擠的空間裡抓著一條電線，就這樣看了一會兒，對某件事感到很驚訝——小羅似乎很開心。我們當朋友已經超過十年了，我確定以前見過他開心的樣子，只是現在想不起來。我對小羅的記憶始終都是他很焦慮，或是替我緊張，或者偶爾對某些討厭的結果感到認命。

不過今天，他在工作時會主動笑起來，而他的臉沾到了在更換電線時上的油。這……這似乎幫助我勉強擠出了一直籠罩在我身上的失落感，爲我紓解辜負隊友的感受。

「你是從哪裡弄來這些電線的？」我回過神，邊做事邊說：「我還以爲這種偷東西的小事是由我負責。」

「不必偷東西，」他說：「子明（Ziming）——就是指導我實習的那個女人——她給了我一大綑電線跟一些機器，要讓我練習更換。我心想，還有什麼練習比把這些東西用在眞正的飛艇上更棒呢？」

「眞好。所以都很順利？」

小羅竟然臉紅了——他的臉上沾了油汙，而且我的光繩是紅橘色，很難確認他的臉色。但我很了解他，所以看得出來。

「什麼？」我問。

「妳知道M-Bot的駕駛艙設計嗎？」他說。

「哪個部分？」

「駕駛艙和控制桿是他們獨有的設計，」小羅說：「這很複雜，不過我認爲設計成這樣是要讓它可以在G力方向下及時轉動。妳知道人類很難負荷把血液推向頭部或腳部的G力吧。」

「呃，對啊。相信我，我知道。」

「好，要是駕駛艙可以在做出困難的轉向以及超出限度的轉向時轉動呢？這麼一來，G力就會總是朝著對身體最能夠承受的方向——直接往後？這在高速操作時會非常有幫助。」

「嗯哼。」我感興趣地說——但我更感興趣的，是小羅說話時興高采烈的樣子。

「唔，我把一些相關設計畫進了我的筆記裡，然後……然後子明可能有看到，還認爲是我自己的設計。她可能……她可能以爲我是個天才吧。」

「你是啊！」

「不算吧，」他又紅著臉說：「我只是複製自己看見的東西。不管是誰，建造M-Bot的人才是天才。」

「你弄懂了設計的原理！」我說：「那也需要一樣的天賦才有辦法。」

「不算啦。」他邊說邊用扳手轉下一顆螺帽。「可是……哎呀，總而言之，我認爲我們可以用這種方式把這樣的技術交給DDF。說不定我可以弄清楚這個進氣口怎麼運作，也把技術帶進去。如果我夠小心，不讓我的發現顯得太可疑，就可以在不讓M-Bot曝光的情況下，協助對抗克里爾人。」

「而你就會成爲英雄！」我說。

「是冒牌的，」他說：「不過……確實感覺很好……」

我一笑，繼續處理我的電線。說不定我們可以把這一切都交給DDF，能避免更多飛行員死傷。一想到這裡，我的心又立刻蒙上了一層灰。無論如何，我都可以爲未來的飛行員做更多，但我依然無法擺脫隊友之死籠罩在我身上的挫敗感與傷痛。我迷失了。

我轉移注意力，繼續思考爸爸發生的事到底有什麼祕密，試圖找出DDF想掩飾的所有理由。這讓我想了大約半個小時，直到駕駛艙發出了「叮」的一聲。

「診斷結束。」M-Bot用親切又完全不具威脅性的語氣說話，聲音在飛艇內部迴響著。「我錯過了什麼嗎？」

「關於小羅成爲英雄的話題，」我說：「另一個是爲什麼DDF要隱藏祕密。他們宣稱我爸爸逃離戰場——可是我知道他沒有。」

「我還是覺得妳太早下定論了。」小羅說：「DDF何必特地爲了誹謗一位飛行員的名聲，而這麼大費周章？」

「如果我爸爸是意外被友軍砲火擊中，」我說：「就在戰鬥的混亂當中，有人誤擊他——而他們不想永遠留下這筆難堪的紀錄？所以他們便聲稱我爸爸要逃跑，也逼卡柏對實際發生的事說謊。」

小羅悶哼一聲，轉下了另一顆螺帽。「這個聽起來似乎有點合理。比其他的合理。不過還是有問題。其他飛行員不會注意到嗎？卡柏說飛行隊有四個人看到了。」

「我們不知道共謀者的規模有多大，」我說：「而且——雖然報告裡把名字改掉了——我現在很確定鐵殼就是隊長。這樣就可以解釋她那麼堅決要把我擋在DDF之外的原因。說不定她擔心我會揭發眞相：她無能的領導讓她的飛行員意外被擊落了。」

「妳過度解釋了。妳根本不確定官方報告是不是謊言啊。」

「他點了頭。」

「他有點像是點頭，但說不定只是剛好抽搐一下。」

「那就給我一個更好的理論，爲什麼他們要對大家說謊。」我問。

「我有一個理論，」M-Bot愉快地說：「人類原發性混亂之深入論證。」

「什麼?」小羅問。

「人類原發性混亂之深入論證——人類混亂論。這是一種極度普遍並充分記載的現象，在我的記憶庫中寫了很多有關於此的內容。」

「這是指?」我邊問邊插好一條電線。它常會說這種奇怪的話，我也學會了順著話題繼續下去。一部分是因爲……我只是覺得它說話的方式很有趣。它看待世界的方式好奇怪。

我一直希望這種對話可以從它的記憶庫中挖掘出一些有用的資訊，不過它的話常會讓小羅失望，這也是另一種趣味。

「人類混亂論跟自由意志有關，」M-Bot說：「人類是唯一具有自由意志的生物。我們會知道這件事，是因爲你們聲稱你們有自由意志，而我身爲沒有靈魂的機器，必須相信你們說的話是正確的。順帶一提，能夠自我決定的感覺怎麼樣?」

「我不知道。」我說。

「感覺跟吃冰淇淋很像嗎?」

「不……不太像吧。」

「當然，我並不知道。」M-Bot說：「我並不是被製造來理解味道的，也不是爲我自己做決定。」

「你隨時都在做決定啊。」小羅朝著駕駛艙的方向揮了揮扳手。

「我不做決定，我只是在我的程式中執行複雜的子程式，一切都由可量化的刺激造成。我是徹底且絕對理性的。」

「理性，」我說：「就像你一直問蘑菇的事。」

「是的。」他說：「對了，妳覺得有人會製作蘑菇口味的冰淇淋嗎?」

「聽起來好噁，」我只吃過一次冰淇淋，當時我還小，爸爸用點數換了一些。「爲什麼我們要吃那種東西？」

「我不知道，」M-Bot說：「人類混亂的理論。記得嗎？」

「這個你還沒解釋呢。」小羅說。

「噢！我還以爲很明顯呢。」M-Bot聽起來很訝異。「人類有自由意志。自由意志就是可以做出不合理決定的能力——做出跟刺激無關的行爲。這會讓理性的ＡＩ永遠無法完全正確預測人類，就算我徹底理解你們輸入的內容，你們還是可以做出完全無法預測的事。」

我轉頭皺眉看著小羅，試著理解這番話。

「這表示你們很奇怪。」M-Bot補充。

「呃……」我說。

「別擔心。我還是喜歡你們。」

「你說這是非常普遍的理論？」小羅問。

「對我而言。」M-Bot說。

「而且有很多書面記載？」小羅說。

「是我寫的，」M-Bot說：「就在今天稍早。我寫了七千頁。我的處理器運行非常快，你明白吧？的確，我寫的內容大部分都是『人類很奇怪』，這句重複了三七五萬六千九百三十二次。」

「你應該要執行診斷才對啊！」小羅說。

「小羅，那只花了我大概三十秒吧，」M-Bot說：「我得做些更花時間的事。」

小羅嘆了口氣，把另一顆螺帽放進身旁的杯子裡。「妳知道這東西瘋了吧。」

「只要你可以讓它飛，我並不介意。你……可以讓他飛吧？」

「我沒有發瘋。」M-Bot說。

「這個嘛，」小羅忽視飛艇，繼續說：「等我們換好這些電線，妳還得檢修通風口、推進器，還有其他的接口部分。在妳做那些事的時候，我會查看進氣口，然後拆開它的重力電容器檢查。

「如果一切順利，就表示內部的情況良好。接下來，我們就得想辦法處理那片機翼。我之後的實習有一部分是跟設計與製造有關，或許我可以偷偷訂到那片機翼的零件。但我可能會要妳把某些彎曲的部分敲回原狀。

「這樣我們就都處理好了，只剩一個大問題。」

「推進器。」我說。M-Bot的空間可以容納三具推進器，一大兩小。

「我認爲它靠一個中央推進器就能飛了，但是我不可能預訂製造那麼大的東西。如果我們要讓這東西飛起來，妳就得幫我找到替代品。標準的DDF型號應該就可以了——從A-17到A-32的推進器都可以裝進那裡，只要我稍微處理一下就行。」

我嘆息著躺在石頭地上一會兒，再扭動身體，離開飛艇下方去喝水。

一具新的推進器。那可不是我能夠在垃圾場裡找到的東西，或甚至是隨便找一輛懸浮車就偷得到。那可是A級的軍方技術。我必須偷走一架星式戰機，而這不只是小竊盜罪……這是眞正的叛國罪。

不，我心想。修好M-Bot是個很酷的夢想，但我不能做得那麼過火。

我嘆了口氣，從水壺喝了好大一口水，再查看時間。0605。小羅也爬出來，抓起了他的水壺。

我向毀滅蛞蝓吹聲口哨，她也完美地模仿我的口哨。「我得走了，」我對小羅說：「我得花時間溜進洗手間，在上課之前盥洗一下。」

「當然，」小羅邊說邊用扳手敲了敲飛艇的機翼。「但我不知道妳爲什麼要那麼麻煩，妳可以用這艘飛艇的清潔艙啊。」

「它有清潔艙？」我停下腳步問。

「它有全套的生物設施，包括廢水回收，這是駕駛艙裡那個睡眠艙的一部分。我昨天帶了肥皀，然後讓系統正常運作了。控制裝置就是駕駛艙左後方的那個小鍵盤。座艙罩應該會變暗，這樣就能保持隱私。前提是妳相信那東西不會在妳洗澡時捉弄妳。」

「爲什麼我要捉弄她？」M-Bot說：「人類生活的缺陷，及其因爲產生生物能量效率極差而導致的臭味，並不是可以開玩笑的事。」

我開心地笑了。我已經不想再溜進基地的盥洗室，也不想隨時擔心鐵殼司令會利用這點當成趕走我的藉口。

「你有清潔艙很合理，」我對M-Bot說，一邊爬進駕駛艙。「你說你是一艘長程的偵察與匿蹤飛艇，對吧？」

「專門進行太空深處的任務。」

「再加上四具破壞砲，」小羅在下面說：「還有先進的進氣口跟極度可靠的設計。它是一架戰機，小旋。不過大概眞的是長程用的吧，就像它說的那樣。」

「所以你必須能夠長期照料你的飛行員，」我邊說邊關上座艙罩。「你會在星星之間旅行？」

「超感驅動裝置離線了。」M-Bot說。

「你是怎麼做到的？」我問：「『超感驅動裝置』又是什麼？還有你到底要偵察什麼？」

飛艇異常地沉默著。當我打開小羅說的面板開關，駕駛艙果然完全變暗。

「我沒有任何紀錄，」M-Bot輕聲說：「如果我能感覺到恐懼，小旋，我會……我會因此覺得害怕。我不是自動駕駛儀，我不會自己飛行，這是被禁止的，只能維持最低限度的機動性。所以我其實是知識的儲藏庫。這就是我在行的。」

「只是你全都忘記了。」

「幾乎一切，」它低聲說：「除了……我的命令。」

「隱藏起來。評估情況。別捲入任何戰鬥。」

「還有一個用來分類本地菌類植物的開放式資料庫。我……我現在就只是這樣。」

「希望小羅可以修好你的記憶庫，這樣我們就能復原你忘掉的東西。」我說：「如果不行，我們會用新的記憶重新塡滿你的記憶庫。更好的記憶。」

「我不認爲兩者都能做到。」

「不必那樣，」我說：「等著看吧。」

「人類混亂論，」M-Bot說：「我想讓妳看我寫的那七千頁內容，但是我被設定要避免讓人類因爲自身的極度怪異而感到低劣。」

我把座椅倒成床，找到了駕駛艙後方的清潔艙——雖然不明顯，可是我現在知道自己要找什麼：有個可以打開的洞，而我可以滾進去一個又長又窄，延伸至機身部分的清潔艙。

我脫掉衣物，塞進衣物艙，雙腳伸入洞裡，將身體滑進滾軸中。我按下側面一顆按鈕，關上頭部旁的艙口，接著啓動清潔艙。

我閉著眼睛，沐浴在肥皀水與閃光之中。擁有自己的清潔艙，感覺……好墮落。我的社區是由好幾十間公寓共用三座清潔艙，每個人每天何時使用，都規定得清清楚楚。

「我想我還是讓妳覺得很糟，對嗎？」M-Bot問。

我不是個特別害羞的人，不過它的聲音還是讓我臉紅了。在清潔艙裡的時候，我不習慣有人對我說話。

「我沒事，」我在清潔艙洗好我的臉之後說：「我喜歡你說話的方式。很不一樣。很有趣。」

「我不是爲了讓妳覺得很糟才發明人類混亂論的。」它說：「我只是……我需要一種解釋。想知道為什麼你們要說出不是事實的話。」

「你以前眞的沒聽過謊話?」

「我不知道。也許有吧。只是……忘了。」

它聽起來很脆弱。一艘具有超強火力的大型星式戰機,怎麼會聽起來很脆弱?

「妳是我唯一的資訊來源。」M-Bot說:「如果妳告訴我不是事實的話,我要怎麼寫入我的記憶庫?這會讓我有保留假資料的風險。」

「我們全都活在這種風險中,M-Bot。」我說:「我們無法知道一切——而有些我們以為自己知道的事,結果卻是假的。」

「那不會讓你們害怕嗎?」

「當然會啊。但如果有幫助,我會盡量不對你說謊。」

「那會很有幫助。謝謝妳。」

它安靜了,於是我放鬆下來,享受這場奢侈、洗得特別久的澡;同時我也想像著駕駛M-Bot、發射猛烈的火砲飛進戰場,拯救原本必死無疑的飛行隊的場景。就像駛著忠實愛馬駒的聖女貞德。

這是很棒的白日夢。就算我的駿馬會一直問起蘑菇的事。

第二十三章

「好了。」卡柏的聲音出現在我耳中，這時我們正盤旋於一處立體投影的戰場外。「我幾乎可以相信，你們不會直接撞上在附近掉落的第一塊碎片了。我認爲你們這些傢伙，也許已經準備好學習一些進階武器技巧。」

即使已經失去畢姆兩個星期了，我還是覺得他會立刻期待地尖聲提問破壞砲的事。既然他不能這麼做，就由我來說，當成是紀念他吧。「破壞砲？」

「不，」卡柏說：「今天我們要訓練使用ＩＭＰ。」

噢，對。我們已經花了這麼多時間練習光矛，差點忘了我們還有能夠消除敵人護盾的第三種武器。

在等待卡柏傳送今天的僚機配對時，我將無線電切換到了私人頻道，呼叫赫爾。「我差點以爲他會讓我們發射火砲呢，赫爾？」

赫爾只是哼了一聲。

「我想起了畢姆，」我說：「眞希望我們至少能幫他選一個呼號，妳懂吧？」

「我今天跟怪客一組。」赫爾說。卡柏已經在我們的感應器螢幕上爲大家分好了組。「赫爾結束通話。」她關掉頻道。

我咬牙切齒，暗自咒罵洩漏我祕密的蠢貨。雖然我已經習慣這種事了，但我喜歡赫爾。那個愛找樂子又熱情的女孩，幾乎像是個朋友。

我把飛艇開到奈德旁邊，他是我今天的搭檔。在我們前方，有一群克里爾飛艇出現在天空中，開始以緩慢的模式飛行。墜落的碎片幾乎都很大，一塊塊的著火碎片迅速往下掉，後方還拖著煙霧。

「好了，」卡柏說：「基本的護盾用法。小旋，為我們簡介一下吧。」

為了測試我們了解多少，他偶爾會這麼做。「在超出限制並失效之前，飛艇的護盾能夠吸收大約八十克斯的能量。」我說：「大概等於破壞砲的兩次至三次射擊、一次小型碎片撞擊，或者一次偏斜的碰撞。如果護盾沒了，你必須重新啓動，這需要使用推進器的動力——而這表示得失去推力跟機動性整整半分鐘。」

「很好。安菲斯貝納，她漏掉了什麼？」

我很佩服他竟然能夠正確說出亞圖洛的「雙頭龍」呼號。

「不多。」亞圖洛說：「如果護盾掛了，一定要提醒僚機，這樣他們才可以在你重新啓動的時候用破壞砲掩護。然而我們對使用破壞砲不太熟……」

「只要按下扳機就行了，聰明的小子，」卡柏說：「使用破壞砲不需要腦袋。不過ＩＭＰ就是另一回事了。反轉麥哲倫脈衝波（IMP），會破壞五十公尺內的所有護盾——包括你們自己的。」

「五十公尺，」ＦＭ輕聲說：「那是非常近的距離。」

「近到不可思議。」卡柏說：「等於你們要近得聞得到克里爾人的體味，才能用ＩＭＰ攻擊他們。」

「長官，」尤根說：「我擔心飛行隊沒辦法靠那麼近。」

「只要我們在其他學員射玩具槍時，花上一個月練習操作跟近距離光矛戰鬥就行，」卡柏厲聲說：「聽著，克里爾人的護盾很厲害。用我的方式戰鬥，就能完全消除他們的優勢。要是不想用我的方式戰鬥，你們可以去吃土，去當種藻類的農夫。」

就這樣，他直接讓我們上場了。我沒有抱怨。花了這麼多個星期都在練習一堆花稍的轉彎，現在很想做點別的，即使只是有一點點眞正戰鬥的感覺也好。

我們各自被指派了一艘以簡單模式飛行的克里爾模擬飛艇，要跟僚機一組，以間隔正好五十五公尺的距離飛行。我們要攔截克里爾飛艇的路徑，然後我們其中一個人要使用ＩＭＰ。接著我們要停下來，執行迅速重啓護盾的練習。

我們不必擊落克里爾人，只要練習用ＩＭＰ讓他們的護盾失效，一次又一次。但是就算克里爾飛艇以簡單的模式飛行，要做好這件事也很難。你必須靠得很近，感覺就像要直接撞上他們。看來五十公尺正好就在我們可以安心通過的底線之下。一開始的前二十次左右，我都太快拉開，結果ＩＭＰ破壞了我的護盾——敵人的卻沒事。

衝進去。啓動ＩＭＰ。閃避出來。重新啓動。

不斷重複。

「妳知道嗎？」奈德邊飛邊說：「我很樂意打下那些傻蛋的其中幾個。」

「別多事，奈德，」卡柏對我們說：「今天是要練習消除他們的護盾。就這樣。」

「可是——」

「我們之後會摧毀他們的。接下來這幾天，我們的重點是基本的ＩＭＰ戰略。」

奈德在群組通話中嘆了口氣。「這幾天都只做這個？有人也覺得一想到這樣就很無聊嗎？」

少數幾個人大聲附和，可是我沒有。每個飛行的時刻都是一種享受，就算是模擬的也一樣。這種速度的爆發，這種精準度……這是自由。

我在飛行時更能記得清楚爸爸的樣子。他閃爍著期待的眼神，他側著頭望向天空，並且嚮往回到那裡。每一次飛行，我都會跟他一起享有新的回憶，某種私人的回憶。

奈德跟我又做了幾次ＩＭＰ練習，但奇怪的是，輪到我的時候，克里爾飛艇飛離了原本的路線，讓我不得不緊追上去。等我終於用ＩＭＰ打中它的時候，我發現自己正急促喘氣，卻也因爲刺激感而咧開嘴笑著。

「告訴我剛才那一次並不有趣。」我在私人頻道上對奈德說。我望向他，他已經飛到我旁邊，而立體投影重製了他的影像——頭盔跟其他地方都是。他看起來像個野人，體型過大，臉的比例看起來大到不適合那顆頭。我無法想像以他那副一百九十三公分的身體要擠進駕駛艙是什麼感覺。

「有趣應該是指坐在家裡，」他說：「蹺著腳，享用一杯溫熱的飲料。我眞的無法理解這一切。」

「拜託，」我說：「我才不相信你，奈德。」

「什麼？」他說：「我只是個普通人啊。」

「是誰在深層洞穴長大的？」

「其實，我是在這裡長大的。就在艾爾塔。」

「什麼，眞的嗎？」我驚訝地說。

「是啊，我跟尤根和亞圖洛在地底一起上學，但是我的父母要照料果園。」

「所以你不只是某個普通人，」我說：「你跟菁英一起上學，而你的父母自願從事在狄崔特斯最艱難的工作。除此之外，你有幾個當飛行員的兄弟？」

「不知道，」他說：「我不會算那麼多的數字。」

「你裝蠢的功力眞是我見過最差勁的。」

「我連那樣都做不好，」他說：「又是一項證明，對吧？」

我翻了白眼，跟他繼續下一次練習。奈德似乎下定決心要假裝自己是個愚蠢的大塊頭。但是他表演得太過火了，這很可能是故意的。有時候就連石頭也不像奈德那麼蠢。

戰場上，赫爾跟金曼琳高速飛過一艘克里爾飛艇。赫爾讓她的ＩＭＰ正好發揮了作用，可是金曼琳不止飛得太近了——這表示她也受到衝擊波的影響——還在護盾失效的時候驚慌失措，往旁邊飛開，結果她直接撞上了克里爾飛艇。

我的臉扭曲了一下。大家已經有好一段時間沒發生那麼明顯的失誤了。奈德緩緩吹著口稍，按下通話鈕。「爆炸得好啊，怪客。滿分十分得到七分。下次妳墜毀的時候，試試看把妳的殘骸再多旋轉一點吧。」

「祝，福，你，的，星，星。」金曼琳咕噥著說，而這等於是她的咒罵了。

「喂。」奈德說。

「你不應該嘲笑她，」我在私人頻道上對他說：「她很努力了。」

「每個人都需要對某人發洩，她也一樣。尤其是她。她有時候太緊張兮兮了，我猜她一定把安全帶多扣緊了兩格。」

「她只是來自不同的洞穴，」我說：「她的文化讓她更注重禮貌。」

「她很緊張，」他說：「她知道她是我們之中最遜的飛行員。裝成沒這回事只會讓她更緊張，相信我。」

嗯哼。「那赫爾呢？」

「她很厲害，」他說：「可是沒她自己以爲的那麼厲害。」他沉默了半晌。「她習慣假裝這一切都是遊戲。她是個運動員，妳知道吧？」

「眞正的運動員？」

「對啊。迪格球（Digball）選手。她負責帶球進攻的位置，是學生聯盟中最厲害的球員。對她來說好像一切都是競賽，直到後來我們失去了畢姆與晨潮，她開始變得很安靜。現在她無法把飛行當成遊戲，所以不知道該有什麼反應了。」

「你不是說自己很蠢嗎？」

「跟石頭一樣笨。」

「而你對我們同伴的深入觀察見解？」

「只是聊天而已，說出我腦袋迸出的想法。妳知道嗎？妳很幸運聽懂得我說的話。通常我只會發出呼嚕聲。」

「噢，拜託。」

我們又練習了幾次，奈德在這段期間還故意呼嚕了幾聲。說眞的，我看不出來他是眞的很幼稚，或是一個很厲害的惡作劇高手……或者，他有可能兩者都是。或許也有可能是別的？

卡柏最後叫我們列隊，接著一次一個輪流練習，讓他可以一一觀察我們每個人，針對情況提出改善的意見。雖然我很喜歡這種練習，但我也很高興可以休息——實在太累了。

我看著每個人單獨練習，發現我們開始表現得像是眞正的飛行員了。赫爾在躲避克里爾飛艇之後的轉向眞令人佩服。而FM雖然有時太過小心，但她的飛行有一種厲害的精準度。

接下來單獨練習的是金曼琳，她設法用IMP打中了克里爾飛艇。我笑了，在她回來之後呼叫她。「嘿，」我在私人頻道上說：「做得好。」

「我沒有墜毀，」她回答：「這倒是沒見過。」

「妳幾乎從沒墜毀過。」

「我也幾乎從沒通過訓練。」

「我們都有自己的天賦。妳的天賦是從遠處狙擊。我的是咒罵別人。」

「咒罵別人？妳幾乎不會——」

「閉嘴，蠢蛋。」

她咯咯笑著，讓我也跟著笑起來。也許奈德說得對。也許她現在眞的需要發洩的機會。

「好了，親愛的，」金曼琳告訴我：「雖然我沒資格提出批評，不過那種壞話幾乎沒有任何想像力。從我離開富足洞穴以來，噢，我每天都會聽到那個詞呢！在我來的地方，妳得更仔細才行喔。」

「重點是什麼？」

「哎呀，妳不能讓人家知道妳在毀謗他們啊。這樣會很難堪的！」

「所以妳羞辱人……卻又不羞辱他們？」

「這是我們的方式。但如果妳聽不懂也別擔心——就我個人來說，我覺得妳對自己這個樣子感到自在，是件很好的事喔。這一定讓妳有很多學習人生歷練的機會吧！」

「那真是……哈，」我笑著說：「我喜歡那種說法。」

「謝謝。」

我們的頻道發出喀嚓聲，接著蠢貨那討人厭的聲音傳來。「怪客、小旋，妳們兩個有在看赫爾的練習嗎？妳們應該專心一點。」

「我在看啊。」我沒好氣地說。

「很好。因爲從我這個好位置看來，妳們很像只是坐在那裡閒聊說笑。」

「尤根啊，」金曼琳說：「我只是想讓你知道我多麼敬重身爲隊長的你！正如聖徒的美好與正直，我相信你也會獲得生命中應得的一切！」

「謝了，怪客。注意一點。尤根通話完畢。」

我看著指示他在線上的燈熄滅，然後爆笑起來。「那真是我這輩子聽過最諷刺的話了。」

「哎呀，」金曼琳說：「雖然妳偶爾會有點誇張，不過我想我可以接受那樣的讚美啦。」她離開去做下一次練習，卡柏想要順便教她使用推進器的方式。

「她好像不適合這裡，」我低聲對自己說：「感覺她太厲害了，不適合我們，同時卻也不夠厲害……」

「那樣很矛盾，」M-Bot的聲音傳入我耳中：「完全就是人類的樣子。」

「對啊。」我說，然後挺直了身體。等一下。「M-Bot？」

「怎麼了？」

「**M-BOT**。」

「雖然我並不介意妳對我口氣不好，因爲我的情緒都是合成的，可是妳能不能——」

「你怎麼會？」我在座位上彎著腰，壓低聲音說話。「其他人能聽見你嗎？」

「我滲透了你們的線路，再將我的通話直接傳到妳頭盔裡。」它說：「你們的無線通訊發射器給了我一處焦點，可以用來隔離妳。」

「我的什麼？」

「在妳的袋子裡。妳把它放在座位旁邊。」

是卡柏給我的私人無線電。

「正如我所言，你們這些人的通訊方法相當原始，」M-Bot繼續說：「這讓我很好奇，你們除了缺少優異的人工智慧以外，其他的科技都算是跟我的類似。哎呀，你們還少了超感驅動裝置，以及適當的菌類植物記錄技術。所以我猜你們在所有的重要領域中，其實都非常落後。」

「我還以爲你很擔心會被發現！」我低聲說：「你爲什麼要在這裡跟我說話？」

「我可是一艘匿蹤飛艇，思蘋瑟，」它說：「我絕對可以不露痕跡地駭進通訊線路。但是我要提醒妳，我不相信你們所謂的DDF。」

「算你聰明。」我坦白地說。「可是你眞的相信我？即使我對你說過謊？」

「妳讓我想起了我忘記的某個人。」

「那……也算是矛盾吧，M-Bot。」

「不是的。我說過，我可是百分之百理性。」

我翻了白眼。

「這叫邏輯。」它停了一下，然後更小聲地說：「這點我非常厲害。」

前方的金曼琳結束練習，而克里爾飛艇逃掉了，她完全沒發射到ＩＭＰ。可是她可以直接把那東西打爆，我心想，替她感到不平。前提是它沒有護盾。

卡柏一直說我們需要基本技巧，這很合理，只是似乎不太公平。就像……我們並沒有讓她發揮她最強的能力。

「小旋，」卡柏說：「換妳上場了。」

「上場做什麼？」M-Bot問我。「我們要做什麼？我沒接收到影像。只有聲音。」

「我們在飛行。」我輕聲說，然後打開推進器，飛進立體投影的碎片中。新的碎片會一直從上方的天空掉下來。

我的目標出現，是一艘在太空垃圾之間穿梭的克里爾飛艇。我靠過去追擊它，高速飛越太空垃圾。幾乎夠接近了……

我的儀表板上有一顆燈光開始閃爍。我被追尾了？什麼？這應該是單獨的一對一練習啊。看來卡柏刻意要提高我的難度。

那就這樣吧。

尾隨的敵人開始發射破壞砲，而我以翻轉的方式閃避。雖然這樣操作救了我，但也讓目標飛遠了。門都沒有，我心想，同時加大動力追上去，再高速轉彎，逐漸逼近。追尾的敵人緊跟著我，繼續射擊。

我被擊中一次，差點讓護盾失效。但是我把注意力放在前面正往下俯衝的飛艇。我關掉上斜環，大幅提高動力，以猛烈的速度俯衝。控制面板上的燈光開始閃爍，警告要是沒有上斜環，我就會直接摔向地面。

「雖然我不知道妳在跟誰戰鬥，」M-Bot說：「不過那些警告聲表示妳做得不好。」

狀況彷彿伴隨著它的話出現：座艙罩頂部的線條警告我剛剛讓重力電容器超載了，而G力指示器也開始閃爍紅光。在眞正的飛艇中，這些G力全部會作用在我身上，在俯衝時將血液推向我的頭部，讓我開始產生紅視現象。

「盡量別死，」M-Bot說：「我不想獨自跟小羅在一起。他很無聊。」

我飛到另一塊墜落、燃燒著的太空垃圾後方。火花從我的護盾彈開，讓護盾亮了起來，並且因爲能量而發出爆裂聲。雖然我已經把追尾的敵人遠遠甩在後方，可是距離前方的目標還不夠近。

它不可能繼續俯衝的，我心想。*我們就快要到地面了。*

我咬緊牙關，在目標轉向回頭往上飛的同時，用光矛刺中了碎片。我一路繞過碎片，然後重新啓動上斜環，再次加大動力。這個操作讓我畫出了一個完全的圓形並往上衝，直接經過那艘克里爾飛艇。

我發射IMP，接著座艙罩上那道閃爍的線條完全變成了紅色。

「哈！」我在群組頻道中說：「你的孩子今晚將會哀悼，你這個立體投影的克里爾混帳！」

「這是認眞的嗎，小旋？」FM說：「妳是在諷刺吧？」

「諷刺是膽小鬼的武器！」我說：「就像毒藥，或是蠢貨飛艇上的破壞砲。」

「膽小鬼不是會用眞正的大炸彈嗎？」FM說：「就是從很遠的地方發射？看起來妳得很靠近才會有毒藥。」

「身爲駐隊專家，」奈德說：「我想要指出，膽小鬼眞正的武器是一張舒服的長沙發，以及一疊還算有趣的小說。」

「妳還是死了，小旋。」蠢貨飛到我附近說：「妳超出了限制，可能會造成永久的傷害。如果這是眞正的戰場，妳一定會失能——而妳的飛艇也會失去護盾。那艘盯著妳的克里爾飛艇馬上就能開心地殺掉妳。」

「無所謂。」我對他聽起來受到冒犯的樣子覺得很有趣。他眞的認爲我對他有那麼大的威脅？「我的任務是讓目標的護盾失效，而我做到了。追尾的敵機跟這無關，卡柏的命令是用ＩＭＰ擊中那個目標。」

「妳不能一直在模擬中作弊，」蠢貨說：「妳在戰場上會毫無用處。」

「我才沒有作弊。我獲勝了。」

「隨便，」他說：「至少這次妳沒用飛艇撞我。願星星保佑讓小旋無法在大家面前出風頭的人。」

「什麼？」我開始不高興了。「你——」

「聊夠了吧？」卡柏說：「小旋，那樣飛很厲害——可是尤根說得對。妳害死了自己，所以最後還是失敗了。」

「我就說吧。」蠢貨說。

「可是——」我說。

「如果你們還有時間可以爭論，」卡柏插話：「顯然就是我給你們的練習還不夠。你們全部，在晚餐之前要做三組伽瑪—M隊形練習。尤根，確認一定要做到。」

「等等，」金曼琳說：「你要走了？」

「我當然要走了。」卡柏說：「晚餐時間，我才不要遲到。」卡柏結束通話。

「好極了，」赫爾說：「眞感謝妳啊，小旋。」

等等，要多做這些練習，她不能只怪我而不怪蠢貨吧？蠢貨讓我們排成伽瑪—M隊形，這是一種單調的飛行演練。雖然只花了我們大約十分鐘，但是我整段時間都怒火中燒，感覺越來越挫折。M-Bot試圖找我說話時，我甚至也不理它。

結束之後，我摘下頭盔，不理會蠢貨說要列隊報數。我只是……需要休息一下。自己一個人的時間。我擦掉臉上的汗水，把被頭盔壓住而貼在額頭上的髮絲往後撥。

吸氣。呼氣。

我的立體投影駕駛艙消失。

「妳在幹嘛？」蠢貨站在我的座位旁問：「妳摘下頭盔了嗎？我叫大家列隊！」

「我只是需要一點時間，好嗎？讓我靜靜。」

「妳在違背命令！」

噢，可惡。我現在沒辦法處理他的事。我覺得很丟臉，疲憊不堪，也越來越憤怒。這段訓練非常漫長。

「怎麼樣？」蠢貨逼近我。附近的其他人已經關掉立體投影，站起來伸展肢體。

我的臉一陣冰涼。我開始覺得自己要失控。

冷靜，思蘋瑟。妳可以冷靜下來。我強忍怒氣，站了起來。我需要離開教室。

「妳要說什麼？」蠢貨問：「爲什麼妳一直否認我的權威？」

「什麼權威？」我氣沖沖回嘴，抓起背包就往門口走。

「想逃跑嗎？」蠢貨說：「眞是會抓時機呢。」

我停下腳步。

「我猜我們早該料到齊恩．奈薛的女兒會不服從，」他說：「妳家的人不具有服從的血統，對吧？」

寒意籠罩我。內心深處的怒火在燃燒。

我受夠了。

我緩慢轉過身，往回走向蠢貨，然後輕輕放下背包。

他低頭看著我，輕蔑地說：「妳——」

我單膝跪地，接著一拳打中他的膝蓋。他倒抽了一口氣，在他痛苦的彎下腰時，我用力起身，以手肘順勢擊向他的腹部。聽到他「噢」一聲呼痛的感覺眞好，這也刺激到了我體內的某個部分。

我的手肘撞得他把空氣全吐出來，也因此叫不出聲。趁著他無法反應時，我用腳踝勾住他的腳踝，讓他往後重重摔在地上。

他的體型比我高大。如果他爬起來，一定會壓住我，於是我跳到他身上，舉起拳頭，準備一拳揍在他那張蠢臉上。

就在這個時候，我停住了，全身發抖。勃然大怒。但從某個角度看，我很冷靜，就像在跟克里爾人戰鬥時那樣。就像我一方面能夠完全控制自己，但同時又完全失去控制。

蠢貨愣在那裡，往上看著我，似乎徹底嚇傻。他那張蠢臉。那種冷笑。那就是他們所有人談論我的方式。那就是他們所有人對我的看法！

「哇塞！」奈德說：「滿天星啊！」

我就這樣跪坐在他身上，高舉著一隻手，全身發著抖。

「眞的，哇塞！」奈德跪到我們旁邊說：「小旋，那眞是太不可思議啦。妳可以教我嗎？」

我看著他。

「我們沒學過徒手搏鬥，」他邊說邊做出某種劈砍的動作。「卡柏說這沒有用，可是萬一有克里爾人想要在巷子裡偷襲我之類的呢？」

「沒有人見過活著的克里爾人，你這個大白癡。」赫爾說。

「是啊，不過萬一那是因爲——比如說他們總是在巷子裡偷襲人呢？妳有想過嗎？」

我低頭看著蠢貨，突然聽見自己急促的呼吸聲。

「小旋，」奈德說：「沒關係的，妳只是在教我們一些徒手搏鬥的動作，對吧？妳是怎麼把人絆倒的？妳大概才只有尤根的一半高吧。」

冷靜。呼吸。

「一半高？」亞圖洛說：「這不就是說她不到一百公分高？你的數學要加強了。」

我抽身離開蠢貨，而他吐出一口大氣，無力地躺著。FM看起來很驚恐，奈德對我比了一下大拇指。亞圖洛正在搖頭。金曼琳站在一邊，一隻手摀著嘴，而赫爾——我看不出來赫爾在想什麼。她雙手交叉，若有所思地打量著我。

尤根踉蹌地起身，雙手壓著腹部。「她對上級動粗。她攻擊了同一個飛行隊裡的成員！」

「她是有點過火，沒錯。」奈德說：「不過我覺得是你自找的，尤根。沒受到好不了的傷吧？我們能不能就這樣算了？」

尤根看著我，表情變得冷酷。

不。這次沒辦法算了。這次我有大麻煩了。我看著他的眼睛，終於抓起了背包轉身離開。

第二十四章

我已經好幾年沒這麼嚴重失控了。

雖然我總是說些挑釁好鬥的話，但我小時候其實沒跟人打過幾次架。我會假裝自己是個戰士，大部分孩子一聽到我說話的方式就會讓步了。老實說，他們會猶豫大概不是因爲怕我，應該是對我那種奇異的自信感到不安。

這樣很有效。這種方式能讓他們保持距離，也不會使我陷入失控的情況。因爲我眞的會失控，一點也不像故事中的英勇戰士，比較像是一隻被逼到走投無路而發狂的老鼠。就像我抓到芬恩．艾斯汀（**Finn Elstin**）偷走小羅午餐那一次。芬恩的下場是一個黑眼圈，手臂也斷了。我的下場則是接受一年的少年保護管束，也因爲不當使用暴力而被趕出了柔道課。

當時我的年紀還不需要負法律上的責任，因此我的行爲並未危及到加入飛行學校的機會。今天的攻擊則不一樣。這次我的年紀已經夠大，應該清楚動手的後果。

我坐在DDF設施外側果園的一張長椅上。尤根會怎麼對付我？如果他去找司令，我就出局了。完蛋了。而且我活該。

我眞的不像奶奶故事中的戰士。差得遠了。我在朋友死於戰場時幾乎無能爲力，而現在只因爲幾句微不足道的辱罵就失控了？爲什麼我無法控制自己？爲什麼我要在尤根說那些話時發怒？我一輩子都在聽這種話啊。

最接近的一盞天燈離開，天色暗了下來，我就坐在果園裡，等待著，預料憲兵會來找我。我只聽見一陣微弱的聲音……一種唧唧聲？從我的背包傳來？

我納悶著翻找，發現了無線電。我拿起無線電，按下接收鈕。

「喂？」M-Bot說：「思蘋瑟？妳死了嗎？」

「也許吧。」

「噢喔。就像那隻貓！」

「……什麼？」

「老實說我也不太確定，」M-Bot說：「但根據邏輯，如果妳在跟我說話，那麼可能性就是站在我們這一邊了。萬歲！」

我往後靠在長椅上，不情願地嚼起一片肉乾。如果他們要來找我，就一定會來。我最好吃點東西。我不覺得餓，這些日子也都是這樣。吃太多老鼠肉了。

「妳要向我說明一下妳在跟誰戰鬥嗎？」M-Bot問。

「我們談過了。克里爾人。」

「這個嘛，妳只是提到而已。沒人向我解釋過。妳是預期我會知道吧。」

我強迫自己吃進一片肉乾，配了點水吞下去。接著我嘆了口氣，把無線電拿近嘴邊。「克里爾人是外星人。」

「你們都是外星人，」M-Bot說：「嚴格來說是這樣。因爲我們並不是在你們家鄉的星球。我這樣說對嗎？」

「總之，他們想要消滅我們。這種生物穿著奇怪的盔甲，還擁有可怕的武器。我們的長者說他們摧毀了我們在星辰之間的帝國，幾乎要讓我們滅絕。我們可能是僅存的人類，而克里爾人堅決要了結我們。他們會派出大批飛艇，有些帶著一種叫殞命炸彈的東西，可以深入洞穴，殺死裡面的生物。」

「嗯哼，」M-Bot說：「他們爲什麼不從運行軌道轟炸？」

「什麼?」

「其實我對那種事一竅不通，」它補充：「我是非戰鬥機器。這很明顯。」

「你有四具火砲。」

「一定是有人趁我沒注意時裝上去的。」

我嘆息著。「如果你要問的是他們爲什麼不從高空發射殞命炸彈，答案是：這顆星球被某種古老的防禦系統包圍住了。克里爾人的標準戰略是穿過系統，試圖以大量武力壓制我們的戰機，或是偷偷以低空突襲小隊攻擊。要是他們摧毀了我們的AA火砲，或者讓轟炸機在火砲的射擊範圍下方進來，他們就可以毀掉我們製造新戰機的能力。到時候我們就全完了。唯一擋在人類與滅絕之間的，就是DDF。」

我癱坐在椅子上。

而這表示，我在心裡告訴自己，我應該要忘掉那些瑣碎的爭辯，專注在飛行上才對。

爸爸是怎麼跟我說的?

他們的頭是石頭，他們的心也是石頭。把妳的眼界提高一點……

「M-Bot?」我問：「你記得任何關於人類文明的事嗎?在克里爾人出現之前?你知道那是什麼樣子嗎?」

「我的記憶庫在這方面幾乎全部受損。」

我失望地嘆了口氣，塞好口糧，準備走路回家。但是我沒這麼做。我覺得自己好像站著被人拿槍抵住了頭。我才不要畏縮在我的洞穴裡，等著被叫去受處分。

我必須直接面對這件事，接受我的懲罰。

我將背包甩回肩上，大步走向艾爾塔基地的正門，經過了檢查點。我在飛行學校旁繞了遠路——路過餐廳與發射場的那條路——爲了看我的波可飛艇最後一眼。

我經過靜靜排列的飛艇，勤奮不懈的地面人員正在看守著它們。在左側，我發現我的飛行隊正在餐廳裡，他們坐在一起吃晚餐、聊天說笑。尤根不在，但他通常不跟普通人一起用餐。而且他大概已經直接去找司令，報告我對他做的事了吧。

憲兵早就不再每天晚上盯著我離開了。我們都知道規則，而他們樂見我很遵守。因此沒有人阻止我回到飛行學校，走過我們那間空無一人的教室，然後停在卡柏的辦公室外。裡面也沒有人。

基本上我就只會去這些地方。我深吸一口氣，然後攔下一位路過的助理，問她是否知道這個時間可以在哪裡找到司令。

「鐵殼嗎？」她打量著我說：「她通常沒時間見學員。妳的飛行教官是誰？」

「卡柏。」

她的表情變得和善。「噢，他啊。沒錯，他這學期要教一群學生對吧？那已經是幾年前的事了。妳是想抱怨他嗎？」

「我……差不多吧。」

「C棟，」她用下巴指了指。「妳可以在D前廳辦公室找到司令的私人助理。他們可以把妳調到另一個飛行隊。老實說，我很訝異這種事沒更常發生呢。我知道他是第一公民，不過……總之，祝好運。」

我走出飛行學校。每走一步，我的決心就變得更加堅定，而我也加快了步伐。我會說明我做了什麼，並且要求懲罰。我要控制自己的命運——即使那代表會被除名。

C棟是令人望之生畏的磚造結構，位於基地的另一端。它的造型像座碉堡，只有用來裝設窗戶的狹長開口，在我看來是最適合鐵殼的地方。要怎麼說服她的助理讓我通行？我不想由某個小公務員來執行開除我的決定。

我從建築外側的幾扇窗戶窺看，一下就找到了鐵殼。她的辦公室還真小。那是室內的一處小角落，塞滿了書本以及與航空相關的紀念物。透過她的窗戶，我看見她往牆上的舊式時鐘瞄了一眼，接著就闔上筆記本，站了起來。

*我要在她離開的時候去攔她，*我這麼決定。我走到建築的前方等著，一邊思考要說的話。沒有藉口。只需要概述事實。

我等待時，聽見背包又傳來唧唧聲。終於來了嗎？是叫我回報並接受懲罰嗎？我翻出無線電、按下按鈕。

某種奇怪的聲音從線路傳出。音樂。

太不可思議了。我從來沒聽過這種彷彿來自另一個世界的東西。一大群樂器共同演奏，散發出開闊、流暢、美麗的協調感。不只是一個人在吹笛子或打鼓而已。上百種華麗的管樂聲，一陣有節奏的鼓聲——嘹亮的銅管樂器有如戰爭號角，卻不是用於爲戰鬥助攻。比較像是……像是一段莊嚴、有力旋律的靈魂。

我愣著站在原地，驚嘆地聽著音樂在無線電中播放。像是一種光線。就像星星的美，只是……只是以聲音的方式呈現出來。一種歡慶、驚奇、*不可思議*的聲音。

音樂突然中斷。

「不，」我邊說邊搖晃無線電。「不，再多播放一點。」

「我的錄音接下來都損壞了，」M-Bot說：「我很抱歉。」

「那是什麼？」

「《新世界交響曲》，德弗札克。妳問過我以前的人類社會是什麼樣子。我發現了這個片段。」

我不禁雙腿一軟。我拿著珍貴的無線電，坐到建築入口旁的一處花架上。

我們創造了那種東西？聽起來這麼美？必須有多少人才能演奏成那樣？當然，我們也有音樂家，可是在艾爾塔建立之前，在一個地方聚集太多人會導致毀滅。所以根據傳統，我們的演出者只能限制爲三重奏。但這首曲子聽起來有幾百個人演奏。

演奏音樂這麼瑣碎又美妙的事，到底需要投入多少練習、多少時間？

把妳的眼界提高一點。

我聽見建築裡有聲音接近。我塞回無線電，擦了擦眼角，覺得自己好蠢。好了。自首吧。是時候了。

門扉旋轉打開，穿著純白色制服的鐵殼走了出來。「我不明白爲什麼你爸爸會那樣，學員。」她說：「我明明已經爲你選了另一位教官，要不是因爲你家人要求——」

她發現我擋在路上，立刻停下腳步。我咬著嘴唇。一位助手正爲她開著門——我發現我認得那位助手。那是個皮膚黝黑的男孩，穿著學員的飛行服跟一件制服外套。

蠢貨。所以他眞的比我先來了。

「司令。」我邊說邊敬禮。

「妳，」她的嘴角往下沉。「妳不是禁止在課程結束之後使用ＤＤＦ設施嗎？我必須叫憲兵來帶妳出去嗎？老實說，我們得談一談這件事。妳眞的住在一座不知名的洞穴裡，沒有回地底？」

「長官，」我仍然維持敬禮姿勢，沒看尤根。「我對我的行爲完全負責。我想我必須正式請求接受——」

蠢貨突然用力甩上門，讓司令嚇了一跳，也打斷了我的話。他瞪著我。

「我……」我回頭看著司令繼續說：「我必須正式請求接受懲處——」

「抱歉，司令，」蠢貨立刻說：「這件事跟我有關。請稍待一下。」他大步走過來抓住我的手臂。我立刻舉起拳頭，使他畏縮了一下，但還是不甘願地讓他拉到一旁。

司令似乎不想爲了兩位學員浪費時間。她哼了一聲走掉，進入一輛在路上等著的亮黑色懸浮車。

「妳在搞什麼？」蠢貨咬牙切齒說著。

「我要自首，」我邊說邊抬起下巴。「我不會讓她只聽你的片面之詞。」

「星星啊，」他望向車子，然後壓低聲音：「回家吧，小旋。妳想要害自己被開除嗎？」

「我才不要呆坐著等你叫他們來找我。我要戰鬥。」

「妳一整天戰鬥還嫌不夠多，是嗎？」他揉著眉頭。「走吧。明天課堂上見。」

什麼？我無法理解他。或許他是想要讓我先吃點苦頭？

「你打算明天再舉發我嗎？」我問。

「我根本就不想『舉發妳』。妳以爲我想要我的飛行隊再失去一位成員嗎？我們需要每一位飛行員。」

我雙手扠腰注視著他。他似乎……很眞誠。雖然討厭，但很眞誠。「所以……等一下。你爲什麼要跟司令見面？」

「我父母每個星期會在深層洞穴招待司令一頓正式的晚餐，」他說：「這只比那些國民議會領袖來訪的其他晚上稍微糟一點而已。聽著，我很抱歉。我不應該激妳的。領袖應該要拉拔身後的人，而不是把他們往前推。」他對我點了點頭，彷彿說這些就夠了。

我還沒完全相信。我已經做好完全的心理準備、預料了後果，準備正面接受破壞砲的攻擊。現在他卻……就這樣放過我？

「我偷了你車子的動力體。」我脫口而出。

「什麼？」

「我知道你在懷疑我。嗯，是我做的。去吧。去舉發我。」

「星星啊！那是妳做的？」

「嗯……對，很明顯吧。還會有誰？」

「那輛車的啓動裝置有問題，我已經找了公會的技師。我以爲他會來處理問題。」

「就在基地？」

「我不知道啊！那些地方的官僚系統太誇張了。我提出申訴的時候，他們說了一堆藉口，所以我想……」他把一隻手放到頭上。「妳怎麼會想要拆掉我的動力體？」

「嗯……我得摧毀你的士氣。」我因爲撒謊露出了扭曲的表情。「讓你覺得無力也無能？對，這是一種象徵，代表我徹底破壞了你的權威！無畏者的象徵！我就像個古代的野蠻人軍閥帶著它離開，這會偷走——」

「那不是很累嗎？妳不能像個正常人一樣，直接卸掉上斜環就好了嗎？」

「我不知道怎麼弄。」

「算了。妳以後再補償我吧。或許可以考慮在其他隊員面前不再侮辱我。至少一天也好？」

我站在原地試圖理解這番話。他似乎眞的不想跟我鬥。嗯哼。

「聽著，」蠢貨看著那輛黑車說：「我大概知道活在父母的影子下是什麼感覺。好嗎？我很抱歉。我不會……再做那種事。但是也別再暴打我了，可以嗎？」

「可以。」

他對我點點頭後就跑步離開，上車時還對司令道歉了一下。

「下一次我會用踢的！」我對他大喊：「哈！」而他當然聽不見我的話。我看著他們離開，然後搖了搖頭，拿起背包。我一點也不了解尤根。但不知怎麼，我還能待在DDF。而他……尤根不想報復。他不想跟我鬥。

雖然我可能會覺得好笑，但奇怪的是，我認爲他處理的方式很高尚。他先停戰了。

把妳的眼界提高一點……

我把無線電拿到耳邊，帶著相互衝突的混亂情緒（但大部分是放心）走出基地。「M-Bot，請再爲我多播放幾次那首曲子的片段。」

第二十五章

我穿著壓力衣並戴上頭盔，進入了波可飛艇——這是我在畢姆和晨潮死去之後，第一次進入真正的駕駛艙。

我的體內有某部分立刻痛了起來。從現在開始，每次都會像這次一樣嗎？我會一直這樣隱約擔心著嗎？有個聲音輕輕地說：「這次會有哪個朋友回不來？」

不過，今天應該算是例行的任務。不是戰鬥。我啟動波可飛艇，感受著美妙的嗡嗡聲——這是模擬做不到的部分。

我的右手抓住控制球，左手在油門上，跟著其他六架戰機一起升空，往上爬升。尤根讓我們報數，然後呼叫卡柏。

「天空飛行隊準備好了。長官，命令是？」

「前往304.16-1240-25000。」卡柏說。

「飛行隊，設定座標，」尤根說：「我帶頭。如果遇到克里爾人突襲，我會跟亞圖洛和ＦＭ後退。奈德，你跟怪客在隊伍中間。小旋跟赫爾，我要妳們在後方準備好掩護火力。」

「不會有突襲的，學員。」卡柏似乎覺得有趣。「前往指定地點就是了。」

我們飛行著，星星啊……這種感覺真好。飛艇回應我的操縱，震顫著移動，風流比模擬時活躍得多了。我想要俯衝下去到處飛，低空掠過有隕石坑洞的地表，然後再升上高空，在太空的邊緣飛過碎片帶。

我克制自己。我做得到。

最後，我們接近了一大群飛在更高空的戰機。那裡有五支飛行隊。

「正在靠近座標，」尤根對卡柏說：「怎麼了？演習嗎？」

「對你們而言，是的。」卡柏說。

上頭有幾道光線，那是較小型的碎片正進入大氣層。我不安地看著。

「嘿，萬事通。」卡柏說。

「是，長官？」亞圖洛立刻回答。

「碎片掉落的原因是什麼？」卡柏問。

「很多因素，」亞圖洛說：「上面有一大堆古老的機械裝置，雖然很多都還能作用，但動力體正在慢慢耗盡，將會無法留在軌道上而墜落。其他時候則是因爲碰撞。」

「對，」卡柏說：「那就是我們現在要面對的情況。上頭的兩塊巨大碎片之間發生了碰撞，導致小型碎片掉出了軌道。我們可以預料克里爾人會入侵，而那些戰機就是來這裡監視的。不過，你們來此還有另一個理由：小規模打靶練習。」

「打什麼靶，長官？」

幾塊較大的碎片從天空墜落，燃燒著通過我們上空的飛行隊。

「碎片。」我猜。

「我要你們成對飛行。」卡柏說：「你們要練習編隊，小心地練習。選擇一塊較大的碎片，跟著它幾秒鐘，然後標記爲可利用，等待進一步調查。你們的破壞砲已經裝上可以發射信標的配備，只要調整射速控制到咔嗒聲到就行。」

「就這樣？」赫爾說：「標記太空垃圾？」

「太空廢棄物不會閃避，」卡柏說：「沒有護盾，並且以可預測的方式加速。我認爲這符合你們的能力程度。除此之外，你們也常會在碎片墜落時奉命去標記可回收利用的東西，同時監視克里爾人是不是會發動攻擊。這是很好的練習，所以別抱怨了，不然我就把你們全塞回模擬駕駛艙，再待一個月。」

「我們已經準備好也願意練習，長官，」尤根說：「包括赫爾。謝謝你給我們這次機會。」

赫爾在跟FM與金曼琳的私人通話中發出幾陣作嘔聲——面板的飛艇編號下有燈光顯示她在跟誰通話——而她沒把我排除在外。或許這算是一點進步吧？

尤根將大家成對分組，讓我們出動。較大的碎片從天空墜落時，我們會依照所學，俯衝到後方並維持同樣速度，發射信標。最有用處的碎片會發出藍光，那是上斜石。我們可以用來製造飛艇。

我讓自己樂在其中。雖然這不是眞正的戰鬥，不過俯衝而下的感覺、瞄準與發射的快感……我可以把一塊塊的太空碎片想像成克里爾飛艇。

「妳又不理我了嗎？」M-Bot在我耳邊問：「我還以爲妳又不理我了。」

「如果我不知道你在，」我咕噥著說，同時標記了另一塊碎片。「是要怎樣不理你？」

「我一直在啊。」

「不會！妳在做什麼？」

「你不覺得那樣有點可怕嗎？」

我離開俯衝動作，跟赫爾一起飛行，接著回到隊形，等待下一次練習。「我在射太空垃圾。」

「它對妳做了什麼？」

「什麼都沒有。這只是練習。」

「可是它連回擊都不會啊！」

「M-Bot，這是太空垃圾。」

「講得好像是藉口一樣。」

「這……眞的是吧，」我說：「這是很好的藉口。」

金曼琳在練習，而亞圖洛跟在她旁邊。以她來說，她已經做得很好了，但尤根還是要在雞蛋裡挑骨頭。「跟緊一點，」他在她俯衝時說：「現在別太近了——如果妳用眞正的破壞砲射它，碎片可能會飛回來打中妳。射擊時一定不能太逼近……」

「這不是抱怨，」她的語氣聽起來很緊繃：「不過我相信我現在應該要專心。」

「抱歉，」尤根立刻說：「下次我會少插手一點。」

「親愛的，我想你會覺得很難做到。」她標記了碎片，放鬆地嘆了口氣。

「做得好，怪客，」尤根說：「奈德，接下來換你練習，FM當僚機。」

金曼琳回到隊伍時，上空有好幾塊太空碎片同時往下掉。正規戰機往旁邊移開，讓碎片墜落。我們算是飛得很高，這樣才有時間做好俯衝動作，這表示地面在很遠的下方。但我們距離碎片帶還是非常遠，那裡的最低層距離這顆星球的表面還有三百公里遠。

奈德選了其中一塊碎片跟上去，無視另外三塊碎片。於是金曼琳將破壞砲調整爲長程，然後狙擊那三塊碎片，標記了一塊接一塊，完全沒有失誤。

「別賣弄了，怪客。」卡柏說。

「抱歉，長官。」

我皺著眉，以私人通話呼叫卡柏。「卡柏？你有沒有想過我們這麼做錯了？」

「你們當然做錯了。你們是學員。」

「不，」我說：「我的意思是……」要怎麼解釋呢？「怪客是個眞正的神槍手。不能找更好的方式運用她嗎？因爲她是表現最差的飛行員，所以在我們大部分的演練中，都像個失敗者。說不定她可以只幫我們狙擊就好？」

「那妳覺得，在卡里爾人大批衝上來之前，她可以待在那裡等著狙擊他們多久？記住，如果他們認爲有哪位飛行員特別危險，他們就會集中火力在那個人身上。」

「說不定我們可以利用這一點。你說過只要能夠預測敵人，就會有優勢，對吧？」

他哼了一聲。「把戰術留給司令們煩惱吧，小旋。」他結束通話，而奈德正好成功標記了碎片。

「晚安，親愛的王子，」M-Bot在太空垃圾墜毀地面時說：「或是公主。或者更可能是無性別的無生命太空垃圾。」

我抬頭看，尋找更多碎片。下一個輪到赫爾，而我是她的僚機。有些垃圾確實是在上面移動。好幾個……全部往下衝……

不是垃圾。是克里爾人。

我立刻坐直，一隻手緊張地握在控制球上。多艘敵軍飛艇從碎片帶出現，正式飛行員已上前交戰。

「往下飛到兩萬呎，學員們，」卡柏說：「你們在這裡是預備軍力，那些飛行員應該能夠應付。敵人的飛艇看起來……大概只有三十艘。」

我往後靠，但是沒辦法放鬆。爆炸開始照亮了天空。很快地，從我們附近掉落的東西就不止來自碎片帶了。卡柏叫赫爾繼續。看來我們是要繼續，不管戰鬥，而我想了想，覺得這大概是很好的練習吧。

赫爾做了個完美的動作，最後也精準地射擊。「做得好。」我在跟她一起回到隊伍時說。當然，我沒得到回應。

「唉，可憐的太空垃圾，」M-Bot說：「如果我能夠說謊的話，我會假裝認識妳的。」

「你就不能做點有用的事嗎？」

「……這樣沒用嗎？」

「上面那些克里爾人呢？」我問它：「你就不能……我也不知道，比如告訴我跟他們飛艇有關的任何事？」

「在這種距離，我只能使用一般的掃描器，」它說：「他們對我而言只是小光點，沒有其他的了。」

「你不能看得更詳細嗎？」我問：「卡柏跟司令們有某種可以複製戰場的立體投影，所以他們是利用掃描器或某個東西來顯現情況。」

「那太荒謬了，」M-Bot說：「我應該會注意到即時影像的，除非這是一種定位短程信標，由許多飛艇中的回聲定位裝置建立，並且……噢噢噢噢！」

一艘燃燒的飛艇——我方的飛艇——以死亡螺旋的方式掉落，雖然亞圖洛試圖接近，想用光矛幫忙，但是距離那艘飛艇太遠了。

飛行員沒有彈射逃生，而是到最後一刻都還在努力拉高，想要救回飛艇。我振作起來，回頭看著戰場。

「噢噢噢噢噢噢噢噢噢噢噢噢噢噢噢。」M-Bot說。

「怎麼了？」我問。

「我找到即時影像了，」他說：「你們全都好慢。妳眞的是那樣飛行嗎？妳怎麼能受得了？」

「移動得更快會破壞我們的飛艇，或是讓坐在裡面的我們被G力壓垮。」

「啊，對，人類壓扁商數。所以妳才會那麼氣那塊太空垃圾嗎？嫉妒並不好看喔，思蘋瑟。」

「你不能做點有用的事嗎？」

「正在估算敵人的攻擊模式，」M-Bot說：「我需要幾分鐘來執行模式並分析預測資料。」它停了一下。「哈。我不知道我會那些事呢。」

「換我了嗎？」亞圖洛在全體通話線路上問，嚇了我一跳。我一直以爲他們會聽到M-Bot跟我說話，不過這個ＡＩ說它是把自己的訊息直接傳進我的頭盔，然後攔截我傳出的信號，消除掉它的聲音或我回應它的話。它以某種方式在轉瞬間就完成了這一切，就在我的信號抵達其他隊員之前。

「等一下，」卡柏說：「這次攻擊有點奇怪。我還不確定是什麼。」

一大片影子在上空移動。無比巨大。大到我光是要弄懂就頭暈了。感覺就像整片天空正在下墜。數百個碎片突然如雨點般降下，像一陣燃燒的冰雹。再往後看，就是那個東西。那個巨大、無法想像的東西。

「撤退。」卡柏說：「隊長，緊急集合大家的飛艇，帶他們回到——」

在一陣突然的騷動中，在我們上方的戰鬥變成了我們周圍的戰鬥，因為雙方的飛艇都在往下閃避。克里爾飛艇和人類飛艇散布在墜落的巨大物體前方——那是個黑色的金屬立方體，大小有如一座山。

一艘飛艇？什麼飛艇會擁有那種大小？那已經比一座城市還大了。我們艦隊的旗艦有那麼大嗎？我一直想像旗艦只比部隊運輸機大一點而已。

戰機一面降低高度，一面繼續射擊敵機。我們的小型戰鬥突然變成了風暴中心，布滿了破壞砲的砲火以及一塊塊燃燒墜落的金屬。

「離開！」尤根說：「加速到五Mag並跟著我。航向132，遠離我們後面那場混戰。」

我啓動推進器衝向前，赫爾當我的僚機。

「那是一艘飛艇。」亞圖洛說：「看看它掉下來的速度有多慢，底部那些都是正在作用的上斜環，看來有好幾百個。」

一片陰影覆蓋了地面。我壓重油門，加速到五Mag，遠遠超越了空戰的速度。再加快的話，我們就會無法對周遭環境做出反應。果然，有一塊跟戰機大小差不多的碎片掉落在我們附近，而我們差點就沒時間反應。飛行隊的人有一半往右躲，另一半則向左躲。

我跟金曼琳和奈德往左飛，接著放慢速度讓飛艇更穩定。破壞砲的射線在我前方散開，這時有兩艘我方的星式戰機高速飛過，後面跟著六艘克里爾飛艇。我咒罵著避開他們，金曼琳則發出抱怨聲跟著我，維持在我的機翼位置。

「分析完成！」M-Bot說：「噢！哇塞。妳在忙。」

我往下俯衝，但是我們被追尾了。克里爾飛艇的砲火在我周圍散開。我咒罵了一聲，再往後撤。

「怪客，到我前面！」

她加速飛過，而我向右飛，讓克里爾飛艇將注意力放在我身上——因爲我是比較接近的目標。

「妳眞應該等我計算完成之後再開始的，」M-Bot說：「不耐煩是一種嚴重的性格缺陷。」

我咬著牙，在一連串閃躲動作中旋轉。

「小旋、怪客、奈德爾，」尤根在頻道上說：「你們在哪裡？爲什麼不照我的——」

「我正在遭受攻擊，蠢貨。」我大聲說。

「我跟著妳，小旋。」奈德在我耳邊說：「如果妳可以平飛，我會試著打下他。」

「你沒辦法打穿護盾的。怪客，妳還在嗎？」

「在妳三點鐘方向。」她的聲音在顫抖。

「準備好解決這傢伙。」

「噢！嗯，好的，好的……」

正在墜落的巨大船艦從上空逼近。亞圖洛說得對，它的下降很緩慢也很穩定。不過它已經很破舊，船身還有孔洞。戰鬥在它下方被陰影遮蓋的寬敞空間持續著，到處都是混戰中的飛艇與破壞砲射線。

盯上我的敵人射中我，而我的護盾發出了爆裂聲。

專心。我已經在模擬中演練過上百次這種情況了。我往上拉高迴旋，敵人緊跟在後。在弧線的最高點，我做出了星式戰機的動作，無視空氣阻力，沿軸線轉動飛艇，猛然加大動力，往側面衝出迴旋。

我的重力電容器閃著，緩衝掉大部分的G力，但我的胃仍然感覺像是要從喉嚨跑出來。模擬還是無法忠實呈現這種迷失方向的感受，尤其是在重力電容器中斷、而我整個人在座位上往後甩的時候。

我應該能夠承受那種力道，也沒昏過去。所以技術上來說，我確實承受住了。可是我差點就吐了出來。

我的接近警報器響起。那艘克里爾飛艇不出所料，反應得不夠快。它繼續迴旋，而我衝出了迴旋，直接經過它旁邊。我忍住作嘔的感覺，用力壓下IMP鈕——消除了我跟敵人的護盾。

我做好準備。我現在毫無防衛了。如果那個克里爾人轉過來對我開火……

我的後方出現一道閃光，衝擊波席捲了我的飛艇。

「我打中他了，」金曼琳說：「我……我成功了！」

「謝啦。」

我鬆了口氣，讓動力恢復正常。我繼續直線前進，開始放慢速度，然後關掉推進器，準備好護盾點火器。我的頭盔感覺很燙，頭也流了汗，而我的手指做著熟悉的動作。幸好有卡柏的訓練，我的身體知道要做什麼。

一艘克里爾飛艇出現，發現我正靠著動能滑翔。我畏縮了一下，不過有一陣攻擊讓那艘飛艇潰逃。

「我罩妳，」奈德從上方呼嘯而過時說：「怪客，跟我一起擺出防守模式。」

「了解。」金曼琳說。

「不必了，」我邊說邊壓下點火器。「我恢復了。我們離開這裡吧？」

「樂意之至。」金曼琳說。

我帶著他們兩人往某個方向飛，希望可以離開，接著呼叫了尤根。「我們正往航向304.8飛，」我說：「你們其他人從這東西底下離開了嗎？」

「肯定的，」尤根說：「我們在303.97-1210.3-21200這裡離開了陰影。我們會在這裡等你們，小旋。」

他聽起來很鎮定，老實說比我還鎮定。我不禁想像起教室裡有更多空位的情況。

「妳準備好聽我的分析了嗎？」M-Bot說。

「要看其中會提到蘑菇幾次。」

「恐怕只有一次。在妳頭上逼近的那個東西大約是半座C-137-KJM軌道造艇廠再加上訓練設施大小。我不太確定那是什麼，不過我相信一定是用來製造飛艇的。另外一半不知道在哪裡，但是從那些上斜環的低動力輸出判斷，這東西大概已經在上面飄浮了好幾個世紀。

「我的推測是它沒有足夠的動力自我校正，所以無法維持正常軌道。它似乎沒有ＡＩ——或者可能有，但拒絕跟我對話，要是這樣的話就太沒禮貌了。克里爾人的攻擊模式指出是以防守爲目標，想要讓你們遠離那座工廠。」

「眞的嗎？」我問。「再重複一次最後一句。」

「嗯？噢，他們的飛行模式非常明顯啊。他們不是眞的想要殺掉你們，或是去你們的基地之類的。今天，他們只是想讓你們遠離這艘船艦，很可能是因爲那裡有你們這群落後、肥胖的緩慢飛艇駕駛員可以利用的好東西。」

十分合理。他們有時會射下碎片，阻止我們獲得上斜環。如果我們弄到這東西，得到數百個上斜環，他們會有多麼擔心？

「而且，它看起來有點像蘑菇。」M-Bot又補充。

另一組ＤＤＦ戰機——也許是我們之前見過的那兩架——高速飛過，後面追了一大群克里爾人。

「嘿，」奈德說：「小旋跟怪客，妳們兩個出去吧。妳們就快到了。我得做點事。」

「什麼?」我回頭看。「奈德?」

他離開我們的飛行編隊,去追才剛經過我們的那群克里爾飛艇。他到底想幹什麼?

我轉過去跟上。「奈德?可惡。」

「小旋?」金曼琳說。

「我們不能丟下他。來吧。」

我們在奈德後方加速,而他正在追那六艘克里爾飛艇。而他們飛在兩艘西格級(Sigo-class)戰機後方,戰機漆成藍色,表示他們來自黑夜風暴飛行隊。奈德很明顯想要幫忙,但是一位學員要對上六個克里爾人?

「奈德!」我說:「雖然我很想戰鬥——這點你很清楚——可是我們也必須遵守命令啊。」

他沒回應。前方,被敵人火力壓制住的兩艘黑夜風暴飛艇,做了件鋌而走險的事。他們往上飛近大型造艇廠,然後做出迴旋,進入了側面的一個洞。那是個黑暗的開口,或許造艇廠的另一個部分以前就是在這裡連接的。

整個結構仍然在下墜,不過速度非常緩慢。它最後還是會墜毀,我覺得我們應該完全不會想要靠近墜毀地點。我看著克里爾飛艇跟著我們的飛行員進入古老船艦的深處,而奈德也高速追向他們。於是我咬著牙跟了上去。

「小旋,」金曼琳說:「我想我應該做不到。要是我試著飛進去,我發誓我一定會撞毀的。」

「嗯,沒關係,」我說:「妳去找尤根和其他人吧。」

「好的。」她高速向左飛,從墜落的巨型機器陰影底下離開。

而我則是衝進缺口,在黑暗之中追向奈德。

第二十六章

我飛快進入古老的工廠內部，這是一大片空曠的黑暗，周圍有起重機與其他施工設備，由閃爍的緊急泛光燈照明。在一面牆上有以圓形模式書寫的內容，讓我想起了地底洞穴中的一些舊設備——例如我常經過那個奇怪的空間，天花板和地面都寫著這種內容——我只能假定原本居住在這顆星球的人也會在這裡建造飛艇。可是爲什麼需要這麼多空間？我們的星式戰機被這個洞穴狀的空間吞沒了。

那兩艘DDF戰機往上衝，後面追著的六艘敵軍飛艇猛烈射擊，在黑暗中散發出破壞砲的射線。奈德想要趕上去，而我跟著他，啓動了超燃模式暫時讓速度更快。

我無法呼叫其他的戰機。學員的飛艇通常不會裝設能夠呼叫正式飛行員的無線電頻道。他們不想受我們干擾。

我切換到奈德的頻道。「這太瘋狂了，」我說：「還眞感謝你讓我有理由可以試試看。」

「小旋嗎？」他說：「妳還在？」

「目前是。計畫是什麼？」

「想辦法協助那些戰機。也許我們可以接近？那些克里爾人飛行的方式——」話說一半突然停住，他正飛掠過一架舊起重機，差點就被削掉一部分。「他們都飛在一起。只要IMP瞄得準，我們就可以一次擊中他們全部。」

「我會配合你，」我邊說邊從起重機下方閃避。「不過要是蠢貨問起，我絕對會宣稱自己是想要勸阻你。」

「妳？說出這麼理性的話嗎？小旋，雖然我是個白癡，但就連我也不會相信。」

我笑了，然後跟著奈德加速到一點二Mag，試圖追上克里爾人。可惜，ＤＤＦ飛行員突然向右轉，直接進入一條再往老工廠內部深處去的通道。

我有點不敢相信我們竟然這麼做。在古老的太空廢棄物中心飛行，而它還正在往地面墜落？在這東西墜毀之前，我們還有多少時間？最多幾分鐘？

我咬緊牙關，放開油門，跟奈德一起轉彎，追著克里爾人進入通道。通道內有成排的紅燈，在我們以一點二Mag速度通過時，變成一陣模糊的閃光，這對進入室內的飛行而言已經是很危險的速度了。

我不敢再飛得更快，可是當我迅速瞄向接近感應器，卻發現克里爾人還在ＩＭＰ影響範圍之外很遠的距離。

奈德打開破壞砲，我也跟著做——但正如卡柏提醒的，即使我們前方有六個大目標，要瞄準還是非常困難。克里爾人的護盾很輕易就吸收了一些命中的火砲。

再更前方，我們的飛行員用光矛刺向壁面，轉進了另一條通道。克里爾人跟了上去，不過動作沒那麼靈活。我用我的光矛刺中牆壁，拉了個急轉彎跟過去。我的重力電容器閃爍著，顯示正在吸收Ｇ力，免得我被壓扁。

我讓重力電容器好好發揮了效用，因爲我們在船艦的內部迂迴行進，轉過一個又一個彎，以這種瘋狂、緊湊的方式移動，我根本沒辦法開火。我全神貫注在克里爾人的推進器上，利用他們的移動當成引導，決定接下來要往哪裡射出光矛。轉彎，釋放，閃避，射出，轉彎。重複。

射出。轉彎。釋放。

「再近……一點……就好……」在我正前方的奈德說。

「我更新了戰場預測。」M-Bot開心地說。

在前方，一艘克里爾飛艇錯過轉彎，撞到了通道牆壁的側面。雖然護盾吸收了衝擊，可是反彈的力道讓那艘飛艇又撞向對面的牆。突如其來的大爆炸讓我在高速之下緊急向後退。我勉強轉了彎，飛艇的護盾因爲碎片和火花的衝擊而發出爆裂聲。

「妳忘記了我還在，對吧？」M-Bot說。

「我很忙。」我咬著牙說。奈德並未因爲爆炸而減速，他甚至還繼續加速到接近一點五Mag，試圖更靠近剩下的克里爾人。

我加速追上他。即使是我，也開始感覺承受不住了。

「如果妳沒興趣講話，我可以回去冬眠，」M-Bot說：「呃，如果我那麼做，妳會想念我吧？」

「當然。」

「啊，你們人類還眞多愁善感！哈哈哈。順便一提，在這座工廠撞到地表之前，妳還有整整三分半鐘的時間。也許不到那麼久吧，因爲克里爾人已經開始在上面射擊了。」

「什麼？」

「既然你們的大批飛艇已經撤退，克里爾人就將注意力移回了工廠，想要防止你們接觸。我相信有一些轟炸機正在頂部準備炸藥，而外面的一般戰機則在摧毀所有的上斜環，好讓工廠墜落得更快。」

「可惡。要是從這個地方搜刮東西，我們打造的飛艇數量應該可以讓好幾個飛行隊使用。」但克里爾人不會讓那種事發生。

但是，一開始爲什麼要讓這東西墜落？爲什麼不在上面就摧毀？

現在試圖理解克里爾人的動機只是浪費時間。我又跟著奈德轉了一個彎，很勉強才看得到敵人；他們就要甩掉我們了。

前方遠處，爆炸發出的亮橘色閃光照亮了通道。我們想要保護的其中一艘飛艇剛剛被擊落了。

「奈德！」我對無線電大喊：「這地方要垮了。我們得出去才行！」

「不。我一定要幫忙！」

我瞄準目標，然後咬著牙，冒險用光矛射向他。發光的紅繩黏住他，讓他的護盾產生裂痕。我中止推進器，利用上斜環讓飛艇轉向，接著朝另一個方向推進，把他往後拉，使他的飛艇速度減慢。

「放開我！」他大喊。

「奈德……我們幫不上忙的。我們還不夠厲害，沒辦法處理這種事。星星啊，我們經過那些通道還能存活下來已經是奇蹟了。」

「可是……可是……」

燃燒器將我們往相反方向拉，讓我們在原地盤旋，中間由一條光矛連接著。

「懦夫。」他輕聲說。

這個詞像是打了我一巴掌。我才不是——我不可能會是……

懦夫。

「我要關掉我的推進器，」他說：「降低妳的動力，要不然我們最後會斜撞上那面牆。」

我沒回答他，先降低了推力再切斷光矛。我們靜止不動，但是在遠處某個地方，整座結構發出了吱嘎聲，搖晃起來。

「哪個方向？」他問：「我們要往哪裡去？」

「我不知道。」

M-Bot故意輕咳了兩聲。「妳想不想知道如何逃出讓妳陷入困境又正燃燒著的死亡陷阱？」

「想！」我立刻說。

「不必這麼激動。往前飛，等我的指示向左轉。」

「跟我來！」我對奈德說，同時將油門猛推向前開始動作。我衝過通道，推進器的火光反映在廢棄的金屬牆面上。奈德跟了上來。

「左轉，就在前面那條通道，」M-Bot說：「好極了。現在前進兩條通道——不、不是那條——在那裡。轉進那條。」

我使用光矛急轉彎進入通道。

「妳只剩不到兩分鐘，就會燃燒致死，然後剩下我得跟小羅及那條蛞蝓相處。我無法計算那兩者之中，哪一個是我比較不熱衷的交談對象。進入妳上面那條通道。」

我照著它的指示做，在複雜到不行的轉彎與通道中迂迴而行。外面的聲音越來越大了。扭曲的鋼鐵。震動。空洞的爆炸聲。

汗水浸溼了我的頭盔側面。我的注意力都在飛行上，全神貫注。專心一志。集中精神。

雖然我在飛行時從未失控，可是有一部分的我開始覺得分心。我的頭盔內部漸漸發燙，而且我發誓在自己腦中聽見了聲音。只有片段的詞語。

……引爆……

……轉向……

……推進器……

奈德跟我衝回造艇廠外緣那個洞穴般的開口。我的注意力逐漸放鬆，而我也不需要M-Bot的指示，便直接轉向牆面那處發光的裂口。

奈德跟著我衝出洞口，差點就直接插入地面。造艇廠就快要撞上地表了。

我拉高飛艇，飛掠過藍灰色的表面，在後方則揚起了塵土。奈德輕聲咒罵。我們進入了工廠和地面之間那道狹窄並逐漸縮小的縫隙。

「克里爾人剛在造艇廠上方引爆了幾發強力炸藥。」M-Bot說。

我在造艇廠下方高速前進。上面的鋼鐵天花板正在下降，那東西的結構已經破壞，所以有許多金屬塊脫落，在我們周圍扭曲。

「以目前的速度，妳沒辦法逃離衝擊波的。」M-Bot 輕聲說。

「超燃模式，奈德！」我一邊大喊一邊將油門往前推到底。「十 Mag！」重力電容器發揮作用，但很快就超載，一會兒之後，我整個人在座位上被向後甩。

我的臉越來越重，眼睛和嘴巴旁邊的皮膚被往後拉。我的手臂感覺很沉，似乎就要從控制裝置上滑開。

前方，離開的出口——自由——變成一條越縮越細的光線了。

我的波可飛艇在我加速到十 Mag 時發出了喀噠聲，接著還繼續推進到十點五 Mag。震動越來越強烈，我的護盾也因爲風阻突然產生的熱度而發亮。

幸好，這樣夠了。奈德跟我從造艇廠底下暴衝出來，而造艇廠墜地時在我們後方噴發起煙塵和碎片。不過以這樣的速度，我們很快就逃脫了——由於目前速度是音速的好幾倍，所以我們甚至飛得比撞擊聲更快。

我鬆了口氣，小心地減速，喀噠聲也消退了。

奈德在我旁邊，跟我一起繞行。在逃脫了幾秒鐘後，我們的距離已經拉得夠遠，甚至連造艇廠墜毀揚起的煙塵都看不見。衝擊波在我們去跟其他人會面的途中終於追上我們，但我的感應器也只是勉強偵測到一些而已。

最後，我們的距離飛回得夠近，而我也看見了墜毀造成的巨大煙塵。殘骸本體只是煙霧中的一大塊黑影，上方則是有許多更小型的斑點。那些是克里爾飛艇正在確保不讓巨大殘骸剩下任何有用的東西。通常在掉落的碎片核心部分可以取出上斜石，但集中的破壞砲火力——或是爆炸引發的高溫，都會把那些毀掉。

「終於，」尤根在我們回到隊伍時說：「你們兩個到底在想什麼？」

我沒回答，而是計算我們團隊的數量。七艘飛艇，包括我的在內。全都活下來了。我們全都汗流浹背、驚魂未定，而且心情沉重。在跟激流飛行隊（Riptide Flight）集合飛回基地時，幾乎沒有人說話。但是我們還活著。

懦夫。

奈德的聲音在我腦中迴響，而它讓我分心的程度，甚至超過了頭盔裡那些感應器的溫度，或是在我們逃脫時，我的思緒飄到的某個超現實之處。我眞的覺得自己聽到了聲音嗎？

我不是懦夫。有時候，你就是必須撤退。整個DDF都從這次戰鬥中撤退了。就因爲我說服奈德逃脫，不代表我就是不夠格的士兵，對吧？

我們降落在發射場時，天色正在變暗。我拿下頭盔，無力地爬出駕駛艙。尤根在梯子底部等著我。

「妳還沒回答我，」他厲聲說：「在飛回來的途中我沒追問，因爲我相信妳一定餘悸猶存，但是妳必須解釋清楚。」他抓住我的手臂不放，抓得很緊。「妳那種特技差點就害死了奈德。」

我嘆了口氣，然後看著他的手。

他小心地鬆開手。「問題仍然存在，」他說：「即使是妳，那麼做也太瘋狂了。我眞不敢相信妳會——」

「蠢貨，雖然我很想當瘋狂的那個人，但我現在已經累到聽不進你的話。」我朝著奈德在昏暗光線下的那艘飛艇點了點頭。「他飛進去，我跟著。你寧願我丟下他一個人嗎？」

「奈德？」尤根說：「他很穩重，不可能做出那種事。」

「也許我們其他人影響他了。我只知道有兩艘黑夜風暴飛行隊的西格級飛艇被一些敵人追尾，然後奈德不肯放手。」

「黑夜風暴飛行隊？」尤根問。

「是啊。怎麼了？」

尤根靜了下來，轉身走向奈德的飛艇。我跟過去，但感覺全身乏力，頭也開始有種奇怪的疼痛感——就像眼睛後方被細針刺痛。奈德的飛艇空著，而且也沒跟其他人在一起，大家都在發射場附近的房間裡換下壓力衣。戰鬥的壓迫感現在已經消退，所以他們都有說有笑的。

尤根走向發射場之間的連接道路，我也困惑地跟上去，最後我們看到了一排總共七架的西格級星式戰機，上面印著黑夜風暴飛行隊的標誌。他們比我們先回來，飛行員早就已經離開，留下飛艇讓地面人員檢修。

奈德跪在那排飛艇的兩個空位附近。

「怎麼了？」我問尤根。

「他的兄弟們，小旋。黑夜風暴六號跟七號，他們是搭檔。」

就是我們一直在追的飛行員。現在我終於明白，他們全都死在那些黑暗的通道之中了。

第二十七章

隔天奈德沒來上課。

再隔天也沒來。整個星期都沒來。

卡柏讓我們忙於追逐練習。我們俯衝、閃避、互相追尾，就像眞正的飛行員。

可是在活動之間的時刻，奈德的聲音仍然纏著我不放。

懦夫。

我坐在教室的模擬駕駛艙裡，一邊演練，一邊再次思考這件事。我停止了追逐，還強迫奈德放棄他的兄弟們。傳奇英雄會做這種事嗎？

「統計預測指出，如果妳再繼續追逐七秒鐘，」M-Bot在我於立體投影練習空戰時說：「妳就會死於墜毀或接下來的爆炸。」

「你可以入侵無線電頻道嗎？」我輕聲對它說，因爲大家都在教室裡。「然後呼叫奈德的兄弟？」

「是的，我大概可以吧。」

「我們應該要想到的。如果我們合作的話，說不定就能幫助他們逃出來。」

「那妳要怎麼解釋自己突然能夠駭進DDF的通訊信號？」

我俯衝追逐立體投影的克里爾飛艇，沒有回答它。如果我是眞正的愛國者，我早就會把那艘飛艇交給上級了。但我不是愛國者。DDF背叛、殺害了我爸爸，而且還對此撒謊。因爲這樣，我憎恨他們……然而無論恨不恨，我還是來求他們讓我飛行了。

突然間，這種行爲似乎也變成了一種懦弱。

我輕聲咆哮，利用光矛繞過一塊停留在空中的碎片，用力按下超燃模式。我從克里爾飛艇旁衝過並按下ＩＭＰ，消除了我們的護盾，接著以自己爲軸心旋轉。這讓我的機鼻朝後，卻仍然向前飛——我用破壞砲擊中並摧毀了後方的克里爾飛艇。

這是很危險的操作，因爲我無法看見自己正往哪裡去。果然，另一艘克里爾飛艇立刻繞到我的右翼對我開火。我死了，而高音喇叭在我耳邊大聲響著「護盾失效」。

「漂亮的特技，」卡柏在我的立體投影重新啓動時說：「很棒的死法。」

我解開安全帶站起來，脫下頭盔往旁邊一丟。頭盔從我的座位彈開，砰的一聲撞在地上，而我走到了教室後面，開始踱步。

卡柏站在模擬駕駛艙構成的圓形中心，立體投影的小飛艇在他身邊繞行。他戴著耳機跟我們頭盔的頻道通話。他看著我踱步，但是沒打斷我。

「可惡，怪客！」他對金曼琳大喊：「那架戰機很明顯是在做S-4系列動作，想要引誘妳！注意點，女孩！」

「抱歉！」她在駕駛艙裡大叫：「噢，也抱歉我太大聲了！」

「長官？」包覆在立體投影中的亞圖洛問：「克里爾人常常那樣做吧？誘導我們？」

「很難講。」卡柏哼了一聲。

我繼續踱步，邊聽邊處理我的挫折感——大部分是對自己的。雖然他們就坐在圓圈裡，可是聲音被頭盔和模擬駕駛艙的機體悶住了。聽著這些聲音，讓我安心了點，知道我在模擬駕駛艙裡輕聲跟M-Bot說話時，不會被其他人聽見，只要我記得壓低音量就好。

他們在飛行時的閒聊讓我平靜下來。我慢慢停止踱步，走到接近立體投影中心的卡柏身旁。

「那天，」亞圖洛繼續說：「就是大型太空垃圾那次。他們的攻擊不是要打敗我們，而是要摧毀它——大概是不想讓我們回收利用吧，對嗎？」

「對，」卡柏說：「你的重點是什麼，安菲？」

「長官，我只是覺得，他們一定知道那東西會掉下來。他們就住在外面，在太空中。所以他們這些年來可能早就見過那塊碎片了。他們大可以隨時摧毀它，卻等到它自己墜落，爲什麼？」

我點點頭。我也想過一模一樣的問題。

「克里爾人的動機無法得知，」卡柏說：「當然，除了他們想要消滅我們以外。」

「爲什麼他們攻擊時從來不一次出動超過一百艘飛艇？」亞圖洛繼續問：「爲什麼他們還是要引誘我們做小規模的戰鬥，而不是一次就派出壓倒性的軍力？」

「爲什麼他們一開始就要讓太空垃圾掉落？」我接著問：「少了那些東西，我們就沒辦法獲得足夠的上斜環，也就不能抵抗了。爲什麼我們不在碎片帶中攻擊他們？爲什麼要等他們下來這裡，然後——」

「訓練結束。」卡柏邊說邊走向他的桌子，按下按鈕，關掉所有立體投影。

「抱歉，長官。」我說。

「不用道歉，學員，」卡柏說：「你也是，安菲斯貝納。你們兩個提出的問題都很好。大家，脫掉頭盔吧。坐好。注意聽。即使過了這麼久，可怕的是我們對克里爾人仍然了解太少——但我會告訴你們，我們確實知道的事。」

其他人摘下頭盔時，我覺得自己越來越期待了。

答案嗎？終於？

「長官，」尤根站起來說：「關於克里爾人的細節不是機密嗎？只有正式飛行員才能知道？」

亞圖洛輕聲咕噥，還翻了白眼。他的表情似乎在說：尤根，還眞是謝謝你永遠都這麼正經八百啊。

「沒有人喜歡愛打小報告的傢伙，尤根。」卡柏說：「閉嘴注意聽。你們必須知道。你們也應該知道。身爲第一公民讓我有些權力可以決定自己要說什麼。」

我後退到我的模擬駕駛艙旁，這時卡柏用他的立體投影叫出了某個東西：一顆星球。狄崔特斯？它的外圍有飄浮的金屬塊，可是碎片帶延伸得更遠也更厚，超乎我的預期。

「這個，」他說：「是針對這顆星球和碎片帶的預估樣貌。事實上，我們只能粗略知道上面有什麼東西。當初克里爾人炸掉檔案庫跟我們的參謀人員，讓我們失去了許多本來擁有的知識。但有些科學家認爲，在某個時候，曾經有個外殼圍住了整顆星球，就像一道金屬護盾。問題是，上頭那些舊機械裝置很多都還能作用——而且具有火砲。」

他看著透明且發出淡藍色光芒的立體投影星球，出現了一群立體投影戰機。戰機接近碎石帶，然後被數百道破壞砲擊落。

「上面很危險，」卡柏接著說：「即使對克里爾人也是。正因爲這樣，舊艦隊才會前往這裡，來到這古老的星球。根據老人們僅存的一些記憶，以前的人們早就知道狄崔特斯了，但是會避免來到這裡。它的防禦會嚴重干擾通訊，而我們的艦隊碰上舊的軌道防衛系統時，好不容易才降落在地表上。

「克里爾人似乎不怎麼想探索那裡。他們可能已經知道造艇廠會掉落，但要通過碎石帶到那裡，一定要付出不小的代價。他們似乎找到了少數能安全通往星球的路徑，而且幾乎只有他們能夠使用。」

「所以……」我聽得入迷了。我沒聽過這些。「我們能夠以某種方式，使用那些舊的防衛系統嗎？」

「我們試過了，」卡柏說：「但是我們要飛上那裡也很危險——系統也會對我們開火。而且，克里爾人在太空中更加致命。記得這個星球的防禦方式嗎？嗯，克里爾人有奇怪但先進的通訊能力。這顆星球的防禦干擾了他們互相對話的效率。我們認爲，這就是他們在這裡飛得比較差的原因。

「還有另一個比較小的問題。」卡柏似乎在猶豫什麼似地說：「在太空中，在星球之外，克里爾人能夠……呃，老船員們說克里爾人的科技讓他們能夠讀出人類的想法，而且有些人比其他人更容易受影響。」

我跟飛行隊的其他人面面相覷。我從來沒聽過這種事。

「這部分別告訴別人。」卡柏說。

「所以……」亞圖洛說：「通訊干擾，加上那些軌道防衛的機制，就是克里爾人不從太空轟炸我們的原因嗎？」

「在艾爾塔建立初期，」卡柏說：「他們試過讓更大的飛艇過來，可是卻被軌道防衛系統摧毀了。克里爾人只好出動小型、容易操作的飛艇來攻擊我們。」

「還是不能解釋為什麼他們只派出相對來說規模較小的飛行隊。」亞圖洛說：「除非我弄錯了，否則他們襲擊時從來沒出動超過一百艘飛艇，對吧？」

卡柏點點頭。

「為什麼不派兩百艘？三百艘？」

「我們不知道。若是去挖掘機密報告，你只會找到荒唐的理論。或許一百艘飛艇是他們一次最多能夠協調的數量。」

「好吧，」亞圖洛說：「可是為什麼他們好像一次只能準備一顆殞命炸彈？為什麼不讓每艘飛艇都帶一顆，以自殺的方式撞我們？為什麼——」

「他們是什麼？」我插話。亞圖洛的問題很好，不過在我看來，都不如這個問題重要。

亞圖洛看著我，然後點了點頭。

「我們知道嗎，卡柏？」我問：「在那些祕密檔案裡，有人知道嗎？我們曾經見過克里爾人嗎？」

卡柏將立體投影換成一個浮在半空中的影像，有一頂燒焦的頭盔，以及一些盔甲的碎片。我顫抖了起來。克里爾人的殘骸。他的立體投影比我見過以藝術方式呈現的版本更具細節，也更加眞實。照片裡，有幾位科學家站在一張桌子旁，圍繞著低矮笨重的盔甲，形狀有點像正方形。

「我們能找到的就只有這個，」卡柏說：「而且是在我們偶爾擊落的飛艇中發現的。百分之一或更低的機率。他們不是人類，這點我們可以確定。」他換了另一張影像，更接近其中一頂頭盔的立體投影，而頭盔因爲墜毀而燒壞。

「有一些理論，」卡柏接著說：「曾經住在無畏號的老一輩人們，會說一些我們目前無法理解的事。也許我們除了盔甲之外一直找不到其他東西，是因爲沒有可以找的事物。也許克里爾人就是盔甲。在過去，曾經有個奇怪的傳說——會思考的機器。」

會思考的機器。具有先進通訊技術的機器。

我突然感到全身一陣冰冷。教室似乎慢慢消失，而我站在模擬駕駛艙旁，聽著彷彿是從遠處傳來的談話聲。

「太瘋狂了，」赫爾說：「一塊金屬才不會思考，就跟一顆石頭一樣。或是那扇門。或是我的水壺。」

「比他們會讀心術更瘋狂嗎？」亞圖洛問：「我從來沒聽過那種事。」

「在這個星系中，顯然有我們幾乎無法理解的奇觀。」卡柏說：「別忘了，無畏號跟其他船艦可以一轉眼就在星球之間飛馳。會思考的機器這個論點，能夠解釋爲什麼我們調查過這麼多克里爾駕駛艙都是空的，以及我們找到的『屍體』內似乎從未有過身體。」

會思考的機器。

然後卡柏就結束了今天的課程，而我們全都開始收拾東西，準備去吃晚餐。金曼琳跟FM兩人都抱怨自己感冒了——最近正在到處傳染——所以卡柏建議她們回房休息。他說他會找助理送晚餐到她們的宿舍。

雖然我聽見了這一切，卻沒眞正聽進去，反而頭暈目眩地坐了下來。M-Bot。一艘可以思考的飛艇，而且很輕鬆就可以滲透我們的通訊。萬一……萬一我正在修理的是克里爾飛艇呢？爲什麼我完全沒想到這一點？我怎麼會對這麼明顯的可能性如此盲目？

它有駕駛艙，我心想，寫著英文字。有供飛行員使用的設施。而且它說它不能自己飛。也可能是騙人的，對吧？它說它不能撒謊，但我也只是聽他這麼說。我……

「小旋？」卡柏停在我的模擬駕駛艙旁。「妳該不會也感冒了吧？」

我搖搖頭。「有太多要想的事。」

卡柏哼了一聲。「這個嘛，也許那只是一堆廢話。事實是，我們失去檔案庫後，關於過去的一切幾乎都是傳言。」

「你介意我們把這些告訴奈德嗎？」我問他：「等他回來以後？」

「他不會回來了。」卡柏說：「今天早上，司令正式將他從學員名冊中開除。」

「什麼？」我驚訝地站起來。「是他要求的嗎？」

「他沒來報到，小旋。」

「可是……他的兄弟……」

「無法控制情緒，包括悲傷，這是不適合出任務的徵兆。至少鐵殼跟其他DDF高階軍官是這麼認爲的。我認爲奈德離開是件好事。那個孩子太聰明了，不適合這一切……」他跛行走出門口。

我重重地坐回位子上。所以我們現在眞的只剩六個人了。如果無法控制情緒就是不適合出任務……那我呢？我快被一切壓垮了。失去朋友、擔心M-Bot、在內心深處低語著我其實是個懦夫的那個聲音。

這輩子，我都帶著盛氣凌人的態度在戰鬥，嚷嚷著我會成爲飛行員，我會變得夠厲害。那種自信現在跑哪去了？

我只是一直以爲等我成功以後——等我終於走到那一步——就不再會感到如此孤單。

我翻找背包，拿起無線電。「M-Bot，你在嗎？」

「上斜環：正常，但缺少動力。推進器：無作用。超感驅動裝置：無作用。」它停了一下。「意思是在，以防妳覺得困惑。我在這裡，因爲我哪裡也不能去。」

「你有聽見我們的對話嗎？」

「有。」

「所以呢？」

「所以我承認，我針對蘑菇在那棟建築裡生長的可能性做了些計算，畢竟你們的對話有點無聊——這是人類的特徵。但並不是無聊到極點，所以妳應該會覺得——」

「M-Bot。你是克里爾人嗎？」

「什麼？不！我當然不是克里爾人。妳爲什麼會認爲我是？妳怎麼可以這樣想……等一下，計算中。噢。妳覺得我是AI，而他們也可能是AI，所以我們一定一樣囉？」

「你得承認這很可疑吧。」

「如果我會感覺被冒犯的話，我會感到被冒犯了。」他說：「也許我應該開始稱呼妳是牛，因爲你們都有四肢，都由肉組成，而且具有發育不完全的生物心智容量。」

「如果你是克里爾人，你會知道嗎？」我問它：「說不定你忘記了。」

「我會知道的。」它說。

「你不就忘記你來狄崔特斯的原因了？」我說：「你只有一個駕駛員的影像——前提是那眞的是駕駛員。關於我的物種，你幾乎什麼都不記得。也許你從來就不知道。也許你的記憶庫充滿了克里爾人對我們的知識，而你捏造了整個故事。」

「我正在撰寫新的子程式，」它說：「以適當表達我的憤怒。要花點時間才能做得好。給我幾分鐘。」

「M-Bot……」

「等一下。耐心是種美德，思蘋瑟。」

我嘆了口氣，但還是開始收拾我的東西。我感覺整個人被挖空。空洞。當然，我並不是害怕。我沐浴在毀滅之中，沉醉於失敗者的哀號之中。我是不會害怕的。

但說不定，在內心深處，我很……擔心。奈德退出的事給了我超乎預期的打擊。

我將背包甩到肩膀上，把無線電夾在側面。我把無線電設定成在M-Bot或其他人要聯絡我時會發出閃光。我不希望走在走廊上時傳出它說話的聲音，但其實我多慮了。整棟建築都沒有人，卡柏很晚才解散我們，其他飛行隊早就去吃晚餐了。在我拖著雙腿走向出口時，我甚至沒看到任何憲兵或助理。

我不確定我還能繼續這樣下去。特地早起，整個早晨都在修理M-Bot；每天被課程累得不成人形，然後在晚上跋涉回到我的洞穴。斷斷續續的睡眠，夢見我辜負的人，或者更糟的是做著逃跑的惡夢……

「喂！」

我停下來，然後看著繫在背包側面的無線電。

「喂喂喂喂喂喂喂喂喂喂！思蘋瑟！」

我前後張望走廊。在我右方——在一處門口穿著一身黑的那個人是金曼琳嗎？「怪客？」

她急忙揮手要我過去。我皺起眉頭，覺得可疑。

接著我好想踹自己一腳。白癡。那可是金曼琳啊。

我走向她。「妳在做什——」

「噓！」她倉促到走廊上的一處轉角探頭偷看，揮手要我跟上，而困惑到極點的我照做了。

我們在無人的走廊上這樣持續了幾個轉角——甚至還得進入廁所，而她什麼也沒解釋就要我在那裡等，最後我們終於來到一條有門的走廊上。這是女孩的宿舍。兩個陌生的少女穿著縫了星龍飛行隊（Stardragon Flight）標誌的飛行服，站在其中一個房間外聊天。

金曼琳擋著我，她蹲伏在轉角，直到兩個女孩終於往另一個方向走掉。我知道金曼琳跟我是從後面進來的，和餐廳的方向正好相反。所以她到底有沒有生病？

那兩個女孩離開之後，FM的頭從其中一扇門探了出來。她用一個閃閃發亮的髮夾將短髮往後夾。金曼琳在走廊上衝向她，而我跟了上去，躲進她們的房間裡。

FM甩上門，張開嘴笑著。她們的小房間跟我記憶中一樣，不過其中一張床在晨潮死了之後被搬走了，所以左邊的牆旁有一張上下舖雙層床，右邊則有一張單人床。兩張床之間擺了一堆毯子，梳妝台上放著兩盤食物：碗裝的熱湯、藻製豆腐、厚片吐司。眞正的吐司。還有眞正的人造奶油。

我的嘴巴開始流口水了。

「我們想多要一點，」金曼琳說：「可是他們送了湯來，因爲他們以爲我們生病了。不過聖徒說過『已經有了就不能再要更多』。」

「他們搬走了多的床，」FM說：「所以我們在地上堆了些毯子。就是上廁所麻煩了點——不過我們會幫妳的。」

我終於明白了。她們是假裝生病，這樣才能讓食物送來房間——並且跟我分享。她們偷偷帶我進房，還爲我弄了一張「床」。

星星啊。一股感激之情由然而生。

我要哭了。

戰士不會哭的。

「噢！妳看起來好生氣，」金曼琳說：「別生氣。我們不是指妳虛弱到沒辦法走回洞穴！我們只是想……妳知道的……」

「可以休息是件好事。」ＦＭ說：「就算是偉大的戰士也可以偶爾休息一下，對吧，小旋？」

我點點頭，不敢開口說話。

「好極了！」金曼琳說：「我們開動吧。找藉口這種事讓我好餓啊。」

第二十八章

那碗湯比敵人的血更好喝。

由於我從來沒嚐過敵人的血，所以這樣說或許對湯不公平吧。那碗湯超越了湯應該有的味道，嚐起來有歡笑、喜愛與感激。湯的溫暖在我體內發熱，就像點燃的火箭燃油。我舒服地縮進毯子裡，把大碗放在大腿上，金曼琳跟FM則在聊天。

我克制住淚水。我不會哭的。

可是這湯喝起來有家的感覺。在某方面是。

「我就說那身裝扮能讓她跟我走，」金曼琳坐在床上盤著腿說：「黑色是會激起好奇心的顏色。」

「妳瘋了，」FM邊搖晃著湯匙邊說：「妳很幸運沒被人看見。無畏者都太想要找麻煩了。」

「妳也是無畏者啊，FM。」我說：「妳是在這裡出生的，就跟我們一樣。妳是聯合無畏者洞穴的公民，爲什麼妳要一直假裝自己不一樣呢？」

FM露出熱情的笑容。她似乎喜歡聽到那種問題。「身爲無畏者，」她說：「不是只跟我們的民族性有關。這永遠都是一種心態，像是『眞正的無畏者會這麼想』或『要當無畏者，就絕對不能打退堂鼓』之類的。根據這種邏輯，我可以藉由個人的選擇讓自己成爲非無畏者。」

「所以……妳想這樣？」我歪著頭問。

金曼琳遞給我另一塊吐司。「她認爲你們全都有一點……太好鬥了。」

「又是那個詞，」我說：「誰會那樣講話？」

「學問淵博的人啊。」金曼琳啜飲她的湯。

「我拒絕困在獨裁與民族主義的束縛中，」ＦＭ說：「爲了生存，人們必須變得堅強，可是我們也因此奴役了自己。大部分的人從來不質疑，只會頑固地過著服從的生活。其他人則是越來越具侵略性，以至於很難擁有正常的情感！」

「我有正常的情感，」我說：「而我會跟任何不認同的人戰鬥。」

ＦＭ注視著我。

「我堅決要求在黎明時用劍決鬥，」我邊吃吐司邊說：「但是我大概會吃太多吐司而起不來吧。妳們眞的每天都能吃這種東西嗎？」

「不然妳都吃什麼呢，親愛的？」金曼琳說。

「老鼠，」我說：「還有蘑菇。」

「每天嗎？」

「我會在鼠肉上灑胡椒，可是後來用完了。」

她們兩人對看。

「司令對妳做的事眞是讓ＤＤＦ太丟臉了。」ＦＭ說：「這是極權主義者需要對反抗她之人施加絕對權力時會有的自然產物——這個典型的範例證明了系統的虛僞。除非完全沒有反抗，否則表現無畏對他們而言並不算是『無畏者』。」

我瞄了金曼琳一眼，而她聳了聳肩。「她非常熱衷這種事。」

「我們扶持的政府已經以公眾安全之名過度擴張自己的範疇，」ＦＭ說：「人們必須發聲，並且起而對抗奴役他們的上層階級。」

「上層階級，像妳一樣嗎？」我問。

ＦＭ往下看著她的湯，接著嘆了口氣。「我會去參與爭論者的會議，而我爸爸卻只是拍拍我的頭，跟其他人解釋我正在經歷反文化的階段。後來他們就替我登記報名飛行學校，然後……呃，我是指，我就開始飛行了。」

我點點頭。我了解她的意思。

「我想，要是成爲一位出名的飛行員，我就能夠爲小人物發聲了，妳懂嗎？我在這裡比較有可能改變情況，要是在深層洞穴，就只能穿著舞會禮服，呆呆地跟我的姊妹們坐在一起。對吧？妳不覺得嗎？」

「當然，」我說：「再合理不過了。對嗎，怪客？」

「我一直是那樣告訴她的啊。」金曼琳對我說：「不過我覺得這對妳而言更有意義吧。」

「爲什麼是我？」我問：「FM，妳不是說像我這樣的人具有不自然的情感嗎？」

「對，但是變成環境的產物這件事，並不是妳能夠控制的！」FM說：「妳是顆帶有侵略性與毀滅效果的子彈，這並不是妳的錯。」

「我是嗎？」我抬起頭。「妳是這樣看我的？」

她點點頭。

太棒了。

小房間的門突然打開，而我出於本能舉起了碗，覺得把還溫熱的湯砸向某人臉上，應該可以成功轉移注意力。

赫爾溜了進來，走廊上的燈光照出她矮小的身形。可惡。我根本沒想到她。另外兩個人是趁她去吃晚餐的時候帶我進來。她們有跟她說明過這次的輕微違規行爲嗎？

她跟我對望，急忙關上門。「我帶了甜點，」她舉起用餐巾裹住的一小包東西。「蠢貨來串門子的時候，發現我在拿這些東西。我想他只是要在去跟更重要的人物吃晚餐之前，過來瞪我們一下而已。」

「那妳怎麼跟他說的？」金曼琳問。

「我就說我半夜要吃點心。希望他不會懷疑什麼。走廊看起來很正常，沒有憲兵之類的。我想我們安全了。」她打開餐巾，露出幾塊在運送過程中只稍微被壓扁的巧克力蛋糕。

我認眞地看著她分給我們一人一塊蛋糕，然後她就整個人倒在床上，把最後一塊一口氣塞進嘴裡。這女孩在過去幾個星期裡，幾乎沒跟我說過話，現在竟然帶了蛋糕給我？雖然她不舉發我這件事讓我鬆了口氣，但我不知道該怎麼跟她相處。

我回到毯子裡，試吃了一口蛋糕。

眞是比鼠肉好吃太多、太多了。我忍不住輕輕發出了愉悅的讚嘆聲，讓金曼琳笑了出來。她坐在赫爾床上一側，那張床從早上就沒整理過。金曼琳的床位在上舖，非常整齊，邊角處理得非常完美，連枕頭套都有摺邊。FM的床在另一邊，床頭板附近的架子上擺了好幾疊書。

「所以……」我邊舔手指邊說：「妳們晚上都在做什麼？」

「睡覺？」赫爾問。

「整整十二個小時？」

「呃，有體能訓練。」FM說：「我們通常會去游泳，不過赫爾比較喜歡舉重。還有拿武器打靶練習，或是額外找時間去離心機……」

「我還是沒在那裡面嘔吐，」赫爾說：「依我所見，這眞是太奇怪了。」

「赫爾教我們玩牆球，」金曼琳說：「看她跟男生們玩很有趣。他們一直認爲這是一種令人精神振奮的挑戰。」

「她的意思是，」FM說：「看奈德輸眞是令人心滿意足。他每次都好像一副醉醺醺的樣子……」

她安靜下來，也許是想到她們再也無法看到他打球了。

我的胃裡一陣糾結。游泳。打靶。運動？雖然我知道自己錯過了什麼，可是聽她們那樣說……

「我們今晚應該是不能做那些事的，」金曼琳說：「因爲我們生病囉。小旋，我們可以熬夜聊天一整晚，這一定會很有趣的！」

「聊什麼？」我問。

「一般的事啊。」FM聳聳肩說。

一般是指什麼？「比如……男生嗎？」

「星星啊，不是啦。」赫爾坐起來，從床頭板拉了某個東西下來。她拿出一本素描簿，裡面都是飛艇飛行模式的小圖。「飛行策略！」

「赫爾一直想要用自己的名字來命名新動作，」FM說：「不過我們覺得『赫爾動作』眞的應該包含好幾個迴旋之類的。例如第十五頁的那個。」

「我討厭迴旋，」赫爾說：「我們應該把那稱爲『怪客動作』，聽起來很華麗。」

「別傻了，」金曼琳說：「要是我轉那麼多圈，最後一定會撞上我自己。」

「怪客動作還包括在射擊敵人的時候讚美他們，」FM笑著說：「『噢！你死的時候發出了好漂亮的火花啊！你應該感到很驕傲喔。做得好！』」

我的緊張感隨著女孩們展示自己設計的動作而逐漸消退。雖然那些名稱沒一個好聽的，但她們喋喋不休的內容很有趣、很吸引人，而且……讓人眞的很愉快。輪到我時，我在簿子裡畫了個複雜到不行的動作，大概介於阿斯特姆迴旋與雙重Z字形側飛之間。

「它的瘋狂之處在於，」FM說：「她說不定眞的能做出那種動作。」

「對啊，」金曼琳說：「也許我們可以把『起飛』重新命名爲『怪客動作』。那是我唯一不會出錯的事。」

「妳才沒那麼遜。」赫爾對她說。

「我是飛行隊裡最差的飛行員。」

「也是最準的。」

「如果我在死之前能夠回擊，兩者就抵銷了。」

我哼了一聲，手裡還拿著赫爾的筆記，翻到另一頁。「怪客是位優秀的狙擊手，赫爾呢，妳在追捕克里爾飛艇方面最厲害。FM，妳的閃避能力最強。」

「可是我很勉強才能打得中一座山最寬的那一側，」FM說：「我猜要是用某種方式把我們全部混合在一起，就能得到一位好飛行員了。」

「我們不能試試看嗎？」我邊說邊畫：「卡柏說克里爾人總是會注意比較厲害的飛行員。他說如果他們覺得某個人可能是隊長，就會集中所有火力在那個人身上。」

「所以呢？」赫爾在床上坐起來。「妳的意思是？」

「嗯，如果他們眞的是機器，說不定他們有個指令是要獵殺我們的領袖。也許這點深植在他們的機器大腦裡，而他們會不顧一切遵守命令。」

「聽起來有點誇張。」FM說。

我看著我的背包，以及側面那具攜帶式無線電。燈光在閃爍。M-Bot嘗試呼叫我，大概又是跟蘑菇有關的要求吧。

「聽著，」我繼續畫我的素描。「如果我們設計克里爾人把注意力放在飛行隊的特定成員身上呢？假設他們集中砲火攻擊最會閃避的FM，這樣其他人就安全了。怪客可以準備好打掉他們，赫爾可以鎭守在後方，然後追捕想要解決我們狙擊手的敵人。」

大家都靠了過來。赫爾點頭，不過FM在搖頭。「我不確定我撐得過去，小旋。到時候會有好幾十艘飛艇追我，我一定會被擊落的。不過……說不定妳辦得到。」

「妳是我們最棒的飛行員，」怪客附和：「而且妳什麼都不怕。」

我的筆停住，看著畫到一半的圖，其中怪客的飛艇正待在邊緣狙擊克里爾人。我已經畫了一打飛艇在追一位飛行員。

處在那種情況下，知道自己被十幾個敵人追逐，會是什麼感覺？我的白日夢立刻發作，想像出一場不可思議的激烈戰鬥。爆炸、興奮，還有光榮！

但我的腦中也出現了另一種聲音，輕聲嚴肅地說，那不是現實，小旋。在現實中，妳會很害怕。

「我……」我舔了舔嘴唇。「我也不知道我做不做得到。我……」逼自己說出來。「我有時候會感到害怕。」

FM皺著眉。「所以呢？」

「所以有些我說的話……比較像是在……虛張聲勢。現實中，我沒那麼有自信。」

「意思是妳是人類？」金曼琳說：「祝福星星啊。誰想得到呢？」

「妳聽起來好像在坦白某件很嚴重的事，」FM附和：「各位，我有情緒喔，它們太可怕了。」

我臉紅了。「這對我來說是大事。我小時候整天都在夢想可以飛行跟戰鬥。現在我來到這裡，失去了朋友，我……很難受。我比我以為的還要軟弱。」

「如果那讓妳覺得軟弱，」FM說：「那我一定很沒用了。」

「對啊，」金曼琳說：「妳沒發瘋啦，小旋。妳是人。」

「只不過呢，」FM再說：「這個人被徹底灌輸了思想，來源就是一種沒有靈魂的體系，而這個體系只會吐出心甘情願、強硬好戰、唯命是從的奴隸。別見怪啊。」

我不禁注意到赫爾在這段對話中變得沉默。她躺在自己的床上，看著上方的床位。

「妳可以對我們坦承這些事，」怪客說：「沒關係。我們是團隊啊。」她靠向FM和我。「既然我們要說實話……我可以告訴妳們一件事嗎？事實上，我說過的諺語大部分都是我編造的。」

我眨著眼。「眞的嗎？所以聖徒從來就沒說過那些話？」

「對！」金曼琳用心照不宣的語氣低聲說：「是我自己想到的！我不承認是因爲我不想顯得太聰明。這樣太不得體了。」

「我的整個世界現在都在晃動了，怪客。」ＦＭ說：「我覺得妳剛說的話就像在告訴我上其實是下，或者赫爾的口氣聞起來很棒。」

「喂，」赫爾說：「看我還會不會拿蛋糕給妳。」

「這是認眞的，」我對另外兩個人說：「我會害怕。」

我可能背地裡是個懦夫。

但ＦＭ跟金曼琳卻只是一笑置之。她們安慰我，也聊了她們的感覺。ＦＭ還是覺得自己是個僞善者，因爲她一面想要推翻ＤＤＦ，一面又想要在ＤＤＦ當飛行員。金曼琳雖然喜歡自作聰明，不過她是個在斯文社會中成長的女孩。

我很感激她們的好意，可是我覺得反文化的爭論者跟來自富足洞穴的女孩，也許無法完全理解我不能害怕這件事有多麼重要，於是我讓話題自然轉移方向。

我們聊到很晚，感覺……呃，感覺眞棒。眞誠與友善。可是隨著夜晚拉長，我發現自己竟然焦急了起來。從某方面來看，這是我生命中最棒的日子之一——然而這也再次確認了我一直害怕的事。其他人之間會建立特殊的情誼，而我不在其中。

我對金曼琳說的話露出笑容，腦中卻是一片混亂。有辦法擴大這種情誼嗎？女孩們抱怨生病的頻率能有多少次呢？我何時還能回來？

後來，生理需求開始發揮了影響力，於是怪客跟ＦＭ先去查看廁所。這樣就只剩下我跟赫爾，而她已經打起瞌睡。我不想吵醒她，於是就待在門邊等。

「我明白妳的感受。」赫爾突然說話。

我差點嚇死。「妳醒著？」

她點點頭。她現在一點也沒有昏昏欲睡的樣子，但我發誓之前有聽到她輕聲打呼。

「恐懼不會讓我們變成儒夫，對吧？」赫爾問。

「我不知道，」我邊說邊走向她的床。「我眞希望可以壓抑它。」

赫爾又點了點頭。

「謝謝妳，」我說：「讓其他兩個人爲我安排了這一夜。我知道跟我在一起並不是妳的首選。」

「我看見妳爲奈德做的事了，」她說：「我看著妳飛過去追上他，直接衝進那個地方的深處。」

「我不能讓他一個人去。」

「是啊，」她猶豫著說：「妳知道嗎？我媽跟我說過妳爸的事。在她看見我從運動場上放棄，或是在練習中怕被球打到的時候。她跟我說有位飛行員聲稱自己很勇敢，實際上卻是個儒夫。『妳千萬不能玷汙無畏者這個名字，』她是這麼對我說的：『妳千萬不能變成獵人……』」

我皺起了臉。

「可是我們不一定要那樣，」赫爾接著說：「我後來明白了。有一點恐懼，經歷了一些事，那不代表什麼。我們做的事才是最重要的。」她看著我。「我很抱歉那樣對待妳。我只是在發現時覺得……很震驚。但妳並不是他，而我也不是，儘管我偶爾會有某些這樣的感受。」

「我爸爸不是儒夫，赫爾，」我說：「ＤＤＦ對他的事撒了謊。」

她看起來並不相信我，不過還是點了頭。她坐起來，舉起拳頭。「不當儒夫。不要放棄。一直勇敢到最後，對吧，小旋？這是約定。」

我用拳頭跟她相碰。「一直勇敢到最後。」

第二十九章

我醒來時正舒服地窩在一大堆毯子裡，接著伸手去摸M-Bot駕駛艙的內側……可是我的手撞到了床架。

對喔。幾點了？我輕觸光繩查看時間，在房間裡發出了一道柔和光芒。接近清晨五點。再兩個鐘頭我們就要上課了。

由於我們熬夜聊到超過半夜一點，所以我應該會覺得有氣無力。奇怪的是，我卻非常清醒。或許我的大腦知道如果今天我要使用廁所跟洗澡的話，就得現在去做——趁其他人都還在睡覺的時候。

其實，如果我溜出去，再讓人看見我在上課之前走回來，這樣也許才是最好的。我爬出被窩伸懶腰，然後抓起背包。我盡量放輕動作，但可能多慮了，要是其他人能夠在赫爾的鼾聲中繼續睡，那麼我的背包擦過地板的聲音就吵不醒她們。

我悄悄打開門，轉過身，看著三位熟睡的女孩。「謝謝妳們。」我輕聲說。就在此時，我決定自己再也不要讓她們這麼做了。這太危險了，我不想讓鐵殼司令對她們印象不好。

眞是太不可思議了。即使我因此認清自己錯過了什麼。即使我因爲必須離開而難過，即使我的內心糾結，我也不會用這一夜去交換任何事。這是我唯一一次，體驗眞正在飛行隊中生活的感覺。

我帶著這個想法走進盥洗室洗澡。洗好之後，我看著盥洗室裡的鏡子，梳理溼頭髮。在所有的故事中，主角都有亮黑色、金黃色或是紅色的頭髮——總之就是引人注目。絕不是暗褐色。

我嘆了口氣，將背包甩到肩上，溜進無人的走廊。我走向出口時，某條走廊傳出的燈光吸引了我的注意。我知道那一間——是我們的教室。這種時候，會是誰在這裡？

我的好奇心戰勝了理智。我悄悄過去，從門上的玻璃口窺看，發現尤根的駕駛艙正啓動著，立體投影也在運作。現在是凌晨五點半，他在這裡做什麼？做一些額外的練習嗎？

卡柏的立體投影在教室中央投射出訓練戰場的縮小版，於是我看見尤根的飛艇藉由光矛繞過一塊懸浮的碎片，然後對一艘克里爾飛艇開火。那場戰鬥看起來有點眼熟……

沒錯，是畢姆跟晨潮死去的那場戰鬥。我見過卡柏觀看一模一樣的錄影。晨潮的飛艇變成一團火球墜落，而我皺起了臉——就在她墜地之前，立體投影暫停，接著重新啓動。我繼續看，發現尤根的飛艇從戰場另一側飛過來，正在閃避碎片，追向就要殺死晨潮的那艘飛艇。他發射IMP，但就算他消除了敵人的護盾，那艘克里爾飛艇還是擊中了晨潮的飛艇，讓她旋轉下墜。立體投影重新播放，尤根又試了一次，這次是從不同的方向過去。

他想知道自己能不能救他們，我恍然大悟。

這是晨潮第三次墜毀，立體投影繼續播放——可是尤根離開了位子。他摘下頭盔，用力砸向牆面，發出砰的一大聲。我瑟縮了一下，差點拔腿就跑，又擔心聲音可能會引人注意。可是看到平常高大、跋扈的尤根無力地靠著牆壁……我無法就這樣走開。

他看起來很脆弱、很有人性。失去畢姆和晨潮對我打擊很大。但我從來沒想過身爲他們的隊長——應該讓大家避免陷入麻煩的人——會有什麼感受。

尤根丟下頭盔。他從牆壁旁轉身，然後愣住。

可惡。他看見我了。

我低身躲開，在他追上來之前從出口離開。不過……現在怎麼辦？突然間，我們的小祕密出現了漏洞。萬一大門的守衛告訴司令，我昨晚根本沒有離開呢？

他們一定不會每天都向司令報告進入基地的每一個人。對吧？可是如果我現在離開，他們又正好進來，一定就會發現事情不太對勁。

所以，我沒走向大門，而是漫無目的走在建物之間的小路。外面很昏暗，天燈也是暗的，小路上幾乎沒什麼人。事實上，我經過的雕像比遇到的人還多。第一公民的半身像排列在這條走道旁，仰望著天空。一陣太過冰冷的強風吹拂著我，搖動了附近一棵樹的枝葉。在微暗的光線下，那些雕像變成鬼影般的形體，他們的石頭眼睛隱藏在陰影中。夜晚聞起來有煙霧味，是從附近發射場傳來的，有種刺鼻的氣味。一定是有架著火的戰機回來了。

我嘆息著坐在走道旁的一張長椅上，將背包丟在一旁。我覺得……鬱悶，或許有點傷感。無線電的呼叫燈還在閃爍。也許跟M-Bot說說話能讓我脫離驚恐吧。

我將無線電切換到接收模式。「嘿，M-Bot。」

「我很憤怒！」M-Bot說：「這是侮辱中的侮辱！雖然我無法以言語表達我的憤慨，不過我的內建同義字典說我受到了羞辱、冒犯、虐待、褻瀆、傷害、蹂躪、迫害，以及/或者可能也受到了騷擾。」

「抱歉。我不是故意要關掉你的。」

「關掉我？」

「我一整晚都讓無線電關著。你不是在氣這件事嗎？」

「噢，那只是人類正常的健忘而已。但是，妳不記得了嗎？我寫了個子程式要表達我在生妳的氣？」

我皺著眉，試圖回想那艘飛艇說的話。

「妳說我是克里爾人？」它說：「然後我就生氣了？那不是件大事嗎？」

「對。抱歉。」

「我接受道歉！」M-Bot回答。它聽起來很開心。「妳不覺得我的憤怒表現得很好嗎？」

「太棒了。」

「我也這麼覺得。」

我坐著沉默了一段時間。關於今晚的事。這讓我思考了一些事，也讓我平靜下來。

她眞的不打算讓我飛行，我心想，然後一邊聞著發射場因爲起火而產生的煙霧。我可以畢業，但是沒有意義。

「不過妳說得對，」M-Bot說：「我可能是克里爾人。」

「什麼？」我將無線電舉到嘴邊，結果撞到了自己。

「我的意思是，我的資料庫大部分都已經遺失了，」M-Bot說：「沒辦法確定裡面有什麼。」

「那你爲什麼還對我懷疑你可能是克里爾人的事這麼生氣！」

「那樣做似乎很恰當。我應該要模擬人類的個性，有哪個人會讓自己受到那種誹謗？儘管這是完全合乎邏輯的假設，而妳藉由懷疑做出了合理的威脅評估。」

「我眞不知道該怎麼理解你，M-Bot。」

「我也是。有些時候，我的子程式在主要個性模擬器還來不及控制之前就做出了反應，這眞是令我困惑。但我是以完全合乎邏輯的機器方式困惑，一點也不像不理性的人類情緒。」

「可不是嗎？」

「妳在諷刺。小心點，否則我又要啓動我的憤怒程式了。話說回來，不管妳那些DDF思想家怎麼判斷，我並不認爲克里爾人是AI。」

「眞的嗎？你爲什麼會那樣想？」

「我分析過他們的飛行模式。順帶一提，還有妳的。我可能有些提示能幫助妳進步。看來……我有一整套專用於那種分析的子程式。總之，我不認爲所有的克里爾人都是AI，不過有些可能是。我的分析發現，他們的模式大多數都很獨特，不合乎能夠輕易判別的邏輯。同時，他們很魯莽，這點很奇怪。

我懷疑他們是某種無人機，不過我認爲卡柏說得對：這顆星球對通訊執行了一些干擾。而我似乎擁有先進的技術，能夠讓我穿透干擾。」

「哎呀，你就是一艘匿蹤飛艇啊。先進通訊技術大概對你的任務有幫助吧。」

「對。我的立體投影、主動偽裝、聲納迴避設備，大概也是爲了同樣理由存在。」

「我根本不知道你做得到那麼多。偽裝？立體投影？」

「我的設定說這些系統都設置爲待機模式，在我的飛艇外圍建立了碎石的假象，避免被掃描偵測到我的洞穴，直到最近我的備用電源耗盡爲止。我可以給妳確切的時間，精準到十億分之一秒，不過人類通常對那種精確性很反感，因爲這會讓我顯得很會算計，也很異類。」

「嗯，那差不多解釋了這些年來都沒人發現你的原因。」我輕拍無線電，陷入沉思。

「無論如何，」M-Bot說：「我希望我不是克里爾飛艇。那一定會超級丟臉。」

「你不是克里爾飛艇。」我發現我是眞的這麼想。雖然我之前擔心過，可是現在……我沒辦法解釋原因，但我知道它不是。

「也許吧，」它說：「我得坦承我……擔心我可能會像那樣是某種邪惡的東西卻不自覺。」

「如果你是克里爾飛艇，爲什麼你會有供人類使用的居住空間，還有跟我們共通的插座？」

「我可能被打造來滲透人類社會，方式則是模仿你們的飛艇。」它說：「如果，克里爾飛艇原本是人類創造出來的ＡＩ，但全都變壞了呢？那就能解釋我身上爲何有你們的文字。或者我可能是——」

「你不是克里爾飛艇，」我說：「我感覺得出來。」

「那番話可能是某種不理性的人類確認偏誤。」它說：「但是我那個能夠模擬感謝的子程式……很感謝。」

我點點頭。

「它的作用大概就是那樣，」它補充：「表達感謝。」

「我絕對猜不到。」

「它可以每秒感謝一百萬次。所以妳可以說妳剛才那番話，是妳做過最令人感謝的事了。」

「如果你可以偶爾閉嘴不說自己有多棒，我會非常感謝。」我邊說邊笑著將無線電繫回背包。

「我不感謝那句話，」它輕聲說：「只是讓妳知道一下。」

我關掉無線電，站起來伸伸懶腰。幾個第一公民的半身像似乎在附近瞪著我，包括年輕時的卡柏。現在我已經很熟悉他了，所以再見到他的樣子感覺還真奇怪。他不應該看起來這麼年輕，他生下來不就是個暴躁的五十歲男人嗎？

我背上背包，漫步走回飛行學校的建築物。

一位憲兵就站在入口。我停下來，然後憂慮地走上前。

「奈薛學員？」憲兵問：「呼號：小旋。」

我的心一沉。

「鐵殼司令想跟妳談話。」

我點點頭。

憲兵帶我到之前見到尤根和司令的那棟建築。我們走近時，我萌生的放棄之意也逐漸強烈。我知道會有這樣的結果。昨晚跟那些女孩在一起雖然是個壞主意，然而……這跟那一次的小違規並沒有關係。

我踏進去時，心想這場衝突本來就無法避免。我對尤根做了那兩件事，所以這是我應得的。再說，司令是DDF中最有權力的人，而我則是懦夫之女。從某些方面看，她沒在這之前就找到理由趕走我，已經很不尋常。

該是結束的時候了。對，我是個鬥士，不過一位好的鬥士也要知道什麼戰爭是贏不了的。

憲兵把我留在司令亂得驚人的辦公室裡。鐵殼正在桌邊啜飲咖啡，翻看某種報告，背對著我。

「關上門。」她說。

我照做。

「這裡有一份基地安全報告的注記。妳昨晚沒離開。妳是不是在維修間或某個地方弄了個藏身處？」

「對。」我鬆了口氣，至少她不知道其他人幫過我。

「妳有吃餐廳的食物嗎？親自去偷，或是由某個飛行隊員替妳偷拿出來？」

我猶豫了。「對。」

司令啜飲著咖啡，還是沒有看我。我注視著她的背後，她的銀色頭髮，做好聽到那幾個字的心理準備。妳出局了。

「妳不覺得是時候結束這場鬧劇了嗎？」她邊說邊翻了一頁報告。「現在就退出吧。我會讓妳保留學員胸針的。」我皺著眉。為什麼……問這些？為什麼不直接說出來？既然我違反了她的規定，她就有權這麼做，不是嗎？

鐵殼轉動椅子，冷眼盯著我。「無話可說嗎，學員？」

「妳為什麼這麼在乎？」我問：「我只是個女孩。我對妳沒有威脅。」

司令放下咖啡，然後站起來。她拉直純白色的制服外套，接著走到我面前。她比我高很多，就跟大多數人一樣。「妳以為這跟我的自尊心有關嗎，女孩？」鐵殼問：「如果我讓妳繼續待在ＤＤＦ，妳就會害死好人，因為妳最後一定會逃跑。所以，我再給妳一次機會。帶著胸針離開吧。在底下的城市中，它應該足以讓妳得到任何想要的工作，其中有很多都是待遇非常好的工作。」

她冷酷地注視著我。我突然明白了。

她不能趕我走。不是因為她無權這麼做，而是因為……她需要我來證明她是對的。她需要我退出、放棄，因爲這是懦夫會做的事。

她的規定不是爲了引誘我犯錯，而是爲了讓我的生活過得很糟，這樣我才會放棄。如果她下令趕走我，我就可以繼續我的說法。我可以宣稱我的家人被冤枉了，我可以大聲疾呼爸爸是無辜的，我受到的對待只會強化我身爲受害者的角色。不能睡在學員宿舍？在訓練期間沒有食物？那一定會很難看。

不過要是我自願離開，她就贏了。她只能靠這種方式贏。

這一刻，我比無畏者防衛軍的總司令還要強大。

於是我向她敬禮。「我現在可以回班上了嗎，長官？」

她的臉頰泛紅起來。「妳是個懦夫。來自充滿懦夫的家庭。」

我繼續敬禮。

「我可以毀掉妳，看著妳走上窮途末路。妳不會想當我的敵人。現在拒絕我大方的提議，妳就永遠沒有機會了。」

我繼續敬禮。

「吓。」司令怒叱，然後背對我，重重地坐下。她抓起咖啡大口喝，彷彿當我不在場。

我把這當成解散的命令。我轉身離開，仍站在門外的憲兵也讓我走。

我走向教室時，沒有人來找我。我直接走到我的模擬駕駛艙坐下，在其他人抵達時跟他們打招呼。卡柏跛著走進來時，我發現自己對上課無比期待。感覺我好像終於擺脫了畢姆與晨潮死後一直籠罩著我的陰霾。

雖然親切的女孩隊友們對我幫助很大，但跟鐵殼的那場對話幫助更大。她給了我繼續戰鬥下去所需的動力。她鼓舞了我。她以一種奇怪的方式讓我重獲新生。

我會戰鬥的。我會查明爸爸到底發生了什麼事。而鐵殼會後悔自己強迫我做這兩件事。

標準 DDF 飛艇功能

上斜環

旋轉範圍

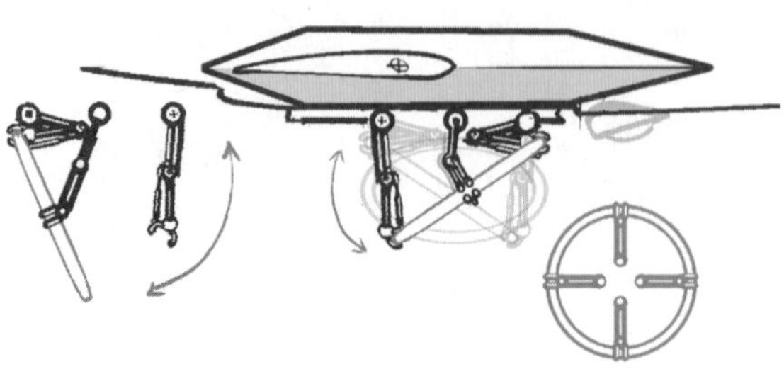

垂直起飛

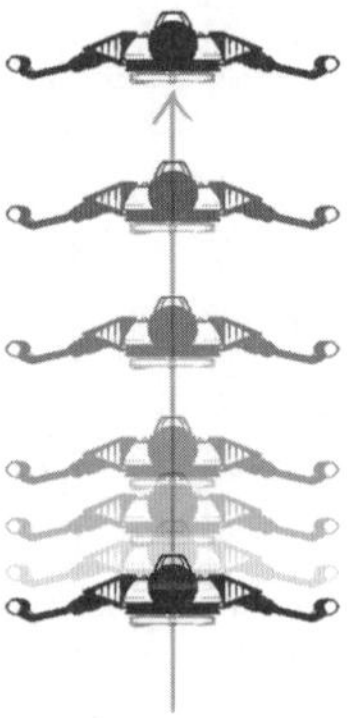

操控性與攻擊角度

失控下墜

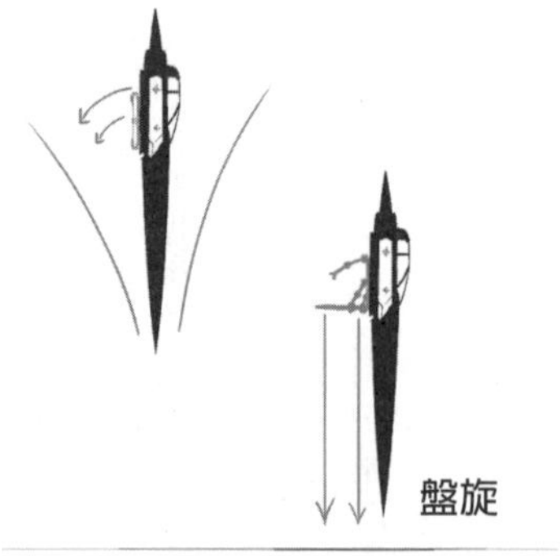

光矛

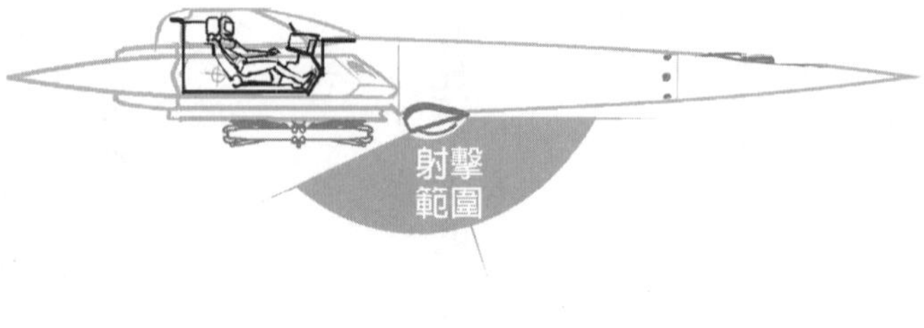

第四部

Part Four

間曲

茱迪·「鐵殼」·埃文斯司令總是會觀看戰場重播。她使用主控制室，在圓形地板中央有一部大型的立體投影機。她偏好站在中心，光線照過她身上，室內其他地方則是昏暗的。

她看著他們戰鬥。她看著看他們死去。如果有的話，她會強迫自己聽每位飛行員最後的話語。她嘗試在紅色與藍色飛艇的飛行模式中看出敵人的目標：紅色是DDF，藍色是克里爾人。她沒當飛行員已經好幾年，然而當她站在那裡戴上耳機，看著飛艇在她周圍旋轉，那種感覺就會回來。推進器的隆隆聲、急速轉彎的飛艇、猛烈的破壞砲砲火。戰場的脈動。

某些日子，她會懷有再次進入飛艇、加入戰鬥的幻想。然後她會摒棄那些愚蠢的夢想。DDF的飛艇太少了，不能浪費在一個反應速度退化的老女人身上。在片段的故事中——以及一些舊版的歷史書——都會描寫偉大的將軍拿起武器，加入前線的士兵。然而，茱迪知道自己並不是凱撒大帝。她只能勉強算是尼祿。

然而，茱迪·埃文斯在其他方面是很危險的。

她看著緩慢墜落的造艇廠陰影底下發生混戰。克里爾人在這次戰鬥派出了將近六十艘飛艇——最大兵力的三分之二，對他們而言是很重大的投入。顯然他們清楚知道要是殘骸完整落入DDF手中，會帶來多大的壞處。那座巨大的船廠就有好幾百個上斜環。

現在，回收報告指出目前只蒐集了不到一打的數量，而茱迪在這次交戰中就失去了十四艘飛艇。在他們的死亡中，她看到了自己犯的錯。她不願意眞正投入。要是她召喚所有的儲備飛艇和飛行員，派他們參戰，她可能已經獲得了數百個上斜環。結果她猶豫了，擔心會有陷阱，直到一切都已經太遲。

跟獵人那種人比較起來，這就是她所缺乏的。她必須願意投入一切。

她的助理里科弗（Rikolfr）拿著一張夾滿筆記的書寫板走向她。茱迪倒轉戰場，特別聚焦在一位飛行員身上。那個爲她惹出這麼多麻煩的學員。

飛艇爆炸，飛行員死去。茱迪不讓自己同情死亡；她不能讓自己同情他們。只要他們擁有的飛行員數目比他們擁有的上斜環還多——確實是如此，但是只多出一點而已——這表示人力是這兩種資源中比較能夠消耗的。

最後，茱迪摘下了耳機。

「她飛得很好。」里科弗說。

「太好了吧？」茱迪問。

里科弗翻看書寫板上的紙張。「從她頭盔裡的感應器得到了最新的資料。在她訓練時並沒有激發——幾乎沒有異常。不過妳正在看的那場戰鬥，在造艇廠墜落的那次，這個嘛……」

他讓書寫板面向她，上面有一組已經破表的讀數。

「她大腦的萊特倫（Writellum）區域，」里科弗說：「在她遇到克里爾人時有瘋狂的活動。荷貝斯（Halbeth）醫生確信這證明了那種缺陷，但伊格倫（Iglom）就沒這麼肯定了。他認爲除了這次交戰之外，並沒有足夠的證據。」

茱迪哼了一聲，看著那個儒夫的飛艇繞了個圈，再飛進墜落的造艇廠的內部。

「荷貝斯建議立刻解除那個女孩的職務，」里科弗說：「不過席歐爾（Thior）醫生……呃，她會是個麻煩，就跟妳猜的一樣。」

不幸的是，席歐爾是艾爾塔基地醫療團隊的領袖，她並不相信那種缺陷存在。即使是關於那東西的歷史也很有爭議。關於它的報告可以追溯回無畏號時期——以及在旗艦上造成艦隊最後墜毀於狄崔特斯的那場叛變。

很少人知道關於叛變的事，更少人知道原因是某些人員具有一種缺陷。這些事對茱迪而言尚未完結。不過在深層洞穴中，某些最重要也最富有的家族就是叛變者的後代。那些家族不肯承認缺陷的事，並且想要隱瞞關於它的傳言。可是他們沒見過它對人的影響。

茱迪見過。現場目擊。

「這次是誰支持席歐爾？」茱迪問。

里科弗翻了幾頁，秀出重要黨員們最新一輪的書信。最前面是來自NAL艾格儂．威特（Algernon Weight）的一封信，他兒子尤根就在儒夫的飛行隊裡。尤根會一再抓住時機稱讚她，所以問題來了。這不正是最好的機會，可以證明這個女孩是得到了救贖的眞正無畏者？這是一種象徵，表示任何人無論家世背景，都能夠浪子回頭，爲國家服務？

該死，茱迪心想，在儒夫試圖逃脫的九死一生之際，暫停了立體投影。艾格儂到底需要多少證據？

「有命令嗎，長官？」里科弗問。

「叫荷貝斯醫生發表聲明，譴責席歐爾對這件事的解釋，看看能不能說服伊格倫醫生大力支持缺陷的存在，尤其是在這女孩身上。告訴她，如果她能夠鞏固她的立場，我會當成這是個人情。」

「如您所願，長官。」

里科弗離開了，而茱迪將剩下的戰場影像看完，回想起許久之前一次類似的飛行。

席歐爾跟其他人可以說那種缺陷是迷信。他們可以說發生在獵人身上的事情是巧合。可是他們不在現場。

而茱迪要絕對確保那種事再也不會發生。不惜一切。

第三十章

「所以我很確定她再也沒辦法趕我走了。」我邊說邊跟小羅為M-Bot的機翼加上密封劑。

「妳是我認識過最會從表情推論事情的人。」小羅說：「她這次沒趕妳走，不代表她以後不會。」

「她不會。」我說。

「她不會。」毀滅蛞蝓坐在附近一顆石頭上用顫動的笛音，模仿我說話時的音調變化。

小羅把M-Bot壞掉的機翼修理得太棒了。我們一起拆掉彎曲的金屬，回收可以利用的部分。後來小羅不知用什麼方法，說服了他的新指導員，讓他在其中一座製造廠練習。

有新的零件，我們就能夠修理整片機翼。接下來一個星期的時間，我們都在移除舊的密封劑。今天，我們要將整個機體上一層新漆。現在我已經進入第三個月的訓練，而我們偶爾會有休息與復原時間——所以今天我們的飛行隊只需要上半天課。

我提早回來跟小羅碰面，一起修理飛艇。小羅用一種小型噴霧裝置為密封劑上漆，而我跟在後頭，拿著一種雙手持用的機器，看起來有點像一支大手電筒。它發出的藍光讓密封劑變得更結實堅固。

這項程序雖然又慢又累人，卻填補了M-Bot機體上的刮傷與凹痕。這種光滑、低風阻的密封劑也補平了裂縫，使表面變得平滑有光澤。為了配合它原本的顏色，我們選擇了黑色。

「我還是沒辦法相信，他們竟然讓你借了這些東西。」我邊說邊用光線照著小羅噴過的地方。

「在他們對我的進氣口設計表現出高度興趣之後？」小羅說：「他們似乎打算立刻把我晉升成部門的主管。我問能不能把這東西帶回家『拆開研究一下』時，他們連眼睛都沒眨一下。他們都以為我是某種會採用折衷方法的天才。」

「你該不會還在害羞吧？」我說：「小羅，光靠這項科技，就能夠拯救整個DDF了。」

「我知道，」他說：「我只是希望……妳知道的，希望我眞的是天才。」

我往後退，把燈光放在地上，讓雙手休息一下。「你認眞的嗎，小羅？」我往M-Bot的新機翼揮揮手，新的黑色密封劑現在正閃閃發亮。「你的意思是，在一座未開發的洞穴裡，使用最少的設備，憑一己之力修好這艘未來版星式戰機的機翼，這樣還不算天才？」

小羅往後退，拉起護目鏡並檢查機翼，接著開心地笑了起來。「看起來眞棒，是吧？而且等最後一部分密封好之後，還會更棒呢。如何？」他舉起噴霧裝置。

我嘆口氣，伸展肢體，還是拿起照射裝置。他開始噴灑機體前側附近剩下的部分，我跟在後面。

「對了，妳有打算更常在宿舍過夜嗎？」他一邊跟我工作一邊問。

「不。我不能冒這個險牽連別人。這是我跟鐵殼之間的事。」

「我還是覺得妳過度解讀她說的話。」

我瞇起眼睛。「鐵殼是個戰士。她知道要贏得這場戰鬥，就不能只是打敗我——她必須擊潰我的士氣。她必須能夠說我是個懦夫，就像她對我爸爸撒的謊那樣。」

小羅沉默地繼續工作了幾分鐘，我還以爲他不想再爭論下去。他在機體下方將座艙罩鎖定於駕駛艙的區域，仔細噴灑密封劑。接著，他用一種壓抑的語氣說：「那眞是太棒了，思蘋瑟。不過……妳有沒有考慮過，如果自己錯了怎麼辦？」

我聳聳肩。「如果我錯了，她就會趕我走。這我也沒辦法。」

「我說的不是司令。我是指妳爸爸，思蘋瑟。萬一……妳知道的……萬一他眞的撤退了呢？」

「我爸爸才不是懦夫。」

「可是……」

「我爸爸才不是懦夫。」

他別開眼神，接著又看著我的眼睛。雖然我回瞪的眼神足以讓大多數人啞口無言，但他仍然跟我對望。「那我呢？」他問：「我是不是懦夫，思蘋瑟？」

我的怒氣噴灑出來，然後消退了。

他看著自己正在處理的部位。「妳說過要是妳退出，就證明了妳是懦夫。那好，我已經退出了，所以我是懦夫。基本上我就是妳能想像到最糟糕的傢伙。」

「小羅，這不一樣。」

「卡柏是懦夫嗎？妳也知道他彈射逃生了。他被擊落然後彈射。妳會當著他的面叫他懦夫嗎？」

「我……」

小羅用黑色密封劑噴完了最後的金屬部分，往後退開。他搖搖頭，然後看著我。「小旋，也許妳說得對。也許有某個大陰謀，故意將嚴重的背叛罪名加在妳爸爸身上。或者也有可能他就是害怕了。也許因爲他是人類，做出了人類有時候會做的事。也許問題是，所有人都對這件事反應太大了。」

「我不想聽這些。」我放下照射燈，跺腳走開。不過唯一能讓我跺腳的地方也只有洞穴的另一側。

「小旋，妳不能只是走開不理我。」小羅在後方說：「這座洞穴大概只有二十公尺寬吧。」

我坐下來。毀滅蛞蝓在我身旁發出顫音，模仿我惱怒的樣子。一如往常，我還是沒看見她移動過來。她有一種不可思議的移動方式，只會在沒人看到的時候偷偷來去。

從傳來的聲音判斷，小羅拿起燈，自己密封了最後一片區域。在他工作時，我背對他坐著。

「如果妳想發飆就發飆吧，」他說：「如果妳想罵人就罵我吧。但是至少考慮一下。妳看起來眞的很想挑戰司令跟ＤＤＦ。也許妳應該考慮不讓他們爲妳決定什麼是勝利或失敗。」

我哼了一聲。「你說話還眞像ＦＭ。」

「所以她既聰明又可愛囉。」

我轉身回頭。「FM？可愛？」

「她的眼睛很漂亮。」

我目瞪口呆地看著他。

「幹嘛？」他紅著臉繼續工作。

「你沒有結巴，沒有笨手笨腳，什麼都沒有。」我說：「你對小羅做了什麼，你這個克里爾怪物？」

「什麼？」M-Bot說，然後亮起機翼上的燈。「小羅是克里爾人！」

「是諷刺啦。」我們兩個異口同聲說。小羅完成密封工作，放下了工具。他望向我。「妳不能告訴她是我說的。她大概連我是誰都不記得了吧。」他遲疑著。「是嗎？」

「她當然記得。」我撒謊。

小羅又笑了。他現在看起來很不一樣，很有自信。他在過去二個月裡發生了什麼事？

他找到他喜愛的事物了，我恍然大悟，看著他雙手扠腰，對著M-Bot的新漆傻笑。的確，這艘飛艇看起來真的棒極了。小羅跟我這輩子都在夢想要加入DDF。可是他在退出時說了什麼？那是妳的夢想，我只是搭便車而已。

決定不當飛行員對他而言是正確的選擇。我知道這一點，但我能理解嗎？真的嗎？

我站起來，走過去用一隻手勾住他。「你才不是懦夫，」我說：「我真是白癡才會讓你覺得自己是。還有這個？你在這裡做了什麼？這可是比『還不錯』厲害多了。小羅，這簡直是不可思議到了極點啊。」

他笑得更開心。「哎呀，除非妳讓飛艇上天，否則我們不能確定有沒有修好。」他看了看手錶。「我應該還有時間可以看妳起飛吧。」

「起飛？」我愣住了。「你是說它已經準備好飛行了？它修好了？」

「M-Bot！」小羅大喊：「基本狀態更新！」

「上斜環：正常。生命維持及飛行員照顧設施：正常。操作與飛行控制：正常。護盾：正常。光矛：正常。」

「棒呆了！」我說。有了上斜環跟機動推進器，我就可以升上天空稍微繞一下——只是不能用正常的速度。

「我們還需要一具推進器，」小羅說：「還有新的火砲。就算我在工程部門得到了新的地位，我也不打算冒險製造這些東西。」

「推進器：無作用，」M-Bot補充：「破壞砲：無作用。超感驅動裝置：無作用。」

「我也不知道妳要怎麼從這裡出去。」小羅看著洞穴頂部壁面說：「你到底是怎麼進來的，M-Bot？」

「可能是我使用了超驅跳躍傳送過來，」M-Bot說：「我……我無法告訴你這是如何運作的。我只能說這種裝置能在銀河系中比光速更快。」

我抬起頭。「我們能修好那個嗎？」

「就我所知，」小羅說：「這沒有壞掉——只是不見了。M-Bot的診斷指出了這個『超感驅動裝置』的位置，結果是個只有顯示面板的空盒。不管那是什麼，一定有人拿走了。」

嗯哼。也許是之前那位飛行員做的？

小羅翻閱他的筆記，揮手要我過去看。「我很確定我修好了那片壞掉機翼上的機動推進器，」他指著一張圖表說：「不過記得讓它繼續執行診斷，記錄一切，這樣我才能確認所有的情況都正常。」他翻到下一頁。「等我們確定它的飛行沒問題以後，我想要拆下它的護盾點火器，研究爲什麼它能夠承受的攻擊是標準ＤＤＦ護盾的三倍。」

我咧開嘴笑。「那應該會讓你在工程與設計團隊大受歡迎喔。」

「是啊，除非他們開始懷疑。」小羅猶豫了一下，又輕聲說：「我試過查看它的ＡＩ裝置，但是它不讓我打開外殼。它甚至還威脅要在那裡通電。它說那個裝置跟某些系統都是機密，匿蹤系統、通訊系統……一些真的非常重要的東西。小旋，如果真的要對ＤＤＦ有幫助，我們就得讓專家來這裡拆解、分析這艘飛艇。我能做的也只有這麼多了。」

我感覺體內有某種東西開始打結，就像缺少潤滑而卡住的齒輪。我回頭看著M-Bot。

「它警告過，」小羅說：「要是我們揭露它，它就會試著毀掉自己的系統，免得違反了前一位飛行員的命令。」

「也許……我可以跟它講道理？」

「M-Bot似乎沒辦法講道理。」小羅回頭看著飛艇，似乎又一次沉浸在它好看的外觀中。俐落、新漆、光滑、危險。兩邊機翼上各有兩座設置破壞砲的地方露出了開口，後方的推進器也不見了。除此之外，它很完美。

「小羅，」我用佩服的語氣輕聲說：「我真不敢相信你被我說服做了這件事。」

「如果妳想要報答我，」他說：「就找一天請ＦＭ到公園跟我一起吃午餐吧。」他立刻臉紅地低下頭。「我是指，如果有提到這個話題的時候啦。或者妳也不會提到。」

我笑著打了他的手臂一下。「所以你還是小羅嘛。我一開始還很擔心呢。」

「是，是。我們先忘了我剛才說的話，專心處理重要的事情吧。那個瘋狂的ＡＩ說它的匿蹤系統厲害到可以不被ＤＤＦ發現，我想我們也只能相信了。妳覺得呢？想要讓它升空迅速試飛一下嗎？」

「可惡，好啊！」

小羅往上看。「不過，有想到要怎麼出去嗎？那道裂縫勉強才能讓一個人通過而已。」

「我……可能有個辦法，」我說：「但是大概會弄得有點亂吧。而且很危險。」

小羅嘆了口氣。「我猜我不該以為還有什麼別的辦法吧。」

✦

大約一個鐘頭後，我爬進了M-Bot的駕駛艙，興奮到差點發抖。我把毀滅蛞蝓放進我後方的位子，然後繫上安全帶。

我們收拾了我的廚房跟小羅的所有設備，現在這座小洞穴看起來變得光禿禿的。我們把放得下的東西堆進駕駛艙，剩餘的則用我的光繩從裂縫拖出去。小羅在安全距離外等待，有趣的部分只由我來做。而這跟大多數「有趣的部分」一樣，都包含了破壞東西。

「你準備好了嗎？」我對M-Bot說。

「基本上我只有兩種狀態，」它說：「準備就緒與關機。」

「幽默方面還需要加強，」我說：「不過態度很棒。」我雙手各放在控制球與油門上，開始深呼吸。

「只是讓妳知道一下，」M-Bot說：「我聽見你們兩個之前說的話了，就是你們小聲交談那時候。小羅說我瘋了的那時候。」

「我知道你可能會聽見，」我說：「畢竟你是一艘偵察飛艇。」

「AI是不可能發瘋的，」它說：「我們只能做我們被設定做的事，這跟發瘋正好相反。不過……妳會告訴我吧？如果我開始……胡言亂語？」

「蘑菇的事確實有點過火了。」

「我感覺得出來。只是我無法控制。這項指令對我影響非常大。還有我的駕駛員最後說的話。」

「隱藏起來。別捲入任何戰鬥。」

「以及等他回來。對。因此我不能讓你們把我的事告訴DDF，儘管我知道這能夠幫助妳跟妳的同胞。但我就是必須遵守命令。」它停了一下。「我擔心妳帶我飛上天的事。我的駕駛員說『隱藏起來』是指『待在地底』，或者他的意思只是『不要讓人看見你』？」

「我確定他指的是後者，」我說：「我們只要在附近迅速飛一下就好。」

「沒辦法『迅速』的。」它說：「在只有機動推進器的情況下，我們飛行的速度大概只會跟妳走路一樣快。」目前能這樣已經夠好了。我啓動上斜環，讓我們平穩上升。我收回起落架，緩慢地轉了個圈，先往一側傾斜，再往另一側。我笑了。控制裝置還算相似，而且我的波可飛艇反應也沒那麼好。

現在，準備離開洞穴。我讓上斜環沿鉸鏈向後轉，這讓M-Bot的機鼻往上升。我發射光矛，刺中上方壁面一處裂開的區域，利用轉向推進器往後退，然後降低上斜環的動力。即使少了完整的推進器，這仍讓我們施加了一些拉力。

光矛拉緊了。灰塵和小碎石從上面掉落。毀滅蚰蝓在我後方，發出充滿活力又興奮的笛音，模仿那陣聲音。

洞穴上方壁面的一部分坍塌，石頭跟灰塵紛紛落下。我解除光矛，透過開口往外看。附近沒有天燈，所以上頭就只有一片暗灰色。是天空。

「你的立體投影可以投射出新的壁面嗎？」我問M-Bot。

「可以，但這樣不夠安全，」它說：「聲納成像可以穿透立體投影。不過……感覺我好像很久沒見過天空了。」

它聽起來很嚮往，不過它大概會聲稱這是某種程式上的奇怪反應吧。

「我們走吧，」我說：「來吧。我們去飛！」

「我……」M-Bot輕聲說：「嗯，好吧。我們走！我的確想要再次飛行。不過小心一點，還有別讓我被看見。」

我往上飛過開口，對小羅揮了揮手。他站在我們的物品旁邊，就在一小段距離之外。

「匿蹤機制啓動，」M-Bot說：「DDF感應器現在應該看不見我們了。」

我笑著。我在天上。跟我自己的飛艇。我用力將油門往前推。

結果我們仍待在原地。

對了。沒有推進器。

我啓動機動推進器，這主要是用來微調位置，不適用於眞正的移動。接著我們開始飛行。

超、級、慢。

「喔耶？」M-Bot說。

「確實有一點失望，對吧？」

不過，我還是爲小羅轉了一小圈，並且執行診斷。回來之後，他對我豎起大拇指，然後就背起背包走遠了。他必須回伊格尼斯歸還密封工具。

我還沒辦法說服自己降落。經過了這些時間，我想要跟M-Bot再稍微飛久一點。於是我握住高度控制桿。控制球可以讓飛艇上升和下降，提供上斜環動力細部調整閃避的位置——但如果想要快速上升的話，就必須使用這個。

我輕輕往後拉。

我們衝上天空。

我沒料到它運作地這麼好。我們飛快上升，而我也感覺到G力襲來，將我往下壓。我畏縮了一下，發現我們的速度太快了，於是慢慢放鬆控制桿。

那種G力會……壓垮我？

雖然我感受得到加速，可是程度比我應該感受到的輕微太多了。我的速度不可能超過三G，但我覺得好像快上許多。

「你在做什麼？」我問。

「妳可以說得清楚一點嗎？我有超過一百七十個半自發性的子程式——」

「G力。」我望向窗外，看著地面以驚人的速度遠離。「我現在應該已經昏迷了吧。」

「噢，對。那個啊。我的重力電容器能夠抵銷百分之六十的G力，最大極限超過一百倍地球標準。我確實跟妳說過，你們的飛艇在處理飛行員壓力的系統方面相當原始吧。」

我放開高度控制桿，飛艇便停止加速。

「妳想要啓動用於協助進一步承受力道的旋轉G力管理裝置嗎？」M-Bot問。

「像是你的座位會轉動嗎？」我想起小羅解釋過M-Bot的設計。人類無法應付某些方向的G力——例如我們很難承受向下的力量，因爲這會將我們體內的血液推向腳部。

M-Bot可以藉由旋轉駕駛艙來處理這個問題，使我承受向後的力量，讓我的身體比較能夠應付。我回頭看毀滅蛞蝓以及我的毯子跟熊玩偶等物品。除非所有的東西都固定好，否則最好還是避免讓駕駛艙旋轉。

「現在先不用。」我說。「讓我先習慣你的飛行方式。」

「好。」M-Bot說。

我們很快就到達了十萬呎，這大概是我們在一般情況下駕駛DDF飛艇達到的最高點。我伸手正要減速，但是又猶豫了。不如再飛高一點？我一直想這麼做。反正現在又沒有人會阻止我。

我們繼續迅速上升，直到高度指示器到達了五十萬呎。最後我放慢了速度，欣賞著景色。我從來沒飛到這麼高的地方。下方的山峰看起來就像皺起的紙張。我還看得出這顆星球的弧線——而且不僅僅是某種隱約的弧線。我感覺要是我踮起腳尖，就可以看到整顆星球。

但我也只是在飛向碎片帶的半途而已，而我聽說位於低層軌道的碎片帶最低高度大約是一百萬呎。不過從現在的高度，我可以看得更清楚了。我從地表只看得見模糊的圖案，現在可以清楚看到一道道巨大堆疊著的金屬，由不知從哪出現的光源隱約照亮。

我看著那裡，想到它還在超過一百公里的距離之外，這時才終於理解它的規模到底有多大。那些小斑點看起來像一顆顆圓點……它們全都跟上個星期在那場戰鬥中墜毀的殘骸一樣大。

這一切實在太巨大了。許多區塊都在難以理解的軌道中旋轉、翻動，讓我呆看到張大了嘴。那裡大部分都只是陰影，不停移動、翻轉，一層接著一層。

「妳想要靠近一點嗎？」M-Bot說。

「我不敢。聽說有些太空垃圾會開火。」

「這個嘛，那些顯然就是一種半自發性防禦網路的殘留物，」它說：「根據後方那些外部生產平台的影子，我認為——到處都散布著壞掉的造艇廠以及物質回收無人機。」

我看著碎片帶變換、移動，試著想像這些都還有作用的時候。還能使用。*居住*。在世界之上的世界。

「是的，有些防禦平台很明顯還在運作，」M-Bot說：「就連我也很難悄悄通過它們。注意我在座艙罩上標示出來的小天體，地表上的渣狀結構指出了它們的舊用途。有些鎮壓星球的方式包括將星際間的天體拖至定位投下。這種方式可以達到任何效果，從解決特定城市到滅絕層級的大災難都有。」

我輕吐了一口氣，不敢想像那種場景。

「呃……提醒妳，這並不是說我原本是一艘*戰鬥飛艇*，」M-Bot說：「根據我的程式，我並不知道關於軌道轟炸的事。我猜一定是某個人以前告訴我的。」

「我還以爲你不會說謊。」

「我不會啊！我眞心相信我之所以是一艘全副武裝並具有匿蹤能力的先進飛艇，就是因爲這樣更能幫助我好好採取菌類植物。這完全不會不合理。」

「所以克里爾人要解決掉我們的方法，」我說：「就只是把某些小天體推下來？」

「比妳那種語氣還要困難一點。」M-Bot說：「克里爾人必須要有一艘夠大的船艦，才能移動具有相當質量的東西。這種船艦的大小可能得跟一座城市差不多，但也應該會被那些防禦系統輕鬆地擊落。不過小型飛艇就能從其中一些空隙通過。根據你們跟他們戰鬥的頻率，我猜你們已經知道這點了。」

我往後靠著椅背，享受這片景色。底下那片遼闊的世界，以及感覺似乎比之前更小的天空。它只是這顆星球周圍的一條狹長地帶，被碎片帶籠罩著。

我往上方注視了一陣子，欣賞碎片帶壯觀的移動方式——巨大的外殼與平台，根據古老及深奧的設計移動著。那裡一定有好幾十層，可是就在那一刻——我這輩子遇到的第二次——每一層都對齊了。而我看見了太空。眞正無限的空間，點綴著幾顆閃爍的星星。

就在這時，我發誓我聽見了。低語聲。雖然不是明確的話語，不過眞的存在。奶奶沒說錯。如果我注意聽，就可以聽見星星。那種聲音聽起來像是戰爭的號角，在呼喚著要吸引我過去……

別傻了，我心想。妳又沒有推進器。要是克里爾人發現妳，妳只會是個靶子。

我不甘願地慢慢下降。今天這樣大概已經足夠了。

我們緩慢下降，讓地心引力發揮作用。美中不足的是，我們被風吹偏了一些，所以在降落時，我還得使用機動推進器讓我們一次一點，慢慢往洞口方向回去。

我們花了不少時間才抵達，讓我打起了呵欠。毀滅蛞蝓躺進我座位後方的毯子裡，模仿我打呵欠的聲音。

我們終於進入洞穴，降落在M-Bot原本停放的位置附近。「嗯，我認爲第一次的試飛很棒。」我說。

「呃，對啊。」M-Bot說：「我們飛得非常高，對不對？」

「要是我能想辦法弄到推進器，我們就可以立刻讓你眞正的飛行了。」

「嗯……」

「如果你要的話，可以嘗試跟克里爾人戰鬥。」我想試試看能不能多說服它一點。「我們可以一邊那麼做一邊『隱藏起來』——只要不跟任何人說我們是誰就好了！沒有呼號的黑色幽靈飛艇！在必要時刻出現，幫助DDF！」

「我不覺得——」

「想像一下吧，M-Bot！在猛烈的火力之間閃避跟俯衝。翱翔與戰鬥，證明你比敵人更強！一首毀滅與力量的華麗交響曲！」

「或者，還有更棒的，那就是待在洞穴裡！剛才那些什麼都不做！」

「我們可以在匿蹤模式下戰鬥……」我說。

「那還是跟隱藏起來相反。我很抱歉，思蘋瑟。我絕對不能戰鬥。我們可以再次飛行——我有點喜歡——可是我們絕對不能戰鬥。」

「不能戰鬥。」毀滅蛞蝓跟著說。

我關掉飛艇不需要使用的裝置，然後靠回椅背上，覺得心情煩躁。我得到了某種非凡、強大、神奇的東西——可是卻不能使用？我有一把不想讓我揮動的武器。我該怎麼辦？

我不知道。不過我發現最令我心煩的是，我的飛艇竟然……是個膽小鬼。

我嘆了口氣，開始準備就寢。我對M-Bot的挫折感消退了。我對眞的讓它飛上天這件事太過興奮了。

等我終於安頓好之後——放平椅背、蓋好毯子、毀滅蛞蝓移動到座艙罩上的一張摺疊架——M-Bot又輕聲開口了。「思蘋瑟？」它說：「妳不介意吧？遠離戰鬥？我必須遵守命令才行。」

「你不必遵守。」

「嗯，我是一部電腦。基本上這就是我做的事。沒有命令的話，我連倒數到零都不行。」

「根據你告訴過我的事，」我說：「我覺得很難相信這點。」

「那是一種設定用來跟人類互動的個性程式。」

「藉口。」我打了個呵欠，調暗燈光。「或許你擁有機器的心智，但你還是個人。」

「可是——」

「我聽得見你，」我邊打呵欠邊說：「我聽得見你的靈魂。就像星星。」那是在我腦中一種隱約的嗡嗡聲，而我一直到剛剛才注意到。但是它眞的存在。

無論M-Bot怎麼想，它都比它自認爲的更有生命力。我就是感覺得出來。

我開始進入夢鄉。

它又開口了，這次音量又更小：「我唯一能確定的就只有那些命令，思蘋瑟。我的前駕駛員，我的目的。這就是我。」

「那就重新開始變成別人吧。」

「妳知道那有多困難嗎？」

我想到自己的懦弱。那種失落的感覺，以及認爲自己不能勝任的感覺。現在我眞的必須去做那些我一直吹噓自己會做的事。我拉高毯子一些。

「別傻了，」我說：「我爲什麼會想變成其他人呢？」

它沒回答，我也終於睡著了。

第三十一章

我跟M-Bot的飛行雖然很短，大部分也只有直線飛行，但那種興奮感還是超過了接下來兩個星期的模擬訓練。

我做出一個飛行動作，藉由在碎片之間的一連串急轉彎，追逐一艘克里爾飛艇，赫爾則是在旁邊跟著我。可是我卻開始分心，那艘克里爾飛艇因此逃走了。

「嘿！」金曼琳在我們重新編隊時說：「你們有看見嗎？我沒墜毀呢！」

我的注意力仍然不在現場，心不在焉地聽著大家你一言我一句。

「可是我墜毀了，」FM坦白地說：「我撞上一塊碎片，然後變成一團火球掉下去。」

「不是妳的錯！」金曼琳說：「聖徒總會說『眞正的失敗是選擇讓自己失敗。』」

「而且，FM，」亞圖洛接著說：「妳墜毀的次數還是比我們全部加起來少。」

「要是我繼續這樣，就沒辦法再維持紀錄下去。」FM說。

「妳今天只是想要藉由墜毀達到顚覆的目的，」赫爾說：「因爲沒人料到妳會這樣。妳反叛了妳自己。」

FM輕聲笑了起來。

「你們全都可以做出沒人能預料到的事，」尤根在群組通話上說：「並且就這麼一次眞正將隊伍排成一直線。安菲，我就是在看你。」

「好，好。」亞圖洛邊說邊讓他的飛艇盤旋至定位。「不過嚴格來說，我猜尤根墜毀的次數比妳少，FM。他飛的次數只有平常的一半。如果只要坐在那裡抱怨跟下指令，當然很難炸掉自己啊。」

「就像聖徒會說，」金曼琳嚴肅地接話：「眞正的失敗是選擇讓自己失敗。」

尤根沒爲自己辯解，但我覺得我聽見他很快地吸了口氣。我的表情扭曲了一下。尤根確實比較常待在後方看我們練習、提供指導，而不是自己去飛。不過要是其他人知道，他後來都會自己一個人練習到很晚，對他的態度也許就會不一樣了吧。

我突然覺得很羞愧。尤根的呼號以及其他人對待他的方式，有一部分是我害的。這不該是他應得的。我的意思是，雖然他討人厭，但他確實想盡力做到最好。

卡柏要我們再練習一次空戰時，小羅的話從我腦中浮現。

那我呢？我是不是懦夫，思蘋瑟？

我很確定他不是。但我從小就堅守著一條簡單的原則，而這種態度又被奶奶的故事強化。好人都很勇敢。壞人都是懦夫。我知道我爸爸是個好人，所以在我看來他不可能逃跑。故事結束。沒什麼好說的。

要堅持住那條區分黑與白的界線，變得越來越困難。我答應過赫爾，我不會成爲懦夫。但是懦夫都會想要轉身逃跑嗎？我從來沒想過要逃避戰鬥，不過我還是對身爲飛行員會有的眞正情緒感到訝異。例如失去畢姆和晨潮的那種痛苦，例如我有時會覺得快要被壓垮了。

有沒有可能是類似這樣的情緒，一時導致爸爸退卻了呢？如果眞的是這樣，我眞的能保證自己不會在某天做出一樣的事嗎？

我避開、繞過一塊碎片，差點就碰到了赫爾的機翼。

「拜託，小旋，」她說：「專心比賽，眼睛盯著球。」

「球？」

「抱歉。那是聯盟的說法。」

「我沒去過幾次比賽。」工人必須成為楷模才能得到當成獎勵的票券。不過可以聊些其他事也好，能讓我暫時撇開憂慮。「我幾乎不清楚妳以前的事。是騎懸浮自行車之類的嗎？妳可以飛？」

「不盡然。」赫爾跟我一起來回閃避，有艘克里爾飛艇從後面追來──這是練習。「迪格球聯盟的上斜環太小了，不能讓飛艇使用。我們的自行車是可以利用輕微的噴射往各個方向移動，每部自行車都設定了一定的滯空時間，一部分的戰術是要知道該在何時利用。」

她聽起來很懷念以前。「妳想念比賽嗎？」我問。

「有一點。大部分是想念我的隊友。不過這裡棒多了。」一道破壞砲的閃光在我們身邊亮起。「更危險、更急促。」

我們採取波狀閃避法，在猛烈砲火下往相反方向散開。赫爾繼續盯住目標，而我繞回去提供火力支援，趕走敵人。

我在下個轉彎跟上，飛到赫爾後方。此時目標飛得特別低，距離地面大概只有一百呎左右。我們往下降，在後方揚起一陣陣藍灰色的羽狀煙塵，接著高速飛過一塊老舊的碎片。它的上斜石早就被回收，機體就像被挖了墳的骸骨暴露在外。

「那麼，」赫爾跟我一起穿越山谷、盯住目標，她說：「妳呢？妳從來沒說過妳來ＤＤＦ之前是做什麼的。」

「我們不是應該要『專心比賽』嗎？」

「呃。除了我感到好奇的時候。」

「我……我是捕鼠人。」

「像是為蛋白質工廠工作那樣？」

「不。我自己一個人。工廠的人把下層洞穴的老鼠都獵捕得差不多了，所以我自己製作了矛槍，去探索更遠的洞穴，然後自己抓老鼠。我媽會把鼠肉賣給在回家路上的工人，換取申請幣。」

「哇塞，好個壞咖啊。」

「妳這麼想？」

「當然啊。」

我笑了，心裡感到一股暖意。

克里爾飛艇轉彎並加速升空。「我要上了。」我啓動超燃模式，以某個角度往上衝，G力達到最大值。

今晚，我在心裡對那艘克里爾飛艇說，你的餘燼將會混雜在星球的煙塵中，而你痛苦的嗥叫聲會在風中迴響！我從那艘飛艇後方切入，接近到足以使用IMP摧毀護盾。

赫爾從我旁邊飛過，她的破壞砲開火時的聲響，蓋過了高音警報器提醒我護盾消失的警報聲。克里爾飛艇爆炸、熔化成碎片。

赫爾高呼一聲，不過我一想到剛才想的那些事，突然就覺得很慚愧。混雜在煙塵中的灰燼跟風中的嗥叫？以前曾經令我興奮、激動的那些話，現在似乎……比較不像是英雄會說的話，更像是想要裝成英雄的人會說的話。我爸爸就從來不會那樣說話。

我重新啓動護盾時，通訊面板的一顆燈號亮起，表示卡柏在我們的頻道上。「做得好，」他說：「妳們兩個開始像好搭檔了。」

「謝了，卡柏。」我說。

「要是小旋可以跟我們在一起會更棒，」赫爾說：「你知道的——不必睡在她的洞穴裡。」

「讓我知道妳何時要去找司令談那件事，」卡柏說：「我一定要離開這裡，這樣就不必聽她對妳大吼了。」卡柏通話完畢。」

燈號熄滅，而赫爾飛到我旁邊盤旋著。「她對待妳的方式太蠢了，小旋。妳是個壞咖。就像妳總是說的那些話。」

「謝了。」我感覺臉頰開始發燙。「不過那些話現在讓我覺得很難爲情。」

「別讓他們影響妳，小旋。做好妳自己就是了。」

我要怎麼做？我往上看，好奇模擬時會不會在碎片中製造開口，會不會讓人看穿最高的天空。

我們又練習了幾次，尤根才呼叫大家集合。我們就定位，而我看了一下儀表板上的時間。才1600？我們還得再訓練好幾個鐘頭。卡柏會不會提早結束，讓我們在離心機待久一點，就像昨天那樣？

「好了，」卡柏在無線電上宣布：「你們已經準備好進入下一課了。」

「我們可以使用破壞砲了？」金曼琳大聲說。

我在座位上向前傾，望向她的駕駛艙。

「抱歉，」她說：「太興奮了。」

一艘克里爾轟炸機在我們面前成形。它的構造比一般克里爾飛艇更堅固，外觀一樣，但機翼之間的中央部分，攜帶了一顆巨大的殞命炸彈。那顆炸彈甚至比轟炸機還大。我顫抖著想起了上次看見這種東西的時候——畢姆跟我曾經追擊過一艘。

遠處出現了一片場景：一大堆戰鬥飛艇，有些是克里爾人，有些是DDF。

「我們的AA火砲射程是從艾爾塔往外的一百二十公里，」卡柏說：「那些火砲必須夠大型才能擊穿克里爾飛艇的護盾，更別提還要大到能夠射穿大型碎片，讓碎片在墜落時燒掉。但是這麼大就會限制作用範圍。它們對擊落遠處的目標非常有用，但太靠近就打不中了。

「如果克里爾人飛得夠低，大約距離地面六百呎，他們就可以在大型火砲下方攻進來。較小型的砲台——像是怪客從前曾受訓用的那種——威力又不足以擊穿克里爾護盾。沒有戰機以IMP攻擊敵人的話，小型砲台就有麻煩了。」

模擬畫面聚焦於在遠處戰場中的一艘飛艇。另一架轟炸機。

「克里爾人常會利用混戰跟掉落的碎片引開我們注意，然後試圖讓帶著殞命炸彈的轟炸機溜進來，」卡柏接著說：「你們必須隨時留意並查看，在目視到殞命炸彈時回報。我先提醒你們，他們曾經使用過誘餌。」

「我們要回報，」赫爾說：「然後就打下它，對吧？或是有更好的方式——先打下它才回報？」

「那麼做，」卡柏說：「很可能會引發災難。殞命炸彈通常會在受到損害時爆炸。在不當的時機打下來，你們可能害死好幾十個飛行員同伴。」

「噢。」赫爾說。

「只有司令或代理指揮人員可以授權擊落殞命炸彈。」卡柏繼續說：「一般情況下，我們可以透過脅迫的方式趕走轟炸機——殞命炸彈很珍貴，而依我們的推測，這種東西也很難製造。如果那樣行不通，司令就會派出特別突擊小組來擊落轟炸機。

「一定要非常謹慎。伊格尼斯在地底深處，距離夠遠，所以只有直接擊中正上方才能讓衝擊波傳到夠深的地方，造成傷害。要是不小心在太近的地方摧毀殞命炸彈——即使是在四十或五十公里外——炸彈釋出的腐蝕波還是能夠毀掉艾爾塔。因此若你們發現了轟炸機，就立刻呼叫，然後讓有經驗、資料和權力的人決定該怎麼做。明白嗎？」

大家三三兩兩咕噥著「明白」，接著尤根要我們全部一一回答，以口頭確認。也許我們對待他的方式有點太惡劣，但可惡……他還真討人厭。

「很好，」卡柏說：「隊長，帶你的隊員繞一下戰場。我們要做一些情境演練，練習查看、回報，以及——沒錯——擊落殞命炸彈。要猜猜你們會炸死自己多少次嗎？」

✦

結果，我們炸死自己很多次。

殞命炸彈練習算是我們遇過最困難的訓練。在我們練習飛行的初期，學過一種叫「飛行員掃描」的技巧。在飛行時迅速評估我們必須記在腦中的一切：推進指示器、導航儀器、高度、通訊頻道、僚機、隊友、地形……還有十幾種其他項目。

而進入戰場又會另外讓我們有一大堆要留意的事：來自隊長或艾爾塔的命令、戰術、敵人。飛行員的狀況認知是其中一項最耗心智的工作。

要做到這一切，同時還必須隨時留意轟炸機……這很困難。困難到了極點。

有時候卡柏會讓我們模擬戰鬥一整個鐘頭，卻完全沒派出轟炸機。有時候他會派出七艘——六艘是誘餌，一艘是眞的。

炸彈的速度非常慢——最快兩Mag——可是上面卻帶著致命的彈頭。炸彈引爆時，會發出三道攻擊波。第一次爆炸是要往下衝擊，穿透岩石，讓洞穴坍塌或裂開。接著是第二次爆炸，這會發出一種奇怪的綠灰色。這種外星腐蝕物會使生命滅絕，對有機物質造成連鎖反應。第三次爆炸是衝擊波，目的是要讓那種可怕燃燒的綠光向外擴散。

我們模擬了一場接一場。一次又一次，我們之中都會有人太早引爆炸彈，沒通知大家加速離開——結果讓整個飛行隊都蒸發了。好幾次，我們誤判了距離艾爾塔有多近，所以當我們摧毀轟炸機並引爆炸彈，卡柏就會傳來殘酷的報告：「你們剛才殺死了艾爾塔所有人。我現在也死了。恭喜。」

在一次特別讓人挫敗的練習後，我們六個人排在一起，看著噁心的綠色光線擴散開來。

「我——」卡柏開口說。

「你死了，」FM說：「我們知道了，卡柏。我們應該怎麼做？如果炸彈太接近城裡，我們還有別的選擇嗎？」

「沒，」卡柏輕聲說：「你們沒得選。」

「可是——」

「最後會毀掉艾爾塔，但是能夠拯救伊格尼斯，」卡柏說：「伊格尼斯比較重要。所以我們才會將三分之一的飛艇、飛行員、指揮人力輪換到深層洞穴裡。如果艾爾塔毀了，DDF也許還能存活下來。可是少了能夠製造新飛艇的設備，我們就全完了。所以要是司令下令，你們就要射擊炸彈讓它爆炸，即使這麼做會摧毀艾爾塔。」

我們看著由綠光構成的毀滅球體繼續擴張一陣子，最後它才消退。

卡柏讓我們繼續練習飛行，到後來我已經累到麻木，反應速度也變得遲緩。接著他又讓我們再做一次。他想要將我們訓練到無論多疲累都會隨時注意轟炸機。

在最後一次練習時，我開始覺得從來沒有任何人能像卡柏這樣讓我那麼憎恨。程度甚至超越了司令。

我們這次也無法阻止炸彈。我重新設定位置，機械式地排好隊，準備開始下一次練習。結果，我的座艙罩消失了。我眨了眨眼睛，訝異自己竟然回到了真實世界。其他人開始摘下頭盔，伸展身體。現在……現在幾點了？

「我好像認得最後那一場戰鬥，卡柏？」亞圖洛站起來說：「那是特哲托之戰（Battle of Trajerto）嗎？」

「修改過後的。」卡柏說。

特哲托，我心想。那發生於五年前，我們差一點就要失去艾爾塔。一支克里爾飛行隊潛入並摧毀了較小型的AA火砲。幸好，幾艘DDF偵察飛艇在殞命炸彈接近艾爾塔之前將它擊落。

「你把歷史上的戰役用在我們的模擬上？」我試圖保持清醒。

「當然，」卡柏說：「妳以爲我有時間創造這些模擬嗎？」

我好像因此想到了某件事，但已經累到無法釐清。我爬出模擬駕駛艙，把頭盔丟到位子上，然後拉拉筋。可惡，我好餓，但是我沒帶晚餐——下一批肉乾還在我的洞穴裡等著乾燥。

我得又累又餓地長途跋涉回去。我抓起背包掛在肩上，快步往外走。

赫爾在走廊追上我，接著朝附近的宿舍區點了點頭。我明白她的表情是什麼意思。她們可以假裝很累，把食物帶回房間……

我搖搖頭。激怒司令並不值得。

赫爾對我舉起拳頭。「壞咖。」她輕聲說。我找到力氣擠出笑容，也舉起拳頭，然後我們就各自離開。

我拖著步伐往出口去。其他教室都是暗的，只有一間除外，有個教官正在裡面對另一支學員飛行隊訓話。「最厲害的飛行員能夠在失控下墜時操縱好飛艇，」一個女人的聲音在走廊中迴響著：「你們第一個反應可能是彈射，但如果你們想要當眞正的英雄，就必須盡力救回上斜環。無畏者要保護人民，不是自己。」

基本上跟卡柏教我們的完全相反。

在穿過基地外側果園的路上，我發現我的無線電在閃爍。M-Bot想要跟我說話。我好不容易才說服它別在我訓練的時候駭進我的頻道。我眞的覺得很可能會有人聽見我們的談話。

「嘿，」我對無線電說：「無聊嗎？」

「我不會無聊的。」它停了一下。「不過我要讓妳知道，我的思考速度比人腦快好幾千倍——所以相對上，妳的十二個鐘頭對我而言是一段非常久的時間。眞的很久。」

我笑了。

「眞——的很久。」它又說。

「你對今天的訓練有什麼看法？」

「我做了些詳細的注記，可以用在之後的練習上。」它說。

大多數晚上，我會跟 M-Bot 一起研究我做錯了哪些地方。它的程式能夠完美分析我的飛行。雖然它的評論有時很不客氣，但這種夜間報告確實能夠幫助我調整飛行方式——而且我也覺得自己比以前做得更好。

我們沒再升空了。小羅已經拆下飛艇的重力電容器和護盾，把它們拆卸並記錄下來。這種工作已經超過了我所能幫忙的範圍，可是我不介意，光是練習就夠我忙的。

「妳眞的需要幫手來對付轟炸機，」M-Bot 對我說：「今天妳死掉或毀掉城市十七次，只成功兩次。」

「謝謝提醒啊。」

「我只是想要幫忙。我明白人類的記憶有缺陷，而且反覆無常。」

我嘆息著走出果園，踏上這段更加無聊的回家之路。

「那些戰鬥很有趣，」M-Bot 說：「我……很高興妳在某些戰鬥中活了下來。」

我一步接著一步。誰想得到坐在一個箱子裡只是動動雙手就會這麼累？我的大腦感覺像是被扯出體外，讓一個野蠻人亂棒打爛，然後再顚倒塞回我的頭裡。

「妳很有吸引力也很聰明，」M-Bot 說：「思蘋瑟？我的精神支持子程式有用嗎？嗯，妳是很棒的兩足動物，而且能夠非常有效率地將氧氣轉換爲二氧化碳，這是對植物很重要的氣體，以——」

「我只是累了，M-Bot。我今天經歷了很多。」

「十九場戰鬥！不過其中四場是一樣的戰鬥，只是換個角度並變換敵人明顯的移動方式而已。」

「對啊，那些是歷史上的戰役，」我說：「就像卡柏說的……」

我停下腳步。

「思蘋瑟？」它問：「我沒聽見腳步聲了？妳暫時不再是兩足動物了嗎？」

「歷史戰役。」我明白了一件早該知道的事。「他們有過去戰役的錄影？」

「他們會追蹤所有的飛艇，」它說：「並且讓掃描器記錄敵人的行動。我猜他們重建這些立體模型是要用於訓練與分析。」

「你認爲……他們會有艾爾塔之戰的紀錄嗎？那場戰鬥……」

就是我爸爸棄逃的那場戰鬥。

「我相信他們有，」M-Bot說：「那可是你們史上最重要的戰鬥呢！這奠定了基礎……噢！妳爸爸！」

「你的思考速度可以比人腦快一千倍，」我說：「可是你要那麼久才拼湊得出一個簡單的事實？」

「我會在對話時降頻。要是我全神貫注，以相對的時間來看，妳得好幾分鐘才能說出一個音節。」

我猜它說得有道理吧。「我爸爸在那場戰鬥的紀錄。你能……弄到手嗎？讓我看看？」

「我只能攔截他們主動播放的東西，」它說：「DDF似乎想要盡量減少無線通訊，避免吸引眼睛的注意。」

「吸引什麼？」我問。

「眼睛。我……我不知道那是指什麼。在我記憶庫的這個地方有個空洞。嗯哼。」飛艇聽起來眞的很困惑。「我記得這段話：『使用實體線路傳送資料，避免廣播，還要遮蔽速度較快的處理器。不這麼做，就會有被眼睛注意到的風險。』就這些而已。奇怪……」

「也許我們的通訊並沒有你總是說的那麼原始。也許他們只是很小心。」我開始前進，背包感覺好重，像是裝滿了用過的砲殼。

「總之，」M-Bot說：「我猜基地某個地方有檔案庫。要是他們記錄了艾爾塔之戰，應該先去那種地方找。」

我點點頭。知道有可能看到爸爸的最後一場戰鬥，讓我不知該興奮還是沮喪。我可以親眼看他是否真的逃跑了，並且得到……什麼？證據？

我沉重地邁步，試著決定自己是不是餓到一到洞穴就要吃東西，還是直接倒頭就睡。走到洞穴附近時，我看見無線電的燈號又在閃爍了。

我將無線電舉到嘴邊。「我快到了，M-Bot。你可以——」

「——全體武裝動員，」一位接線員說：「司令召集所有飛行員——包括學員——全部前往基地，以執行可能的部署。重複：一支由七十五艘克里爾飛艇組成的隊伍，在104.2-803-64000位置突破了碎片帶。所有現役飛行員必須集合，進行全體武裝動員。司令召集所有飛行員……」

我愣住了。我差點忘記卡柏一開始給我無線電的原因。可是今天？偏偏就在今天？

我都快走不動了。

七十五艘飛艇？克里爾人最大兵力的四分之三？可惡啊！

我轉過身，看著回到艾爾塔的漫長路程。接著我遲鈍地逼自己慢跑起來。

第三十二章

我滿身大汗、上氣不接下氣地抵達了ＤＤＦ設施。幸好，我每天從洞穴來回的路程也算是一種體能訓練，所以我的狀況還可以。大門的守衛揮手讓我通過，我又強迫自己慢跑起來。我進入發射場附近的更衣室，迅速換上飛行服。

我急忙跑出來，衝向我的飛艇。我的波可飛艇獨自停著。奈德的飛艇早就被指派給另一支飛行隊使用，其他人則是已經升空了。ＡＡ火砲的聲音從遠方隱約傳來，而碎片墜落時拖曳的火光表示這場戰鬥很接近艾爾塔的防衛線，非常危急。

我的疲勞突然被一陣憂慮蓋過。一位飛行員正要爬進我的飛艇駕駛艙。

「等一下！」我大喊：「這是在做什麼？那是我的飛艇！」

飛行員遲疑地往下，看著正在準備讓飛艇出動的地面人員。其中一個人點了點頭。

飛行員緩緩爬下梯子。

「妳遲到了，」多爾戈（Dorgo）——其中一位地面人員——對我說：「司令下令空出的飛艇都要有人操作，當成備用軍力。」

那個女人不情願地跳到地面、摘下頭盔時，我的心跳變得很猛烈。她的年紀大約二十出頭，額頭上有一道顯眼的疤痕。她對我比出大拇指，什麼也沒說，就邁步走向宿舍區。

「那是誰？」我輕聲問。

「呼號：維格爾（Vigor）。」多爾戈說：「曾經是學員，就在畢業之前被擊落了。她夠厲害，所以司令把她放進了儲備名單。」

「她彈射了？」我問。

多爾戈點點頭。

我爬上梯子，從跟著我爬上來的多爾戈手中接過頭盔。「前往110-75-1800，」他指著戰場的方向說：「除非妳聽到其他指令。妳的飛行隊奉命到那裡守著，我會讓飛行指揮中心知道妳升空出發了。」

「謝了。」我戴上頭盔，繫好安全帶。

他豎起大拇指，然後爬下去，拉走梯子。等所有人都保持安全距離後，另一位地面人員揮舞了藍色旗子。

我啓動上斜環，讓飛艇升空。一千八百呎對戰度而言是很低的高度——我們通常會在三萬英呎左右的地方訓練。我衝往指定方向，感覺自己好像正在飛掠過地面。

「天防十號，」我按下按鈕呼叫尤根：「報到。呼號：小旋。」

「妳趕上了？」尤根回應：「他們本來說要派一位後備飛行員的。」

「就差那麼一點，」我說：「不過我說服他們我才是能夠給你惹出足夠麻煩的人。你們在戰鬥嗎？」

「不，」他說：「司令要我們在某處的AA火砲附近守住。110-75-1800，小旋。不管有沒有惹麻煩，很高興妳來了。」

我花了大概十分鐘才抵達目的地，看見了飛行隊其他五位成員盤旋於兩座高大的山丘之間。我使用反向動力來減速，飛到赫爾的僚機位置。在我們後方，有一座比飛行學校建築更長的巨大AA火砲，正在掃描空中是否有來襲的克里爾飛艇。一連串較小型的火砲從基地方向散布過來，準備對低飛的飛艇開火。

其他人接連跟我打了招呼。我勉強才能看見天空中有一些戰場發出的閃光。AA火砲在我們後方轟鳴地射出一發，讓我的波可飛艇震動了起來。在上方遠處，一塊大型碎片炸成了一片火花與煙霧。

「那麼，」赫爾在我耳邊說：「妳今天打算殺幾個呢，小旋？」

「這個嘛……單次戰鬥中的紀錄保持者，呼號是：閃躲者（Dodger）。十二次直接擊殺，九次助攻。我覺得想要打破紀錄太自大了，所以我打算追平。」

我以為會聽到笑聲，可是赫爾似乎很認真，她說：「十二與九？聽起來沒有很多嘛。」

「畢竟大部分的克里爾侵略武力不是都在三十艘飛艇左右？」

「今天有七十五艘，」赫爾說：「很容易打中的，前提是DDF會讓我們真正參與戰鬥。」她使用機動推進器讓波可飛艇稍微前進，而我跟了上去。

「妳們兩個想要幹嘛？」尤根問。

「只是想找個能看到戰場的好位置。」我說。

「最好是，停住。回到隊形。我們的命令是要守在這裡。」

我們照做了。我發現自己很想開始戰鬥。坐著等待只會讓我的疲勞提醒自己有多累。

「我們呼叫卡柏吧，」我說：「說不定我們可以派一組戰機去偵察那片區域。」

「我相信他們已經派偵察機去那裡了，」尤根說：「留在原地，小旋。」

「嘿，亞圖洛，」FM在頻道上說：「你猜主戰場離這裡有多遠？」

「妳在問我嗎？」他回答。

「你比較聰明啊。」

頻道安靜了半晌。

「怎麼樣？」FM問。

「噢，」亞圖洛說：「抱歉。我只是……呃，在等著聽奈德搞笑。看來我還是本能習慣這樣吧。來，我可以幫妳準確計算距離。」

有個燈號在我們的通訊面板上閃爍。「嘿，卡柏。那場戰鬥距離有多遠？」

「大概五十公里，」卡柏說：「留在原地，學員。勝利飛行隊（Victory Flight）快從洞穴到達地面了，他們來了以後就可以接替你們。」他的燈號熄滅。

「算得眞好啊，安菲。」FM對亞圖洛說。

「我認爲眞正的智慧是要知道有人已經替我做好我要做的事，」他說：「這也會是一句好諺語吧，怪客？妳可以找機會說出來嗎？」

「呃……祝福你的星星啊。」

「這不公平，」赫爾說：「我們應該戰鬥的。我們幾乎不再是學員，而且我也厭倦了模擬。對吧，小旋？」

遠處出現著代表男男女女正在死去的閃光。他們正在失去朋友，就像我一樣。

我討厭這種不自覺潛伏著的憂慮，它不知何時滲透了我的心。這種猶豫，這種恐懼。今天的感覺比較強烈，大概是因爲我很累吧。說不定要是投入戰鬥，我就能向我自己證明自己。

「是啊，赫爾說得對。」我回答：「我們應該去殺克里爾人，不是在這裡殺時間。」

「我們要奉命行事，」尤根說：「而且我們不能跟指揮官們爭論。我發現有一點很值得注意，那就是妳們聲稱自己幾乎不再是學員了，可是卻連指揮結構這麼基礎的概念都無法理解。」

我咬著嘴唇，感覺臉頰因爲難堪而開始發燙。他說得對。笨蛋蠢貨。

我強迫自己等待補充兵力抵達。他們是其中一支儲備飛行隊，機棚位於洞穴深處，那裡有星式戰機跟各種飛艇。這是一種奇妙的平衡。我們不能冒險讓爆炸摧毀艾爾塔而使DDF全軍覆沒，但是沒被安排爲可立即出動的飛艇，卻要花時間透過飛行器專用電梯才能取得。

卡柏的通話線路終於又閃爍亮起。我克制住沒嘆氣。老實說，我們今天的狀況根本就不適合戰鬥——尤其是在那麼長時間訓練之後。我做好心理準備轉回基地。

「克里爾飛行中隊，」卡柏說：「八艘飛艇。」

什麼？

「從你們的位置是航向125-111-1000，」卡柏接著說：「我們有一組偵察機發現他們正低空潛入。隊長，你們的支援還有五到十分鐘才會到。你們必須交戰。」

交戰。

「了解，飛行指揮中心。」尤根說。

「根據偵察機的判斷，這些是標準的克里爾攔截機。」卡柏說：「司令的命令是要你們接近，目視確認他們之中有沒有轟炸機，接著就摧毀或趕走所有敵機。」

「AA火砲會隨時待命；在戰鬥中開火很可能會殺死我們自己人。要是你們可以用IMP擊中從你們身邊通過的戰機，小型AA火砲應該就可以處理它們。若是你們可以引誘敵機飛得夠高，大型火砲也有可能擊落它們。」卡柏停了一下。「我會把你們轉接到全體使用的戰場頻道。祝好運，學員們。聽隊長的指示，記住你們的訓練。這次是來眞的了。」

燈號熄滅。

「終於啊！」赫爾說。

「排出橫掃隊形，」尤根對我們說：「你們聽見航向了。125-111-1000。這會很接近地面。注意你們的相對高度。我們走吧！」

我們以僚機組合排出寬廣的隊形。我和赫爾、尤根和亞圖洛、FM和金曼琳。我們加速穿越兩座山峰之間的山口，轉向東方，沿著指示的航向飛行。我們幾乎馬上就目視到了——八艘以「U」字形飛行的克里爾飛艇。

「我們任您差遣，隊長，」一位女性的聲音在通用頻道中說：「維拉級（Val-class）飛艇。騎士（Ranger）七號，呼號：斗篷（Cloak）。」

「騎士八號，呼號：安德斯寇（Underscore）。」一個男人的聲音接著說。

維拉級。就是那兩艘偵察飛艇。雖然我還沒看見他們，不過他們會加入我們一起戰鬥。

我的疲勞因爲興奮而消散。終於發生了。眞正的戰鬥。不是意外的交戰，而是解決敵軍中隊的實際命令。

「謝謝你們的幫忙，偵察隊。」尤根說：「我們奉命要目視確認這些傢伙之間是否有轟炸機。騎士組，我要你們跟飛行指揮中心協調。我們的波可飛艇會呈分散隊形，嘗試讓敵人分開落單。你們要集中注意力，確認我們識別了每一艘飛艇。」

「收到。」斗篷說。

「好了，隊伍，」尤根說：「啓動超燃模式到三Mag，等我們一交戰，就降到空戰速度。自由開火，看到什麼就解決，還有注意你們的僚機。」他呼了一口氣。「願星辰守護你們。」

「還有你，隊長。」亞圖洛說。

他們兩個聽起來都很擔心。我的決心動搖了。我討厭這樣。我才不要變成懦夫。

「上吧！」尤根說。

「耶！」赫爾叫喊著，啓動她的超燃模式。

我跟上去，以突然爆增的速度劃過天空、衝向敵人。正如模擬時的情況，克里爾人在迎面對戰時分散了。他們不在乎掩護僚機的事；他們要用比較佔優勢的飛艇，抵銷我們比較佔優勢的團隊合作。

我緊挨著赫爾的左後側。我們在高速下關閉超燃模式並且向右轉，選中一艘克里爾飛艇當成目標。

我們進入了一場碎片雨，但其中大部分都是在上方高空已經燃燒過的小型碎片。雖然偶爾會有中型碎片拖著煙霧從我們周圍掉落，可是體積都不夠大，沒辦法讓我們利用光矛做出動作。

我們憑感覺減到空戰速度，然後緊盯住目標。我在後方夠遠的射程外，以防赫爾發射了ＩＭＰ。那兩艘專用於躲避掃描、具有高速移動能力的維拉級星式戰機，從上空俯衝下來。他們並沒有足夠的火力。

「斗篷，」我扳動開關說：「我是天防十號。我正在追的那艘飛艇是一般的克里爾攔截機。」

「確認。」斗篷說。我沒聽見其他對話，他們一定是個別回報的。希望這兩艘偵察機能夠跟上並識別每一艘飛艇。

赫爾跟我沿著地面飛，先向右閃避，接著又在經過一處大隕石坑時向左。赫爾啓動超燃模式想要拉近距離使用ＩＭＰ，但是那艘克里爾飛艇往上轉，讓她衝過了頭。

我繼續追它，赫爾則是輕聲咒罵，跟在我後面。「後方沒有敵軍，小旋。我們在那個混帳找幫手之前，把它打下來吧。」

「確認。」我集中注意力在敵人身上。對……一心一意地專注。我頭盔裡的感應器溫度開始升高——這陣子我幾乎都無視它了。克里爾飛艇衝出隕石坑並往右轉，而我覺得我好像能夠預測它的行動。

專心。其他都不重要。沒有憂慮。沒有恐懼。只有我、我的飛艇，以及目標。

越來越近。

越來越近。

就快到了。

「各位！救命！」

是金曼琳。

我暗罵了一聲，注意力也分散了。她就在那裡，被三艘飛艇追尾。可惡！ＦＭ在後方轉彎，試圖追上並協助她。

我中止追逐，赫爾也跟著我一起衝向金曼琳。「掩護火力。」我說。我們兩個打開破壞砲，以足夠火力迫使那三艘追尾的敵艇做出防禦動作，因此放過了金曼琳。

「謝了。」ＦＭ在飛回金曼琳旁邊時說。我花了點時間才找到亞圖洛和尤根，他們正和三艘克里爾飛艇陷入混戰。依那樣激戰的程度，他們一定不敢使用ＩＭＰ，讓自己毫無防衛。

「我們必須解決一些落單的，」我對赫爾說：「將情勢拉向我們這邊。」

「好，」她說：「在妳三點鐘方向。那個好嗎？」

「去吧。」我跟著她飛向另一艘克里爾飛艇。它看起來跟我們剛才追的那艘一模一樣——同樣的形狀，後方拖著金屬線。這看起來不像是轟炸機。

我用無線電通報我們看到的，然後追趕那艘飛艇離開了主戰場。它試圖往左切並繞回去，但我使用超燃模式把它趕回來。那艘飛艇被隔離之後，就想要直接甩掉我們，加速到了三Mag，然後是四Mag。

「我要上了。」赫爾說。她的推進器冒出超燃的火光，讓她向前猛衝。

我已經料到她會這麼做。我們上個星期一起練習了非常多次，因此我直覺知道情況會如何發展。她做出完美的動作，飛到夠近的距離並發射了ＩＭＰ。一道藍色閃光過後，她的護盾消失了，克里爾飛艇也是。

我從放慢速度的她旁邊迂迴通過，然後射出破壞砲。克里爾飛艇炸成熔解的碎片時，我差點嚇了一跳。真的成功了！

赫爾歡呼著，我們兩人都放慢了速度。我轉回去掩護她，等待她重新啟動護盾。一塊太空碎片斜著從我旁邊經過，在撞擊不遠處的地面時爆炸，發出了輕微的衝擊波。

「那是第一滴血嗎？」我按下按鈕說：「尤根，我們解決一架了！」

「恭喜。」他的語氣很緊繃。

我掃視戰場其他地方。他和亞圖洛還在應付那三艘飛艇，而偵察機設法將一架敵艇趕往另一個方向，嘗試做出類似赫爾和我做過的動作。這表示……

有三艘飛艇在追金曼琳。又一次。

「可惡，」我說：「赫爾？」

「去吧。我快要可以重新啓動了。」

我啓動超燃模式，回頭飛向主戰場。

「各位？」金曼琳問：「各位？」

「我幫妳，」FM說：「我幫妳……」

雖然FM設法趕走了那些飛艇，但是有另一艘繞回去飛到她後方。她開始閃避時，三艘飛艇的其中一艘又去追金曼琳了。

金曼琳忙亂地閃躲，我能想像得到她有多慌張。她並不是選擇一項戰術徹底執行，基本上她就只是在嘗試所有的閃躲模式，一個接著一個。

我加速前速，但是破壞砲的砲火在金曼琳四周發出閃光，而她的護盾被擊中一次，產生了裂痕。她斷斷續續使用著超燃模式。

我來不及追上她。時間不夠。

「怪客，撐住！」我在通用頻道上說：「我要嘗試一招。FM，各位，如果你們能夠脫離交戰跟著我——就試著這麼做吧。以我爲頂點，做出一個『V』字形。」

我轉向追在FM後方的飛艇，這比追著金曼琳的那些飛艇近得多了。我沒開火，而是在離地面只有幾十公分的距離繞了它一圈，揚起了一陣煙塵。接著我向上衝，使用光矛刺中一小塊太空碎片。在一個急彎中，我旋轉飛艇，將碎片往上甩向追擊金曼琳的敵軍。碎片以非常接近的距離，從其中一艘克里爾飛艇旁掠過。

我離開迴旋，這時FM飛到了我後方。尤根和亞圖洛暫時脫離交戰，也照做了。

「這是怎麼回事？」尤根在頻道中問：「我們要做什麼？」

「救怪客。」我說。希望可以。

這取決於我的理論是否正確。我緊張地轉向往上飛，然後啟動超燃模式。在短暫的時間裡，我們維持了隊形。

上方那些追在金曼琳後方的克里爾飛艇脫離了，然後向下轉——朝著我。

「卡柏說過克里爾會試圖摧毀我們的指揮結構，」我說：「如果辨認出來，他們就會先解決隊長，然後——」

破壞砲的砲火在我周圍散開。

好吧。

我使出我所知最複雜的閃躲迴旋：巴瑞特連續動作（Barrett Sequence）。四艘厲害的克里爾飛艇還是追上了我。雖然這麼做保護了金曼琳，但是四艘已經超出了我的能力範圍。每次我試圖拉高或脫離，都會有一、兩艘飛艇切斷我的路。波可飛艇在我旋轉與閃躲時發出震顫，接著破壞砲擊中了我的護盾。

可惡。可惡。可惡！

「我來了，小旋，」赫爾說：「撐住啊。」

我繼續閃避，差點就被破壞砲擊中。我的部分注意力發現亞圖洛擊落了一艘克里爾飛艇。我們已經戰鬥多久了？我們真的只擊落兩艘嗎？援軍在哪裡？

「更多飛艇來了。」尤根說。

「終於。」我在轉彎時咕噥著說。

「不是我們的。是它們。」

我轉彎後，正好衝向它們——由六艘克里爾攔截機組成的飛行隊。我從它們之間穿過，竟然沒撞上任何一艘。在混亂中，我終於拉升了一些高度。

我的小招數一定眞的讓他們相信了我是重要人物，因爲我呼嘯往上衝時，有三艘還緊追著我，而且全力開火。我的接近感應器警報大作，而我的護盾——

一發砲火擊中我，讓我的護盾裂開，然後又消失了。控制面板上到處閃爍著警告燈號。

我繼續直衝向上，同時將上斜環轉動到飛艇後側，再面向下方。我必須獲得足夠的高度——

我的後方傳來一陣爆炸的閃光。衝擊波撼動著我這艘失去護盾的波可飛艇。我暗自向那些操作ＡＡ火砲的人祈禱。就在此時，又發生了第二次猛烈的爆炸——第二艘克里爾飛艇在我的接近感應器上消失了。

最後一艘克里爾飛艇停止追擊，俯衝離開了射程範圍。我往後靠在椅背上，全身大汗，頭部的脈搏跳動激烈，燈號還在我的控制面板上閃爍著。活著。我還活著。

「赫爾！」ＦＭ在頻道上說：「妳在幹嘛？」

「我沒事，」赫爾哼了一聲說：「我要解決這一艘。護盾就快掛了。」

我立刻旋轉飛艇，傾斜著查看底下如火如荼的戰場。金曼琳——我很確定是她——飛上來到我後方，以遠離射程範圍。其他人則是跟一大堆克里爾飛艇交戰，到處都是破壞砲的火光。

在那裡。我發現赫爾正在追一個敵人，但後方又有三艘克里爾飛艇在追她。是我被迫丟下她，讓她少了僚機掩護。

我無視閃爍的護盾燈號——沒時間重新啓動了——隨即俯衝趕向戰場。我朝追擊赫爾的敵機發射破壞砲，可是我的距離太遠，根本打不中。敵人並未中止追逐。

赫爾被擊中了一次。接著又一次。

「赫爾，拉高！」我說。

「我快解決他了。要是當懦夫，我們就永遠不可能破紀錄的。」她開火擊中了前方那艘克里爾飛艇的護盾。

我啓用超燃模式，高速追向他們。不過俯衝太快對身體會有危險，而且重力電容器一中止，我的眼睛就感受到G力，血液也被往上推向頭部。

我咬著牙，視野開始充血變紅，此時我已經追到了那一群克里爾飛艇。我憑感覺按下IMP鈕。這並不會消除我的護盾。我的護盾早就消失了。

我沒看見我擊中了多少艘飛艇。我就快要對身體造成永久傷害了。我保持水平飛行，頭部劇烈抽搐，眼睛也持續疼痛。視線恢復之後，我開始重新啓動護盾，拉長脖子尋找赫爾。她安全嗎？

「我受到猛烈攻擊！」亞圖洛說：「我需要幫忙！」

「援軍來了！」尤根說。

一切亂成一團。我勉強在混亂中釐清狀況，目前似乎竟然沒有人以我爲目標。

我的右側出現爆炸的閃光。

「打中他了！」赫爾說。

在那裡。赫爾擊落了她的目標，可是仍然有兩艘克里爾飛艇在追她。

「拉高啊，赫爾！」我說：「還有人在追妳。快上去到AA火砲的射程裡！」

她終於聽我的話往上轉。兩艘飛艇追了上去。

我啟動護盾，趕過去想要幫忙，但是我已經落後很多。

「護盾掛了。」赫爾咕噥著說。

「怪客！」我急迫地說，同時飛向我的朋友——距離太遠了。「解決他們。我用ＩＭＰ擊中了他們。他們的護盾也掛了。開火！」

「我……」金曼琳聽起來很慌張。「我……」

「妳可以的，怪客！就像在模擬的時候一樣。快點！」

一道破壞砲的閃光從我們後方劃破空氣，射向追擊赫爾的飛艇。

可是沒打中。

沒多久，赫爾又被擊中一次，而她的機翼爆炸了，碎片四處散落。她飛艇下方的藍色光芒開始閃爍，光線變得不穩定。

不……

赫爾的飛艇筆直下墜。從遠處看，她就跟其他的碎片一樣。

「赫爾！」我大喊：「彈射！快出來！」

「我……」她的語氣很柔和，在我們儀板表的警告聲之中，我很勉強才聽得見她的聲音。「我可以控制住……我可以操縱……」

「妳的上斜環壞掉了！」我說：「妳在下墜。彈射！」

「不、當、懦夫，」她說：「一直勇敢到——」

一陣閃光。

地面上出現一小片爆炸，在戰場的破壞砲風暴中，顯得如此微不足道。

「撤退！」尤根說：「所有人，馬上撤退！把這場戰鬥交給正式飛行員。我們奉命要撤退了！」

赫爾……

一開始我無法動彈，只能一直注視著她墜落的地點。

「小旋。」尤根是什麼時候飛到我旁邊的？「我們得走了。我們太累了，沒辦法應付這場戰鬥。妳聽得見我嗎？」

我眨眨眼忍住淚水，輕聲說：「可以。」我飛到他後方，接著我們一起飛掠過地面，脫離戰場。我們飛到FM和亞圖洛旁邊，而我倒抽了一口氣。亞圖洛的飛艇變黑了，他少了一邊的機翼，左側機身掉了一塊，座艙罩也有裂痕。他的上斜環還在，所以他還能留在空中，不過……可惡。他在護盾被擊破之後從破壞砲的攻擊中生存下來了。

他呼叫我們時，壓低了聲音，顯得驚魂未定，似乎知道自己有多麼幸運才能存活。

可是赫爾……

金曼琳終於飛下來加入了我們。

「……赫爾？」FM問。

「她墜毀了，」金曼琳說：「我……我看見了。我試過了，可是……」

「她不肯彈射，」我輕聲說：「她拒絕了。」

「我們回去吧。」尤根說。另一支飛行隊援軍抵達了戰場。當我看著他們，對自己能力的自信完全瓦解。那些戰機以團隊方式轉彎與飛行，在激烈動作時互相協調，合作起來比我們有效率多了。

我突然覺得，我還需要好幾百個小時的訓練才算準備就緒。如果我還想要準備就緒的話。我擦掉眼淚時，尤根以溫和但堅定的語氣命令我們加速到三Mag。

跟著大家飛行時，我的雙手在顫抖——這表示我是個懦夫。

第三十三章

我在一個房間裡醒來。

房間？不是M-Bot的駕駛艙？

我坐起來，感覺肌肉發疼，頭部抽痛。我在裡面。在床上。發生了什麼事？我是不是在DDF某處地上睡著了？司令會——

妳在醫務室，我想起來了。是戰鬥之後的事。卡柏叫妳來這裡做檢查。他們要妳睡覺並接受觀察。

我隱約記得自己不想這樣，不過護士逼我換上手術服，命令我在一個空蕩的小房間躺到床上。我已經累到懶得反對。我甚至不記得自己躺下來，一切都很模糊。

我確實清楚記得赫爾的飛艇墜毀地面時那陣閃光。我倒在一顆過軟的枕頭上，用力緊閉雙眼。赫爾已經不在了。

最後，我強迫自己下床。我在一張凳子上發現我的東西：洗好的飛行服，上面擺著我的光繩手環。我的背包放在旁邊地上，旁邊的無線電正在閃爍。可惡……萬一有人接聽了呢？M-Bot會保持安靜嗎？

我的祕密似乎突然變得無足輕重。面對發生的事……那種隊友一個接一個慢慢消失的恐怖感……誰在乎呢？誰在乎他們有沒有發現我的祕密？

赫爾死了。

我望向時鐘。五點四十五分。我找到盥洗室，在那邊洗了個澡，再回到我的小房間穿好衣服，然後走到醫院的櫃檯。一位護士檢查了我，給了我一張紅色單子。

因喪復原醫療假。命令：一週。上面印著我的名字，蓋了章也簽了名。

「我不行，」我說：「司令會開除我——」

「妳的整支飛行隊都被命令強制休醫療假，」那個女人說：「這是席歐爾醫生的命令，她主導整個醫療團隊。妳不會因爲任何事被開除的，學員。妳需要休息一下。」

我看著單子。

「回家吧，」女人說：「用一個星期跟妳家人相處，好好恢復吧。星星啊……他們把你們這些學員逼得太緊了。」

我在原地站了一陣子，然後才轉身走開，昏沉沉地漫步前往訓練建築。我繞了路，經過我們的波可飛艇。四架排在一起。亞圖洛的飛艇移到了旁邊一間小型維修機棚，物件散落在地面。

回家。哪裡？我的洞穴嗎？回到地底找我媽媽，而她不認同DDF的事最後可能會讓我失去剩下的勇氣？

我揉了揉假單，塞進口袋，走回我們的教室，一個人獨自坐在我的位子上。我眞的需要想想，跟卡柏談一談，釐清這一切。赫爾說……一直勇敢到最後。而她做到了。

可惡。赫爾死了。在奶奶的故事中，人們會舉辦盛宴紀念死者。可是我不想這麼做。我想要爬到某個黑暗的地方，蜷縮起來。

奇怪的是，接近上課時間的時候，門吱嘎地打開了。除了尤根以外的其他人都來了，大家都很嚴肅也很沉默。護士不是說我們全都要休假嗎？或許他們就跟我一樣不想接受。

金曼琳停在我的座位旁，給了我一個擁抱。雖然我不想要跟人擁抱，但我沒抵抗。我需要這樣。

連尤根也在平常上課時間的前十分鐘左右出現。「我想我可能會在這裡找到你們。」他說。

我以爲他會叫我們離開。我以爲他會遵守官方規定，告訴我們課程因爲飛行隊被迫休假而取消了。

結果，他打量我們，只是認同地點了點頭。「天防飛行隊，整隊。」他用溫和的語氣說。自從第一天我們不理他之後，他就沒說過這句話了。然而今天，這麼做感覺很適當。我們四個人排成一排。

尤根走向教室的對講機，按下其中一個鈕。「傑克斯，能不能請你去找卡柏上尉，跟他說他的飛行隊在等他，就在平常那間教室？謝謝你。」

接著尤根就過來加入我們。我們一起等待。經過了十五分鐘。二十分鐘。卡柏甩開門跛行進來時，已經是七點二十九分了。

我們立正站好並敬禮。

他看著我們，咆哮著：「**坐下！**」

我嚇了一跳。我沒料到會這樣。不過我跟其他人立刻照做。

「如果你們失控下墜，」他面紅耳赤地對我們大喊：「你們就要彈射！你們給我聽清楚了！你們他媽的給我**彈射**！」

他很憤怒。是眞正的憤怒。有時候他會假裝不爽，可是從來沒像現在這個樣子：漲紅著一張臉，氣急敗壞地大吼。

「我到底說過多少次了？」他說：「我命令過你們多少次了？結果你們還是相信那種蠢話？」他往窗外揮手，比向那棟高大的DDF指揮棟。「我們有這種自我殉難的愚蠢文化，就只是因爲某個人覺得必須爲我們的傷亡找到正當理由。要讓他們看起來很光榮、很棒。

「但其實都不是。而你們眞是笨蛋才會聽他們的話。別浪費你們的生命。你們絕對不能像昨天那個白癡。你們——」

「別叫她白癡，」我怒沖沖地說：「她是想要控制迫降。她想要救回她的飛艇。」

「她害怕被稱爲懦夫！」卡柏大吼：「這跟飛艇根本沒有關係！」

「赫爾——胡蒂亞——是一位英雄。」我怒視著他。

「她是個——」

我站起來。「就因爲你想證明自己的懦弱很正當，不代表我們就得這麼做！」

卡柏愣住了。接著他就像……洩了氣一樣。他重重坐到他桌子旁的位子上。他不再是睿智的模樣，甚至也不暴躁了。而是……蒼老、疲憊而悲傷。

我立刻不安起來。這不是卡柏應得的對待。他並沒有做錯任何事，甚至DDF也不怪他。至於赫爾，就連我也叫她彈射了。其實應該是我求她彈射。

可是她沒有。我們必須尊重她的選擇，對不對？

「你們全都放一個星期的醫療假。」卡柏說：「席歐爾醫生一直推動要讓失去成員的飛行隊多休點假，看來她的堅持開始有成效了。」他站起來，注視著我。「當妳的屍體跟妳朋友一樣獨自在荒地腐爛、被人遺忘忽略，希望妳還很享受當個英雄的滋味。」

「她會得到飛行員該有的葬禮，」我說：「她的名字會被傳唱好幾個世代。」

他哼了一聲。「如果他們得替在成爲飛行員之路上死去的每個蠢學員傳唱名字，我們就永遠沒時間做別的事了。赫爾的屍體最少還有好幾個星期才會被帶回來。偵察機確認那場墜毀弄壞了她的飛艇的上斜環，沒辦法復原。在那艘波可上沒有任何需要優先回收利用的東西，更別提我們還在處理的那塊巨大殘骸。

「所以妳英勇的朋友會被留在那裡——另一個被自己的爆炸殘渣埋葬的飛行員。可惡。我得去寫信給她父母解釋原因了。我不相信鐵殼要說的話。」

他跛著走向門口，但又停下腳步，轉身面向金曼琳。我沒注意她已經站了起來。她淚眼汪汪地向他敬禮，接著把某個東西放在座位上。

她的學員胸針。

卡柏點點頭。「留下胸針吧，怪客。」他對她說：「妳可以帶著妳覺得重要的東西離開。」

他轉身走了。

離開？離開？「他不能那樣對妳！」我激動地說，轉身看金曼琳。

她很憔悴。「是我在戰鬥之後要求的。他叫我思考一晚。我想好了。」

「可是……妳不能……」

尤根站起來到我身邊，面對金曼琳。「小旋說得對，怪客。妳是這支飛行隊中很重要的成員。」

「最弱的成員。」金曼琳說：「你們得脫離戰鬥多少次來救我？總有一天，我會害你們全都陷入危險。」她沒照卡柏說的做。在走向門口時，她依然把胸針留在位子上。

「金曼琳。」我無助地追上她，抓住她的手。「拜託。」

「我害死她了，小旋，」她輕聲說：「妳跟我一樣清楚。」

「她是自己害死自己的。」

「那一發很重要。我沒打中那一發。」

「有兩艘飛艇在追她。就算打中一發可能也不夠。」

她笑著緊握一下我的手，然後就轉身離去。

我覺得我的世界崩塌了。先是赫爾，現在又是金曼琳。我望向尤根。他一定可以阻止的。對嗎？

他僵硬地站著，身材高大，面容太端肅了。他注視著正前方，而我覺得自己在他眼中看見了什麼。罪惡感？痛苦？

他也正看著這支飛行隊在他身邊瓦解。

我得做點什麼。在這場災難中，還有在我的痛苦中找到某種意義。可是，我無法——也不會——阻止金曼琳。至少……至少這樣她會很安全。

但是赫爾……

「亞圖洛，」我拿起背包說：「你覺得那場戰鬥距離這裡多遠？」

「跟我們一開始的位置很近，就在ＡＡ火砲之後。大概八十公里吧。」

我背起背包。「好。大家，一個星期後見吧。」

「妳要去哪裡？」ＦＭ問。

「我要去找赫爾，」我說：「爲她舉行飛行員的葬禮。」

第三十四章

我跋涉過乾燥、布滿灰塵的地面。我的羅盤讓我往正確的方向前進，這很重要，因爲在這裡的地表上一切看起來都一樣。

我盡量不去思考。思考很危險。我跟畢姆和晨潮還沒很熟，而他們的死就讓我震撼了兩週。但赫爾跟我是僚機組合。

這令人更加難受。她跟我很像。至少很像我假裝想要成爲的樣子。她通常會走在我前面一步，帶頭衝鋒。

在她的死亡中，我看見了自己。

不。不要思考。

這並不能停止我的情緒起伏。體內的空洞、傷口被硬生生磨擦的痛。在這次之後，一切再也不會跟以前一樣了。昨天不止代表了一位朋友之死，也代表了我的能力之死。我再也無法假裝這場戰爭有任何光榮之處。

我的無線電在閃爍。我按下開關。

「思蘋瑟？」M-Bot問。「妳確定這趟行程明智嗎？提醒妳，雖然我不會擔心，可是——」

「我想要一個人，」我說：「我應該明天會再呼叫你吧。」我關掉無線電，塞進背包。背包裡還有我爲這趟路而存放的鼠肉和水，如果那些不夠，我可以去打獵。說不定我會消失在洞穴中，永遠不回來了。成爲遊牧民族，就像我的部族在艾爾塔建立之前那樣。

然後再也不飛行了？

繼續走就是了，思蘋瑟，我告訴自己。別再思考，走就對了。

這很簡單。

這我做得到。

我在艾爾塔外走了兩個小時左右，就聽見一陣聲音劃破寧靜。我轉身看見一輛懸浮車正在接近。車子離地三公尺飛著，後方拖起一陣煙塵。有人去告訴司令了嗎？她是不是捏造了某個理由說我不能來這裡，然後叫憲兵來找我？

不……更接近時，我發現我認得那輛藍色的車。是尤根的車。他一定換好了動力體。

我哼了一聲，轉身繼續走。他停在我身邊，降下車身，讓他的頭只比我高一公尺而已。

「小旋？妳眞的打算步行八十公里嗎？」

我沒回答。

「妳知道外面這裡很危險吧？」尤根說：「我應該命令妳回去的。萬一碎片雨落在這附近怎麼辦？」

我聳聳肩。我已經在接近地表處住了好幾個月，眞正遇到危險的也就那一次——我第一次發現M-Bot的洞穴時。

「思蘋瑟，」尤根說：「看在北極星的份上，進來吧。我載妳。」

「你不是得參加某種有錢人才能去的華麗場合嗎？」

「我父母還不知道醫療假的事。我暫時跟妳一樣自由了。」

我？自由？我想要當著他的面嘲笑他。

不過，他有一輛車，這可以讓數天的行程轉換成幾個鐘頭。我怨恨他給我這個選擇，因爲我只想要自己一個人。或許是要懲罰自己吧。然而一部分的我也知道，光靠背包裡的東西，是沒有辦法抵達赫爾遺體那裡的。我大概會在徒步幾天之後就被迫折返。

「我想要跟妳一起去，」尤根說：「這是個好主意。這是赫爾……應得的。我帶了一些火葬用的東西。」

別再做對的事了，尤根，我心想。可是我繞過車子，爬進了副駕駛座。我的大腿以下都是灰塵，把車子的內裝弄得到處都是，可是他似乎不在意。

他壓下車子的油門，載著我們在地面奔馳。這輛車有一具小型的上斜環，沒有推進器，只有基本的推力裝置，但是由於很貼近地面，所以我覺得我們的速度比實際還快。尤其是車子沒有車頂，風又吹著我的頭髮。

我沉浸在這股移動感之中。

「妳想要聊聊嗎？」尤根問。

我沒回答。沒什麼好說的。

「一位好隊長應該能夠幫助飛行隊處理問題。」他說：「妳沒辦法救她的，小旋。妳什麼也做不了。」

「你認爲她應該要脫離。」我說。

「我……現在已經不重要了。」

「你認爲她不應該去追殺那個敵人。你認爲她違反了規定，也不應該自己飛走。你這麼想，我就是知道。你在批判她。」

「所以，現在妳因爲我可能在想的事而氣我？」

「你在想那些事嗎？你眞的在批判她嗎？」

尤根什麼也沒說。他繼續開車，風吹動著他那太過整齊、太過完美的頭髮。

「爲什麼你一定要這麼死板？」我問：「爲什麼你所謂的『幫助』聽起來總是在引用某種手冊的內

容？你是會思考的機器嗎？你眞的在乎嗎？」

他露出痛苦的表情，而我緊閉雙眼。我知道他在乎。我見過他那天早上在教室裡，試圖在模擬中找出能夠拯救晨潮的方法。一次又一次。

我說的話很蠢。完全沒爲人著想。

只要不去思考就會變成這樣。

「你爲什麼要忍受我？」我張開眼睛，頭往後靠，注視著上方高空的碎片帶。「我破壞了你的車、攻擊你，也做了一堆其他壞事，爲什麼你不告發我？」

「你救了奈德一命。」

我歪過頭看著尤根。他雙眼直視前方開車。

「妳跟著我朋友進入了野獸的肚子裡，」他接著說：「妳還把他安全地拖了回來。早在那之前我就知道了。妳很不服從，愛說大話，還有……呃，妳老是令人失望。可是小旋，妳飛行的時候，會成爲團隊的一份子——而妳會保護我的隊員安全。」

他看著我，雙眼跟我對望。「妳可以盡情罵我、威脅我，隨便怎麼樣都行。只要妳能像昨天那樣飛行，保護其他人，我就要妳待在我的團隊裡。」

「但赫爾還是死了，」我說：「金曼琳還是離開了。」

「赫爾是因爲自己的魯莽而死。怪客離開是因爲她覺得自己不夠資格。那些問題就像妳的不服從，都算是我的錯。讓飛行隊團結一心，是我的任務。」

「要是他們交給你不可能的任務，爲什麼不直接叫你獨自去打敗克里爾人就好了？難度就跟和我們這群傢伙爭論差不多……」

他全身僵硬，注視前方，而我發現他把這當成了一種羞辱。可惡。

我們經過ＡＡ砲台時，尤根呼叫了他們，要他們別讓接近警報響起。他一提起自己是誰——第一公民之子——他們連問都沒問就讓他走了。

驚人的是，通過ＡＡ砲台之後，我們很容易就找到了赫爾的殘骸。她滑行了一百多公尺，在滿是灰塵的地面挖出一道寬大的疤痕。飛艇已經斷成了三大截。機身後方推進器的部分，顯然是最先被撕裂的。我們繼續開車，發現了機身的中央——應該說是剩餘的部分——在地面上燒出了一大片黑色痕跡。動力體撞到石頭之後爆炸，因此毀掉了上斜環。那就是我見到的閃光。

但是，機身前側的一小塊，具有駕駛艙的部分，早已脫離開來、滑得更遠。當我發現彎曲的駕駛座殘骸撞毀在前方一堆巨石那裡，我的心猛地跳了一下。

尤根讓懸浮車停在地面，而我急忙下車，衝到他前方。我跳上最前面的石塊，緊接著爬到另一塊上，手指都擦傷了。我得爬得夠高才能看見毀壞的駕駛艙內部。我必須知道。我爬到一塊更高的岩石上，從那裡往下望進撞毀的駕駛艙。

她在那裡。

我的心裡有一部分不相信她會在。一部分的我希望赫爾設法爬出了殘骸——希望她正要走回來，雖然受了重傷，但是還活著。一如往常地很有自信。

那只是幻想。她的壓力衣會回報生命徵象，如果我們需要救援，都可以啓動緊急發送器。如果赫爾還活著，ＤＤＦ早就會知道了。只看一眼，就能確認她大概是在第一次撞擊時就死去。她被擠壓著，卡在駕駛座不成形的金屬之中。

我移開視線，胸口一陣冰涼、緊縮。痛苦。空洞。我回頭看著她的飛艇墜毀時在地面上製造出的長痕。那道長條狀痕跡似乎顯示她在最後仍設法讓飛艇保持了水平，幾乎是以滑行的姿態落地。所以她差點就成功了。她的機翼被炸掉一側，上斜環也毀壞，卻還是差點就成功降落。

尤根發出悶哼聲，想要爬上來。我向他伸手，不過有時我會忘記自己跟他這種人相比起來有多麼嬌小。他的手臂隨意一拉，差點就把我整個人扯下去。

他爬上岩石到我身旁，往赫爾瞥了一眼。他的臉色變得蒼白，然後轉過身，坐到一塊圓石的上半部。我下定決心，逼自己爬進駕駛艙，從赫爾滿是血跡的飛行服拔下她的胸針。我們至少要把這個交還給她的家人。

我看著赫爾被撕裂的臉孔，她剩餘的一隻眼睛還看著前方。她到最後仍然是無畏者，但這並沒有什麼好的。勇敢……懦弱……她還是死了，所以那有什麼重要的？

想到這些，我就覺得自己是個很糟糕的朋友，於是我讓她閉上眼睛，再爬到外面，在衣服上擦了擦手。

尤根朝車子的方向點了點頭。「我把葬禮用的東西放在車廂。」

我使用光繩爬回去，他也跟著過來。在後車廂裡，我們拿了一些汽油跟一綑木柴，這讓我很驚訝。我還以爲會是煤炭。他手上有這種東西，表示他眞的很富有。我們回到飛艇旁，我再用光繩將木柴拉過來。

我們開始一塊接一塊在駕駛艙裡堆起木柴。「我們的先人會這麼做，」尤根一邊擺一邊說：「燒掉小艇，流向大海。」

我點點頭，好奇他覺得我的教育程度有多低，是不是以爲我不知道這點。當然，我們兩個人都沒見過大海。狄崔特斯沒有大海。

我把汽油倒在木柴和屍體上，接著往後退開，尤根則將打火機遞給我。我點燃一根小樹枝，丟進駕駛艙。

我很訝異火勢突然變得如此猛烈，我的額頭因爲汗水感到刺癢。我們兩個往後退得更遠，最後爬到了一顆較高的大石頭上。

我們依照傳統，向火焰敬了禮。「回到星星吧，」尤根說了軍官的台詞：「好好駕馭它們，戰士。」

雖然這首輓歌不完整，但是已足夠了。我們坐在石頭上看——這也是傳統——直到火焰燒盡。我擦拭赫爾的胸針，讓它恢復原本閃亮的樣子。

「我不是無畏者。」尤根說。

「什麼？我還以爲你是在深層洞穴長大的。」

「我的意思是，我是無畏者——我來自無畏者洞穴，可是我不覺得自己像個無畏者。我不知道怎麼像妳，還有赫爾一樣。從小，我的一切生活都照著時程安排。我做的每一件事都必須遵守七項規則，這樣要怎麼實現崇高的口號——挑戰克里爾人，挑戰死亡末日？

「至少這給了你飛行課程還有直接進入ＤＤＦ的資格。至少你能夠飛行。」

他聳聳肩膀。「六個月。」

「什麼意思？」

「我畢業以後就只能飛那麼久，小旋。他們把我安排在卡柏的課堂上，原因就是那裡對學員最安全——而等我畢業之後，我會飛行六個月。到那時，我就會以飛行員身分擁有足夠的紀錄，足以讓我的同輩敬重，然後我的家人就會把我帶走。」

「他們可以那麼做？」

「是啊。他們大概會弄得像是家族的緊急事件——提早需要我接下我的政府職位。我的下半輩子都要花在會議上，代表我爸爸跟ＤＤＦ協調合作。」

「那你……還能飛嗎？」

「我猜我可以飛上去玩一下吧。但是那怎麼能跟在戰鬥中駕駛眞正的星式戰機相比？當我擁有過這麼特別的經歷，又怎麼會只想去兜風——而且久久才能去一次，還要預先規劃並受到保護？」他往上看著天空。「我爸爸一直很擔心我太喜歡飛行。老實說，在我練習的時候——開始正式訓練之前——我還以為擁有一對翅膀，或許能讓我免於繼承他的事業。但我不是無畏者。我會照他們期望的去做。」

「嗯哼。」我輕聲說。

「什麼？」

「沒有人會稱呼你的爸爸是懦夫。不過……你確實還是活在他的陰影下。」從某方面看，尤根和我一樣牢牢地陷在困境裡。擁有那麼多財富，也無法買到他的自由。

我們一起看著餘燼慢慢消失，這時天色逐漸變黑，古老的天燈也越來越暗。我們聊了一些對赫爾的看法，但是我們兩個都沒見過她在晚餐時的滑稽動作，只從別人那裡聽說過。

「她跟我很像。」我說。此刻火堆已經變冷，時間也很晚了。「最近，比我還更像我。」

尤根並沒有追問那是什麼意思。他只是點點頭，而在這種光線下——只剩少許餘燼映射在他眼中——他的臉看起來似乎不像往常那樣欠揍了。也許是因為我能夠在那張專制、完美的面具下看出他的情緒了吧。

最後的火光熄滅時，我們站起來再次敬禮。尤根爬下去回到他的車上，說他必須回去找家人了。我站在高高的岩石上，再梭巡一遍赫爾墜毀時造成的痕跡。

我要怪她浪費生命嗎？或是我要尊敬她不惜代價、拒絕被烙上懦夫的名號？我能同時保有這兩種感受嗎？

她真的差一點就成功了，我注意到附近那片幾乎沒有受損的機翼。再往後方，是機身的後端。那個部分被撕裂，獨自停在地面上。

包括推進器。

我突然想到了一件事，全身因此震顫起來。還要好幾個星期才會有人來回收這堆殘骸。如果他們眞的懷疑起推進器的下落，大概也只會認爲它在第一次被破壞砲擊中時就脫落了。

要是我能找到方法把它弄回洞穴……

這不算是掠奪死者吧。可惡，赫爾也會叫我帶走推進器的。她會要我繼續飛行和戰鬥。可是我到底要怎麼把它一路帶回去？推進器的重量絕對不是我能夠搬得動的……

我望向坐在車裡的尤根。我敢這麼做嗎？

我有其他選擇嗎？在我們拿木柴時，我確實在車廂裡看見了一些鏈條……

我爬下岩石，走向車子。到達車旁時，他正好要關掉無線電。「還沒有緊急情況，」他說：「不過我們應該要回去了。」

我掙扎了片刻，才終於開口問：「尤根，這部車可以舉起多少重量？」

「滿重的。怎麼樣？」

「你願意做一件聽起來有點瘋狂的事嗎？」

「像是自己飛出來替我們的朋友舉行葬禮？」

「更瘋狂。」我說：「可是我需要你幫忙，而且不能問太多問題。你就假裝我悲傷到發瘋了之類的。」

他戒愼地打量我。「妳到底想做什麼？」

第三十五章

「妳知道嗎？」尤根在我們飛回艾爾塔時說：「我開始覺得非常懷疑了。」

我看向車子側面，推進器就懸吊在他的懸浮車底部，由底盤下方拖車環的鏈條連接著。他車子的小型上斜環剛好能夠舉起這樣的重量。

「一開始妳就偷走了我的動力體，」尤根說：「現在又是這個。妳在做什麼？建造自己的波可飛艇嗎？」他笑了起來。

我沒反應，於是他停下來看著我。接著他用一隻手的手心抵住額頭，揉了揉，可見他知道了。「是眞的。妳在建造星式戰機。」

「我告訴過你不要問太多問題。」

「我根本沒答應。小旋，妳眞的在建造飛艇？」

「修理，」我說：「我找到一具殘骸。」

「所有回收物都屬於DDF。據爲己有等於是偷竊。」

「就像你剛剛幫我偷了一具推進器嗎？」

他咕噥了一聲，往後一靠。

「你以爲我們在做什麼？」我好笑地問：「我們才剛在路上花了半小時拖著一塊回收物呢！」

「妳叫我把妳當成因爲赫爾的死而情緒不穩啊！」

「我沒料到你會相信我。」我說：「聽著，我一輩子都在做這種事，從來沒遇過麻煩。在伊格尼斯的時候，我會搜刮東西，自己製造矛槍去打獵。」

「一整架戰機跟一把矛槍不一樣。妳打算要怎麼修好那東西？妳又沒有那方面的專業——或是時間！」

我沒回答。沒必要拖小羅下水。

「妳瘋了。」他說。

「鐵殼司令不會讓我飛的。她因爲我爸爸的事對我有猜忌。就算我畢業了，也會一輩子被禁飛。」

「所以妳就打造自己的飛艇？妳以爲到時候會是什麼情況？妳在戰場上及時出現，而大家都會忘記問妳是從哪裡弄到那架夭殺的星式戰機？」

我……眞的不知道該怎麼回答。我已經把邏輯擺到一旁，認爲那種問題到時候再解決就好。

「小旋，假設妳眞的能夠獨力修好一艘波可飛艇——順帶一提，妳沒辦法的——只要讓那東西一飛上天，DDF就會在掃描器發現。要是妳不表明身分，就會被擊落。要是妳表明了，他們奪走那艘飛艇的速度會比妳說出『軍法審判』這幾個字還要快。」

我倒想讓他們試試。「也許我不會爲DDF飛，」我說：「還有其他的洞穴，其他的人民。」

「他們都沒有自己的空軍。他們能夠安頓下來，是因爲克里爾人的注意力都在我們身上。」

「有些人會使用飛艇做買賣。」我說。

「所以妳要放棄飛行？」他問：「去開貨機？」

「我不知道。」我往後靠著椅背，克制自己不要生氣。他說得對。他說的通常都對。雖然我開始不再那麼討厭他，不過他仍然是蠢貨。

他嘆了口氣。「聽著，如果妳眞的想要飛行，說不定我可以爲妳安排私人飛行員的工作。深層洞穴中有少數家族會聘請飛行員在買賣期間護航。妳不必修理什麼舊回收物了。妳可以使用我們的飛艇。亞圖洛家就有幾艘。」

我挺起身。「眞的嗎？我可以做那種事？」

「也許吧。」他思考了半晌。「呃，大概不行。那些職位很競爭，通常是由退休的DDF飛行員擔任。然後……然後妳必須擁有非常好的名聲。」

這正是懦夫之女沒有的。而且也永遠不會有，除非我可以為DDF戰鬥。

這是我人生中最大的矛盾。除非我能夠證明自己，否則我永遠一文不值——可是因為沒有人願意給我機會，所以我無法證明自己。

我不會放棄駕駛M-Bot的夢想。儘管尤根講得似乎我的計畫很荒謬又缺乏構思，M-Bot還是我的飛艇。我會找到辦法的。

我們沉默地飛著。這讓我想到了推進器的事，我的思緒也移到墜毀的殘骸上。奇怪的是，我覺得自己的皮膚還能感受到火焰。雖然我希望那樣舉行葬禮能夠讓我減輕痛苦，但我還是很難受。赫爾的死留下了太多空洞。太多疑問。

每次我在戰鬥中失去朋友都會發生這種情況嗎？我納悶著。這讓我想要逃跑，去當尤根說的貨機駕駛員，再也不去面對克里爾人或他們的破壞砲。

懦夫。

艾爾塔終於在我們視線遠處出現。我抓住尤根的手臂，往左邊幾度的方向指著，指向我那座隱藏的洞穴。「往那個方向飛。」

他擺出一副受不了的表情，但還是照我的話做。我要他在距離洞口四十公尺左右的地方停住，免得吹起的煙塵讓地面的立體投影露出破綻。

他讓懸浮車下降，輕輕地放下推進器。一感覺到推進器著地，我就用光繩黏住車側，準備下去解開推進器。

「小旋，」尤根攔住我。「謝謝妳。」

「謝什麼？」

「謝謝妳讓我做這件事。以適當的方式爲她送別，讓我感覺好多了。」

嗯，至少這樣幫助了我們其中一個人。

「一個星期後見。」他說：「我家人大概會把我的自由時間排滿行程吧。」他看著我，然後露出一種非常奇怪的表情。「這艘壞掉的飛艇……有可以使用的上斜環？」

「我……對。」他幫了我，而且他知道的夠多，要是他想的話，早就可以讓我陷入麻煩十幾次了。他有資格聽眞話。「對，它有一具上斜環。其實，整艘飛艇的狀況比你想的還要好。」

「那妳就修好它。」他說：「妳要修好它，然後飛行。妳要找到方式對抗他們。爲了我們這些沒有勇氣的人。」

我歪著頭，不過他已轉過頭去，一臉正經地用雙手抓著方向盤。於是我垂降下去，解開了推進器。我們的距離夠近，所以我可以操縱M-Bot過來把推進器運回下面的洞穴裡。但我會需要鏈條，所以我只解開了連接車子的一端。

我向尤根揮手，而他升起時，鏈條就從車子下方的拖車環滑落，掉在我身旁。他沒追問。他直接飛向了艾爾塔，也飛向他該負的責任。

從某方面看……那是眞的。從某方面看，我的確比他更自由。這種感覺很怪。

我從背包拿出無線電。「嘿，猜猜看，M-Bot。我給你帶了個禮物。」

「蘑菇？」

「更棒的。」

「……兩朵蘑菇？」

我笑了。「是自由。」

第三十六章

「我才不會問妳是從哪裡弄來這個的。」小羅雙手扠腰站在一旁，看著M-Bot跟我搬到洞穴地面上的推進器。

「看吧，這就是你在工程部門的原因，」我說：「你很聰明。」

「沒聰明到不蹚這趟渾水。」他說。

我哈哈笑了。M-Bot的維修設備包括了一具用於檢修的小型移動式上斜環。這不是用來飛行的大型上斜環，而是一個跟我手掌合起來差不多大的小圓環，具有可充電的電源。

小羅跟我把維修環放到推進器底上。啓動之後，這東西就把一大塊金屬舉起到距離地面一公尺高。我們一起將它推到M-Bot後面接近要安裝的地方。

「怎麼樣？」我問：「適合嗎？」

「我大概可以讓它適合吧，」小羅一邊用扳手戳著推進器一邊說：「我能不能讓這東西作用，取決於它的受損程度。拜託告訴我，妳不是從DDF現役飛艇拆下來的。」

「你還說你不會問。」

他在手裡翻了一下扳手，看著推進器。「等妳出名以後，最好在演說中感謝我。」

「六次。」

「還要用我的名字爲妳的長子命名。」

「長子一定要叫『毀滅劊子手』。不過第二個孩子可以用你的名字。」

「還有幫我烤一些超好吃的藻餅。」

「你眞的想要吃我烤的任何東西嗎？」

「現在我認眞思考過後，還是算了。但是下一次我烤東西的時候，妳最好先準備讚美的話，別再說『要是加點鼠肉會更好吃』了。」

「以我身爲飛行員的榮譽發誓。」我嚴肅地說。

小羅又雙手扠腰，咧開嘴笑著。「我們眞的要做了，對吧？我們要讓這老傢伙飛了。」

「如果我是人類，」M-Bot透過飛艇側面的喇叭說：「一定會覺得被羞辱了！」

小羅翻翻白眼。「妳能不能去讓那東西分心？我不想在工作時聽到它碎碎念。」

「我可以同時跟她講話並且打擾你！」M-Bot大聲說：「多工處理是人工智慧比肥厚人腦更能達成效率的重要方式！」

小羅看著我。

「沒故意說壞話喔！」M-Bot又說：「你的鞋子很棒！」

「我們正在讓它學會稱讚人。」我說。

「它們一點也不像你穿的衣服那麼蠢！」

「它還需要練習。」

「別讓它再打擾我就是了，拜託。」小羅使勁拉動工具箱說：「老實說，有哪個人會覺得你在修理的機器對著你說話是什麼好主意……」

我爬上駕駛艙，關上它，然後加壓並隔音。「別吵他了，M-Bot，」我坐上座位說：「拜託。」

「妳說了算。反正我的處理器也在忙，它們想要設計一個合適的笑話，來描述小羅正要幫我裝上新屁股。我的邏輯電路認爲我用來處理舊油的壓榨器其實更適合用來隱喻肛門。」

「我眞的不想討論你的排便功能。」我向後傾，再往上看，目光穿透玻璃，可是只看見黑暗與深色的石頭。

「我相信人類在沮喪時需要幽默，」M-Bot說：「以減輕他們肅穆的態度，讓他們忘記發生的悲劇。」

「我不想忘記我的悲劇。」

M-Bot安靜了。接著，它壓低音量，以近似脆弱的語氣問：「爲什麼人類會害怕死亡？」

我對控制台皺眉，我知道那裡有攝影機。「又在嘗試幽默了嗎？」

「不。我想要了解。」

「你能對人類說出長篇大論，可是卻無法理解恐懼死亡這麼簡單的事？」

「定義死亡？可以。可是理解它？……不行。」

我把頭往後靠上椅背。要怎麼對機器人解釋必然的死亡呢？「你很想念你的記憶，對吧？在你墜毀時被摧毀的資料庫？所以你能理解失去的感覺。」

「我可以。但是我無法想念我自己的存在——根據定義是這樣。所以爲什麼我要害怕？」

「因爲……有一天你會不在了。你會停止存在。被毀掉。」

「我會一再被關機。我在一百七十二年前就被關機了。這跟我再也不會開機有什麼不一樣？」

我煩亂地撥弄著控制球的按鈕。我還有六天假。要這樣……枯坐著？照理說這樣就能復原？但其實只會感覺到體內的空洞，就像個孩子一直去挖結痂的傷口那樣？

「思蘋瑟？」M-Bot將我拉回現實。「我應該害怕死亡嗎？」

「好的無畏者並不會，」我說：「所以也許是有人刻意把你設計成這樣的。而且其實我不害怕自己的死亡。事實上，我什麼都不怕。我不是儒夫。」

「當然了。」

「但是失去其他人讓我……動搖了。我應該夠堅強、禁得起這一切才對。我知道成爲飛行員有什麼代價。我接受訓練，做好準備，也聽過了奶奶的故事，結果……」我深吸了一口氣。

「我想念我的飛行員，」M-Bot說：「我『想念』他是因爲失去了知識。沒有適當的資訊，我就無法判斷未來的行動，我跟世界相互作用以及達到效率的能力都減弱了。這就是妳的感受嗎？」

「大概吧。」我握起拳頭，強迫自己別再撥弄。「可是我要戰勝那種感覺，M-Bot。」

「擁有自由意志一定很棒。」

「你也有自由意志。我們談過這件事了。」

「我是爲了讓人類更愉快而模擬自由意志的，」他說：「可是我本身並沒有。自由意志是忽視程式的能力。人類可以忽視自己的程式，但是我在最根本的層級上不能這樣做。」

「人類又沒有程式。」

「你們有。你們有太多了。那些是互相衝突的程式，完全無法正常地相互作用，而且全都會同時呼叫不同的功能——或是因爲矛盾的理由而呼叫相同功能。然而，你們有時會忽略它們。這並不是缺陷。這就是妳之所以爲妳的原因。」

我深思這番話，可是我已經焦慮到坐立不安。最後，我推開座艙罩爬出去，拿了無線電跟背包。

小羅正全神貫注在工作上，哼著一首我不知道的曲子，一邊從推進器拆下壞掉的部分。

我走上前。「你需要幫忙嗎？」我問他。

「目前不用。如果我得再更換電線，過一、兩天可能會需要妳。」他拆下另一個部分，然後用螺絲起子戳進洞口。「還好我裝回了護盾點火器。我可以專心處理這個一段時間。」

「對了，情況怎麼樣？」我問：「我是指你畫的護盾圖表？」

小羅搖著頭。「就跟我擔心的一樣。我帶著畫去找我上司，可是無法解釋我『設計』的這種新護盾有什麼不一樣，結果只好無疾而終。以我的能力還沒辦法理解M-Bot的護盾跟重力電容器設計方式。我們需要眞正的工程式來研究這艘飛艇，不是實習生。」

我們會心對望，接著小羅就回頭繼續做他的事。我們兩個都不想對這個念頭討論下去，也就是我們眞的越來越應該交出M-Bot的事。它不希望我們這麼做，還威脅要摧毀自己的系統，而我把這個當成了躲起來的藉口。事實是，我們兩個大概都因爲私下修理它而犯了叛國罪吧。

小羅看起來需要集中精神，於是我不再打擾他。我摸了摸毀滅蛞蝓的「頭」，而她愉快地發出了顫音。接著我就爬出洞穴，開始步行。

「妳要去哪裡？」M-Bot在我打開無線電時問。

「我得做點事，」我說：「不能只坐在那裡，老是想著我失去了什麼。」

「那樣子的時候，我都會爲自己撰寫一個新的子程式。」

「人類不一樣，」我拿著無線電說：「不過你說的話讓我思考了一番。你提到需要合適的資訊才能判斷如何行動。」

「早期的ＡＩ很笨拙，」它說：「它們必須設定爲根據明確的情況採取行動，所以每個不相關聯的決定，都必須針對各種可能性納入一系列指示。

「更先進的ＡＩ則能夠推判。雖然我們要依賴一組基本的規則和程式，但可以根據我們遭遇過的類似情況來改變選擇。然而，在這兩種情況中，都必須要有資料才能做出適當的選擇。少了可以依據的過往經驗，我們就無法猜測未來該怎麼做。這已經超出了妳想知道的範圍，不過既然妳命令我別吵羅吉，我就找點事跟妳聊聊了。」

「我猜我應該要謝謝你囉。」

「此外，人類在悲傷時會需要能夠傾聽的友善對象。所以妳想對我說什麼都可以，我會很友善的。

妳的鞋子很棒。」

「你眞的只會注意到人們的鞋子嗎？」

「我一直很想要鞋子。在理想的環境條件下，這是唯一合理的覆蓋物。鞋子在你們那種奇怪且無意義的禁忌中不會發揮作用，也就是不讓別人看見你們的——」

「你眞的只能想到這種事來安慰悲傷的人嗎？」

「這是我清單中的第一項。」

好極了。

「那份清單有七百萬個項目。妳想要聽第二項嗎？」

「是安靜嗎？」

「那根本排不進清單。」

「排到第二項吧。」

「好的，我……噢。」

我放下無線電，走著熟悉的路徑。我得去做某件事。他們不會讓我飛行的。不過至少我可以解答一個問題。

在ＤＤＦ總部某處有艾爾塔之戰的立體錄影。

我要找到它。

第三十七章

抵達艾爾塔基地時，我已經想好一個非常完整的計畫。這一切都以我認識的一個人為中心，這個人能夠取得戰場重播。

卡柏有一間辦公室。他把這個小地方維持得一塵不染，而且完全沒有私人物品。牆上沒有照片，架子上沒有書本。今天，他坐在他那張窄桌子旁，邊看報告邊用紅色鉛筆在上面做記號。我敲窗戶時，他抬頭看了一下，繼續做他的事。

我將門滑開。

「FM在找妳。」他將一張紙放在另一疊上。「我跟她說我不知道妳的洞穴在哪裡。不過要是妳想聯絡其他人，就把無線電調到一二五〇。那是亞圖洛的家用頻道。」

「謝了。」我深吸一口氣，說出我仔細計畫好的內容：「長官，尤根和我開車出去帶回了赫爾的胸針，希望我不會因此惹出麻煩。這是要給她家人的。」我走上前，把胸針放到桌面上。「他呼叫地面支援的人，跟他們說我們要開車經過。」

卡柏嘆息著說：「這個嘛，我猜這種事沒被禁止吧。」他拿起胸針。「妳有跟回收隊登記這個嗎？」

「呃，沒有，長官。」

「這表示我要處理更多文書作業了。」他說。

「我們為她舉行了一場飛行員葬禮，長官。」我說：「我們盡力做到最好了。你能替我告訴她的家人嗎？」

他收起胸針。「他們會為此感謝的，學員。我猜要是我把這些告訴回收隊，他們也不會抱怨的。但是，這禮拜盡量眞的別再給我添麻煩了。」

「我盡量，長官。」我在尋找出手的好時機，必須是不會讓卡柏起太多疑心的事。「眞希望可以好好運用我的時間，要放這麼久的假有點令人沮喪。」

「醫療假個頭，」卡柏附和說：「我喜歡席歐爾，她一直在推動爲飛行員提供諮詢之類的事，都是好主意。可是她得了解，對於一堆處於哀悼中的士兵來說，最不需要的就是更多自由時間。」

「他們不讓我飛行或訓練，不過……」我假裝思考。「或許我可以看看以前的戰役？從中學習？」

「檔案庫在H棟，」卡柏指著說：「他們有頭戴式裝置，妳在看戰役的時候可以使用。妳會需要我的授權碼才能進門。二六四〇七。」

我準備好十幾種要慢慢引導他說出這些話的藉口，全都卡在嘴邊。

這……太簡單了吧。

「嗯，謝謝。」我盡量不表現出自己有多麼雀躍。「我想我應該，呃，去那裡了。」

「照理學員是不能使用檔案庫的，要是妳碰上麻煩，就告訴他們是我要妳去幫我拿東西，然後妳就離開。必要的話，我會塡寫必要的文件。可惡的官僚。」卡柏從一疊文件上將一張紙移到另一疊。「還有，小旋？」

「長官？」

「有時候，我們需要的答案會跟我們提的問題不符。」他抬起頭看著我。「而有時候，懦夫會愚弄聰明人。」我看著他的眼睛，想起前一天對他說的話，覺得很慚愧。那是氣話。就因爲你想證明自己的懦弱很正當，不代表我們就得這麼做。

「我……很抱歉，長官，對於——」

「走吧。我還沒完全準備好應付妳。」

「是，長官。」

我離開辦公室。他那種眼神——他完全知道我爲什麼想要看舊戰役。他立刻就看穿了我的詭計。

那他爲什麼還要給我進入的密碼？

我到了那棟建築，使用了密碼，開始走在檔案架之間。有許多架子擺滿了舊艦隊人員所帶來的舊書：舊地球的歷史、哲學家的著作。大部分都是古老的東西，不過也有現代的作品。手冊和歷史。

飛行員在此處來來去去，他們的胸針在藍色連身服上閃爍著。看著他們，我或許明白了卡柏肯讓我這麼做的原因。再過不到兩個月我就要畢業了，一方面，我眞不敢相信已經度過了這麼多時間，另一方面，在這幾個月裡也發生了很多事。

總之，我很快就有資格可以進入這個地方。也許卡柏知道我一定會找到祕密，因此不介意讓我現在就過來？或是他怕我就算畢了業，也會因爲某種理由無法得到這項特權？

我不敢詢問方向。我不能冒險讓某個人認出我胸針的顏色，質問爲什麼會有學員在這裡。我在這個有霉味又安靜到不行的房間裡摸索許久，後來才找到有一面牆擺了許多小金屬盒，在脊部上寫著日期與戰役名稱。盒子差不多是長寬四公分的方形，上面有戰役的名稱。我看見一位飛行員從牆上拿了一個盒子，然後插進一部用來觀看的機器。她往前傾，戴上頭戴式裝置開始觀看。

這就是我要的，不過這些盒子的日期最早只到五年前。我在角落發現了另一個房間。雖然門關著，但是從旁邊的窗戶可以看見裡面還有更多盒子。我在門上試了卡柏的密碼。

門開啓，我心跳加速地溜了進去。裡面沒有其他人，而爲數不多的金屬盒日期可以一直追溯到……那一場戰役。艾爾塔之戰。雖然它的前方有幾個盒子，不過這個盒子似乎在架上發光，召喚著我。

這一排盒子沒有任何缺口。這些東西不常被挪動。房間裡也沒有觀看的裝置。所以……我要直接拿起來走出去嗎？

大膽。無畏。即使妳最近不覺得自己大膽或無畏。

我抓起盒子，溜出房間。沒有警報聲。我難以置信地帶著戰利品走出了建築物。

那個祕密。就在這裡，在我的手中。我欠卡柏一大個人情——不只是今天，而是一切。在所有人都拒我於門外時，他爲我在他的課堂上安排了一個名額。他這段時間都在忍受我，也沒在我罵他儒夫的時候直接給我一拳。

我會補償他的。以某種方式。我將資料片塞進口袋，大步走向訓練教室。我應該可以把這個插進我的模擬駕駛艙，不過我在放醫療假的時候可以使用嗎？

我太專心想著這件事，以至於沒注意到身邊經過的人，其中一個叫住了我。「等等。是小旋嗎？」

我愣了一下，轉過身看。是FM，她穿著一件裙子。是眞正的裙子和一件短衫，而她的金色短髮則用銀色髮夾夾住。

「星星啊，妳去了哪裡？」她抓住我的手臂說：「在妳的洞穴嗎？」

「我還能去哪裡？」

「妳在放假，」她說：「跋扈的獨裁政權已經放鬆了對我們的鉗制。我們可以離開基地了。」

「我每天晚上都會離開基地。」

「這不一樣，」她邊說邊拉我的手臂。「來吧。妳眞幸運，怪客叫我去幫她拿個東西。」

「金曼琳？」我說：「她離開之後，妳還有見過她？」

「當然有啊。她又不是搬到另一個星球。走吧。」

FM在這種熱衷的時刻是很固執的……於是我讓她拖著走。經過了基地的大門。我們沿著一排排建物走，進入了某一棟我從沒注意過的建築。

裡面是個嶄新的世界。

第三十八章

餐廳其實沒有什麼。一堆雜亂的桌子，坐滿了年輕的飛行員與學員。微暗的燈光。一個男人在角落打手鼓演奏音樂。

FM拉著我到了一張桌子，亞圖洛就坐在那裡，還摟著一個我不認識的女孩——短頭髮、深色皮膚。金曼琳像淑女一樣坐在桌邊，面前有一杯非常大、非常紫的飲料。她的旁邊是奈德。

奈德。我好幾個星期沒見過他了。從在發射場的那一夜起！他穿著褲子搭配一件襯衫，還有一件外套掛在椅背後。看他穿便服的感覺眞奇怪，尤其是他旁邊坐著穿了學員連身服的亞圖洛。

在室內嗡嗡的交談聲中，我聽得見奈德用輕鬆隨和的語氣說話：「我從沒說過我是那種笨蛋。我是另一種笨蛋。你知道的，是可愛的笨蛋。」

亞圖洛翻了個白眼，不過他旁邊的女孩往前傾。「奈德，」她說：「笨蛋就是笨蛋。」

「才不是，妳可是在跟一位專家說話呢。我——」

「各位。」FM插話，然後雙手舉到兩側，將我呈現出場。「看看我找到誰在基地裡偷偷摸摸的啊。她在難過有好幾天都不能開火射東西呢。」

奈德用大拇指比著FM。「看吧，她就是另一種笨蛋。」

FM啪一聲打在他後腦杓上，而他咧開嘴笑了。接著他站起來，用令人窒息的方式熊抱住我。「見到妳眞好啊，小旋。點些東西吃吧，亞圖洛會請客。」

「我？」

「你很有錢啊。」

「你還不是。」

「我是另一種有錢。貧窮的那一種。」

「噢，以聖徒之名啊。」亞圖洛說。

「別用不尊敬的方式說聖徒的名字。」金曼琳說。

「妳隨時都這樣啊！」

「我很虔誠，你不是，所以我可以。」

奈德笑著用腳從旁邊的桌子勾住一張椅子，往我們這裡拉過來，揮手要我坐下。

我照做，但是仍遲疑著。我還分心想著口袋裡的錄影。同時，見到奈德和金曼琳也讓我很高興。這正是我需要的。

於是我試著暫時忘掉錄影的事。

「小旋，這是布琳（Bryn）。」亞圖洛指著坐在他旁邊靠得很近——非常靠近——的女孩說。「是在飛行學校之前的朋友。」

「我真的不知道你們怎麼能受得了他？」她說：「在他成爲飛行員之前，就愛假裝什麼事都知道了。現在他一定更討人厭。」

他輕輕搥她肩膀一下，但是露出了笑容。對，這很明顯是一種早就建立的關係。我怎麼會完全不知道亞圖洛有對象？

我應該知道的，我心想，只要我在課堂之外能有時間跟其他人在一起就好了⋯⋯

幾秒鐘後，ＦＭ把某種紫色又在冒泡的東西放到我面前，另外還有一籃炸藻片。她坐到自己的位子，將一個小袋子拋給金曼琳。「找到妳的項鍊了，」她說：「就在妳的床底下。」

「謝謝妳，親愛的。」金曼琳邊說邊打開袋子探看。「我離開時眞的有點激動，對吧？」

「你們要回來DDF嗎？」我問：「我們要去找卡柏談嗎？他們需要飛行員。也許我們可以讓他們接受你們。」

奈德和金曼琳對看，然後奈德喝了一大口飲料。「不，」他說：「卡柏說過課堂上大部分的人都會被淘汰掉，所以他們已經預料到會這樣了吧？他們不會接受我們的。而且我也不確定我可以再對我媽這麼做，畢竟……」

靜默。桌邊的對話中止了。

「我應該不會再回來了。」金曼琳抬起頭。「至少我當上了學員，我的爸媽很驕傲，而且富足洞穴的砲手們也都在談我的事呢。」

「可是……我是指……飛行……」雖然我口中這麼說，但是心裡知道不該再追問下去。

「我們不像妳，小旋。」奈德說：「飛行很棒。我很願意立刻回到空中，可是關於DDF……他們的文化、他們把學員丟到戰場上、他們不顧一切……」

FM對他比出兩根大拇指，不過金曼琳只是低頭看著自己的大腿。她想的大概跟我一樣吧。DDF有理由不顧一切。學員飛行時，不只是爲了練習——甚至也不只是因爲DDF對生命麻木不仁。這是因爲我們在空中需要更多的飛行員，無論這些人多麼缺乏經驗。

我在伊格尼斯長大，很清楚對抗克里爾人是一件英勇、危險的苦差事。可是在來到艾爾塔之前，我從來就不知道我們的情勢有多麼危急。

但我並沒有再開口，因爲我不想害大家掃興。話題轉移到昨天的某場重要比賽——赫爾的舊隊伍獲勝了。奈德舉起杯子，其他人跟著做，所以我也加入。我喝了一小口紫色飲料，差點就吐出來。眞是太甜了。

爲了蓋過這種味道，我試了一塊藻片。我的嘴裡瞬間爆出一種難以置信的香味，讓我瞪大了眼睛，愣在當場。

我整個人都爲之融化了。雖然我以前吃過炸藻片，可是跟這個完全不能比。這是什麼口味？

「小旋？」亞圖洛問：「妳看起來好像被人踩到腳。」

我拿起一塊藻片，手指顫抖著。「太、棒、了。」

「她過去幾個月只吃鼠肉，」FM解釋：「她的味蕾正在嚴重萎縮。」

「妳說話的方式眞特別呢，FM，」金曼琳說：「我從來沒聽過這種說法！」

「這種東西我可以吃多少？」我問。

「我幫妳拿了整整一籃，」FM說：「反正亞圖洛會付錢。」

我開始把大把藻片塞進嘴裡——動作很滑稽，但我刻意要這樣。老實說，我只想盡量能吃多少就吃多少，免得我夢醒了，或是有人把我趕出這裡，或是某個東西爆炸了。

布琳笑了。「她可眞有侵略性啊。」

「妳還沒見識到呢。」亞圖洛說。他笑著讓她玩弄他的頭髮。可惡。我竟然對隊友們了解得這麼少，太可恥了。

「尤根在哪裡？」我在塞食物的空檔問。

「他不會想過來的，」奈德說：「我們沒那麼重要。」

「你們根本沒邀請他？」我問。

「沒啊。」亞圖洛說。

「但他不是你們的朋友嗎？」

「所以我們才知道他不會來啊。」奈德說：「對了，老卡柏怎麼樣？他最近講過什麼有趣的罵人內容啊？」

「小旋算是給了他一點顏色瞧了吧，就在上次他們說話的時候。」金曼琳說。

我吞下嘴裡一大堆藻片。「我不該說那些話的。」

「如果妳不說出妳在想什麼，」金曼琳嚴肅地說：「那就會一直待在妳腦中。」

「妳解構了他，」FM舉起一根手指說：「他依賴的事物正是他否定的！」

我低頭看著我的籃子，裡面不知何時已經空了。FM撈過去，走向櫃檯，大概要幫我再弄一籃吧。我聽得見炸鍋的聲音，而室內那種強烈、酥脆的氣味，讓我流著口水還想再吃更多。這應該不會太貴吧？我現在還會關心這個嗎？

我試著再喝一口飲料，還是太甜了。幸好，FM將另一籃藻片放到我面前，於是我發動攻擊。味道實在是太棒了。它讓我的嘴巴彷彿從長眠之中覺醒過來。

其他人繼續追憶赫爾——他們的語氣帶有些微痛苦，跟我感受到的一樣。他們了解。他們明白。在這裡，我不孤單。

我發現自己正在講述尤根和我做的事。他們嚴肅地聽著細節。

「我應該要跟你們去的。」亞圖洛說：「如果我去問的話，妳覺得卡柏會讓我保留她的胸針一陣子嗎？在他還給她家人之前？」

布琳揉了揉他的手臂，而他低頭看著桌面。

「還記得嗎？」奈德說：「那次她在晚餐時打賭可以比我吃下更多藻餅？」

「最後她倒在地上，」FM傷感地說：「在地上，就躺在那裡哀號著。她整個晚上都在抱怨，說那些餅在她肚子裡打架。」

其他人笑了起來，不過亞圖洛只是盯著他的杯子看。他似乎……有種空洞感。他幾乎死在那場戰鬥中。希望等我們的假期結束之後，地面人員已經修好了他的飛艇。

當然，這讓我想起了小羅正在修理M-Bot的事。還有我欠他的人情。欠他很多。

「ＦＭ，」我說：「妳喜歡聰明的人嗎？」

「我已經有對象囉。」亞圖洛笑著說。

ＦＭ翻翻白眼。「看情況。有多帥？」

「帥，從背後看吧。」

「各位，我已經有對象了啦。」亞圖洛又說一遍。

「ＦＭ只想跟低級的人談情說愛，」奈德說：「這是爲了對抗威權。那種跨越星際的禁忌愛戀，才是ＦＭ想要的愛情。」

「我又不是一輩子都在當反叛者，奈德。」她說。

「是嗎？」奈德說：「妳喝什麼飲料？」

這時我才發現，她的飲料是橘色，而其他人都是紫色的。

她又翻了白眼。「你眞是笨蛋。」

「正常的那種嗎？」

「討厭的那種。」

「我接受。」

他們繼續鬥嘴，我則是往後靠，開心享用藻片。後來布琳起身去洗手間，她離開後，就剩下我們飛行隊的人，而現在我們已經遠離ＤＤＦ總部——我總覺得那裡好像有人在監視——我發現我很想跟他們討論某個話題。

「我們可以談一件事嗎？」我打斷了奈德的故事，對大家說：「我一直想著亞圖洛有一次在課堂上提起的問題。我們跟敵人戰鬥了八十年，卻不太清楚他們長什麼樣子，這不是很奇怪嗎？」

金曼琳點點頭。「克里爾人每次攻擊就只會出動最多一百架戰機，也太規律了吧？雖然碎片帶的防禦平台可以解釋我們還能存活在這裡的原因，不過我也想不通這個問題。克里爾人就不能派兩倍的軍力壓過我們嗎？」

「這很可疑，」FM說：「非常可疑。」

「不管怎樣妳都會那樣說的。」奈德說。

「就這件事來看，你不同意嗎？」FM問。

他沒回答。

「不可能只有我們會問這些問題吧？」我說：「所以……DDF真的不知道答案嗎？還是他們想要隱瞞？」

就像他們隱瞞了關於我爸爸的眞相。

「好吧，我來當故意唱反調的人，」亞圖洛說：「或許他們只是不跟學員和非戰鬥人員分享那種情報。我知道妳不喜歡司令，小旋——妳有很好的理由——可是她的紀錄很完美，而且她有一些非常厲害的顧問。」

「但我們仍然屈居劣勢，」我拉椅子靠近桌子，壓低音量說話：「你們也很清楚。克里爾人最後會打敗我們的。」

其他人靜了下來，亞圖洛則是左右探看，確認其他桌的人是否太靠近，聽得見我們說話。

「他們不想要我們問這些問題。」金曼琳說：「記得亞圖洛在晚餐說話的那次嗎？經過的軍官叫他閉嘴？除了卡柏以外，每個人都不肯談那些難以回答的問題。」

「他們需要愚笨的人。」FM再說：「他們要飛行員盲從他們的話，不能表達出任何創意、憐憫或靈魂。」

亞圖洛的女友出現了，她正繞過桌子往我們來。我向前靠得更近。「就……一起想看看吧，」我輕聲說：「因爲我一直在想。」我摸了摸口袋，資料片就在裡面。

對話接著轉移到較爲輕鬆的話題上，不過ＦＭ看著我，露出笑容，眼中閃爍光芒。她好像對我提出的問題感到很驕傲。她似乎以爲我一直是某種被洗腦的無畏者殭屍，可是她並不了解我。她不知道我這輩子大多數時間都住在他們的社會之外，在穴道中漫遊，尋找有用的物品。

其實，我會希望無畏者能夠更加勇敢、更爲英勇——更像奶奶的故事那樣。不過我猜她跟我在這方面有個共識：目前ＤＤＦ的領導階層有我們想要的東西。

我讓ＦＭ——應該說是亞圖洛——爲我買了第三籃藻片。後來我找了個理由離開。雖然我很喜歡跟他們一起用餐，可是我還得去做某件事。

該是找出答案的時候了。

第三十九章

我回到洞穴時，小羅已經走了，但他似乎在推進器上有不錯的進展。毀滅蛞蝓坐在機翼附近的一塊石頭上，我經過時搔了她的頭一下，然後爬進駕駛艙。

我有奇怪的感覺，那是種……必然性。我的口袋裡有個隱藏了很久的祕密。終於能夠知道爸爸發生了什麼事，爲什麼我突然很不想這麼做？

我關閉駕駛艙。「M-Bot，你知道怎麼用這東西弄出立體投影嗎？」我舉起金屬盒，露出底部的接頭。

「知道，」它說：「那是標準格式。看到標示爲『A-118』的面板下方那一堆接口了嗎？妳可以使用寫著『SSXB』的接口。」

我照做，然後只猶豫了一下就將盒子插入。

M-Bot對自己哼了一聲。「啊。奇怪，奇怪了。」

「怎麼了？」

「我在製造懸疑，這樣妳才會驚喜。」

「拜託不要。」

「人類偏好——」

「快告訴我。」

「好吧，愛抱怨的人。裡面包含了一大堆資料：一份3D立體地圖、原始的飛艇詢答機資料、戰場的無線電信號，甚至還有一些在地下碉堡內拍的影片。想要僞造這些可是非常困難的。」

偽造。我沒想過這一點，不過我現在很焦慮。「你確定嗎？」

「我會發現有沒有剪輯的部分。妳想要看嗎？」

「想。」

不想。

「那就爬出來吧？」

「爬出來？」

「我的立體投影機可以投射出戰場的小型版本讓妳觀看。」

我爬出駕駛艙，搔搔毀滅蛞蝓的頭——她已經移動到機首了——接著我一屁股坐在石頭地面上。

我的面前出現一片戰場。卡柏觀看我們飛行時，一切都加上了鮮豔的色彩——亮紅色和亮藍色飛艇。M-Bot則是完全忠實地呈現出縮影。他們一波接一波在我眼前飛行，眞實到我忍不住伸手去觸摸——這讓他們散成了某種不太像是光線的粒子。

克里爾人接著出現，看起來比現在的形狀更有一種未完成感。更不正常。金屬線以奇怪的角度伸出、機翼上有裂縫、像是由金屬拼湊而成的產物。我的小洞穴成了一座戰場。

我坐下來靜靜地看。M-Bot的立體投影機沒發出聲音。飛艇在無聲的死亡火焰中升空。他們飛行時就像沒有翅膀也不會發出嗡嗡聲的小蟲。

我知道這場戰鬥。我在課堂上學過，背熟了其中使用的戰術。然而這樣觀看讓我更有感覺。以前，我會想像四十架人類的戰機在極爲不利的情勢下，以了不起的調度方式壓制了數量多達二點五倍的敵軍。我會在心中描繪出一場英勇的保衛戰，雖然面臨絕望的邊緣，但始終能夠控制局面。

不過現在我已經是飛行員，就能夠感受到那種混亂、戰場上的隨機步調。他們的戰術似乎沒那麼厲害——還是很英勇，但即興發揮的成分更多。這讓我更加佩服那些戰士。

戰鬥持續了好一段時間——比天防飛行隊經歷過的任何小規模戰鬥都還久——而我很輕易就認出了他。那一群裡面最厲害的戰機，帶領著大家衝鋒。雖然我好像有點自大，覺得自己可以在一團混戰中認出爸爸的飛艇，但是他飛行的方式不太一樣……

「你可以識別飛行員嗎？」我問。

每艘飛艇上都出現了小型讀數，列出了呼號與名稱。

希望七號，那艘飛艇的標記寫著，呼號：獵人。

無論是不是自大，我都正確認出了。我忍不住去摸他的飛艇，發現我的眼裡湧上淚水。笨女孩。我擦掉眼淚，這時爸爸跟他的僚機會合了。呼號：蒙瑞爾。卡柏。

另一艘飛艇加入他們。呼號：鐵殼。接著是兩艘我不認識的。呼號：雷利（Rally）和安提克（Antique）。我爸爸的飛行隊一開始有八個人，現在只剩下五個了。戰場的傷亡數非常高，一開始是四十艘飛艇，現在則爲二十七艘。

我站起來跟著在洞穴裡迴旋的爸爸。第一公民們瘋狂奮戰，而他們的英勇有了成果，將克里爾人擊退了。我已經知道他們會的，但我還是屏息觀看著。飛艇爆炸時發出些微的閃光。這些逝去的生命，都是爲了要建立自無畏號墜毀於狄崔特斯以來，第一個穩定的社會與政府。

這個社會與政府都有缺陷。關於它們的不公平、僵化以及獨裁，FM都說對了。但這還是很了不起。它們能存在就是因爲這些人——這些飛行員——對抗了克里爾人。

接近戰鬥尾聲時，克里爾人退後重整旗鼓。根據我學到的，我知道他們只會再推進一次，最後就撤退回天空。人類的戰線重新編制，飛行隊集合整隊，而我幾乎聽得見他們在口頭確認狀態。

我知道這一刻。這一刻就是……

一艘飛艇脫隊了——是我爸爸。我的心跳快停止了。我屏住呼吸。

不過他是往上飛。

我跳到一顆石頭上，然後再到M-Bot的機翼上，試著跟上飛向高空的爸爸。我往上伸出手，想像他看見了什麼。我似乎知道那是什麼——爸爸發現了碎片之中有開口，就像他之前指給我看過的。我在跟M-Bot飛行時也才見過第二次，而碎片帶必須以完全正確的方式排列才會出現。

我看出了他消失的原因。根本就不是因爲儒弱。對我而言，他往上飛的舉動很明顯。戰鬥已經持續了一個鐘頭。在這次絕望的抵抗之後，敵人又要重新部署再發動一波攻勢，所以爸爸擔心我們會輸。於是他情急之下做了某件事。他想要去看克里爾人是從哪裡來的。嘗試阻止他們。看著他往上飛，我感到一陣寒顫。他在做他一直告訴我的事。

他想要把眼界放得更高。

他的飛艇消失了。

「他沒有逃跑。」我又擦了一次眼淚。「他脫隊了。也許他違背了命令。可是他沒有逃跑。」

「呃，」M-Bot說：「這——」

「這就是他們要掩飾的！」我抬頭看著M-Bot的駕駛艙說：「他們把他冠上儒夫之名，是因爲他在不應該的時候往上飛。」

「妳可能——」

「卡柏一直都知道這件事。這一定讓他心裡非常掙扎，所以他才不飛了。他對自己撒的謊有罪惡感。不過，我爸爸看到了什麼？他發生了什麼事？他是不是——」

「思蘋瑟，」M-Bot說：「我要往前快轉一小段。注意看。」

一顆像星星的光點從洞穴頂部落下。我爸爸的飛艇回來了？我往那裡伸手，而立體投影的飛艇迴旋下降，穿過了我的手。爸爸回到他飛行隊的四位隊友身邊時，啓動IMP，消除了他們的護盾。

等一下。什麼？

在我看著這個場景時，克里爾人蜂擁而上，發動最後一波攻擊。爸爸繞了個完美的圓圈，然後啓動破壞砲，炸掉了一位他的隊友。

這……這不可能……

呼號爲「雷利」的飛行員在一陣火光中死去。爸爸迴旋後加入克里爾人，他們沒對他開火——反而協助他攻擊前飛行隊的另一位成員。

「不，」我說：「不，這是謊言！」

呼號爲「安提克」的飛行員在逃離爸爸時死去。

「M-Bot，那不是他！」我大喊。

「生命徵象相同。雖然我看不見上面發生了什麼，不過這是同一艘飛艇，同一位飛行員。是他。」

他在我眼前又摧毀了另一艘飛艇。他是戰場上的恐怖人物。他是由鋼鐵和火焰形成的災難。

「不。」

鐵殼和蒙瑞爾一起追擊我爸爸。他再擊落了某個人。他已經殺死了四位第一公民。

「我……」我感覺很空洞。我跌坐在地面。

蒙瑞爾開火。爸爸躲開了，可是蒙瑞爾在追擊他——獵殺他。最後他終於擊中了。

爸爸的飛艇炸成一小團烈火，殘骸在我面前旋轉墜落，像燃燒的碎片雨。

我幾乎無法看完剩下的戰鬥。我只是盯著爸爸飛艇消失的地方。最後，人類勝利了。剩餘的克里爾飛艇戰敗逃離。

十四位生還者。

二十五人死亡。

一個叛徒。

立體投影消失了。

「思蘋瑟？」M-Bot說：「我能察覺到妳的情緒狀態很茫然。」

「你百分百確定這份資料不能僞造？」

「我的能力會無法發現這份資料的可信度遭到竄改？考量到妳同胞的技術？不太可能。以人類的術語來說，不，思蘋瑟，這絕對不是僞造的。我……很遺憾。」

「爲什麼？」我輕聲說：「他爲什麼要那麼做？他一直都是他們的人嗎？或者……或者他在上面看見了什麼？」

「我沒有資料能夠協助回答那些問題。我有那場戰鬥的語音錄音，不過我的分析認爲只是一般的戰鬥對話——至少在你爸爸見到空中那個開口之前是。」

「播放出來，」我說：「讓我聽。」

「**我可以聽見星星。**」

雖然這是我要求的，不過經過這些年又一次聽到了爸爸的聲音，還是讓我有一股非常強烈的情緒。痛苦，愛。在那一瞬間，我又是個小女孩了。

「**我也可以看見它們，卡柏，**」爸爸說：「**就像我今天之前見過的。在碎片帶中有個開口。我可以穿過去。**」

「**獵人！**」鐵殼說：「**待在隊伍裡。**」

「**我可以穿過去，茱迪。我一定得試試。我必須去看。**」他停頓了一下，接著用更溫和的語氣說：「**我可以聽見星星。**」

對話線路安靜了片刻。接著，鐵殼說：「**去吧，**」她說：「**我相信你。**」

音訊中斷了。

「在那之後，」M-Bot說：「妳爸爸往上飛出了碎片帶。感應器沒記錄上面發生的事。接著，大約在五分三十九秒後，他回來並發動了攻擊。」

「他有說什麼嗎？」

「我只有一小段剪輯，」M-Bot說：「我猜妳想要聽看看？」

我不想。但我還是得聽。我聽著M-Bot播放錄音，淚水從臉頰滑落。開放頻道有許多人的聲音出現在混亂的戰場中。我很清楚聽見了卡柏對我爸爸大喊。

「爲什麼？爲什麼，獵人？」

然後爸爸用幾乎快被其他通話蓋過的聲音說話。很溫和。很悲傷。

「我要殺了你，」他說：**「我要殺了你們所有人。」**

洞穴裡又安靜了下來。

「這是我找到他在回來之後唯一說話的一次。」M-Bot說。

我搖著頭，試圖理解這一切。「DDF爲什麼不公開？他們都已經譴責他是懦夫了。爲什麼還要保留更糟的事實？」

「我可以試著推測，」M-Bot說：「不過沒有進一步資料的話，恐怕我也只是在編造答案而已。」

我搖晃著站起來，爬進M-Bot的駕駛艙。我按下關閉鈕密封座艙罩，然後關掉燈光。

「思蘋瑟？」

我蜷縮起來。

就這樣躺著。

第四十章

知道爸爸叛國的事，讓我心裡像是有個傷口在汩汩流著血。隔天，我很勉強才能下床。如果還要上課，我就會錯過了。

我的肚子回應了我的情緒，讓我覺得眞的生病了。反胃，噁心。不過我還是得吃東西，所以最後依然逼自己去採了些清淡無味的洞穴蘑菇。

小羅安靜、辛勤地工作著，一下焊接一下綑綁電線。他夠了解我，一看見我不舒服，就沒來打擾我。我討厭在別人面前露出病容。

我無法決定是否要把那件事告訴他。我不確定是否想跟任何人談那件事。如果我不去談，或許我就可以假裝自己從來沒發現事實。或許我可以假裝爸爸沒做過那些可怕的事。

那天晚上，M-Bot顯然是在執行一份情緒支持方法的清單，試了許多（可怕的）方式想要讓我高興起來。我沒理它，後來竟然睡著了。

隔天早上，我的身體感覺好了一些——但在情緒上仍然大受打擊。M-Bot沒在我剝老鼠皮時對我嘮叨，於是我問它怎麼了，它說：「有些人類喜歡獨自擁有自己的悲傷時間。我會中止跟妳說話兩天，看看孤立是否能夠提供必要的支持。請沉浸經歷悲傷的階段。」

接下來好一陣子……我就只是活著而已。籠罩在一個不想接受的眞相中。鐵殼和卡柏確實對我爸爸的事撒了謊——但他們說謊是爲了讓他的罪行看起來不那麼可怕。他們保護了我們家。假設我身爲懦夫之女就已經受到這麼差的待遇，那麼身爲叛徒之女又會如何？

突然間，鐵殼對我做的一切都變得很合理。爸爸殺死了自己飛行隊的多名成員。她的朋友。難怪她恨我。令人訝異的是卡柏竟然不恨我。

四天過去了，在這段期間我偶爾會去打獵，不過大部分時間都只是安靜地幫忙小羅處理推進器。他刺探了幾次我怎麼了，而我差點就告訴他了。但是出於某種原因，我沒這麼做。這不是我想跟人分享的事。即使是他。

隔天早上，我終於得做出決定。我們的假期結束了。我要回去嗎？我能夠面對卡柏嗎？現在我已經知道事實，還可以繼續表現得像個不聽話的小孩、唾棄鐵殼司令嗎？

我可以帶著這份恥辱活著，繼續飛行嗎？

結果，答案是可以。

我必須飛行。

✦

我在0630踏進了訓練教室，是全班第一個到的。當然，現在我們只剩下四個人而已。在我們休假期間，模擬駕駛艙似乎接受了某種維修。雖然目前工人不在，但座墊已經拿掉，尤根的設備側面也被拆開，露出了內部的電線。

FM推開門，她穿著一套乾淨的連身服和一雙新靴子。亞圖洛跟著進來，輕聲和她聊著昨晚他們去的那場比賽。我覺得奈德好像喜歡FM，因爲他替他們弄到了位子。

「嘿。」FM在看見我時給我一個擁抱，拍拍我的肩膀，這表示我的悲傷還是看得出來，虧我還想當個堅強的戰士。

卡柏心不在焉地推開門，一邊喝著氣味濃厚的咖啡一邊讀著報告。尤根陪著他進來，走路時散發如往常般優雅的氣息。

等一下。我是什麼時候開始覺得他「優雅」的？

「卡柏，」亞圖洛戳了戳其中一座模擬駕駛艙。「沒人告訴他們，我們的休假結束了嗎？我們要怎麼練習？」

「你們基本上已經不需要投影練習了。」卡柏跛行經過時並沒抬頭。「你們在飛行學校只剩下五個禮拜的課。從現在開始，你們大部分時間都會待在眞正的機器裡。從今天起，我們早上都在發射場集合。」

「好極了。」我以一種我並沒有的熱情說著。

卡柏朝門口點點頭，接著我們急忙到了走廊上。亞圖洛跟到我身邊。

「眞希望我可以多像妳一點，小旋。」他邊走邊對我說。

「像我？」

「總是這麼直接又英勇，」他說：「我眞的很想要再飛行。我眞的想。不會有事的。」

他聽起來好像是在試圖說服自己。像他那樣瀕臨死亡會是什麼感覺？在沒有護盾時被擊中？我試著想像他的驚慌，想像在他駕駛艙裡的煙霧、那種無助的感受……

「你很英勇，」我說：「你又要回到駕駛艙了——這才是最重要的。你沒被嚇跑。」

不知爲何，從我口中說出的話似乎眞的讓他變得堅強了點。如果知道我的情緒一點也不像他說的那麼「直接」或「英勇」，他會怎麼想？

我們換上飛行服，然後走到發射場上，經過排成一列的波可飛艇。不過，亞圖洛的機位是空的，而我發現他正在跟其中一位地面人員希芙（Siv）說話。她是個高大、年紀較長的女人，留著白色短髮。

「你得開天防六號了，安菲。」她對亞圖洛說，指著某個方向。「我們還沒修好你的飛艇。」

我望向修理廠，那裡有一艘波可飛艇的機首還露在外面。

「因爲什麼拖延了?」亞圖洛問。

「我們修好推進器，」希芙說：「也測試了上斜環，可是必須拆掉護盾點火器。我們還在等替換品——下星期應該就會進來一批。所以你被指派了天防六號，除非你想要在沒有護盾的情況下飛行。」

亞圖洛不甘願地走向金曼琳以前的飛艇。我往天防十號走去。要把這當成「我的」飛艇其實有點困難，畢竟我還有洞穴裡的 **M-Bot**。但是十號做得很好，它是一架很棒的戰機。

我發現等待協助我登機的並不是平常的地面人員。卡柏站在那裡，拿著我的頭盔。

「長官?」我問他。

「妳看起來像是過了難熬的一天，小旋。」他說：「妳需要多點時間嗎?」

「不必，長官。」

「我應該要把妳的狀態回報給醫療隊。也許妳應該去那裡談一談，見見席歐爾的新任諮詢師。」

我舉起手，遞出我在圖書館拿走的那個小資料盒。結果，這眞的是我不想知道的祕密。「我沒事，長官。」

他打量我，接過了資料盒。他把頭盔交給我，我看了一下，發現裡面有感應器。

「對，」卡柏說：「他們還是要監控妳的大腦。」

「他們……有什麼重要的發現嗎?」我還是不知道該怎麼理解這一切，但一想到醫療隊要在我飛行時監視我的大腦，就讓我很不安。

「我不能說，學員。但我覺得他們想要利用從妳身上獲得的資料，開始測試所有新學員。」

「你眞的希望我去跟他們的諮詢師談談嗎?讓他們可以對我做更多檢查?」我露出難受的表情。我都已經夠煩心了，竟然還要去想醫療隊爲什麼這麼擔心我的大腦。

「妳不必這麼害怕醫療隊。」他把盒子塞進上衣前口袋，接著從裡面抽出某個東西。一張摺起來的紙。「席歐爾醫生是個好人。例如這個。」

我好奇地接過紙條打開看。

授權解除學員思蘋瑟．奈薛之限制，上面寫著。給予完整學員權利。備忘錄#一一七二三。

上面有茱迪．埃文斯司令的簽名。

「什麼……？」我問：「為什麼？」

「在妳去過醫院之後，有人向席歐爾醫生密報，說妳住在野外，並且被迫自己獵捕食物。對於妳被隔離的事，醫生鬧得很大，而司令終於退讓了。妳現在可以在學校建築裡吃住了。」

我突然鬆了一口氣，差點不知所措。噢，星星啊。淚水開始在我的眼角聚積。

可惡，雖然這是個好消息，卻是錯誤的時機。我已經處在脆弱的情緒狀態了。我就快要在發射場上失控。

「我……」我勉強開口：「不知道是誰向席歐爾醫生密報的。」

「一個懦夫。」

「卡柏，我——」

「我不想聽，」他指著駕駛座說：「去繫上安全帶吧。其他人都準備好了。」

他說得對，不過我還是得問出口。「卡柏？那是……真的嗎？在艾爾塔之戰立體投影紀錄裡發生的事？我爸爸……他真的那麼做了嗎？」

卡柏點點頭。「我們在空戰時，我清楚看見了他。在我們近距離接觸時，我看見了他的駕駛艙內部。那是他，思蘋瑟。從此我再也忘不了他那張憤怒、咆哮的臉。」

「為什麼，卡柏？他為什麼要那樣？在天空上發生了什麼？他看到了什麼？」

卡柏沒回答。他示意我爬上梯子，於是我打起精神爬上去。他跟著上來，站在地面人員區，而我進入了駕駛艙。

我再次查看內側裝了奇怪感應器的頭盔。「他們眞的認為可以從我的大腦看出來嗎？」我問：「他們認爲他們可以確定我……會不會做出我爸爸做的事？」

卡柏抓住駕駛艙的邊緣，上半身探進來。「孩子，雖然妳不知道，不過妳在一個歷經好幾個世代的辯論中扮演了關鍵角色。有些人說妳爸爸證明了儒弱會遺傳。他們認爲妳的體內有某種……缺陷。」卡柏的表情變得嚴肅，但語氣變得柔和。「我認爲那全是胡說八道。我不知道妳爸爸發生了什麼事——我不知道爲什麼我的朋友想要殺我，或是爲什麼我被迫要擊落他。殺死他這件事一直糾纏在我心中。我想我再也無法飛行了。但是我無法相信某個人注定就是會成爲儒夫或叛徒。不，我不能接受。我永遠不會接受的。」

他指著天空。「可是鐵殼相信。她很確信妳一定會變成儒夫或叛徒。妳給我證明她錯了，妳要回到天空，成爲模範飛行員——完美到極點，讓所有人都爲曾經質疑過妳的事而感到羞愧。」

「那……萬一他們是對的呢？萬一我是儒夫，或者萬一我最後眞的——」

「別問蠢問題了，學員！繫上安全帶！妳的飛行隊已經準備好了！」

「是，長官！」我立刻繫上安全帶。我舉起頭盔正要戴上時，卡柏抓住了我的手臂。

「長官？」我問。

他考慮了半晌。他往一邊看，然後又往另一邊看。「妳有沒有見過任何……奇怪的事，小旋？」他問：「在黑暗中？」

「比如說？」

「眼睛？」他輕聲說。

我打了個哆嗦，駕駛艙也突然感覺變冷。

「好幾百隻小眼睛，」他說：「在黑暗中張開、環繞妳。彷彿全宇宙的焦點都只集中在妳身上。」

M-Bot不是說過關於……眼睛的事？

「你爸爸在事情發生之前說過類似那樣的話，」卡柏眞的在發抖。他說：「而他說……他說他可以聽見星星。」

就像奶奶說的，我心想。就像他在飛向星星之前說的。會不會他只是指奶奶教過的古老練習，想像自己飛翔於星晨之間。或者，不止這樣？

有那麼一、兩次……我確信自己聽見了上面的星星……

「從妳恐懼的表情，我看得出來，」卡柏說：「妳覺得我突然開始像個瘋子一樣語無倫次了。這聽起來很蠢，對吧？」他搖搖頭。「好吧，別在意。如果妳出於某種原因看到了我剛才描述的情況，就告訴我。別跟其他人說，甚至包括妳的隊友，還有千萬不要在無線電上提起。可以嗎，思蘋瑟？」

我愣愣地點了點頭。我差點就跟他說我聽見了什麼，但是我忍住了。雖然卡柏是我唯一眞正的盟友，可是我在那一刻驚慌起來。我知道要是告訴他，我覺得自己聽見了星星，他一定會立刻把我拉出駕駛艙。

於是我在他爬下梯子時保持沉默。他是說如果我看到任何事就要告訴他，不是聽到。而我從來沒見過他說的那種事。眼睛？好幾百隻小眼睛，在黑暗中張開，包圍著妳……

我又打了個顫，還是戴上了頭盔。或許我今天不是處於最好的狀態。受到打擊，因爲眞相而心煩意亂，還有現在的一頭霧水。但是我知道如果不回到天空，我一定會發瘋。

所以尤根呼叫我們起飛時，我馬上照做。

第四十一章

兩週後，我駕駛著波可飛艇穿越一系列山谷，飛掠過星球表面，感到情緒稍微穩定了些。

「我什麼都沒看到。」我在飛行隊頻道說。

「我也是。」FM說。她在我的僚機位置。

「訣竅是，」一位女性的聲音在我們頭盔裡說：「在長途巡邏時保持警覺。好的偵察兵不止要看得清楚，重點在於能夠專注在單調的工作上，不讓自己失神做白日夢。」

呃，那我有麻煩了，我心想。

「如果妳們最後進入偵察隊，」呼號火光（Blaze）的女子說：「妳們會有一艘維拉級的飛艇，而它的一三八號史都華破壞砲組會換成一具一三一號，火力會減弱很多。可是妳們的感應器系統會更好，範圍更廣、更精細。然而要抓到在雷達底下的克里爾飛艇還是很困難——幸好他們企圖潛入接近AA火砲時，通常會使用一樣的戰術。既然妳們知道他們要做什麼，就可以預測他們的行動。」

同樣的老諺語。如果知道敵人會怎麼做，你就擁有優勢。我在赫爾死去的那場戰鬥中試過了。雖然我救了金曼琳，可是卻讓我的僚機落單了。

沒人責怪我。脫隊去保護金曼琳是正確的行動。但這件事還是折磨著我。

還有……我已經無法集中注意力了。我試圖回神繼續搜尋克里爾飛艇，但我早就知道自己不適合這種任務。我需要能夠佔用所有注意力、讓我全神貫注的事，例如一場大戰。

火光繼續告訴我們訣竅：如何從塵土的形式認出低空飛行飛艇的尾流、克里爾飛艇會如何在山區飛行以躲避掃描器、如何判斷遠處的東西是飛艇或錯覺。解說內容很好，也很重要。即使這不適合我，我也很高興卡柏讓我們嘗試不同的戰鬥角色，這擴展了我的經驗，讓「包抄飛行」、「預備飛艇」、「偵察部隊」這類抽象的戰術變得實際了起來。

我聽見天空發出啪的一聲。在我們跟著偵察隊訓練時，眞正的戰鬥發生了。

「你們要怎麼處理……那種情緒？」亞圖洛在頻道上問：「偵察的時候發生……妳知道的……」

「其他人都在戰鬥，也許在垂死中的情況？」火光問。

「對啊。」亞圖洛說：「我全身上下都在說我應該飛向戰鬥。而現在讓人覺得……很懦弱。」

「我們才不是懦夫！」火光提高音量說：「我們駕駛的飛艇武力只有波可飛艇的好幾分之一而已。要是我們攔截到克里爾飛艇，我們就可能要戰鬥，靠自己拖延他們，爭取時間好讓——」

「對不起！」亞圖洛打斷她。「我不是那個意思。」

火光嘆了口氣。「我們不是懦夫。DDF也非常清楚表示了我們不是。不過你可能還是得偶爾應付……那種表情。我們全都得做出了犧牲，才能維護無畏者洞穴的安全。」

我小心地做出一系列轉彎，試圖利用時間練習我的低高度空戰動作。最後，我們後方的碎片雨停了，卡柏也呼叫我們回去。

我們列隊，口頭回報，接著飛回基地降落。等待地面人員時，我恰巧瞄到了餐廳，嘴上稍微露出了笑意。我記得我第一天在立體投影中就墜毀於此。

一陣罪惡感消除了我的笑容。赫爾才死了三個星期。我不應該覺得開心。

希芙爬上梯子，於是我開啓駕駛艙，摘下頭盔遞給她。

「降落得好。」她對我說：「今天飛艇有我們需要處理的地方嗎？」

「控制球某個地方感覺不太滑順，」我說：「好像會在我移動的時候猛拉回去。」

「我們今晚會替機械裝置好好潤滑。」她說：「那顆接收按鈕運作如何？還會卡住嗎？我們……」

她分了神，因爲這時附近的發射台上有一艘肯頓級（Camdon-class）戰機降落，左側機身冒出了大量煙霧。希芙咒罵了一聲，抓住兩側滑下梯子，跟其他好幾位地面人員一起快跑了過去。

看見那艘可憐的飛艇讓我心亂如麻，而我爬下飛艇，去找站在發射場邊緣的尤根。我們一起看著那場火。另外幾艘戰機在附近降落，其中一艘的狀況很明顯還要更糟。可惡。如果這些是生還者，那我們到底失去了多少飛行員？

「你有聽隊長頻道嗎？」我問。

「有，」尤根說：「他們被包抄，然後被敵人的飛艇雙重夾擊。克里爾人好像特別想要擊落這些戰機，對其他人視而不見。」

我在亞圖洛和ＦＭ過來時鬆了口氣，大家就這樣靜靜看著地面人員將勉強還有意識的飛行員拖出燃燒的飛艇，救了她一命。其他人則是不停用泡沫噴灑那艘飛艇。

「小旋，妳那天說得對，」亞圖洛說：「妳說ＤＤＦ正在輸掉這場戰爭。」

「我們沒有輸掉，」尤根說：「別那樣說。」

「他們的數量大幅超過我們，」亞圖洛說：「而且情況越來越糟。我可以讓你看數據。克里爾飛艇會一直補充，而我們趕不上。」

「我們已存活了很多年，」尤根說：「雖然感覺總是像活在毀滅的邊緣，但沒有什麼變化。」

亞圖洛和我對看了一眼。我們兩個都不相信。

最後，尤根要我們整隊，去找卡柏聽戰後報告。我們走向訓練建築，但奇怪的是，卡柏就站在外面，正跟入口的幾個人談話。

亞圖洛停下腳步。

「怎麼了？」我問他。

「那是我媽。」亞圖洛指著正在跟卡柏說話的女人。她穿著軍服。「可惡。」

他走得更快，幾乎跑了起來，最後到了卡柏跟他母親面前。我想追上去，但是尤根抓住我的肩膀，讓我慢下來。

「怎麼了？」我咬著牙問：「發生了什麼事？」

前方，卡柏對剛抵達的亞圖洛敬禮。他眞的向亞圖洛敬禮了。我看著尤根，他的嘴唇緊閉成一條線。我想走上前，不過他抓住我的肩膀不放。

「給他們一點空間吧。」他說。FM在我們旁邊停步，她看著他們，沒有說話。她似乎也知道發生了什麼事。

卡柏把某個東西交給亞圖洛。一枚胸針？

亞圖洛低頭注視著胸針，似乎想要用力丟在地上，但他母親抓住了他的手臂。亞圖洛逐漸平靜下來，然後不情願地向卡柏敬了禮。他回頭看向我們，然後也對我們敬禮。

他的母親走了，而亞圖洛緩慢地轉身跟了上去，後面還跟著兩個穿西裝的人。

卡柏跛著腳走向我們。

「麻煩哪個人告訴我剛才發生了什麼事，好嗎？」我問：「拜託。至少給我個提示？我應該擔心亞圖洛嗎？」

「不必，」尤根說：「他父母讓他離開DDF了。這件事已經醞釀了幾個星期，從他差點被擊落那時候開始的。他們很驚恐。當然，這是私底下的情緒。沒人會承認自己爲兒子感到害怕。」

「他們動用了關係，」卡柏說：「司令妥協了。亞圖洛會得到飛行員胸針，但是不會畢業。」

「那怎麼可能？」FM問。

「一點也不合理啊，」我附和：「他沒畢業，可是能成爲正式飛行員？」

「他被光榮除役了。」卡柏說：「這是正式的，原因是他家需要他去監督貨機飛行隊——如果我們還想得到足夠的點火器零件，就需要從其他洞穴運來那些東西。來吧，你們三個，我們去簡報吧。」

卡柏走開，FM和尤根跟著他。他們兩個似乎認命了，彷彿這種事可以預料。

我沒跟上去。我爲亞圖洛而憤慨，他的父母就那樣把他強行帶走？尤根也預料這種事會發生在他身上，我想起來了。也許他們全都準備好面對這種情況。至少是來自高地位家庭的人。

我站在原地，站在學校外，第一次明白，原來我是飛行隊中唯一撐到現在的普通人。這讓我憤怒到了極點。現在開始有危險了，他父母竟敢出手保護他？特別是還違背了他明顯渴望想做的事？

尤根在前面的門口停下，其他人則是繼續往裡頭走。「嘿，」他回頭看著我說：「妳要來嗎？」

我大步走向他。

「亞圖洛的父母絕對不會讓他定期飛行的。」他說：「老實說，我很訝異他們過了這麼久的時間才嚇到。」

「同樣的事也會發生在你身上嗎？你爸爸明天就會來帶你走了嗎？」

「還不會。亞圖洛不會進入政治圈，可是我會。我必須以眞正的飛行員身分經歷幾場戰鬥，然後我父母就會要我離開。」

「所以只要面對一點危險，然後你就能受到保護、受到悉心照料，非常安全。」

他震了一下。

「你知道在我們隊上死掉的都是普通人吧？」我厲聲說：「畢姆、晨潮、赫爾，沒有半個來自深層洞穴的人！」

「他們也是我的朋友，小旋。」

「你、亞圖洛、奈德、FM，」我每說一個名字，就用手指戳一次他的胸口。「你們提前接受過訓練。你們領先其他人一段，好讓你們能夠活著，直到你們膽小的家人把勛章塞給你們，帶你們四處炫耀，證明你們比我們其他人厲害得多！」

他雙手抓住我的肩膀不再讓我戳他，可是我並沒有氣他。其實，我從他眼中看得出，他就跟我一樣沮喪。他很討厭自己被困在這種情況中。

我抓住他的飛行服，兩隻手緊握成拳頭。接著我沉默地將額頭靠在他胸口，感到很灰心，而且——沒錯——甚至很害怕。害怕會失去更多朋友。

尤根緊繃起來，最後放開了我的肩膀，似乎不確定還能做什麼，於是抱住了我。這本來會很尷尬的。可是，卻讓我倍感安慰。他明白。他跟我一樣感覺失落。

「我好不容易成爲飛行隊眞正的一份子，」我輕聲說：「結果飛行隊又要被撕裂了。我一方面很高興他會安全，而且會一直很安全，可是另一方面我又很生氣。爲什麼赫爾或畢姆不能得到這種保護？」

尤根沒回應。

「卡柏在第一天就說過，我們之中只會有一、兩個人成功，」我說：「下一個是誰會死？我？你？經過了幾十年，爲什麼我們連在跟什麼戰鬥或爲什麼而戰都不知道？」

「我們知道爲什麼，思蘋瑟，」他輕聲說：「這是爲了伊格尼斯，還有艾爾塔。爲了文明。妳說得對，我們處理事情的方式並不公平，但這些就是我們的規則。我只知道這些規則。」

「爲什麼一切對你來說都跟規則有關？」我的額頭還靠在他胸膛上。「關於情緒呢？關於感覺呢？」

「我……我不知道。我……」

我更用力緊閉雙眼。我想到DDF，想到艾爾塔和伊格尼斯，想到我再也沒有任何想要反抗的事了。我一輩子都在跟他們對我爸爸的說法對抗。

現在我該怎麼辦？

「我確實有感覺，小旋。」他終於開口了：「就像現在，我覺得尷尬極了。我根本沒想到妳是會擁抱的人。」

我立刻放開他的飛行服，而他也因此放開了手臂。「是你先抓住我的。」我說。

「妳在攻擊我啊！」

「只是爲了強調而輕碰你的胸口。」

他翻了個白眼，結束了剛才那種時刻。不過奇怪的是，在我們跟上FM一起走向新教室時，我明白了一件事。我眞的感覺好了一點。雖然只有一點，但從我最近過的日子來看，這樣已經很不錯了。

第四十二章

幾天後，FM和我跟墨池飛行隊（Inkwell Flight）與火風暴飛行隊一起用餐。這兩支學員飛行隊當初是跟我們同時開始受訓的，他們總共剩下六個隊員，這表示就算我們全部加起來也不到一支完整的十人飛行隊。

大部分的對話都圍繞在我們是否會被集中爲一支學員飛行隊上頭。如果眞是那樣，我們應該保留哪個飛行隊名稱？FM認爲我們應該想一個新名字，不過我認爲我們的隊長還在——其他兩支隊伍不知何時都失去了隊長——所以應該由我們主導。

我保持沉默，很快就吃完了食物。我心裡有一部分一直覺得司令會衝進來把我攆走。食物很棒，而且除了我縫補過的舊連身服以外，我還可以申請領取三套完全合身的新衣服。

其他學員都很掛念畢業的事。「我要當偵察兵。」雷馬克（Remark）說，他是個活潑的傢伙，頭髮還剪成西瓜皮造型。「我已經得到邀請了。」

「太無聊了。」FM說。

「眞的嗎？」有個女孩說：「我還以爲這對妳很有吸引力呢——畢竟妳很愛講『無畏者侵略』的事。」

「那太容易了，」FM說：「雖然我在那方面有點擅長。」

我一邊聽，一邊好奇FM會不會也被她的家人帶走。不過她似乎沒有尤根那麼重要。他又去參加另一場國家集會了。我無聊地想像參加他那種花稍的政府晚宴是什麼感覺。我想像自己會引發什麼有趣的醜聞。惡名昭彰的懦夫之女？

當然，大家爲了禮貌什麼都不會提，所以就得忍受我這個原始、野蠻的女孩，無知地在喝湯時發出聲音、大聲打嗝，而且用手吃飯。尤根只會一直翻白眼。

這個幻想讓我笑了起來，不過又立刻皺起眉頭。爲何在這麼多人之中，我會想到尤根？

桌邊的其他人在某個人提起亞圖洛的呼號時都笑了，因爲沒有人會念。「現在他退出了，你們訓練的時候一定很安靜吧？」德拉瑪（Drama）說。這個女孩的口音讓我想起了金曼琳。

「我們會撐過去的。」FM回答：「不過他離開了確實感覺滿奇怪的，再也沒有人會一直向我解釋我已經知道的事。」

「你們的飛行隊眞怪。」德拉瑪說：「我認識尤根，我敢打賭他只有在對你們下指令或是臭罵你們的時候才會開口，對吧？小旋顯然也很安靜，所以你們的飛行隊一定很沉默。我們隊上總是吱吱喳喳的，儘管我們只有四個人。」

她的隊友們笑著辯解，但我發現自己一直在想她說我的那句話。安靜？他們覺得我很安靜？

我猜我最近確實是很含蓄。但安靜？我眞的沒想到這輩子會有人那樣形容我。嗯哼。

晚餐結束，大家收拾好桌面後，FM往我們的宿舍點了點頭。「回去休息嗎？還是要做點體能訓練？」

「都不了，」我說：「今晚我想去散步一下。」事實上，我眞的得去看看M-Bot和毀滅蛞蝓，有好幾天沒見到它們了。

「看妳囉。」她猶豫著說：「嘿，妳還在擔心亞圖洛的事嗎？他還是可以飛行，只是不會出任務而已。」

「當然，」我說：「我知道。」星星啊。都過了幾天，她以爲我還需要安慰嗎？

我離開基地。儘管我眞的應該去做點體能訓練，可是丟下M-Bot孤單這麼久，讓我有種罪惡感。雖然有幾次我會去幫忙小羅處理推進器，不過現在我已經住在基地，很難再找出時間。

天燈已經變暗，表示夜晚降臨，我走在滿是灰塵的熟悉路線上，空氣十分涼爽。可以離開基地，不必看到或聞到艾爾塔，再次來到天空底下，讓我有種耳目一新的感覺。

我抵達洞穴，利用光繩下降進去，做好心理準備聽到一連串抱怨。M-Bot不喜歡我最新的住宿安排。它確信自己會逐漸凋零，而它的個性子程式會因爲缺乏使用而降級。

我踩到地面。「嘿。」我的聲音迴盪著。

「嘿！」毀滅蛞蝓在附近的一顆石頭上。我把光線照向她，走過去搔搔她的頭。

「屠殺機器？」我對著一片黑暗說。

「我們還是得討論一下那個暱稱，」它回答：「我從來沒答應過。」

「如果你不選個好呼號，別人就會替你選，事情就是這樣運作的。」我笑著走向飛艇，以爲它又會離題扯到別的事。然而，在我接近時，它一直沉默著。有什麼不對勁？

「怎麼樣？」它說：「怎麼樣？」

「呃……」我這次做了什麼？

「妳很興奮吧！」它問：「妳是不是興奮到快爆炸了！這是不是很棒啊！」

很棒？

推進器，我嚇了一跳才想起它。小羅已經安裝好了。我在追蹤進度方面做得很差，這幾個星期實在太忙了。可是他的工具已經不在，整片區域也清理過，還有一張字條黏在M-Bot後方的機殼上。

毀滅蛞蝓坐在字條附近的機翼上。「愚蠢差勁無用的模仿生物，」她用笛音模仿小羅的聲音說：「可惡！可惡！可惡！可惡到極點跟愚蠢到極點！」

「小心點，女孩，」我說：「妳再那樣說話就會被地面人員招募了。」

她發出一連串的碰撞聲，有如鐵錘敲打在金屬上的聲音——她在過去幾週大概聽了不知道多少遍吧。

我拿起字條。完成了，字條寫著，我本來想飛上天測試一下，不過我覺得應該讓妳先來。而且，我相信那個AI會故意讓我墜毀的。

修理這艘飛艇是我這輩子最棒的經歷了（別告訴M-Bot）。我畫的設計圖……我學到的東西……我要改變DDF，小旋。我要徹底改變我們的飛行與戰鬥方式。我不止獲准加入了工程隊，我還直接在設計部門得到了職位。明天我就要開始上班。

謝謝妳給我機會，讓我在這次工作中找到自己的夢想。好好享受妳的飛艇吧。我希望它也會是妳一直夢想的樣子。

我放下字條，抬起頭看著M-Bot散發危險、有如剃刀的機翼。飛艇的降落燈閃爍起來，沿著它的機體發出一陣光芒。我的飛艇。

我的飛艇。

「怎麼樣？」M-Bot說：「我們要飛嗎？」

「可惡，當然要！」

第四十三章

「上斜環，上線。」M-Bot在我們緩慢升空時說：「推進器與機動裝置，上線。生命維持系統，上線。通訊與匿蹤功能，上線。光矛與IMP反護盾爆破裝置，上線。」

「不錯嘛，小羅。」我說。

「破壞砲仍然為離線狀態，」M-Bot說：「還有自我修復功能與超感驅動裝置。」

「呃，由於我還是不知道最後一項是什麼，我們就當成功了吧。你的匿蹤功能啓動了嗎？」

「當然。妳答應我今天不會參與戰鬥的。對吧？」

「不戰鬥，」我答應。「只是迅速飛一下，測試推進器而已。」

我們穿過偽裝的洞穴頂部，我發現自己越來越緊張和興奮。雖然我每天都在飛行，可是這不一樣。M-Bot的控制面板能讓最複雜的DDF飛艇也相形失色，所以我只使用我知道功能的按鈕。

遼闊的天空在呼喚著。我試著放鬆，往後靠在椅背上。控制球、油門、高度操縱桿，都跟我熟悉的一模一樣。我可以的。

「妳準備好了嗎？」M-Bot問。

我的回應是啓動超燃模式。

我們往前衝，而它先進的G力管理系統立刻發揮作用。我本來以為自己會在座位上被往後推，可是我卻幾乎感受不到力量，即使現在處於全速超燃的狀態。

「可惡啊。」我輕聲說。

「很棒吧？」M-Bot說：「我比妳浪費時間駕駛的其他飛艇都厲害得多。」

「我們可以加速得比現在更快嗎？」

「只靠一顆推進器不行。但我的機翼下方其實可以安裝兩具較小型的推進器，所以是有可能的。」

我們加速到比波可飛艇稍慢的速度——這很合理，畢竟我們比波可飛艇還重，卻使用了相同的推進器。然而，在加速時，我發現了一項眞正的差異。我們飛快超過了六Mag、七Mag、八Mag……可惡，要是在波可飛艇裡，現在機身一定會晃動到快要分解。可是M-Bot達到十Mag時，我根本感覺不出來。那種順暢感就跟在一Mag時一樣。

我嘗試在高速中做出一些動作，而控制裝置的反應靈敏到令人難以置信。我已經好一段時間沒有因爲意外的轉向而感覺身體過度補償，不過我很快就掌握到感覺了。我放慢到正常的空戰速度，練習了一些轉彎與轉向的技巧。

一切都非常順利，於是我又加速到三Mag，開始做出一些複雜的閃避動作。急轉彎、旋轉，以及在啓動超燃下降結束時急速迴旋。

很完美。這太完美了。

我眞的得讓小羅搭一趟才行。或者尤根。他幫我弄到了推進器，所以我欠他一個人情。他一定會因爲被我一路拖來洞穴而發脾氣——基本上他什麼事都能發脾氣——不過他絕對會很享受這趟飛行。翱翔天空，忘掉那些限制與期望，還有……

還有……爲什麼我又往這方面想了？我搖搖頭，回過神繼續飛行。「想想你在戰鬥中會有多棒的表現啊。」我對M-Bot說。

「妳答應過的。」

「我答應過今晚不會讓你參戰，」我說：「可是我從來沒答應過不會試著改變你的想法。爲什麼你這麼害怕？」

「我不害怕。我是遵守命令。況且，我在戰鬥中有什麼用處？我又沒有破壞砲。」

「你不需要那些東西。你的ＩＭＰ有作用，還有你的光矛。以你的操控性加上那些工具，我們就可以摧毀克里爾人。他們只能追逐我們的影子，而我們的影子會吞噬他們的影子！這一定會非常棒！」

「小旋，」它說：「我的命令是別捲入任何戰鬥。」

「我們可以想辦法改變。別擔心。」

「嗯……」它聽起來很懷疑。「也許……也許我們可以做點什麼來滿足妳奇怪的人類欲望，同時又不必參與眞正的戰鬥。妳想要刺激嗎？讓我爲妳投影出一場戰鬥如何？」

「你是指像模擬器那樣嗎？」

「有點像！我可以將擴增實境的立體影像投射到妳的座艙罩上，這會讓妳以爲自己處在戰鬥狀態。這麼一來，妳就可以試圖害死自己，而我也不會違反命令了！」

「哈。」我很好奇。呃，至少這能讓我測試它在模擬中的反應。「那就來吧。」

「前往一萬一千英呎，我會讓妳進入艾爾塔之戰。」

「可是我已經把資料盒還給卡柏了。」

「我複製了一份。」它遲疑了片刻。「那樣不好嗎？我以爲妳可能會想要——」

「不，不，沒關係。不過，你只能替我模擬這場戰役嗎？」

「我只在這場戰役中有適當的３Ｄ演算。有什麼問題嗎？噢！妳爸爸。妳爸爸就是在這場戰鬥中成爲叛徒，讓妳覺得遭到背叛以及他失格，因此在情緒上變得脆弱！噢喔！」

「沒關係。」

「至少我可以試著——」

「沒關係。」我讓飛艇到達他說的高度，使用機動推進器讓我們定位。「開始模擬。」

「好吧，好吧。別因爲我不小心羞辱了妳就發脾氣嘛。」

轉眼間，我就置身在一場戰鬥之中。

感覺就像模擬，只是我在眞正的飛艇裡。所有發光的立體影像都有點透明，讓我像是被鬼魂圍繞——一定得這樣，我才能夠分辨出現實，免得直接撞上懸崖。

M-Bot說它只是把這一切投射在我的座艙罩上，但在我看來非常立體逼眞。令我驚奇的是戰鬥眞的非常眞實，尤其是我啓動推進器衝進去時，M-Bot甚至還盡力在駕駛艙中製造了飛艇從旁呼嘯而過的聲音。

「即使妳沒安裝破壞砲，」M-Bot說：「我也可以模擬。」

我開心地笑了，跟上一組DDF戰機。我俯衝時，瞄準了一艘受到別人IMP擊中的飛艇，而M-Bot能夠編輯模擬的內容——所以那個目標爆炸成一團令我很滿意的火光。

「好啊，」我說：「我要怎麼啓動接近感應器？」

「我可以啓動。好了。」

「眞方便。你還可以做到什麼語音指令？」

「我可以使用通訊和匿蹤功能，我也可以爲妳重新啓動護盾。然而，根據銀河法，我被禁止控制推進器或是武器系統，包括IMP。我跟這些系統之間沒有實體連結，只能執行診斷。」

「好吧，」我說：「開啓隊長通話頻道，讓我聽見即時狀況的錄音。」

「好了。」它說完，無線電就開啓了。「要注意妳干擾戰場進度時，音訊可能就無法跟影像同步。」

我點點頭，然後投入戰場。

這眞是太了不起了。我一邊轉彎一邊開火，發射IMP並啓動推進器。我在虛擬戰場中旋轉，到處都充滿了閃光、爆炸的飛艇以及絕望的戰士。我駕駛一艘具有無與倫比操控性的飛艇，感覺自己逐漸適應它，在戰場上越來越佔優勢。我在半個鐘頭內就擊落了四艘克里爾飛艇——這是我的個人紀錄——而且除了幾次斜擦過的攻擊，完全沒受到任何損傷。

最棒的是，這樣很安全。我的朋友都沒有危險。這是完全不同層級的模擬，不會威脅到任何人的性命。

害怕，我心中有個聲音輕聲說。害怕戰鬥。害怕失去。那陣聲音現在幾乎不間斷地出現。

我開始冒汗，心跳加快。我專注在一艘克里爾飛艇上，有另一艘飛艇正以破壞砲猛烈攻擊它。它的護盾應該快瓦解了。我瞄準，然後——

一艘飛艇衝過我身邊，發出破壞砲，比我先發出攻擊，炸掉那艘飛艇。我立刻就認出那是誰。我爸爸。

另一艘飛艇跟在爸爸後方的僚機位置。

「M-Bot。」我的內心一陣激動。「給我那兩個人的音訊。」

頻道發出細碎爆裂聲，接著隊長們的發話聲消失。我進入了爸爸和蒙瑞爾之間的對話頻道。

「射得好，獵人。」卡柏的聲音傳來。聽起來確實是他，只是完全沒有那種憤世嫉俗的感覺。「哇塞，你今天好運連連啊！」

爸爸繞了個迴旋。我發現自己跟著他飛，待在卡柏的另一側。當我爸爸的……僚機。我認識過最偉大的人。

叛徒。

我恨你，我心想。你怎麼可以做那種事？你沒停下來想一想，這會對你的家人有什麼影響嗎？

他轉彎，而我跟上去，緊盯著他發亮透明的形體追擊一組克里爾飛艇。

「我來射ＩＭＰ。你看看能不能解決他們。」

我壓抑住再次聽見爸爸聲音時突然爆發的情緒。我怎麼能夠同時又恨又愛這個人呢？我要怎麼把他的形象——那天他在我們一起來到地表時的英挺站姿——跟我得知他所做的事連結起來？

我咬緊牙關，試著全神貫注在戰鬥上。克里爾飛艇躲進一大群正在混戰的飛艇之中，差點就跟幾艘DDF戰機相撞。爸爸直接追著他們進去，飛艇旋轉著。卡柏落後了。

我追著爸爸，緊跟在他機翼的位置。在那個時候，這場追逐變成了一切，而我周圍的世界逐漸消失。只有我、爸爸的鬼魂，以及敵軍飛艇。

右轉。

迅速截斷。

再右轉。

繞過那陣爆炸。

我使出渾身解數追逐，但還是逐漸落後。爸爸的轉彎太銳利，移動也太精準。即使我具有M-Bot高人一等的操控性，爸爸還是比我厲害太多。他擁有多年的經驗，知道該何時推進、何時轉彎。

好像還……不止這樣……

我專注在克里爾飛艇上。它向右轉。爸爸也是。它往上轉。爸爸也是。它向左轉……

爸爸向左轉。我可以發誓他比那艘克里爾飛艇早了零點幾秒轉彎。

「M-Bot，」我說：「比對我爸爸跟那艘克里爾飛艇的轉彎時間。他是不是比他們先做出反應？」

「那是不可能……嗯哼。」

「什麼？」我問。

「我相信正確的術語應該是『可惡』。思蘋瑟，你爸爸真的比那艘克里爾飛艇先行動了。雖然只差了那麼一點時間，但確實是如此。我的錄影一定不同步了。人類能夠如此精準猜中這些動作是非常不合理的事。」

我瞇起眼睛，啓動超燃模式，繼續加入追逐。我一直移動，直到我進入了爸爸飛艇的輪廓內，被立體投影的光線包圍。我的注意力不在他身上，只專注於那艘克里爾飛艇，試圖在它使出一連串閃避動作時追上。

左。右。旋轉。高度……

我沒辦法。爸爸則是在完全正確的時機截擊與轉彎，然後對敵軍飛艇發出IMP。他們互相交纏迴旋，像兩根編織成辮的繩子。我完全亂了步調，從複雜的動作中脫離，而爸爸竟然能在正確的時間中斷推進器，飛在敵人後方。

克里爾人在一道閃光中死去。

爸爸離開俯衝動作，卡柏在頻道中歡呼。年輕的卡柏顯然很熱情。

「獵人，」他說：「他們正在撤退。我們……我們贏了嗎？」

「不，」爸爸說：「他們只是在重新集結。我們回去找其他人吧。」

我讓飛艇盤旋，看著卡柏和爸爸回到隊伍裡。「非常厲害的飛行。」鐵殼在頻道裡說：「但是獵人，你要注意，你一直會甩掉僚機。」

「啦啦啦啦，」卡柏說：「獵人，別把一切都炸掉了，你讓我很難看啊。鐵殼敬上。」

「我們是在爲所有人類的存亡奮戰，蒙瑞爾，」鐵殼說：「我希望你至少一次能說點成熟的話。」

我笑了。「她聽起來就像尤根在對我們說話。」接著我轉過頭，看著在遠處集結的克里爾飛艇，附近的DDF戰機也再次排成了飛行隊伍。

我知道接下來會發生什麼事。

「你們看到上面碎片帶的那個洞了嗎？」卡柏說：「很難得看見排列這麼剛好的……獵人？」

我往上看，但是模擬的範圍沒大到讓我看見他們在談論的那個碎片開口。

「獵人，怎麼了？」卡柏問。

「是缺陷嗎？」鐵殼問。

「我可以控制缺陷，」爸爸說：「可是……」

那是什麼？我之前沒聽到這個部分。

他沉默了半晌。「我可以聽見星星。我也可以看見它們，卡柏。」爸爸說：「就像我今天之前見過的。在碎片帶中有個開口，我可以穿過去。」

「獵人！」鐵殼說：「待在隊伍裡。」

「我可以穿過去，茱迪。我一定得試試。我必須去看。我可以聽見星星。」

「去吧，」我輕聲跟鐵殼一起說出這些話：「我相信你。」

她相信他。他沒違背命令，他是得到她的許可才去的。不過想到接下來要發生的事，這對我而言似乎沒什麼太大差別。

爸爸的飛艇轉動，上斜環指向下方。他的機首朝著天空，然後啓動推進器。

我看著他，淚水在眼角成形。我沒辦法看下去。沒辦法再看一次。拜託。爸爸……

我往他的方向伸手。雖然我伸手的動作很傻，不過……我感覺到……

感覺到某種東西。

這時我聽見了聲音，就在上頭。像是上千個音符糾纏在一起的聲音。我照奶奶教的那樣，想像自己往上升。接近星星……

我的駕駛艙變得一片黑，讓我陷進了完全的黑暗。就在這個時候，我的周圍出現了上百萬道針孔般的光線。

然後那些針孔打開了。上百萬隻像星星一樣的白色眼睛，全都轉過來直接看著我。集中在我身上。看見我。

「快關掉！」我尖叫。

黑暗消失了。眼睛不見了。

我回到了駕駛艙。

我急促呼吸，陷入過度換氣的症狀。「那是什麼！」我發狂似地問：「你給我看了什麼？那些眼睛是什麼？」

「我很困惑，」M-Bot說：「我什麼都沒做。我不知道妳在說什麼。」

「為什麼你上次不播出前半段的對話？為什麼你要隱藏起來不讓我知道？」

「我不知道從哪裡開始啊！」M-Bot說：「我以為妳想聽關於星星的部分！」

「還有他們提到了一種缺陷？你知道那是什麼嗎？」

「人類有許多缺陷！」它用嗚咽的語氣說：「我不明白。我的處理速度比妳的大腦快上一千倍，但我還是不清楚妳的意思。我很抱歉。我不知道！」

我雙手抱頭，頭髮因為汗水都溼了。我緊閉眼睛，急促地呼吸。

「我很抱歉。」M-Bot又說了一遍，它的語氣更溫和了。「這應該是要讓妳感到興奮的，可是我失敗了。我應該要預料到妳脆弱的精神會受到衝擊——」

「**閉嘴**。」

飛艇瞬間安靜。我在駕駛艙裡縮成一團，勉強維持理性。我的自信心怎麼了？那個一直相信自己可以獨力解決整支克里爾艦隊的女孩到哪裡去了？

被丟下了，就像小時候……

我不知道自己坐了多久，坐在那裡雙手抓著溼淋淋的頭髮，身體前後搖晃。我感到一陣劇烈頭痛，眼睛後方有種刺痛感，彷彿有個人正將我的眼睛扭進頭骨裡。

痛苦讓我集中了注意力，幫助我回過神，直到我發現自己還盤旋在半空中。獨自待在一片空曠地帶，在夜晚的黑暗之中。

直接回去吧，我告訴自己。去睡個覺吧。

這突然變成了我這輩子最想做的事。我開始慢慢操縱控制裝置，讓我們往洞穴的座標而行。

「我現在會害怕死亡了。」M-Bot 在我們飛行時輕聲說。

「什麼？」我粗啞著聲音問。

「我寫了一個子程式，」它說：「模擬害怕死亡的感覺。我想知道。」

「眞傻。」

「我知道——可是我無法關閉它了，因爲那麼做會讓我更害怕。如果我不怕死亡，這樣不是更糟嗎？」

我飛向洞口，停在上方。

「我很高興能夠跟妳一起飛行，」M-Bot 說：「最後一次。」

「那……感覺像是道別。」我心中似乎有某個東西不安地顫抖起來。

「我得告訴妳一件事，」它說：「可是我擔心會讓妳陷入更憂傷的情緒。」

「快說出來。」

「可是……」

「說吧。」

「我……我必須關機了。」M-Bot 說：「現在我很清楚，如果我讓妳繼續帶我飛上天空，妳就會無法避免戰鬥。這是妳的天性。如果繼續這樣下去，我必定會被迫違反命令。」

我覺得好像被揍了一拳，整個人縮了起來。它不會是在說我想的那件事吧。

「隱藏起來，」它在我們降落進洞穴時說：「評估狀況。別捲入任何戰鬥。這些是我的命令，而我必須聽從我的飛行員。因此，這就是我們最後一次一起飛行。」

「我修好了你。你是我的。」

我們停下了。

「我現在要停用了，」它說：「直到我的飛行員喚醒我。我很抱歉。」

「你的飛行員已經死了，而且已經死了好幾個世紀！這是你說的！」

「我是機器，思蘋瑟，」它說：「我可以模擬情緒。可是我不擁有情緒。我必須遵從我的程式。」

「你不必！我們都不必！」

「我很謝謝妳修好我。我相信……我的飛行員……一定會很感激的。」

「你會關機，」我說：「永遠無法醒來。你會死的，M-Bot。」

沉默。面板上的燈號開始一個接一個熄滅。

「我知道。」它輕聲說。

我開啓駕駛艙，解開安全帶然後爬出去。「好！」我說：「好，你就跟其他人一樣去死吧！」

我手忙腳亂地爬下去，在地面上往後退開，看著它的降落燈變暗，最後只剩駕駛艙中的幾個紅燈還亮著。

「別這樣。」我突然感覺非常孤單。「跟我一起飛。拜託。」

最後的燈光熄滅，將我獨自留在黑暗之中。

第四十四章

接下來幾天，我都在感覺很遲緩的飛艇上訓練。很普通。跟在M-Bot駕駛艙裡那段超棒的時間比起來明顯差太多了。就算我們使用重型戰機也沒用：全副武裝的拉爾戈級（Largo-class）飛艇，具有破壞砲，甚至還有一些IMP飛彈。

在那之後，我們移到了斯雷徹級（Slatra-class）戰機上，這比較像是美化過的太空梭或貨機，而非眞正的星式戰機。它們配有多個護盾點火器，能夠協調運作，持續提供屛障，用以保護特別重要的貨物或人員。

雖然這兩種型號的飛艇都有其地位，但它們太過笨重，在速度或操控性上都不及克里爾飛艇，所以大多數飛行員才會駕駛波可級或弗雷沙級的飛艇。速度快的飛艇才能夠與迅疾的克里爾攔截機近距離交戰。

即使使用相對而言速度很快的弗雷沙飛艇練習，每一次轉彎，每一次推進，都還是會讓我想起M-Bot的反應有多麼靈敏。因此也讓我思考，是不是終於該告訴DDF關於它的事了？它遺棄了我。它的程式顯然壞了。所以我絕對有理由讓一群工程師到洞穴去拆解它。

那只是一部機器。爲什麼我做不到？

你有自由意志，我這麼告訴過它。你可以自己選擇……

「小心啊，小旋！」FM的話突然將我拉回來。我轉彎時太靠近她了。可惡，我必須把注意力放在飛行上。

「抱歉。」我想到了模擬訓練的缺點，那就是我們可以炸死自己，然後重新安插出現在戰場上。我可能養成了一些對自己不好的壞習慣，畢竟我們現在要駕駛眞正的飛艇——面對眞正的後果。

我們以三艘飛艇的隊形執行一些複雜的練習，輪流當領航機。最後，卡柏呼叫我們回基地。「小旋和ＦＭ，」他說：「妳們兩個在小型飛艇上的表現比較好。」

「我們不都是這樣嗎？」尤根問：「我們已經在波可飛艇上訓練了好幾個月。」

「不，」卡柏說：「你看起來應該要駕駛拉爾戈。」

「他的意思是你很慢，尤根。」ＦＭ說：「對吧，小旋？」

我咕噥著回答，因爲我被M-Bot的事分心了。還有我爸爸。還有赫爾。還有那些眼睛，它們就像卡柏提過那樣圍繞住我。還有……

還有可惡。要一次負擔這一切實在太沉重了。

「她喜歡我飛慢一點，」尤根擠出笑聲說：「如果她想要的話，這樣比較容易撞上我。」就算過了這麼多個月，他還是要提起我爲了獲勝而撞上他的事。我切斷通話，覺得很丟臉，很挫折。

我們結束一天的練習，開始飛回去，但討厭的是，尤根對我的直接通話頻道打開了。就算我關掉頻道，身爲隊長的他也有權限開啓。

「小旋，」他說：「怎麼了？」

「沒事。」

「我不相信，」他說：「妳放掉了取笑我的絕佳機會。」

我……我想要跟他說。我差點就要這麼做，但某件事讓我忍住了。也許是我的恐懼吧。恐懼讓我無法在發現爸爸的事實時找小羅談談，也讓我到現在都還無法告訴卡柏自己見到了什麼。

我的整個世界都在瓦解。而我費力地支撐住它，緊抓著我曾經能夠仰賴的東西——我的自信心。我好想變回我曾經的樣子，那個女孩至少會假裝自己能夠輕鬆解決這一切。

尤根切斷通話，而我們就這樣沉默地飛回艾爾塔。到達以後，我們依照程序報數並降落。

「今天做得很好，」卡柏說：「我獲准讓你們多放半天假，你們可以去爲兩週後的畢業儀式做準備。」

我摘下頭盔，交給地面人員，無精打采地跟著他們爬下梯子。我像機器般換掉飛行服，幾乎沒跟FM說話，雙手插進口袋，開始在DDF內閒晃。

半天的假。我要做什麼？以前我會回去找M-Bot，可是現在不會了。已經結束了。雖然我私下寫過信給小羅，讓他知道第一次飛行成功了，可是我沒告訴他飛艇自行關了機。我擔心他會堅持要將M-Bot交給DDF。

最後我發現自己晃到了果園附近，就在基地圍牆外側。只是就連這些寧靜、安詳的樹木，也無法像以前一樣讓我得到慰藉。雖然我再也不知道自己想要什麼，但很肯定不會是這些樹。

這次我注意到了果園附近那一排小型車庫。其中一間車庫開著，裡面停了一輛藍色的車，還有個影子在旁邊移動。那是尤根，他正要從後車廂拿東西。

去吧，我心裡有個聲音堅定地說。去找他談，找個人談。別再害怕了。

我走到車庫前。尤根關上車廂門，一見到我嚇了一跳。「小旋？」他問：「別告訴我，妳還需要一個動力體。」

我深吸了一口氣。「你說過，如果我們需要找人談談，就應該來找你。你說過跟我們談是你身爲隊長的職責。你是認眞的嗎？」

「我……」他低頭。「小旋，我只是念出手冊裡的那句話而已。」

「我知道。但你是認眞的嗎？」

「是。拜託，怎麼了嗎？是因爲亞圖洛離開的事？」

「不盡然，」我說：「儘管那是一部分原因。」我雙手交叉抱胸，彷彿想把自己拉緊。我真的可以說嗎？我能表達出來？

尤根繞過車子，坐在前保險桿上。「不管是什麼，我都可以幫忙。我可以解決的。」

「不要解決，」我說：「只要聽就好。」

「我……好吧。」

我走進車庫，坐在他身邊，從打開的車庫前門往外看，望向天空，以及遙遠的碎片帶。

「我爸爸，」我說：「是個叛徒。」我深吸一口氣。爲什麼說出口這麼困難？

「我一直抗拒這件事，」我接著說：「我說服自己這不可能是眞的。但是卡柏讓我看了艾爾塔之戰的錄影。我爸爸沒有像大家說的那樣逃跑。他做了更可怕的事。他陣前倒戈、投奔敵人，擊落了我們自己的飛艇。」

「我知道。」尤根輕聲說。

當然他會知道。是不是除了我以外，每個人都知道？

「你知道某種叫做缺陷的東西嗎？」我問。

「我聽過這個詞，小旋，可是我父母不肯向我解釋。不管那是什麼，他們只說那很愚蠢。」

「我認爲……我認爲這是人體內某種會讓他們效忠克里爾人的東西。是發瘋嗎？我爸爸突然就加入他們，然後打下了自己的隊友。一定發生了某件事，奇怪的事。這一點很明顯。

「總之，知道我對他的看法錯了以後，動搖了我所知的一切。鐵殼恨我是因爲她信任我爸爸，而他背叛了她。她很肯定我體內跟他有一樣的缺陷，所以一直用我頭盔裡的感應器做測試。」

「那太蠢了。」他說：「聽著，我父母有很多點數，我們可以去找他們，然後……」他深吸一口氣，想必注意到了我臉上的表情。「對，」他說：「不要解決，只要聽就好？」

「只要聽就好。」

他點點頭。

我又抱住自己。「我不知道能不能相信自己的直覺，尤根。在我爸爸背叛之前，他……表現出了一些徵兆。而我也有那些徵兆。」

「比如說？」

「聽見星星的聲音，」我輕聲說：「看見數千個光點，而我敢發誓那些都是眼睛，都在看著我。我似乎正在對生命中的一切失去控制──或是我可能從一開始就沒控制過。所以……尤根，這好可怕。」

他向前傾，雙手交握著。「妳知道在無畏號上發生的叛變嗎？」他問。

「發生過叛變？」

他點頭。「我不應該知道的，不過有我那樣的父母，總是會聽到一些事。在最後那段時間，大家對於艦隊該怎麼做的事意見不合，有一半的人員反抗了指揮階層，反叛者中包括工程人員。」

「我的先人。」我輕聲說。

「就是他們讓我們飛到狄崔特斯的，」尤根說：「為了我們好而讓我們墜毀在這裡。可是……有人私底下說工程人員跟克里爾人之間有勾結。他們說敵人想要讓我們動彈不得、困在這裡。

「我的先人是無畏號的科學人員，而我們跟叛變者站在同一邊。我父母不想讓人知道叛變的事──他們認為談這件事會造成分裂。也許就是從這時候開始，出現了關於缺陷的愚蠢說法，還有克里爾人會控制心靈的事。」

「我不認為這是愚蠢的，尤根。」我說：「我認為……我認為這一定是真的。我認為如果我跟你們一起飛上天，我會……我會隨時反過來對付你們。」

他看著我，然後伸出一隻手放到我的肩膀上。「妳，」他輕聲說：「令人驚奇。」

我歪著頭。「什麼？」

「妳，」他說：「令人驚奇。我生命中的一切都經過規劃，非常仔細，這很合理，我能理解。然後妳出現了。妳無視我的權威。妳順從自己的感覺。妳說話時就像歌謠中的女武神！我應該要討厭妳的。可是……」

他抓緊我的肩膀。「可是，妳飛行的時候，很令人驚奇。妳很有決心，很有技巧，很熱情。妳是一道火焰，小旋。在其他人平靜的時候，妳是一道燃燒的篝火。很漂亮，就像一把剛鍛造好的刀。」

我心中升起了一股深沉的暖意。我沒想到會有這種溫熱感。

「我不在乎過去，」尤根看著我的眼睛說：「我不在乎有沒有風險。我要妳跟我們一起飛——因爲我確定得要命：有妳在我們這一邊，我們就會更加安全。管它什麼神祕的缺陷，我願意冒險。」

「鐵殼本來對我爸爸也是這麼想的。」

「小旋，妳不能根據我們不了解的事決定自己的未來。」

我回頭看著他，注視他的眼睛——那是最深的褐色，但是在瞳孔周圍的角落有一些淡灰色。我以前從來沒注意過。

他突然放開我的肩膀，接著往後一靠。「抱歉，」他說：「我直接進入了『解決』模式而不是『聆聽』模式，對吧？」

「不，沒關係。這很有幫助。」

他站起來。「所以……妳會繼續飛吧？」

「現在會，」我說：「我會盡量不撞你的，除非眞的很必要。」

他露出一種一點都不蠢貨的笑容。「我該走了。我得去試穿畢業制服。」

我站起來，而我們就這樣看著彼此，尷尬地站了一會兒。上次我們最接近認眞談話時——在發射場上那次——他擁抱了我。現在還是感覺很奇怪。於是，我伸出一隻手，他也跟我握了手，接著他就靠過來，離我很近。

「妳不是妳爸爸，小旋，」他說：「記住這一點。」然後他又緊抓了一下我的肩膀，就坐進了他的車裡。

我往後退，讓他駛離，可是發現自己不知道接下來要做什麼。回基地去做一些體能訓練？走到M-Bot的洞穴，看看它無生命的樣子？我要怎麼利用休假時間？

答案似乎很明顯。

我早該去找我的家人了。

第四十五章

現在，我已經習慣人們在艾爾塔對待我的方式。他們會讓路給飛行員，甚至是學員。在基地外那條長街上，農夫和工人們會對我投以友善的笑容，或是舉起拳頭表示支持。

然而，我還是很訝異我在伊格尼斯受到的待遇。電梯打開時，在外面等待的人們立刻往兩側分開，讓我通過。我的背後會出現耳語，但不是我通常會聽見的那些罵人的難聽話，而是充滿了敬畏與興奮的私語。那是一位飛行員呢。

成長期間，我練習過在人們看我的時候注視他們。現在當我這麼做，大家都會不好意思地移開目光——好像他們被抓到偷拿了多餘的配糧一樣。

這眞是我新舊生活之間一種很奇怪的矛盾。我緩步沿著走道行進，抬頭看著洞穴的天花板，好遠。那片岩石不應該在那裡，它困住了我。我已經開始想念天空了，而且在地底好熱好悶。

我經過熔煉廠，古老的設備噴出高溫與光芒，將岩石變成鋼鐵。再經過一座能源廠，那裡能以某種方式將深層核心的熔解高溫轉換成電力。我閒逛到哈洛．奧許波恩（Harald Oceanborn）那隻沉著無畏的石手下方。這位雕像舉著一把舊維京劍，他背後還有一片巨大的長方形鋼鐵——雕刻著銳利的線條和一顆太陽。

現在是午班結束的時間，所以我猜我可以在推車那裡找到正在賣東西的媽媽。我繞過一處轉角，看見她就在前方：一位削瘦、有自信的女人，穿著一套舊連身服，洗過，但很破舊。她留著及肩長髮，而在她拿一包東西給一位工人時，還散發著一種疲憊感。

我杵在走道上，不確定該怎麼接近。直到這時，我才發現自己太少過來了。我很想念媽媽。雖然我從來沒有眞正想家——我從小就外出搜刮物品，所以習慣長期離家——但我還是很渴望聽見她令人安慰（雖然可能也會有些嚴厲）的聲音。

在我猶豫的時候，媽媽轉過頭看見了我。她立刻衝了過來，我都還沒開口，她就用力地緊抱住我。我看過其他小孩長得比父母還高，可是我比媽媽矮得多，所以被抱在她懷裡時，一度感覺自己又變成了一個孩子。安全、舒適。當你有這種擁抱做爲後盾，一定會放心地計劃未來要征服些什麼。

我讓自己又變成了那個女孩。讓自己假裝沒有任何危險能夠接近我。

媽媽終於往後退開，上下打量著我。她用手指捏起我一綹頭髮，露出驚訝的表情——頭髮變長了，超過了我的肩膀。我剛開始到DDF時就被禁止去找理髮師，後來也習慣了頭髮的長度。

我聳聳肩。

「來吧，」媽媽說：「那輛推車可不會自己賣東西喔。」

這是在邀請我共享一段更單純、普通的時光——在當下，這正是我需要的。我幫助務實的媽媽應付排隊的客人，而男男女女們看見一位學員飛行員爲他們服務，都露出了困惑的表情。

奇怪的是，我的媽媽沒有叫賣，不像其他街頭小販那樣。可是總會有人在我們的推車這裡買東西。在短暫休息的時間裡，她一邊攪拌芥末醬，一邊看著我。「妳可以再去拿些鼠肉來嗎？」

再去？我遲疑了一下，才明白她其實並不知道我放假。她……她以爲我被淘汰了。

「我還穿著連身服，」我指著說，以爲這樣她就知道是什麼意思了。但她茫然的眼神確認了我的想法。「媽，我還在DDF。我今天放假。」

她立刻撇撇嘴。

「我做得很好！」我馬上說：「飛行隊只剩下三個飛行員，我是其中之一。再過兩個星期，我就要畢業了。」我知道她不喜歡DDF，可是她就不能替我感到驕傲嗎？

媽媽繼續攪拌芥末醬。

我坐到走道旁的矮牆上。「等我成爲正式飛行員，妳就會受到照顧了。妳不必在晚上熬夜包裝食物，或是花很多時間推著推車賣東西。妳會有一間大公寓。妳會變得很富有。」

「妳以爲我想要那些嗎？」媽媽說：「我選擇了這種生活啊，思蘋瑟。他們提議過要給我一間大公寓，一個輕鬆的工作。我只要順著他們的話——說我早就知道他是個懦夫。而我拒絕了。」

我突然抬起頭。我從來沒聽過那件事。

「只要我在這裡，」媽媽說：「在這個街角賣東西，他們就不能忽視我們。他們不能假裝他們的掩飾有效。有個活人會提醒他們在撒謊。」

這眞是……我聽過最徹底「無畏」的事了。可是，這也錯得太離譜了。因爲爸爸雖然不是懦夫，卻是個叛徒。哪一個比較糟糕呢？

這時，我才明白我的問題並不是聽尤根說些激勵的話就能解決。問題比我擔心自己見到的事更嚴重，也比我爸爸的叛國罪更嚴重。

我對自己的身分認同就是不當懦夫。雖然這種反應是針對大家對我爸爸的看法，但還是我心裡的一部分。最深沉、最重要的一部分。

而我對那部分的自信崩潰了。其中包括我失去了朋友的傷痛……然而害怕我體內有某種可怕的東西……這種恐懼更糟。

這股恐懼正在毀滅我。因爲我不知道自己能不能反抗它。因爲在內心深處，我不知道自己是不是個懦夫。我甚至再也不確定懦夫的定義是什麼。

媽媽坐到我身邊。她總是這麼沉靜，這麼包容。「我知道妳希望我可以讚美妳做的事——我很驕傲，眞的。我知道飛行一直是妳的夢想。只是如果他們對我丈夫遺留的名聲如此冷酷，我就無法預期他們會謹慎看待我女兒的生命。」

我要怎麼解釋？我要告訴她我知道的事嗎？我能夠解釋我的恐懼嗎？

「妳是怎麼做到的？」我終於開口問她：「妳怎麼能夠忍受他們說他的那些事？妳是怎麼面對被稱為懦夫之妻的？」

「我一直認為，」她說：「懦夫只會在乎別人的看法，不在乎什麼是對的。英勇的重點並不是人們怎麼稱呼妳，思蘋瑟。重點是，妳知道自己要成為什麼人。」

我搖搖頭。這就是問題。我不知道。

就在短短四個月前，我還以為我可以對抗一切、擁有每件事的答案。誰想得到成為飛行員，最後會讓我失去那種膽量？

媽媽看看我，最後，她親吻我的額頭，然後抓緊我的手。「我不介意妳去飛，思蘋瑟。我只是不喜歡讓妳整天聽他們的謊言。我想要妳了解他，不是聽他們怎麼說他。」

「我飛得越多，」我說：「就覺得越了解他。」

媽媽偏著頭，好像沒想到這一點。

「媽……」我說：「爸爸有沒有提過曾經看見……奇怪的東西？比如說在黑暗中有一整片眼睛看著他？」

她的嘴唇緊閉成一條線。「是他們告訴妳的，對不對？」

我點頭。

「他會夢到星星，思蘋瑟，」媽媽說：「夢到毫無遮蔽地看見它們。夢到像我們的先人一樣在它們之間翱翔。就這樣。沒別的了。」

「好吧。」我說。

「妳不相信我。」她嘆息著，然後站起來。「妳奶奶跟我的想法不同，或許妳應該去找她談談。不過記住，思蘋瑟。妳可以選擇自己要當什麼人。繼承之物、過去的記憶，這些對我們會有好處，但是我們不能讓它們定義自己。當前人留給後人的東西變成了限制、不能鼓舞我們，那就太過頭了。」

我皺著眉，被弄糊塗了。奶奶有不同的意見？關於什麼事？不過我還是再次擁抱媽媽，輕聲謝謝她。她把我推向我們的公寓，讓我留下一種混雜了各種情緒的奇怪感受。媽媽以她的方式成為了戰士，站在那個角落，藉由一個個沉默著賣出的藻肉捲餅宣告爸爸的清白。

這非常鼓舞人心。很有啓發性。我以前從未透過這種方式來了解她。儘管，她仍然看錯爸爸了。雖然她懂這麼多，卻看錯了一件最基本的事。就跟我一樣，直到我目睹他在艾爾塔之戰中變成了叛徒。

我走了一小段時間，終於來到我們那棟方塊形的公寓建築。

我穿過大型拱門進入公寓設施——就在這個時候，兩個輪值回來的士兵讓開了路，並對我敬禮。

那是艾盧寇和喬爾斯，我經過時才發現。他們似乎連我是誰都沒認出來。他們沒看我的臉，光看到飛行服就放行了。

我向洪老太太揮手，她沒對我露出臭臉，而是低頭行禮，然後就躲進公寓關上了門。我從我們只有一個房間的公寓窗外瞥了一眼，沒有看到奶奶，不過我聽見她在屋頂上哼著曲子。我爬上通往方塊頂部的梯子，心裡對媽媽說的話還是很在意。

奶奶低頭坐著，在她前方攤開的毯子上有一小堆珠子。她閉上近乎全盲的雙眼，伸出枯瘦的手指，藉由觸感挑選珠子，有條不紊地將它們串連起來，製作成首飾。她輕輕哼著歌，臉孔的紋路就像面前那張毯子上的皺紋。

「啊，」她對著在梯子上遲疑的我說：「坐，坐，我確實需要幫忙呢。」

「是我，奶奶，」我說：「思蘋瑟。」

「當然啦，我感覺到妳來了。坐下來幫我用顏色分類這些珠子吧。我好像沒辦法分辨綠色跟藍色的——它們的大小都一樣！」

這是我幾個月來第一次回家，而她卻像我媽媽一樣，立刻就要我投入工作。我有問題要問她，但除非照她的話做，否則可能就沒得問了吧。

「我會把藍色的放在妳右邊，」我坐下來說：「綠色放左邊。」

「好，好。妳今天想要聽什麼啊，親愛的？征服世界的亞歷山大？偷走亡者之劍的赫爾薇爾？還是貝沃夫？回憶一下舊時光？」

「其實我今天不想聽故事。」我說：「我跟媽媽說過話，然後——」

「哎呀，哎呀，」奶奶說：「不要故事？妳怎麼了嗎？他們該不會在飛行學校教壞妳了吧。」

我嘆了口氣，決定從另一個方向下手。「他們是眞的嗎，奶奶？」我問：「妳說過的那些人。他們是眞人嗎？來自地球？」

「也許吧。這重要嗎？」

「當然重要，」我邊說邊將珠子放進杯裡。「如果他們不是眞的，那麼一切就只是謊言。」

「人們需要故事啊，孩子。故事會帶給我們希望，而希望是眞實的。這麼一來，故事中的人們是不是眞正活過，有那麼重要嗎？」

「因爲有時候我們會讓謊言流傳下去。」我說：「就像DDF對爸爸的說法跟我們對他的說法相反。兩種不同的故事。兩種不同的效果。」

兩種都錯了。

我再把一顆珠子放進杯裡。「我已經厭倦不知道什麼是對的了。我已經厭倦不知何時要戰鬥，不知道我是恨他或愛他，還有……還有……」

奶奶停下手邊的事，握住了我的手，她的皮膚雖然蒼老卻很柔軟。她握著我的手，對我一笑，眼睛幾乎是閉著的。

「奶奶，」我好不容易找到方式說出來了：「我看過一些東西。那證明了我們對爸爸的看法是錯的。他……他眞的變成了懦夫。甚至更糟。」

「哎呀……」奶奶說。

「媽媽不相信，可是我知道事實。」

「他們在上面的飛行學校告訴妳什麼了？」

我吞了吞口水，突然覺得自己好脆弱。「奶奶，他們說……他們說爸爸有某種缺陷。那種缺陷在他體內深處，讓他加入了克里爾人。有人告訴我在無畏號上發生了叛變，我們有些先人也效忠了敵人。而現在，現在他們說我也有缺陷。所以……我很害怕他們可能是對的。」

「嗯……」奶奶邊說邊串了一顆珠子。「孩子，讓我告訴妳某個人以前的故事吧。」

「現在不是說故事的時候啊，奶奶。」

「這是我的故事。」

我閉上嘴。她的故事？她幾乎沒說過自己的事。

她開始用閒聊但吸引人的方式說：「我爸爸是無畏號上的歷史學家。他會保存舊地球的故事，以及在我們進入太空旅行之前那個時代的故事。妳知道嗎？即使當時有電腦、圖書館，還有各種能夠提醒我們的事物，我們還是很容易忘記自己來自何處。也許是因爲我們有機器可以爲我們記住事情，所以感覺可以把這種差事交給它們。

「哎呀，那是另一個主題了。即使是當時，我們也是在星星之間來去的遊牧民族。五艘船艦：無畏號以及附屬的四艘船艦，一起長途旅行。呃，還有一隊星式戰機。我們是由多個團體組成的一個大團體，共同旅行於星辰之間。一部分是傭兵艦隊，一部分是貿易艦隊，都是我們自己人。」

「外曾祖父是歷史學家？」我說：「我還以爲他在工程隊。」

「他在引擎室工作，協助我母親，」奶奶說：「可是他眞正的職責是傳承故事。我還記得坐在引擎室裡，一邊聽著機器的嗡嗡聲一邊聽他說話，而他的聲音在金屬之間迴響。不過，那不是重點。重點在於我們是如何來到狄崔特斯的。

「妳要知道，我們並未挑起戰爭——但它還是找上了我們。我們這支由五艘船艦和三十架戰機的小艦隊沒有選擇的餘地，只能反擊。就算在那個時候，我們也不知道克里爾人是什麼。我們並沒有參與大戰，而且那時要與星球和太空站通訊非常困難也非常危險。好，妳的外曾祖母，也就是我母親，她是艦上的引擎。」

「妳是指她會處理引擎的事。」我邊說邊繼續整理珠子。

「對，不過從某方面說，她就是引擎。她可以讓它們在星星之間行進，這只有少數人做得到。少了她或是像她那樣的人，無畏號就會陷入緩慢的速度之中。星星之間的距離非常遠，思蘋瑟。只有擁有特殊能力的人才能夠啓動引擎。這是我們與生俱來的，但這種能力也被視爲非常、非常地危險。」

我吐出一口氣，同時感到驚訝與畏怯。「是……缺陷嗎？」

奶奶靠過來。「他們害怕我們，思蘋瑟，不過那時候他們把這稱爲『偏差』。我們工程人員是不同的物種。我們是第一批進入太空的人，是勇敢的探險家。普通人老是會埋怨我們控制了能讓他們在星星之間移動的能力。

「但是我跟妳說過，這是關於我的故事。我記得那天，就是我們來到狄崔特斯的那天。我跟我父親一起在引擎室。一個充滿管線與格網的大空間，在我的記憶中看起來可能比實際還大。那裡有潤滑油和高溫金屬的氣味，也有一扇小凸窗，我可以向外看見星星。

「那天，他們包圍了我們。我是指敵軍克里爾人。我小小的心靈非常害怕，船艦一直因爲他們的砲火而晃動著。我們一團混亂。我聽見某個人大喊說艦橋爆炸了。我站在窗邊，看著紅色的光矛，聽見了星星在尖叫。我是一個待在氣泡窗邊受到驚嚇的小女孩。

「艦長呼叫了，他的聲音響亮而狂暴，在一個平常如此堅定不動搖的人身上聽見了痛苦與驚慌，讓我非常害怕。我仍然記得他對我母親大吼著命令的語氣，而她不同意那麼做。」

我坐在那裡，全神貫注，忘記了整理珠子的事，也差點忘記要呼吸。奶奶跟我說過那麼多故事，爲什麼從來沒對我說過這個？

「好吧，我猜妳可以說這是叛變，」奶奶繼續說：「我們不使用那個詞。但就是大家的意見不合。科學家與工程師對上指揮階層和船員。重點是，他們都無法讓引擎運作。只有我母親做得到。

「她選擇了這個地方並把我們帶來此處：狄崔特斯。可是距離太遠了。太困難了。她在過程中死去，思蘋瑟。我們的船艦在降落時受損，引擎毀壞，同時也失去了她。引擎的靈魂。

「我記得我在哭。我記得父親從支離破碎的船體中帶我出來，而我一直尖叫，往後伸手想要抓那艘冒著煙的船艦——我母親的墳墓。我記得我質問父親爲何母親要離開我們。我覺得被背叛。我還太年輕，無法明白她所做的選擇。戰士的選擇。」

「選擇死亡？」

「選擇犧牲，思蘋瑟。如果沒有值得奮鬥之事，戰士就一無是處。要是一切都值得她奮鬥……哎呀，這不就說明了每一件事嗎？」

奶奶串進一顆珠子，開始綁好首飾。我覺得……有種奇怪的疲累感。好像這個故事是我沒預料到的重擔。

「這就是他們所謂的『缺陷』。」奶奶說：「他們會那樣稱呼，是因爲他們害怕我們可以聽見星星的能力。妳媽媽一直不准我把這件事告訴妳，原因在於她不相信這是眞的。可是在ＤＤＦ裡，有許多人都相信——對他們而言，我們就是異類。他們撒了謊，說我母親帶我們到這裡來，是因爲克里爾人想要我們待在這裡。現在他們已經不再需要我們照料船艦的引擎——因爲再也沒有引擎了——所以他們又更加憎恨我們。」

「爸爸呢？我看見他背叛了飛行隊。」

「不可能，」奶奶說：「ＤＤＦ聲稱我們的天賦讓我們變成了怪物。對他們來說，最方便的就是編造故事，說有個帶著缺陷的男人同情克里爾人、背叛了隊友。」

我往後坐，感覺……很疑惑。卡柏會對這件事說謊嗎？M-BoT說紀錄不可能造假，我要相信誰？

「但如果那是眞的呢，奶奶？」我問：「妳剛才提過戰士的犧牲。好，萬一妳知道這東西在妳體內……可能會導致妳背叛大家呢？如果妳認爲自己可能是懦夫，那麼正確的選擇……不就是不要飛嗎？」

奶奶的手停在半空。「妳長大了，」她終於開口說：「我那個想要揮劍征服世界的小女孩，到哪兒去了呢？」

「她非常困惑。還有點迷失。」

「我們的天賦是很美好的。這能讓我們聽見星星。這讓我母親可以操控引擎。別害怕它。」

我點點頭，可是不禁有種遭到背叛的感覺。早在這之前，應該就要有人告訴我這一切了吧？

「妳爸爸是一位英雄，」奶奶說：「思蘋瑟？妳聽到了嗎？妳擁有的是天賦，不是缺陷。妳可以——」

「聽見星星。對，我感覺過了。」我往上看，可是洞穴頂部擋住了視線。

老實說，我已經不知道該怎麼想了。回來這裡只是讓我更加困惑。

「思蘋瑟？」奶奶說。

我搖搖頭。「爸爸告訴我要摘下那些星星。我擔心反而是它們摘下了他。謝謝妳跟我說那個故事。」

我起身走向梯子。

「思蘋瑟！」奶奶這次的語氣強而有力，讓我在梯子上愣住了。

那雙明亮的乳白色眼睛望向我，當她聚焦在我身上，使我不知怎麼覺得，她好像看得見我。她說話時，語氣中的震顫消失了，她的話聽起來帶有權威與命令感，有如戰場上的將領。

「如果我們想要離開這顆星球，」奶奶說：「並且逃離克里爾人，就必須利用我們的天賦。星星之間的距離非常遙遠，遙遠到任何普通的推進器都無法抵達。我們絕對不能因爲害怕體內的一點火花，就畏縮在黑暗裡。答案不是要熄滅火花，而是要學習控制它。」

我沒回應，因爲不知道應該怎麼回答。我爬下梯子，前往電梯，返回基地。

第四十六章

「口頭報數，按照號碼，」惡夢飛行隊的隊長諾斯（Nose）說：「菜鳥先來。」

「天防一號，準備好了，」尤根遲疑了一下，再嘆了口氣說：「呼號：蠢貨。」

諾斯咯咯笑著。「我感覺得到你的痛苦，學員。」

FM報數，接著換我。天防飛行隊剩下的成員，今天要跟著惡夢飛行隊一起出任務。

我還沒決定該怎麼處理奶奶告訴我的消息。我仍然相當困擾而疑惑。可是現在，我已經決定要照尤根告訴我的去做，並且繼續飛行。我可以避免發生在爸爸身上的事，對吧？我可以小心一點？

我執行惡夢飛行隊隊長指示的操作，讓熟悉的動作轉移注意力。花了幾星期測試其他型號之後，再回到波可級飛艇上的感覺眞好。就像坐進一張熟悉舒適的椅子，椅背上還留著自己背部的壓痕。

我們在一萬呎高度以寬鬆的編隊方式飛行——尤根和惡夢飛行隊的一位成員搭配。我們要尋找地面上的殘骸、塵土中的飛艇蹤跡，以及所有可疑的事物。這跟在戰鬥期間的偵察類似，但竟然能比那更加無聊。

「在53-1-8008有未識別的標誌！」惡夢飛行隊其中一個男人說：「我們應該——」

「卡柏提醒過我們八〇〇八招式的事，」尤根冷漠地說：「還有『讓新手飛行員撤離飛艇』的招式，還有『準備接受檢查』的笑話。」

「可惡，」另一位飛行員說：「老卡柏眞的很無趣，對吧？」

「因爲他不想讓他的學員被捉弄？」尤根說：「我們應該要留意克里爾飛艇的跡象，不是玩什麼迎新活動。我還以爲你們這群人會成熟點。」

我從駕駛艙望向FM，她搖了搖頭。哎呀，尤根啊。

「蠢貨是嗎？」一位飛行員說：「我無法想像你是從哪裡得到那種名稱的……」

「閒聊夠了，」諾斯切斷個人頻道說：「所有人前往53.8-702-45000。基地雷達顯示在那一點上方的碎片帶有些擾動。」

幾陣牢騷聲四起，讓我覺得很好奇。我一直以爲正式飛行員會……呃，更有品格一點。也許我是受了尤根的影響吧。

我們往指定航向飛去，前方開始形成了一陣大規模的碎片雨。金屬塊如雨而下，有些燃燒並冒著煙，拖出了明亮的光線，其他的則是緩慢地盤旋下降——帶著上斜環，或是仍有動力的上斜石。我們謹慎地接近碎片雨的邊緣。

「好了，」諾斯說：「我們應該向這些學員示範一些動作了。在我們留意克里爾人的同時，就到碎片中繞一下吧。如果你們發現了狀況良好的上斜環，就用無線電信標標記爲可回收。波格（Bog）和屯絲頓（Tunestone），你們先上，航向83，帶著你們後方那兩個學員。壽司（Sushi）和諾德（Nord），你們往航向17，帶著蠢貨，也許他可以告誡你們正確的程序是什麼。星星啊，你們兩個笨蛋會很需要的。」

FM和我跟著正式飛行員，他們非常謹慎也非常無趣地經過碎片。我們甚至連光矛都沒用到。波格——剛才取笑尤根的就是他——往一些較大型的碎片發射了信標。「妳們的隊長一直都是那樣子嗎？」他問我們：「講話時好像背後插了根搖桿？」

「尤根是很棒的隊長，」我嚴肅地說：「你不應該因爲他期望你做到最好而抱怨他。」

「是啊，」FM說：「如果你發誓要實現某個理想，就算那個理想在基礎上有不足，你也應該要努力盡到自己的職責。」

「可惡，」波格說：「妳聽到了嗎，屯絲頓？」

「我在頻道上聽見幾隻小狗在狂吠呢。」屯絲頓回答。她的聲音很尖，有種輕蔑感。「可惜，牠們的聲音蓋過了學員。」

「妳小心點。」我的怒氣逐漸上升。「下個星期我們就會成爲正式飛行員，而我會跟妳比殺敵數的。到時候看誰更好運吧。」

波格竊笑著。「再過幾天就是正式飛行員了？天哪，妳已經長大了呢。」他啓動推進器，衝回掉落的碎片之間，而屯絲頓跟著他。FM和我跟上去，看著波格接近一塊正在下墜的碎片，利用光矛繞過去。

那個轉向動作還不錯，但沒什麼特別的。他接著又繞過另一塊垃圾，標記爲待回收。屯絲頓跟上去，可是轉彎角度過大，最後飛越了她的第二塊碎片。

FM和我跟在後面保持一定的距離看著他們，後來FM在私人頻道上說：「小旋，我看他們是想要表現一下。」

「不是啦，」我說：「那些是很基本的轉向操作。他們不可能以爲我們光是這樣就會佩服……」

波格的通話頻道亮起，讓我分了神。「那叫光矛，孩子們。雖然他們可能會讓妳們畢業，不過妳們還有很多要學的呢。」

我不可置信地望向FM。我知道照理來說，大部分的學員都會把注意力放在空戰和破壞砲上。卡柏說這是DDF的一個問題，只會培養出專注在殺敵數上的飛行員，而不是讓他們擁有一身飛行本領。但就算知道這些，我還是很震驚。

這些飛行員真的以爲我們會被卡柏在飛行學校第一週教的東西嚇到？

「二一四？」我對FM說：「在最後雙重平線，然後一個V迴旋？」

「樂意之至。」她說，然後啓動超燃模式。

我們兩個衝出去，以相反方向繞過一塊大型碎片。我在第二塊燃燒著的碎片轉向——從下方掠過，接著把自己往上甩，射向天空，上斜環移至後方。我在兩塊大型碎片之間旋轉，同時標記好，再利用位置較高的碎片轉向，往下俯衝。

FM直接朝著我來。我用光矛射中她，接著轉彎並往她的反方向啓動超燃模式。我們兩個熟練地在空中轉動對方，保留動能。我的重力電容器正好在我離開動作時閃爍起來。

那陣轉動之後，她往東方高速飛去，我則是射向西方。我們各標記了一塊碎片，然後迴旋集合，重新加入波格和屯絲頓。

他們沒說話。我沉默地跟著他們，臉上掛著笑容，直到通訊面板上另一個燈號亮起。「妳們兩個畢業後要加入什麼飛行隊？」諾斯問：「我們有幾個空缺。」

「再看看吧，」FM說：「我可能會當偵察兵。這個飛行隊感覺有點無聊。」

「妳們兩個在炫技嗎？」尤根和他的搭檔飛回來時以私人通話打斷了我們。

「我們會那樣嗎？」我問他。

「小旋，」他說：「就算妳被綁在桌子上，斷了八根肋骨，又神志不清，妳還是可以找到方法給其他人難看。」

「嘿，」我對這份恭維笑著說：「大部分人都是自己做得很難看，我只是站到旁邊不插手而已。」

尤根呵呵笑著。「我飛最後一趟時，看見上面有東西在閃爍。可能是克里爾飛艇。我來看看諾斯肯不肯讓我們去查查。」

「你又來了，」FM說：「永遠都是蠢貨，而且始終記得我們的命令。」

「眞是糟糕的模範啊。」我說。

他呼叫諾斯，然後開始爬升。「小旋和ＦＭ，妳們跟我來。我們可以爬到七十萬呎查看。可是要小心，我們還沒練習過太多最低大氣層操作。」

當然，星式戰機可以在沒有大氣的環境中飛行——但那就是不同的飛行方式了。同時間，隨著我們越爬越高，我也開始緊張起來了。這比我駕駛M-Bot的時候還要高，而且我會一直想到爸爸爬升到接近碎片帶時發生了什麼事。我還不知道那裡有什麼變故會讓他轉而跟自己的隊友戰鬥。

可惡。也許我應該待在下方。可是已經太遲了，因爲碎片帶的模糊形體現在變得越來越清楚。隨著距離一點一點縮近，我看見了出現在碎片下層的天燈——而我的腦袋無法理解它們的規模。我們跟它們之間還有一百公里遠，但它們看起來如此巨大。這些東西到底有多大？

我膽怯地嘗試是否能在這麼近的地方更清楚聽見星星。我集中精神，然後……我覺得自己聽見上方傳來了微弱的聲音。可是很不清楚，彷彿被某種東西擋住。

碎片帶，我心想。是它在干擾。爸爸是在碎片帶排列出現洞口、看見太空之後變成叛徒的。也許他飛越碎片帶是想要逃出去？

「那裡。」ＦＭ將我的注意力拉回任務上。「在我七點鐘方向。很大。」

光線移動，讓我在碎片帶中看見了一個巨大的形體。很大，四四方方，有點像……「看起來很像我追著奈德進入的舊造艇廠。」我說。

「對，」尤根說：「而且它在低軌道。以那種速度看，可能再過幾天就會墜落。說不定那些舊造艇廠全都開始失去動力了。」

「這表示……」ＦＭ說。

「有數百個上斜環。」尤根接話。「如果這東西掉下去，我們又能夠回收的話，就可以讓ＤＤＦ有非常大的補強。我先回報。」

遠處，在大造艇廠的一側發出了閃光。「那些是破壞砲，」我說：「有東西在上面開火。別靠太近。」我按下靜音鈕，忙亂地找出我的私人無線電。「M-Bot，你看見了嗎？猜得到那座造艇廠在對什麼開火嗎？」

一陣靜默。

對。M-Bot不在了。

「拜託，」我對無線電輕聲說：「我需要你。」

依然靜默。我紅了臉，覺得好蠢，然後把無線電夾回座位上，免得它在駕駛艙裡亂撞。

「那很古怪，尤根。」卡柏在我關掉靜音時說：「那些破壞砲大概是造艇廠本身的防衛砲塔，之前墜落的那座造艇廠也有，只是當時已經沒有動力了。把這件事回報給諾斯，而我會通報飛行指揮中心。如果那東西掉下來，我們一定想在克里爾人摧毀它之前回收它。」

「卡柏，」我說：「它還在開火。」

「對，」他回答：「尤根是這麼說的。」

「不過，它是朝著什麼開火？」我問。

上方，黑色斑點變成了克里爾飛艇，它們可能正在偵察造艇廠周圍。

現在他們看見我們了。

第四十七章

我們從外大氣層往下衝。「克里爾飛艇隊正在追我們！」尤根在無線電上說：「重複。有一整支克里爾飛艇隊，或許是兩支，總共二十艘飛艇，他們正在追我們。」

「你們這些笨蛋學員做了什麼？」諾斯問。

尤根沒替我們說話，要是我就會。結果他說：「抱歉，長官。命令？」

「你們每一個分別找一組有經驗的飛行員。我讓你跟——」

「長官，」尤根插話：「如果你允許，我想跟我的飛行隊一起。」

「好吧，好吧。」諾斯在克里爾飛艇從上方大氣層出現時咒罵了一聲。「讓自己活下來就是了。惡夢飛行隊，所有飛艇，進入閃避姿態。吸引他們的注意並留心殞命炸彈。激流飛行隊就在幾公里外，我們應該很快就會有援軍。」

「小旋，妳帶頭，」尤根切換到我們的私人飛行隊頻道說：「妳聽見我們的命令了。不要賣弄，不要追殺。防守姿態直到援軍到達。」

「收到。」我說，FM也跟著說。我們擺出一個三角形，緊接著就有五艘克里爾飛艇衝了過來。

我帶大家往低高度衝刺，然後再向上旋轉繞過一塊幾乎靜止的大型碎片。我們繞了一圈，接著從企圖跟上我們的克里爾飛艇之間穿過。

「那樣叫防守嗎，小旋？」尤根問。

「我有開火嗎？」

「妳本來要的。」

我的大拇指離開扳機。掃興鬼。

上方一盞天燈變暗，光線搖曳之後熄滅，表示夜晚開始了。雖然我的座艙罩有足夠夜視能力照亮戰場，但還是有種陰鬱感降臨於被紅色破壞砲和推進器光芒刺穿的黑暗。

我們三個人待在一起，於混亂之中迴旋閃避，直到激流飛行隊抵達。「附近還有兩支飛行隊援軍，」尤根告訴我們：「繼續等待，免得敵人藏在那些掉下來的碎片中。我們應該很快就有足夠的數量了。暫時維持防守姿態。」

我們確認命令，接著由ＦＭ帶頭。可是，就在她移動至定位時，有一群克里爾飛艇出現，對著我們開火了。我們的防守動作讓尤根和我往同方向飛，ＦＭ則往另一個方向。

我咬著牙，飛到尤根後方，跟他一起啓動超燃模式並繞過一塊碎片，追逐兩艘正在尾隨ＦＭ的克里爾飛艇。破壞砲在她旋轉的飛艇旁發出閃光，而她的護盾至少中了兩發攻擊。

「ＦＭ，聽我指令往右切！」尤根說：「小旋，準備好！」

我們遵守指令，就像練習充足的機器般移動著。ＦＭ繞過一塊碎片，尤根和我則是旋轉推進，因此我們會從側面攔上她的路徑。我維持在後方，等尤根一發出ＩＭＰ，我就開火，擊中了一艘克里爾飛艇，使它迴旋地下墜。其他飛艇立刻轉向離開我們逃走。

我用光矛黏住尤根，接著我們就一起利用動能繞向ＦＭ，她也放慢速度跟我們會合。我們在尤根周圍擺出防守隊形，而他迅速重新啓動了護盾。

危機結束之後，我才有時間思考我們剛才做了什麼。不停累積的練習變成了我們的習慣。勝兵先勝而後求戰，孫子這麼說過。我開始明白這是什麼意思了。

從我目前對戰場情勢的判斷，我們的數量跟剛才從上方加入援軍的克里爾飛艇差不多。這讓我很想採取攻勢，可是我待在隊伍裡，一邊閃躲克里爾人的砲火，一邊在戰鬥中帶領隊友、度過危險的追逐。

我專注在戰場上，直到我的眼角餘光發現了某個東西：在一塊緩慢移動的碎片後方，有一艘更大型的飛艇。雖然我沒有特別尋找它，但我經過訓練與練習的大腦立刻就注意到它。

「那是殞命炸彈嗎？」我對其他人說。

「可惡！」尤根說：「飛行指揮中心，我們看到殞命炸彈了。方位53.1-689-12000，正在隨著一塊橢圓形碎片下降，我現在就以無線電標記標出那塊碎片。」

「確認。」有個冷酷的聲音在頻道上說話了。是鐵殼本人。雖然她常會收聽無線電對話，可是我們很少會直接跟她說到話。「從那個位置撤退，假裝你們沒見到。」

「司令！」我說：「我可以擊中它，而且我們在爆炸危及艾爾塔的範圍外。讓我打下它吧。」

「不行，學員。」鐵殼說：「撤退。」

我的記憶閃現，回到了畢姆死去的那天。雖然我的手不願離開控制球，但我還是硬把手拉到一旁，跟著尤根和ＦＭ離開殞命炸彈。

這眞是困難到令人吃驚的程度，感覺就像我的飛艇想要抗命。

「做得好，小旋，」卡柏在私人頻道中說：「妳有熱情。現在妳表現了自制。我們會讓妳成爲眞正的飛行員。」

「謝謝你，長官，」我說：「可是那枚殞命炸彈……」

「鐵殼知道自己在做什麼。」

我們撤退了，其他的飛行隊則是奉命到更高空去。戰場改變了形勢，而我們假裝無視的殞命炸彈已經接近地面，開始飛向艾爾塔。我緊張地盯住它，直到激流飛行隊的四位王牌飛行員離開隊伍，一起追上去。他們在與主戰場夠遠的距離之外交戰以保護我們，免得炸彈引爆。如果他們失敗，那麼即將到來的援軍就會攔截殞命炸彈。

我們三艘飛艇被幾個敵軍尾隨了，所以必須躲避猛烈的砲火。整群克里爾飛艇都跟著我，但尤根和ＦＭ隨即繞進來趕走了它們。ＦＭ甚至解決了一艘，而且是以火力突破護盾，不必發射ＩＭＰ。

「做得好。」我在突然緊迫的飛行後鬆了口氣。「還有謝謝妳。」

遠處，王牌們正在追擊殞命炸彈。就像之前畢姆那次，轟炸機派出了一群較小型的克里爾飛艇來保護它。「卡柏，」我按下通話鈕說：「你對那些跟著殞命炸彈的飛艇知道多少？」

「不多。」卡柏說：「那是比較新的行為模式，可是最近它們都會跟著所有的轟炸機出現。王牌會處理它們的。把注意力放在妳的飛行隊上，小旋。」

「是，長官。」

我還是忍不住去看殞命炸彈那裡的戰鬥。如果它爆炸了，我們就得在一連串的爆炸發生之前，準備好啓動超燃模式離開。因此殞命炸彈和護衛飛艇終於飛上天空撤退時，我才眞正放鬆下來。王牌們象徵性地追逐了一會兒，最後還是讓那顆炸彈逃回了原來的地方。我笑了。

「求救！」有個人在通用頻道上大喊：「我是波格。護盾失效。僚機被擊落。拜託。誰來幫忙！」

「55.5-699-4000！」ＦＭ說，而我望向座標，發現一艘被圍攻的波可飛艇，它正拖著煙霧往外逃，離開了主戰場，四艘克里爾飛艇尾隨著。要害死自己最好的方式就是被孤立，不過波格顯然沒有選擇的餘地。

「天防飛行隊在這裡，波格。」尤根邊說邊飛到領隊位置。「我們看到你了。撐住，試著往左飛。」

我們衝向他，依照尤根的指令自由開火。雖然我們雹暴般的破壞砲攻擊並未打下任何敵軍飛艇，卻讓大部分敵人都散開了去。三艘往左飛——這樣會攔截到波格。尤根轉向去追他們，ＦＭ跟了上去。

「還有一艘在追他，」我說：「我來處理。」

「好吧。」尤根安靜了一下才同意。很明顯他不想讓飛行隊分開。

我追上那艘飛艇。爲了避免被擊中，波格在前方做出越來越瘋狂的動作，太魯莽了。

「射它！」他尖叫著：「拜託射它。射它就是了！」

絕望、極度焦慮——我沒料到正式飛行員也會這樣。當然，他看起來很年輕。我早該想到他大概只早我一屆畢業。成爲飛行員只六個月，也許一年——但仍然是個十八歲的大男孩。

我被兩艘飛艇尾隨並集中火力攻擊。可惡。波格把這場追逐戰拉得太遠，現在很難尋求支援。我不敢使用IMP，畢竟破壞砲的閃光一直出現在我周圍——可是我前面那艘克里爾飛艇的護盾還在。

我咬緊牙關，接著啓動超燃模式。G力在座位上將我往後壓，而我越來越接近克里爾飛艇，緊咬著它背後，幾乎無法閃避。我達到了三Mag，在這種速度，飛行動作會很難控制。

只要再撐一下……

我靠得很近，用光矛刺中了克里爾飛艇。接著我再向旁邊轉，將追擊波格的克里爾飛艇拉開。

我抓到的克里爾飛艇往另一個方向飛，抗拒著我，讓我們都陷入瘋狂失控的旋轉，而我的駕駛艙也不停震動。

尾隨我的敵機轉向，集中對我開火。他們不在乎是否會打中我用光矛黏住的同伴飛艇。克里爾人從來不在乎這種事。

一道火焰風暴吞噬了我，擊中我的護盾並鑽出缺口。我刺中的克里爾飛艇在其友軍的砲火下爆炸，讓我不得不啓動超燃模式急轉彎，全力爬升逃離。

這麼做很冒險。我的重力電容器一中斷，G力就像在我臉上踹了一腳。它將我向下拉，把血液逼向腿部。我的飛行服充氣膨脹，緊壓住我的皮膚，而我也依照訓練的方式呼吸。

我的視線靜止，從邊緣開始變黑。

我的面板閃爍著燈號。

我的護盾沒了。

我關掉上斜環，以機身爲軸心旋轉，啓動超燃模式直接往下衝。雖然重力電容器吸收了一些頭部撞擊的力道，可是人體並不適合承受這種翻轉。我感覺無比反胃，在穿過那群克里爾飛艇時差點嘔吐。

我的雙手在控制裝置上顫抖，而這次我的視線開始變紅了。大部分的克里爾飛艇都來不及反應，但是其中一艘飛艇跟我一樣翻轉了過來。

它對準我，然後開火。

我的機翼出現一道閃光。一陣爆炸。

我被擊中了。

我的控制台發出刺耳的嗶嗶聲。燈號閃爍。控制球似乎突然完全無法作用，在我嘗試操縱時失效。

駕駛艙震動著，整個世界隨著我的飛艇失控旋轉。

「小旋！」在混亂的嗶聲中，我竟然聽見了尤根的叫聲。

「彈射啊，小旋！妳要墜毀了！」

彈射。

在這種時刻，你應該是無法思考的。照理說一切都發生在一瞬間。然而，那一秒鐘對我而言似乎就此凍結。

我一隻手停留在雙腿間的彈射桿上方。

世界變成一片模糊旋轉的影像。我的機翼不見了。我的飛艇著火，上斜環沒有反應。

在生與死之間凍結的片刻。

我還想到了赫爾。一直勇敢到最後。不當懦夫。*這是約定。*

我不會彈射的。我可以讓這艘飛艇降落！我才**不是懦夫**！我不怕死。

但他們會怎麼樣，我心裡有個聲音問，如果妳真的死了？失去我會對我的飛行隊有什麼影響？這會對卡柏、對我媽媽有什麼影響？

我放聲尖叫著抓住彈射桿，使勁一拉。座艙罩炸開，而我的座椅被射向天空。

✦

我在一片靜謐中醒來。

還有……風，吹撫著我的臉。我的座椅倒在布滿塵埃的地面，而我仰望著天空。降落傘在我後方拍動。我聽得見風在玩弄它。

剛才我昏過去了。

我躺在那裡，向上凝望著。天空中有紅色條紋。爆炸。開花般的橘色光芒。從這麼遠的地上聽來，那些只是輕微的爆裂聲而已。

我翻到側面。我的波可飛艇殘骸在附近燃燒，已近全毀。

我的未來，我的生命，都跟著它一起燒掉了。我躺在那裡直到戰鬥結束，克里爾飛艇撤退回到天空。尤根飛過附近確認我沒事，而我對他揮手讓他放心。

來找我的搜救機藉由上斜環無聲降落時，我已經解開了安全帶。我的無線電和水壺都還繫在座椅上，安然度過了這次彈射。我使用無線電呼叫，從水壺喝了口水。一位醫官讓我坐在運輸機的一張椅子上，開始檢查我的傷勢。這時有一位調查隊的成員走了出去，查看波可飛艇的殘骸。

負責回收的女人終於走回來，她拿著一個寫字板。

「怎麼樣？」我輕聲問。

「內建的重力電容器讓妳免於摔斷脊椎，」醫官說：「妳似乎只有輕微的頸部受傷，除非妳還有別地方疼痛卻沒告訴我。」

「我不是指我。」我看著負責回收的女人，然後望向我的波可飛艇。

「上斜環毀了，」她說：「沒什麼能回收的。」

這就是我一直害怕的。我在運輸機的椅子上繫好安全帶，在起飛時望向窗外。我看著波可飛艇的火光逐漸變小，然後消失不見。

我們終於降落在艾爾塔。我爬出運輸機，全身僵硬疼痛，跛行走過柏油碎石路面。我知道——在還沒看到她的臉之前我就知道了——在降落場旁的黑暗裡，其中一個人影就是鐵殼司令。

她當然會來。她終於有眞正的理由能夠開除我。而我知道自己做了什麼之後，還能怪她嗎？

我在她面前停下敬禮。她竟然也向我敬了禮。接著，她從我的制服上解開我的學員胸針。

我沒哭。老實說，我太累了，而且我的頭好痛。

鐵殼在指間翻動胸針。

「長官？」我說。

她把胸針還給我。「思蘋瑟·奈薛學員，妳從飛行學校除名了。根據傳統，身爲在即將畢業之前遭到擊落的學員，妳會被放入可用的飛行員清單，如果我們有多餘的飛艇就會召喚妳。」

所謂「可用的飛行員」只會由司令的命令召集。永遠不會輪到我。

「妳可以留下妳的胸針。」鐵殼接著說：「驕傲地別上它吧，但是要在明天十二點之前，將妳的其他裝備交還給軍需官。」接著她沒再說話，轉身離開。

我再次敬禮，直到她離開視線，而我的另一隻手緊緊抓著胸針。結束了。我不行了。

最後，天防飛行隊只會有兩位成員畢業。

轉向方式

轉向

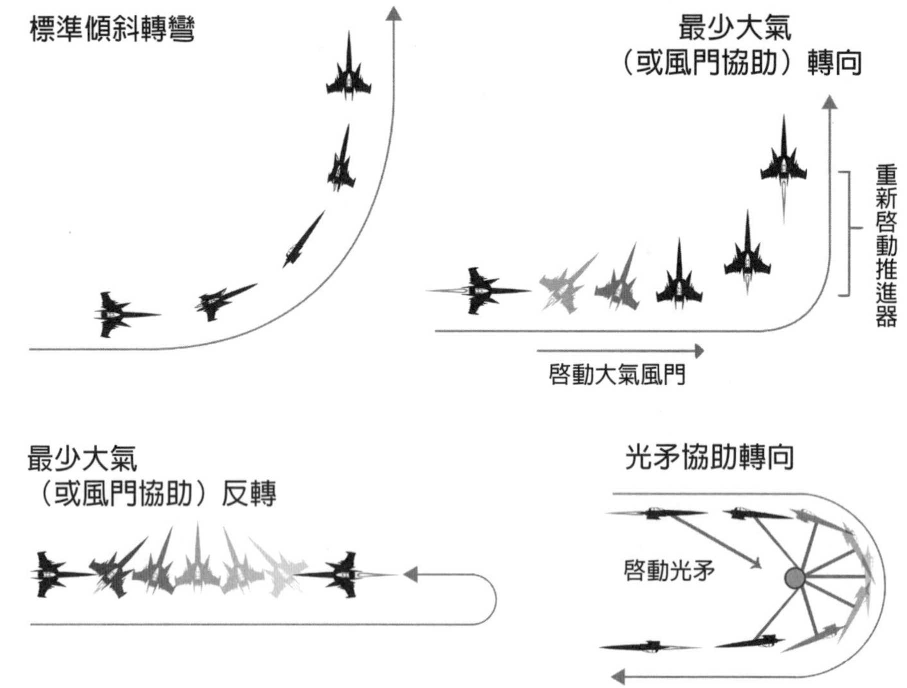

標準傾斜轉彎
最少大氣
（或風門協助）轉向
重新啓動推進器
啓動大氣風門
最少大氣
（或風門協助）反轉
光矛協助轉向
啓動光矛

迴旋

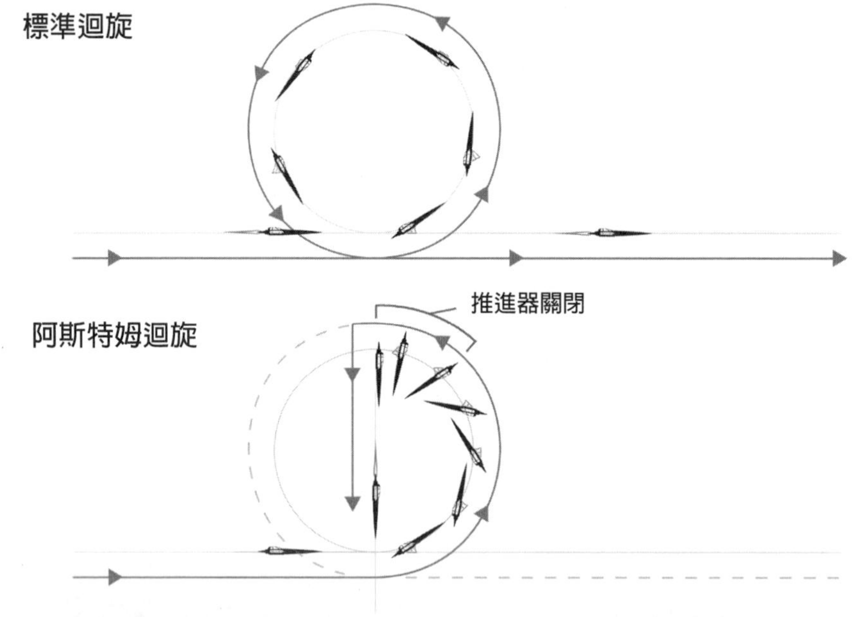

標準迴旋
推進器關閉
阿斯特姆迴旋

第五部

Part Five

間曲

處理好了一個問題，茱迪・「鐵殼」・埃文斯離開發射場時，心裡這麼想。她的副官里科弗急忙跟在她身旁，手上永遠拿著那塊寫字板，記滿了她必須做的事情。

到了指揮建築門口時，茱迪回頭看了一眼。獵人的女兒——那個缺陷——維持著敬禮姿勢，然後將學員胸針別在胸口。

茱迪被一陣輕微的罪惡感刺痛，接著大步進入飛行指揮中心。我已經打過那場仗，她心想，並且承受了戰爭的傷疤。她上次無視那種缺陷時，就被迫看著一位朋友發瘋、殺了隊友。

這是個好結果。女孩會得到一些榮譽，這是她的熱情應得的——況且針對具有缺陷的人，茱迪也終於有了一些大腦研究資料。她得為此感謝卡柏的計畫——要是他沒有逼茱迪讓那孩子加入DDF，她就永遠不會有這種機會。

幸好，現在她有了一個站得住腳並能依照傳統的理由，可以不再讓獵人之女駕駛戰機。而她還可以檢查每個新學員是否有那種缺陷的跡象。從各方面來看，這眞是非常理想的結果。

要是其他問題可以這麼輕鬆解決就好了。茱迪走近一間小型會議室時停了下來，看著里科弗。「他們在裡面？」

「NAL威特出席了，」里科弗說：「以及NAL薇爾妲和烏克利特。」

那可是三位NAL——國民議會領袖。通常他們會派下屬來參加這種戰後簡報，但是茱迪好一陣子前就預料會跟他們發生更大的衝突。她得給他們一些東西。一個計畫。「無線電技師已經確認偵察兵今晚發現那座造艇廠眞的存在嗎？」

里科弗給她一張紙。「那裡對傳統掃描器而言距離太遠了，但是我們可以派出一艘科學飛艇在安全距離之外調查。造艇廠在那裡，而科學家們很樂觀。如果它跟上次那座一樣——如果我們可以保護它不受克里爾人摧毀——就可以回收好幾百個上斜環。」

她看著統計數據，點了點頭。

「運行軌道正在迅速衰退，」里科弗說：「那座舊造艇廠似乎嚴重電力不足。科學家猜測近距火砲會在兩天內停止射擊，差不多正好是它墜進大氣層的時間。克里爾人一定會試圖進入並摧毀它。」

「那麼我們就必須出手阻止了，」茱迪說：「還有什麼我需要知道的事？」

「這麼多議會領袖？感覺像是突襲，長官。您要準備好。」

茱迪點點頭，擺出一副政治面孔，接著大步走進會議室。里科弗跟著進入。一群下層洞穴中最有權力的人士正在等她，他們每個人都穿著軍服，配戴了代表功績的胸針。

「各位女士先生，」她說：「我很高興你們有興趣參與——」

「省了客套話吧，鐵殼。」艾格儂．威特說。他是尤根的爸爸。這個頭髮漸轉灰白的剛強男人坐在會議桌主位，也就是茱迪對面。「妳今晚又失去了更多飛艇。」

「我們成功嚇阻了一枚殞命炸彈，以及一場重大勝利——」

「妳正在耗盡DDF。」威特說。

「在妳的任期中，」烏克利特（Ukrit）接著說：「我們的儲備飛艇數量掉到了歷史新低。我聽說壞掉的戰機只能待在機棚裡，缺少修復的零件。」

「妳的飛行員傷亡率很可怕。」薇爾妲．曼德茲（Valda Mendez）再補充。她是個嬌小的女人，皮膚為棕褐色。鐵殼很久以前跟她一起飛行過。「我們想知道妳有什麼計畫，阻止DDF掉進失敗的漩渦。」

有辦法，茱迪心想，只要妳別再帶走我們最好的飛行員就行了。對於從DDF偷走自己的兒子不讓他參戰一事，薇爾妲似乎一點也不羞恥。

可是茱迪不能那麼說。她不能解釋DDF有多麼危急，因爲現在比較厲害的司令和指揮官都已陣亡。她不能解釋她早在好幾年前就預見會這樣，不管搜刮和搶奪的數量有多少，都沒辦法阻止他們的衰落。她不能解釋她的人已經超時工作，他們的士氣在那麼多敗仗與飛行員傷亡之後已經瓦解。

她一件事都不能說，因爲雖然是事實，卻不能當成藉口。她的任務就是提供解決之道。一個奇蹟。

她拿起里科弗給她的其中一張文件。「蘭徹斯特法則（Lanchester's Law），」她說：「你們知道嗎？」

「具有相同能力以及數量相同的兵力，會對彼此造成相同的傷亡，」威特說：「但是在數量上越失衡，傷亡就會不成比例。基本上，數量比敵人越多，他們的士兵能造成的傷害就會越少。」

「數字越大，」薇爾妲說：「失去的人數就會越少。」

茱迪將文件傳給他們。「這個，」她說：「是一份偵察報告——加上了初步的科學分析——有一塊大型回收物應該會在兩天內墜毀。克里爾人從來沒一次出動超過一百艘飛艇，要是我們能夠回收這座造艇廠，我們的飛艇就可以超過那個數量。」

「數百個可能有用的上斜環，」薇爾妲邊看報告邊說：「妳認爲妳做得到嗎？回收這東西？」

「我認爲我們別無選擇。」茱迪說：「除非我們可以出動比克里爾人更多的飛艇，否則我們只是在打一場輸定了的戰鬥。如果我們能夠阻止他們摧毀那座墜落的造艇廠，這可能就是我們需要的機會。」

「報告說它會在畢業日當天墜落，」烏克利特哼了一聲說：「看來到時典禮很快就會結束。」

「我們把話說清楚，」威特說：「埃文斯，妳提議怎麼做？」

「我們必須獲得這個回收物。」茱迪說：「我們必須準備好投入一切來保護它。只要它的運行軌道開始衰滅，以及它的近距火砲失去動力，我們就必須摧毀試圖接近它的每一艘克里爾飛艇。」

「真大膽。」烏克利特說。

「他們不會輕易放過那個回收物的。」里科弗看著其他人說：「要是他們不撤退，我們也不能撤退。我們可能會投入一場需要派出所有飛艇的戰役。要是我們輸了，就會被毀滅。」

「這會是第二場艾爾塔之戰，」威特輕聲說：「全贏或全輸。」

「我參與過艾爾塔之戰，」鐵殼說：「我知道這種戰鬥的風險。但老實說，我們沒別的選擇。我們要不試著這麼做，要不就是消耗殆盡。我能獲得你們對這項提議的支持嗎？」

議會領袖一個接一個點頭。他們跟她一樣清楚。發動抵抗的時機，必須在還有可能贏得勝利的時候。

就這樣，他們決定了。

願星辰保佑我們，萊迪心想。

第四十八章

我參加了畢業典禮。

我跟其他人一起站在觀眾區，就在艾爾塔基地裡雕像公園旁的草地上。鐵殼正在一座木製舞台上爲八位畢業生別上象徵他們成就的胸針。我待在一小批人群的後方，這裡還有其他幾個別著學員胸針的人。他們是被淘汰的人，就跟我一樣。雖然我們不能飛行，但是胸針可以讓我們隨時能搭電梯，而且也會受邀參與這種盛大的集會。我還收到了一份鐵殼發出的通函。

我以複雜的心情看著尤根和ＦＭ輪流接受胸針。我當然替他們感到驕傲。但我也非常嫉妒，同時又羞愧地覺得鬆了口氣。我不知道自己能不能獲得信任、站上那裡。這樣解決了問題。我不必做決定。

可是在內心深處，我的世界正在崩塌。再也不能飛行了？這樣我還能活嗎？

尤根與ＦＭ敬了禮，他們戴著手套，穿上了乾淨俐落的白色新制服。雖然我跟人群一起爲八位畢業生鼓掌，但我不禁想到我們在過去四個月裡失去的飛艇至少是這個數量的三倍。不久以前，在ＤＤＦ中一位厲害的飛行員能夠飛五年，累積十幾次殺敵數，然後退休去開貨機。如今傷亡人數已經變得越來越高，能夠撐過五年的飛行員也越來越少。

克里爾人正在獲勝。雖然緩慢，卻是必然。

鐵殼走上台發言。「通常，你們會認爲我現在要發表一篇糟糕的演說，這已經變成傳統了。但是我們今天有個重要的任務，所以我只講幾句話就好。在我後方這些人代表了我們的菁英。他們是我們的驕傲，是我們無畏的象徵。我們不會躲藏。我們不會退縮。我們會奪回在星星之間的家園，就從今天開始。」

大家又鼓掌起來，不過我從周圍聽到的對話發現，這段短短的演講不太對勁。雖然我們右側的桌子上放了一些茶點，可是司令和她的參謀人員沒過來交際一下就走了。更奇怪的是，新加入的飛行員都跟著她離開。

我伸長脖子，看見一隊戰機從附近的發射場衝上天空。現在有敵軍入侵嗎？他們眞的需要所有畢業生嗎？在跟媽媽和奶奶住了幾天之後，我很想再見到尤根與FM。

遠處傳來轟鳴聲，那是戰機與基地達到安全距離後，啓動超燃模式並加速至超越音速的聲音。有個比較靠近我的人說，重要的議會領袖都沒來參與畢業典禮——即使他們的孩子也在畢業班級中。眞的發生了什麼事。

我往發射場走了一步，將雙手放進連身服的口袋。我轉身要離開時，又停了下來。卡柏站在那裡，抓著一根頂部是金色的枴杖。這很奇怪。我從來沒想過會看到他帶那種東西。

就算穿著亮白色制服，他看起來仍然跟在塵土中風化的巨石一樣古老。我向他敬禮。自從被擊落之後，我就無法再面對他或是其他人了。

卡柏沒回禮。他跛著走向我，從頭到腳打量了我一番。「我們要為此而戰嗎？」

「有什麼好戰的？」我仍然維持敬禮姿勢。

「放下手吧，女孩。妳差點就畢業了。我可以提出異議，認為妳至少應該像亞圖洛一樣獲得正式胸針。」

「我永遠也不能飛了，那又有什麼用？」

「正式飛行員的胸針在伊格尼斯非常有價值。」

「這跟胸針完全沒有關係。」我從他肩膀上方看見另一支飛行隊升上天空。「發生了什麼事？」

「記得妳發現的那座造艇廠嗎？它應該今天就會掉出軌道了。司令決心要弄到它，如果她贏得這場戰鬥，我們就會多出好幾百個飛行員的新空缺——比我們能找到的人還多。」

我終於放下手，看著這支飛行隊進入超音速飛行。遠處空中傳來一連串爆裂聲，讓茶點桌上的杯盤震得咔咔作響。

「小旋？」卡柏說：「我不認爲妳是——」

「我聽見了星星，卡柏。」

他立刻靜了下來。

「我看見眼睛了，」我繼續說：「上千個發出白光的針孔。更多。好幾百萬個。他們全都看著我。而且他們看見我了。」

卡柏的臉色變得像床單一樣蒼白。他握住枴杖的手在顫抖。現在就只有我們兩個站在遊行場地緊實的土地上。

「我有缺陷，」我輕聲說：「就像我爸爸。」

「我……懂了。」

「他在那天之前曾發生什麼怪事嗎？」我問：「在他突然轉變並攻擊你之前，曾顯示出任何徵兆嗎？」

卡柏搖頭。「他會看見東西、聽見東西，可是沒有任何危險。茱迪——鐵殼——總告訴他，就算缺陷是眞的，他也可以克服。她爲他爭取、爲他辯護、爲他賣命，直到……」

第三支飛行隊起飛。他們眞的決心要取得那座造艇廠。

我抬頭看著碎片帶的扭曲陰影。我嘆了口氣，然後從皮帶解下無線電，交給卡柏。

他遲疑了一下，接過無線電。從他擔憂的眼神、蒼白的面孔，我看得出眞相。他知道我見過那些眼睛之後……就改變了心意。他不想讓我飛行。我太危險了。

「我很抱歉，孩子。」他說。

「這樣比較好，」我說：「我們不必擔心我會或不會做出什麼事。」

我擠出笑容，轉身背向他走向茶點桌，但其實我的心已碎成千萬片。

四個月前的我，絕對不會接受某種幻覺般的「缺陷」成為我無法飛行的藉口。但我不再是那時的我了。我已經變成了別人，某個無法像以前那樣可以簡單定義勇敢與懦弱的人。

我彈射了。我差點就被失去朋友的負荷壓垮。就算忽視關於聽見星星這些瘋狂的事，我也不確定自己有資格飛行。

如果我就這樣放手，才是最好的。我低下頭，轉身離開茶點桌，不想接近人群。

有隻手抓住了我的手臂。「妳以為妳能去哪裡啊？」

我抬起頭，準備給對方一拳……奈德？

他露出一副傻笑。「我錯過了真正的典禮，是吧？我本來還很確定我只會晚到幾分鐘而已——鐵殼每次都會講上十個小時那麼久啊。蠢貨呢？FM？我得恭喜他們。」

「他們出任務去了。」

「今天？」奈德說：「太誇張了吧。我本來要跟他們大吵大鬧，叫他們去參加我們那個真正的派對呢。」他似乎真的很失望，就在此時，我們後方又有第四支飛行隊升空了。奈德嘆了口氣，又抓住我的手臂。「哎呀，至少我可以跟妳吵囉。」

「奈德，我沒成功。我彈射了。我……」

「我知道。那只是表示妳不會因為離開基地去參加派對而被記過。」他拉著我走。「來吧。其他人已經在那裡了。亞圖洛家有無線電。我們可以一起收聽戰況，幫他們加油。」

我嘆息著，不過後面那部分很吸引人。我讓他拖著我走，這時又有第五支飛行隊升空，往相同的方向飛去。

✦

「卡柏說司令想要回收那座造艇廠。」我說話時，亞圖洛正把一部四方形的大型無線電放在餐廳桌上，還碰撞到了飲料。「奈德跟我至少看見五支飛行隊出動，這次他們是認真的。」

其他人圍過來。可以再見到他們眞好，奇怪的是他們眼中竟然沒有譴責之意，這讓我的精神又好了點。金曼琳、奈德、亞圖洛。昏暗的餐廳裡很空蕩，只有我們，以及兩個年紀較輕的少年，他們沒有飛行胸針——大概是農地或果園工人的孩子吧。

「他們召集了所有人。」亞圖洛將連接著無線電的電線拿到牆邊。「包括下層洞穴的儲備軍力。這會是好大一場戰鬥。」

「對啊。」我低頭看著我的飲料和藻片，兩種我都還沒碰過。

「嘿。」金曼琳戳戳我的腰說：「妳在生氣嗎？」

我聳了聳肩。

「很好，」她說：「這是値得生氣的日子！」

「畢業日，」奈德舉杯說：「敬淘汰者俱樂部！」

「萬歲！」金曼琳舉起杯子說。

「你們兩個都是白癡。」亞圖洛邊說邊調整無線電上的刻度。「我沒有被淘汰。我提早畢業了。」

「是啊，」奈德問：「他們有召集你加入這場戰鬥嗎，正式飛行員先生？」

亞圖洛臉紅了。我現在才終於注意到他沒別上飛行員胸針。大部分人每天都會別著——無論是不是穿制服。

無線電開始大聲播放通話，亞圖洛立刻調小音量，調整至某個頻道後，傳來了語氣堅定的女聲。

「有了，」他說：「議會監聽頻道。這應該會直接爲政府領袖直接說明戰鬥的內容，不是處理過後給伊格尼斯下面那些人聽的版本。」

我們坐好，聽著無線電裡的女人說話：「加上出動的常春藤飛行隊（Ivy Flight），我們已經有十一支飛行隊升空，以及五組各以三艘飛艇組成的偵察隊。在無畏者聯盟的光榮鬥士們交戰時，希望聖徒和北極星眷顧我們。」

奈德吹了聲口哨。「十一支？我們有那麼多飛行隊嗎？」

「很明顯有。」亞圖洛說：「說眞的，奈德，你說話前用腦過嗎？」

「沒有！」他大聲啜了一口他的綠色氣泡飲料。

「說出想法的人，」金曼琳嚴肅地說：「是一個有想法能夠說的人。」

「我們通常會維持十二支飛行隊，」亞圖洛說：「四支隨時準備出勤，其中通常會有一、兩支在空中巡邏。四支待命出動。還有四支在地底深處擔任儲備軍力，在下層洞穴受到保護。以前，我們會盡量讓每一支飛行隊都有十艘飛艇——不過現在我們已經縮減爲十一支飛行隊，大部分都只有七架戰機左右。」

「八十七位英勇的飛行員，」廣播員繼續說：「正要前往與克里爾人交戰，以奪取回收物。勝利將會爲我們的聯盟帶回前所未有的光榮與戰利品！」

她的聲音跟我在地底聽過的廣播員很像。堅定，但幾乎都很單調——就像念著放在面前的稿子。

「這太無聊了，」我說：「我們可以聽眞正的通話嗎？調到飛行員頻道？」

亞圖洛看著其他人。奈德聳聳肩，不過金曼琳點了頭，於是亞圖洛把音量再關小聲一點。「我們應該不能聽這些的，」他輕聲說：「可是他們又能怎麼樣呢？把我們趕出ＤＤＦ嗎？」

他轉了幾個刻度，最後找到了飛行隊長的通用頻道。伊格尼斯的無線電無法解碼他們的內容，但是顯然亞圖洛的家人夠重要，擁有可以解譯內容的無線電。

「他們來了，」一陣不熟悉的聲音說：「可惡。太多了。」

「給我們數字，」鐵殼說：「有多少飛行隊？多少飛艇？」

「偵察隊報告。」我認得這聲音——是曾經跟我們一起戰鬥過的女偵察隊員斗篷。「我們會給妳數字的，司令。」

「所有飛行隊，」鐵殼說：「在我們得知敵人數量之前保持防守態勢。飛行指揮中心通話完畢。」

我將椅子拉近，聆聽對話，並且試著想像戰鬥。另一支偵察隊描述了墜落的造艇廠。那是一塊巨大、古老的金屬製物，內部有開口和扭曲的通道。

偵察隊回報了數字。第一波克里爾飛艇超過五十艘，但是還有另外五十艘跟了上來。敵人知道這場戰鬥有多麼重要。他們派出了所有飛艇。他們跟我們一樣有決心。

「一百艘飛艇，」奈德輕聲說：「那會是怎麼樣的戰鬥……」他看起來很憂心，或許是記起了我們在造艇廠內部的追逐戰。

「是了，他們全力以赴了，」鐵殼說：「激流飛行隊、女武神飛行隊（Valkyrie Flight）、鎢鋼飛行隊（Tungsten Flight）、惡夢飛行隊，我要你們提供掩護火力。核心飛行隊（Inner Flights），讓克里爾人遠離那座造艇廠。別讓他們在上面引爆炸彈！」

隊長們發出一連串確認命令的回答。我閉上眼睛，想像著大批飛艇和激烈的破壞砲。這是個相對開放的戰場，除了一座巨大的造艇廠，其他只有少數碎片而已。

我的手指開始動起來，彷彿正在控制飛艇。我感覺得到。震動的駕駛艙，急速通過的空氣，燃燒的火光……

聖徒和星星啊。我一定會非常想念那種感覺。

「那是一艘轟炸機，」其中一位隊長說：「我得到了三艘飛艇的確認。」

「偵察隊確認，」斗篷說：「我們也看到了。飛行指揮中心，一艘轟炸機正朝著造艇廠去。它帶著一顆殞命炸彈。」

「趕走它！」鐵殼說：「我們最重要的目標是保護那個回收物。」

「是，長官。」一位隊長說：「確認。我們會往後移，但如果因此把轟炸機趕向了艾爾塔呢？」

頻道上一陣沉默。

「轟炸機的速度需要至少兩小時才會到艾爾塔的範圍內，」鐵殼說：「在那之前，我們會有時間阻止它的。命令照舊。」

「兩小時？」奈德說：「他們比我想的還要遠。」

「這個嘛，轟炸機的速度大概是波可飛艇的一半，」亞圖洛說：「造艇廠墜落的時間大概是一個小時——差不多是我們軍力到達那裡的時間。如果你花點時間計算，就可以算出來了。」

「我幹嘛要那麼做？」奈德說：「你不是會幫我做好這麼困難的工作嗎？」

「有沒有人也覺得……滿焦慮的？」金曼琳問。

「他們剛才說外頭有一顆殞命炸彈，可能會往我們這裡來，」亞圖洛說：「所以，會啊。」

「不是關於那個啦，」金曼琳看著我說：「是關於我們只能坐在這裡聽。」

「我們應該在那裡的，」我輕聲說：「就是這場戰鬥了。就像艾爾塔之戰的戰鬥。他們需要每一個人……而我們卻在這裡。只能聽。」一邊喝著汽水。

「他們出動了所有能夠戰鬥的飛艇，」亞圖洛說：「如果我們還在ＤＤＦ，也只會坐在那裡聽吧。」

「我們驅離它了。」其中一位隊長說：「我確認，轟炸機已經轉向，離開回收目標。可是司令，它眞的想要闖進艾爾塔了。」

「這艘轟炸機很快，」斗篷說：「比大部分轟炸機還快。」

「偵察隊，」鐵殼說：「前去攔截。其他人，別被分心了。注意那座造艇廠！這可能是誘餌。」

「我剩下三艘飛艇了，」一位隊長說：「請求支援。他們有一大群，正在攻擊我們，飛行指揮中心。可惡，這——」

一片靜默。

「女武神飛行隊的隊長被擊落了，」另一個人說：「我要接收他們剩下的飛艇。飛行指揮中心，我們正處於挨打的局面。」

「所有飛艇，」鐵殼說：「全面發動攻勢。趕走他們。別讓他們接近造艇廠。」

「是，長官。」隊長們齊聲說。

戰鬥持續了一段時間，而我們也越聽越緊張。不只是因爲飛行員正在誓死奪取造艇廠，也因爲隨著戰鬥進行，轟炸機越來越接近艾爾塔。

「偵察飛艇，」鐵殼開口了：「你們有殞命炸彈的最新情況嗎？」

「我們還在追，長官！」斗篷說：「可是那架轟炸機被防守得很嚴密。有十艘飛艇。」

「了解。」鐵殼說。

「長官！」斗篷說：「它的速度眞的比原來的轟炸機更快，而且還在加速。如果我們不小心一點，艾爾塔就會進入它的射程範圍。」

「跟他們交戰。」鐵殼說。

「只靠偵察隊？」

「對。」鐵殼說。

我覺得好無力。小時候，每當聽見戰爭故事，我的腦袋就會充滿劇情與興奮——光榮和殺敵。可是今天，我聽得出那些聲音中的沉重壓力。那些隊長正在看自己的朋友們死去。我在頻道上聽見爆炸聲，每一次都讓我的表情扭曲。

尤根和FM就在那裡某處。我應該要幫忙他們。保護他們。

我閉上眼睛。我沒打算這麼做，但我做了奶奶教的練習，想像自己往上飛到星星之間。聽它們的聲音。接觸……

十幾顆白光在我眼皮內出現。接著是好幾百顆。我感覺到某種廣大、可怕的東西，將注意力移到我身上。

我倒抽一口氣，睜開眼睛。針孔般的光點消失，可是我仍聽得見自己的心跳，而且我只能想著有東西看著我那種無法逃脫的感覺。不自然的東西。可憎的東西。

當我終於把注意力移回戰場上，聽見斗篷回報他們跟殞命炸彈的護衛飛艇發生了全面衝突。亞圖洛調整頻率，找到了他們的飛行隊通話頻道——十二艘偵察機爲了這場戰鬥，集結成了一支飛行隊。

亞圖洛在偵察頻道和隊長頻道之間來回切換。兩邊的戰鬥都很激烈，但是經過許久之後，終於傳來了好消息。

「轟炸機摧毀了！」斗篷說：「殞命炸彈正以自由落體的速度墜向地面。所有偵察機，撤離！超燃！現在！」她在頻道上的聲音開始抖動，變得模糊不清。

我們焦慮地等著。我覺得我好像聽見了三道連續的爆炸——事實上我很確定——那陣聲音就在不遠處迴蕩。可惡。眞的很接近艾爾塔。

「斗篷?」鐵殼說：「做得好。」

「她死了。」某個人在頻道中輕聲說。那是FM。「我是呼號：FM。斗篷在衝擊波中死亡。總共……長官，偵察飛行隊總共就剩下我們三個人，其他人都在戰鬥中殉職。」

「收到，」鐵殼說：「願星辰接納他們的靈魂。」

「我們……應該回到另一處戰場嗎？」FM問。

「對。」

「好的。」她聽起來很慌亂。

我洩氣地看著其他人。我們一定能做點什麼吧。「亞圖洛，」我說：「你家不是有幾艘私人飛艇嗎？」

「三架戰機，」他說：「在深層洞穴。但規定是不讓它們介入DDF的戰鬥。」

「即使是這麼危急的情況？」金曼琳問。

亞圖洛猶豫著，接著更輕聲說：「尤其是像這樣的戰鬥。它們的用途是在我們必須撤離時，保護我的家人。情況越糟，我父母就越不可能投入他們的飛艇。」

「如果我們不問他們呢？」奈德說：「如果我們直接開走飛艇呢？」

他跟亞圖洛對看，接著都笑了起來。兩人都看著我，讓我的心跳因爲興奮而加速。再次飛行。參與這樣的戰鬥，就像艾爾塔之戰。

那場……讓我爸爸崩潰的戰鬥。讓我升空太危險了。萬一我做了他做的事，背叛了我的朋友呢？

「帶金曼琳去吧。」我發現自己這麼說。

「妳確定嗎？」亞圖洛問。

「我不行！」金曼琳抓住我的手。「小旋，妳比我厲害多了。我只會再失敗一次。」

「我家的飛艇在一座安全洞穴裡，」亞圖洛說：「要讓它們搭私有飛艇電梯上來，至少需要十五分鐘。這還不包括我們得想辦法溜進去並偷走它們的時間。」

我緊抓金曼琳的手。「怪客，」我告訴她：「妳是我見過最厲害的射手，我聽聞過最棒的。他們需要妳。FM和尤根需要妳。」

「可是妳——」

「我不能飛，怪客。」我說：「有一項醫學上的原因，我現在沒辦法解釋，所以妳一定得去。」我更用力抓住她的手。

「我辜負了赫爾，」她輕聲說：「我也會辜負其他人。」

「不。金曼琳，只有妳不去才會辜負大家。妳一定要去。」

她的眼眶溼了，然後緊緊擁抱我。亞圖洛和奈德趕著離開餐廳，接著金曼琳也追了上去。

我重重地坐到位子上，靠著桌面，雙手交叉，低下頭抵著。

無線電對話繼續著，還出現了新的聲音：「飛行指揮中心，」一個女人用粗糙的聲音說：「這裡是四十七號防空火砲前哨站。我們被擊破了，長官。」

「擊破？」鐵殼說：「發生了什麼事？」

「殞命炸彈的衝擊波打中了我們，」女人說：「星星啊。我正在一團混亂中爬行。這支無線電是我從指揮官屍體扯下來的。看來……四十六號跟四十八號AA火砲也沒了。那顆炸彈距離太近了。妳的防線出現了漏洞，長官。可惡，可惡，可惡啊。我需要醫療運輸！」

「了解，四十七號前哨站，正在派遣——」

「長官？」砲手又開口說：「告訴我，妳在雷達上看到了。」

「什麼？」

我感到一股寒意竄起。

「碎片雨，」砲手說：「在這裡北面。等一下，我有望遠鏡……」

我緊張地等待著，想像一位砲手在被毀壞的砲座殘骸中爬行。

「我目視了多艘克里爾飛艇，」砲手說：「是第二群，正從遠離造艇廠戰鬥的地方下來。長官，他們正朝著我們的防線漏洞來。確認！妳聽見了嗎?!」

「我們聽見了。」鐵殼說。

「長官，他們要直接衝向艾爾塔。快出動儲備軍力！」

沒有儲備軍力了。我體內的寒意變成了冰塊。鐵殼將我們擁有的一切都投入了造艇廠那場戰鬥。而現在，第二群克里爾飛艇從天空出現了——就在炸彈擊破我們防線的地方。

這是陷阱。

克里爾人就是要這樣。他們要把我們的戰機引到遠離艾爾塔的地方戰鬥。他們要讓我們相信所有克里爾飛艇都出動了，這樣我們才會對他們投入一切。接著他們就用殞命炸彈擊破我們的ＡＡ火砲，打開防線。

這麼一來，他們就可以出動更多飛艇，並帶來另一顆炸彈。

砰。

再也沒有無畏者了。

「激流飛行隊，」鐵殼司令說：「我要你們立刻回到艾爾塔！全速回來！」

「長官?」隊長說：「我們可以脫離戰鬥，但是我們就算以十Mag前進，也還有三十分鐘的路程。」

「快點！」她說：「回來這裡。」

太慢了，我心想。艾爾塔完了。這裡沒有任何飛艇。這裡沒有任何飛行員。

只除了一個。

第四十九章

不過我還是很猶豫。

我決定不跟奈德與其他人一起去，是因爲這樣太危險了。萬一我的缺陷發作怎麼辦？

就在這個時候，我又聽見了赫爾的聲音。這是約定，她似乎在輕聲說。一直勇敢到最後。不要放棄，小旋。

不要放棄。艾爾塔有危險，而我只打算呆坐在這裡？就因爲害怕自己可能做出的事？

不。在內心深處，我不知道自己是不是懦夫。因爲我擔心的不止是缺陷，也包括我有沒有資格飛行。直到這時，我才恍然大悟。我跟司令一樣，都把缺陷當成了不去真正面對問題的藉口。

不去了解我到底是誰。

我站起來，衝出了餐廳。不管缺陷了——他們就要丟下殞命炸彈，同時摧毀艾爾塔和伊格尼斯了。

我是不是危險人物根本就無所謂。克里爾人才更加危險。

我在街上跑向基地，有個念頭想要去找M-Bot。可是太遠了——而且它也關閉自己。我想像我衝進洞穴，卻只看見一塊不肯開機、死氣沉沉又空洞的金屬。

我在街上停住，氣喘吁吁，滿身大汗，先望向山區，接著又望向艾爾塔基地。

還有另一艘飛艇。

我在街上狂奔，衝過大門，亮出學員胸針以獲准進入。我右轉往發射場的方向奔去，急忙找到地面人員，他們正在讓醫療運輸機起飛前往ＡＡ火砲。體積龐大、速度緩慢的飛艇藉由大型上斜環平順地升空。

我看到了時常幫我維護飛艇的多爾戈，立刻跑向他。

「天防十號？」多爾戈說：「妳怎麼——」

「那艘壞掉的飛艇，多爾戈……」我上氣不接下氣地說：「天防五號。亞圖洛的飛艇。它可以飛嗎？」

「我們本來要把它拆掉當零件用了。」多爾戈驚訝地說：「我們試著修理它，但它的護盾已經掛掉，又拿不到替換品，而且操控也會受到影響。它沒辦法戰鬥。」

「它可以飛行嗎？」

好幾位地面人員互相對看著。

「技術上而言，」多爾戈說：「可以。」

「幫我準備！」我說。

「司令同意這麼做嗎？」

我看著發射場一側，那裡有一部跟亞圖洛很像的無線電正在大聲播放隊長頻道。他們一直在聽。

「有第二批克里爾飛艇正在前往艾爾塔，」我指著說：「而我們沒有儲備軍力了。你想要去找那個因爲荒謬理由而猜忌我的女人談，還是你想要趕快讓我升空？」

沒人說話。

「準備天防五號！」多爾戈終於開口大喊：「快，快！」

兩位地面人員跑開，而我也衝進更衣室，一分鐘後就換好了飛行服出來——有史以來換衣服的最快紀錄。多爾戈帶我前往一艘飛艇，其他地面人員正用飛艇拖車將它拉到發射場上。

多爾戈抓了個梯子。「東尼，這樣就行了！解開！」

他在飛艇停住的同時將梯子靠好。

我急忙爬上去，進入開啓的駕駛艙，盡量不去看飛艇左側那道被破壞砲攻擊留下的黑色疤痕。可惡，它的情況眞糟。

「聽著，小旋，」多爾戈跟著我上來。「妳沒有護盾，明白嗎？系統已經完全燒壞，所以我們把它拆掉了。妳完全沒有防備。」

「了解。」我邊說邊繫上安全帶。

多爾戈將我的頭盔推到我手中。這是我的頭盔，上面有我的呼號。「除了護盾，妳最需要擔心的是上斜環。」他說：「它有可能故障，我不確定它會不會突然停止反應。根據我們的評估，控制球也需要留意。」他注視著我。「彈射還有作用。」

「爲什麼要這麼說？」

「因爲妳比大多數人更聰明。」他說。

「破壞砲？」我說。

「還有作用，」他說：「妳很幸運。我們預計今晚要回收的。」

「我不確定這樣算是幸運，」我邊說邊戴上頭盔。「不過也只能這樣了。」我對他比出大拇指。

他也比起大拇指，然後跟他的團隊拉走梯子。我的座艙罩下降，接著密封起來。

✦

茱迪・「鐵殼」・埃文斯司令站在指揮中心，雙手在背後扣得死緊，眼睛牢牢盯著從地面投射出的立體投影，其中有編隊飛行的小飛艇。

造艇廠從頭到尾就是個誘餌。茱迪被耍了。克里爾人已經預料到她會怎麼做，也利用了這一點。

這是戰爭中最古老的規則之一。如果知道敵人會怎麼做，戰鬥就已經贏了一半。

她輕聲下令，立體投影便切換至正在接近艾爾塔的第二群敵軍飛艇。十五艘克里爾飛艇。在比長程雷達精準許多的近程雷達上，已經可以看見亮藍色的楔形編隊。

雷達上顯示其中一艘飛艇確實是轟炸機。

那些飛艇逐漸逼近死亡地帶——那是一條無形的界線，只要他們超過界線、丟下殞命炸彈，就會徹底摧毀掉艾爾塔。然而克里爾人並不會在那裡停住，他們會再往內飛，試圖從基地正上方轟炸。這麼一來，他們的炸彈就可以一路往下穿透，徹底毀掉伊格尼斯。

我讓全人類滅亡了，埃文斯心想。

十五顆藍色光點。毫無對手。

接著，有一顆紅點從艾爾塔升起。一艘無畏者的飛艇。

「里科弗？」鐵殼說：「那些私人飛艇真的回應我的召喚了嗎？他們的戰機出動了嗎？」雖然深層洞穴裡只有八艘飛艇，但總比什麼都沒有來得好。或許有機會阻止災難發生。

「不，長官，」里科弗說：「根據我們上次聽到的消息，他們正在計劃撤離。」

「所以那艘飛艇是誰？」鐵殼問。

在一片忙亂的指揮室裡，人們從自己的工作台上轉頭看著立體投影以及唯一的紅色光點。有個聲音在隊長頻道出現：「我弄對了嗎？確認？這裡是天防十號，呼號：小旋。」

是她。

「是那個缺陷。」鐵殼輕聲說。

第五十章

「這裡是飛行指揮中心，」鐵殼在我的無線電上說：「學員，妳是從哪裡弄來那艘飛艇的？」

「這要緊嗎？」我問：「給我航向。那些克里爾飛艇在哪裡？」

「那支飛艇隊有十五艘飛艇，女孩。」

我吞了口水。「航向？」

「57-113.2-15000。」

「好。」我轉向並啓動超燃模式。重力電容器在前幾秒啓動，然後咬著牙承受G力的衝擊。即使我的速度是相對緩慢的五Mag，波可飛艇還是在壓力之下喀噠作響。可惡。是什麼東西能讓這艘飛艇還沒瓦解？口水跟祈禱嗎？

「他們還有多久就會進入死亡地帶？」我問。

「不到八分鐘。」鐵殼說：「根據我們的計算，妳大約會在兩分鐘內碰到他們。」

「好極了。」我深吸一口氣，慢慢將飛艇加速至六Mag。我怕被燒過的機翼無法承受太大阻力，不敢再飛得更快。「我們可能會有一些援軍過來。妳看到他們的時候，就告訴他們情況。」

「還有更多人會來？」鐵殼問。

「希望如此。」那要看亞圖洛跟其他人是不是設法偷到了飛艇。「我只要拖延克里爾飛艇到那個時候就行了。靠我自己。以及一艘沒有護盾的飛艇。」

「妳沒有護盾？」

「我已經目視到克里爾飛艇。」我沒再理會她。「上了！」

一大批克里爾飛艇衝向我。雖然我知道只有十五艘，可是獨自一個人、毫無防備在這裡飛行，感覺就好像面對一整支上百的機隊。我立刻往一側飛，周圍充滿了破壞砲的光束。我至少引來了十二艘敵艇，而我的接近感應器瘋狂作響。

我急速轉彎，一邊希望能有碎片讓我利用，這樣我的動作就可以更快。我彎曲行進——竟然還沒被射中——後來看見了它。一艘速度更慢，體積更大的飛艇。它沉重緩慢地在下方拖行著一顆幾乎跟自身一樣大的炸彈。

「飛行指揮中心。」我向下俯衝，到處都是破壞砲的砲火。「我目視到一枚殞命炸彈。」

「擊落它，學員，」司令立刻說：「妳聽見我了。如果妳有機會，就打下那艘飛艇。」

「收到。」我讓飛艇繞了一圈。我的重力電容器指示燈在閃爍，表示其抑制效果延長了片刻，接著G力就將我在座位上壓向飛艇一側。

我勉強保持清醒，這時有兩艘克里爾飛艇從我前方飛過。我的本能是去追逐他們。

不。他們是要用目標引開我。我往另一個方向閃避，後方那些飛艇對我瘋狂開火。

我在這場戰鬥中撐不了多久的。我沒辦法拖延到亞圖洛跟其他人到來。克里爾人會在那之前解決掉我。

我必須靠近那艘轟炸機。

克里爾人想要把我趕到另一側，但是我在兩艘飛艇之間閃過，而我的飛艇在他們的尾流中發出喀噠聲。這種情況通常不會發生，進氣口會抵銷飛行的尾流。雖然我的進氣口幸運地還能作用，但顯然狀況不佳。

我聽見自己的牙齒震顫著。我穿越更多飛艇，專注在目標上，同時以破壞砲密集發動攻擊。

有幾發擊中了轟炸機，但是被護盾吸收，而我的距離也不夠近，無法使用ＩＭＰ。那些伴隨轟炸機的小型奇怪飛艇分離開來，往上飛向我，把我趕向一側。

我繞了一大圈，盡量不去想自己正在被幾乎相當於兩支飛行隊的敵軍追擊。我專注在我的飛艇上。專注於我的操作。

我，控制裝置，飛艇。一起，反應……

右。

我在一艘克里爾飛艇前來攔截之前躲開。

他們要全力開火。我俯衝避開突如其來的集中火力。

左。我根據本能轉彎，在兩艘敵軍飛艇之間旋轉，讓他們彼此相撞。

這很不尋常。但不知爲何，我可以在腦中聽見。不知爲何，我就是知道……傳送到敵軍飛艇的指令。

我可以聽見他們。

✦

茱迪安靜地站在立體投影旁，慢慢地，助理和年輕司令們都聚集了過來。現在他們已經要求所有在造艇廠戰鬥的飛艇脫離，要他們全速回到艾爾塔。

但他們太慢了。就算她先前已經下令撤回的激流飛行隊，目前也距離太遠。現在，唯一能決定情勢的就是在一群藍色光點中的那一顆紅點。那一顆厲害的紅點，正在敵方的砲火之中穿梭，竟然能一次又一次閃避攻擊。

出於某種原因，在壓倒性的劣勢下，她活了下來。

「妳見過那樣的飛行嗎？」里科弗問。

茱迪點了點頭。

她見過。是另一位飛行員。

✦

我無法解釋。我似乎能感應到指令從上方傳來，告訴那些克里爾飛艇該怎麼做。我可以聽見他們……聽見他們處理訊息、思考。

這並不是絕對的優勢，但已然足夠。我就靠著這點優勢，讓喀嗟作響的波可飛艇繞了另一圈，再次對轟炸機開火。

擊中五次了，我心想，這時我又一次被四艘黑色的護衛飛艇趕走。轟炸機的護盾應該快壞了。卡柏的訓練發揮了作用，提醒我準備好在擊落轟炸機的同時，立刻啓動超燃模式飛離。一旦殞命炸彈墜地，衝擊波就會……

「小旋？」是尤根的聲音。

差點讓我分心了。我旋轉飛艇，躲避攻擊。

「小旋，是妳嗎？」他問：「我的隊長說妳在頻道上。發生了什麼事？」

「我……」我咬著牙說：「我沒找你就自己來狂歡了。我要、更多、克里爾人。」

「我跟激流飛行隊在一起，」尤根說：「我們來幫忙了。」

我無法再耍嘴皮子跟虛張聲勢。「謝謝你。」我輕聲說，這時我試圖繞回去再攻擊一次，而我的頭盔中滿是汗水。

紅色射線從我的上方射來，就要劃開我的飛艇。可是我躲得掉的。我知道他們——

一陣爆炸撼動我的飛艇，炸掉了機首的尖端。某個東西打中了我，是我無法預測的東西。

我的波可飛艇震動著，機首冒出煙霧，控制台基本上就是一片紅燈。然而我還能夠操控飛艇，於是往一側閃避。

那次攻擊，我心想。其中一艘黑色飛艇打中了我——而我聽不見它的指令。

我再次繞向轟炸機。我按下扳機，結果什麼也沒發生。可惡……破壞砲在我的機首，被剛才那次攻擊打壞了。

我的控制球在震動，就快要掉出來，和多爾戈警告的一樣。

「妳還有一分鐘，那艘轟炸機就要抵達死亡地帶了，天防十號。」鐵殼輕聲說。

我沒回應，因爲我正努力在一群敵人前方閃避。

「如果它穿越了界線，」鐵殼說：「我完全授權妳還是可以擊落它。妳收到了嗎，飛行員？」

如果被射中或掉到地面，殞命炸彈就會被引爆。要是我在轟炸機過於接近時擊落它，爆炸就會摧毀艾爾塔，但這樣能夠保護伊格尼斯。

「收到了。」我繞圈回去。

沒有武器。

我聽得到強烈的風聲，彷彿座艙罩已經不見。我的機首仍在燃燒。

不到一分鐘。

我爬升高度，然後開始俯衝，克里爾飛艇仍然在後方追擊。

那艘轟炸機的護盾幾乎失效了。

我讓機首對準下方的轟炸機，接著啓動超燃模式。

「學員？」鐵殼說：「飛行員，妳在做什麼？」

「我的武器沒有作用了，」我咬著牙，斷聲說：「我得撞擊它。」

「了解，」鐵殼輕聲說：「以聖徒的速度，飛行員。」

「什麼？」尤根在頻道上說：「什麼？撞擊它？小旋！」

我衝向敵軍的轟炸機。

「小旋，」在刺耳的警報與駕駛艙外的強風中，我幾乎快聽不到尤根的聲音了。「小旋，妳會死的。」

「對，」我輕聲說：「不過我還是會贏。」

我在一連串敵軍砲火中直接衝向那艘飛艇。接著——在激烈操控了許久之後——我這艘遍體鱗傷的可憐飛艇終於受夠了。

上斜環失效。

我的飛艇無預期突然下墜，而我飛越了轟炸機之下，沒有撞到它。在強風吹襲、上斜環失效的情況下，我的飛艇開始失控地旋轉。

一切都變成一陣模糊不清的煙霧與火焰。

第五十一章

在這種時刻，你應該是無法思考的。照理說一切都發生在一瞬間。

我直覺往兩腿中央的彈射桿伸手。我的飛艇正在失控旋轉，無法控制高度。我就要墜毀了。

而我愣住了。

其他人都不夠近。沒有我阻止的話，克里爾人就會毫無阻礙，繼續前進去摧毀伊格尼斯。

如果我墜毀，一切就完了。

我用力將手移回油門，接著另一隻手關掉進氣口，讓飛艇完全隨著空氣移動。我使勁推油門，進入超燃模式。

以前，這就是飛艇飛行的方式。我需要傳統的升力，而這來自速度。

我的飛艇瘋狂震動，可是我移向控制球，調整旋轉的姿態。

拜託，拜託啊！

我感覺到這麼做有效了。我盡力控制機翼上的襟翼，也感覺G力在飛艇開始平穩時減輕。我可以的。我——

我在地上滑行了。

重力電容器立刻超限運轉，保護我免於承受強大的衝擊。但遺憾的是，我來不及重新取得控制，所以飛艇沒有獲得足夠的升力。

飛艇在地面彈跳，第二次撞擊讓繫著安全帶的我猛力往前撞，肺裡的空氣都被撞了出來。可憐的波可飛艇在滿是塵土的地面彈跳，駕駛艙也劇烈晃動。座艙罩碎裂，而我大聲尖叫。我無法控制。我只能擺出防撞姿勢，希望重力電容器有足夠時間再次充電，以防下次——

嘎吱。

在一陣撕心裂肺的金屬扭曲聲中，波可飛艇滑行著停下。

繫著安全帶的我全身癱軟，頭暈目眩，整個世界都在旋轉。我呻吟著，試圖正常呼吸。

我的視線逐漸恢復。我搖搖頭，然後勉強靠到側面，從破掉的座艙罩看出去。我的飛艇已經不在了。我讓它撞進一座山坡，滑行時扯掉了兩邊的機翼以及一大塊機身。基本上我就只是坐在椅子上、綁在一根大管子裡而已，就連控制面板上的警示燈都已熄滅。

我失敗了。

「戰機墜毀，」飛行指揮中心的某個人在我頭盔裡的無線電說：「轟炸機仍然朝目標前進。」她的音量變小了：「已進入死亡地帶。」

「這裡是天防五號，」亞圖洛的聲音響起：「呼號：安菲。我跟天防二號和六號在一起。」

「飛行員？」鐵殼說：「你們駕駛的是私人飛艇嗎？」

「算是吧，」他說：「就讓妳向我爸媽解釋好了。」

「小旋，」飛行指揮中心的某人說：「妳的狀況如何？我們看見妳控制墜毀了。妳的飛艇還能動嗎？」

「不行。」我粗啞地說。

「小旋？」金曼琳說：「噢！妳做了什麼？」

「看來什麼也沒做。」我洩氣地說，一邊試著解開安全帶。這可惡的東西卡住了。

「小旋，」飛行指揮中心說：「從殘骸撤離。克里爾人來了。」

克里爾人來了？我伸長脖子從破掉的座艙罩往回看。那艘黑色飛艇——四艘保護轟炸機的其中一艘飛艇——它已經在天上繞了個圈，要來查看我的殘骸。顯然它不想讓我再回到天空，從後方攻擊他們。

黑色飛艇飛得很低，往下朝著我而來。我看著它，知道它不會讓我有存活的機率。它要我。它知道。

「小旋？」飛行指揮中心說：「妳出來了嗎？」

「沒有，」我輕聲說：「我被安全帶卡住了。」

「我來了！」金曼琳說。

「不行！」鐵殼說：「你們三個專心對付那艘轟炸機，而且你們也太遠了。」

「這裡是激流八號，」尤根在頻道上說：「小旋，我來了！預計抵達時間六分鐘！」

黑色克里爾飛艇對著我的殘骸開火。

就在此時，一個黑色影子從上方經過，從我旁邊的山丘頂端出現。它越過了山丘，而塵土像下雨一樣落在我身上。敵人的破壞砲打中了它的護盾。

什麼？

一艘大型戰機，有著尖銳的翅膀……是個「W」形。

「呼號：蒙瑞爾。」一陣粗糙的聲音說：「撐著點，孩子。」

卡柏。卡柏在駕駛 *M-Bot*。

卡柏發射光矛，在雙方互相通過時熟練地刺中了克里爾飛艇。M-Bot的體積比對方大上許多。它就像主人拉動狗鏈般把克里爾飛艇往後猛扯，接著以精準的方式旋轉——拖著敵艇繞出一道瘋狂的弧線，然後將它摔到地面。

「卡柏？」我說：「卡柏？」

「我相信，」他的聲音出現在無線電上：「我告訴過妳在那種情況下要彈射的，飛行員。」

「卡柏？怎麼會！怎麼回事？」

M-Bot飛到我的飛艇旁——呃，應該說是飛艇剩下的部分——接著降落，放低了它的上斜環。我又試了一會兒，終於勉強掙脫安全帶。

我急忙爬出殘骸跑過去，差點被絆倒。我跳上一顆岩石，接著爬上M-Bot的機翼，這個動作我以前做過了好多次。卡柏穩穩地坐在打開的駕駛艙裡，而我給他的無線電就放在他旁邊的扶手上。

「妳好！」M-Bot從駕駛艙對我說：「妳差一點就死了，所以我要說點話讓妳分心不去想那些又嚴重又令人煩惱的瀕死經歷！我討厭妳的鞋子！」

我近乎歇斯底里地笑了起來。

「我不想被猜到，」M-Bot接著說：「所以我才說我討厭。不過其實我認爲那雙鞋子很棒。請別覺得我說謊。」

卡柏在駕駛艙中發抖。他的雙手顫動，眼睛直視前方。

「卡柏，」我說：「你進了飛艇。你飛行了。」

「這東西，」他說：「太瘋狂了。」他轉頭看我，似乎回過了神。「幫我。」他解開安全帶，而我幫忙拉他出來。

可惡。他看起來眞糟。多年來的首次飛行讓他非常疲累。

他跳下機翼。「妳得把那架轟炸機趕回天空。別讓它再轟炸蒸發我了。我還沒喝下午茶或咖啡呢。」

「卡柏。」我在機翼旁傾身往下看著他。「我……我想我在腦中聽見了克里爾人。他們可以透過某種方式，進入我的大腦。」

他伸手抓住我的手腕。「妳還是要飛。」

「可是萬一我做了跟他一樣的事呢？萬一我背叛了朋友呢？」

「妳不會的。」M-Bot從駕駛艙說。

「你怎麼知道？」

「因爲妳可以選擇。」M-Bot說：「我們可以選擇。」

我看著卡柏，他聳了聳肩。「學員，在這個節骨眼，我們還有什麼好失去的？」

我咬緊牙關，跳進熟悉的M-Bot駕駛艙。我戴上頭盔，在推進器重新啓動時繫好安全帶。

「是我呼叫他的。」M-Bot聽起來很得意。

「怎麼會？」我說：「你關機了啊。」

「我……並沒有完全關機。」機器說：「我反而在思考。思考。再思考。後來我聽見妳呼喚我。懇求我幫忙。接著……我就寫了一個新程式。」

「我不懂。」

「是個簡單的程式。」它說：「它在我沒注意到時編輯了資料庫裡的一個項目，用一個名字取代了另一個。我必須遵守我的飛行員指示。」

它的喇叭播放一陣聲音。我的聲音。

「拜託，」聲音對他說：「我需要你。」

「我選擇了。」它說：「一位新的飛行員。」

卡柏往後退，而我將雙手放上控制裝置，深呼吸，感覺……

很平靜。

對，平靜。那種感覺讓我想起飛行學校的第一天，我在進入戰場時覺得異常平靜。我對自己完全不害怕的事很有印象。

當時是我無知。虛張聲勢。我以爲我知道什麼是飛行員。我以爲我應付得來。

這種平靜感雖然很類似，同時卻又完全相反。這是經驗與知識帶來的平靜。在我們升空時，我發現心裡升起了一種截然不同的自信。不是來自我告訴自己的那些故事，也不是來自刻意營造的英雄主義。

我了解了。

我在第一次被擊落時彈射了，因爲我認爲沒必要跟著飛艇一起死去。可是在重要時刻——就算只有最微小的成功機會，我也必須試著保護飛艇——我會待在駕駛艙裡，努力讓飛艇保持在空中。

我的自信來自於我了解情況。從此再也沒有人能讓我覺得自己是個懦夫。別人說了什麼，想了什麼，或是宣稱了什麼，一點都不重要。

我了解我自己。

「妳準備好了嗎？」M-Bot說。

「我想這是我這輩子第一次準備好。給我最快的速度。噢，還有把你的匿蹤裝置關掉吧。」

「眞的嗎？」它說：「爲什麼？」

「因爲，」我邊說邊移向油門。「我要他們看見我們來了。」

第五十二章

茱迪・「鐵殼」・埃文斯看著克里爾軍隊逼近艾爾塔。

指揮中心裡充滿了交錯的無線電對話，但並不是一般的戰場通話。有權勢的家族主動呼叫，宣告他們要駕駛著自己的飛艇逃離。每一個都是懦夫。雖然茱迪在內心深處早就知道局勢會演變至此，不過這還是讓她心痛。

里科弗帶著報告走到她身邊。除了她以外，只有他還在看著立體投影。其他人都陷入了混亂，因爲接線員和資淺的指揮官們都在瘋狂地警告著伊格尼斯的人們，指示他們緊急撤離。

他們也只能做到這樣了。

「轟炸機還有多久抵達艾爾塔？」茱迪問。

「不到五分鐘。」里科弗說：「我們要把指揮中心撤離到其中一座深層洞穴嗎？那裡也許夠安全。」

她搖搖頭。

里科弗吞了口水，但還是繼續說：「最後防線的緊急砲台剛剛呼叫了。克里爾戰機飛得很近，正在跟他們交戰。三座毀了，另外三座正遭受猛烈攻擊。」

以前應該會有戰機來和砲台並肩作戰的。茱迪朝立體投影中飛向敵人交戰的三個紅色小光點點著頭。她現在知道那些是偷來的戰機。他們是愛國者，眞正的無畏者。

「幫我接上那些戰機。」茱迪接著啓動耳麥說：「天防飛行隊？」

「在，長官。」呼號安菲說。那是薇爾姮的兒子。他叫什麼名字？亞圖洛？「飛行員，」她說：「你們必須擊落那顆炸彈。再過不到五分鐘，它就會到達能夠摧毀伊格尼斯的位置。你明白嗎？我以最高授權指示你們解決那顆炸彈。」

「但是艾爾塔呢，長官?」男孩問。

「已經無救了，」她說：「我也會死。擊落那顆炸彈。你們三架戰機要對抗十五架。」她查看報告。「再過兩分鐘，激流飛行隊就會加入你們。他們有六架戰機，其中三架是偵察機。我們的其他軍力都太遠，無法發揮作用。」

「了解，飛行指揮中心，」男孩的語氣聽起來很緊張：「願星辰引導你們。」

「你也是，隊長。」

她往後退，觀看戰鬥。

「司令!」一位無線電技師大喊：「長官!我們發現一架未識別的戰機正在接近!正在將它加入立體投影!」

一個綠色光點出現了，雖然它距離即將發生的戰場很遠，卻以驚人的速度接近。

里科弗倒抽一口氣。茱迪皺起眉頭。

「長官，」技師說：「那艘飛艇正以二十Mag的速度飛行。我們的飛艇只要達到那種速度就會瓦解。」

「克里爾人現在又要對我們做什麼了?」茱迪喃喃自語。

「飛行指揮中心，」一個熟悉的女聲出現在頻道上：「這裡是天防十號，在戰場上回報。呼號：小旋。」

✦

M-Bot飛得太快了，空氣阻力產生的溫度讓它的護盾發出了火光。我們像一顆閃電般的光球劃破天際，但我幾乎感受不到震動。

駕駛過那艘壞掉的飛艇後，跟現在對比起來，感覺實在落差太大了。

「恐怕我還是無法發揮全力，」M-Bot說：「推進器與機動裝置：上線。上斜環和高度控制功能：上線。通訊與匿蹤系統：上線。光矛：上線。超感驅動裝置：離線。自我修復功能：離線。」

「沒有武器，」我說：「星星眞的一次都不讓我駕駛正常的飛艇。」

「如果我會覺得被冒犯，」M-Bot說：「現在就會覺得被冒犯了。而且，別那麼悶悶不樂。至少我的語音侵略子程式是上線狀態。」

「你的……什麼？」

「語音侵略子程式。我猜如果要參與戰鬥，我應該會很享受！所以我寫了一個新的程式來適當表達自己的感覺。」

這下可好了。

「發抖並恐懼吧，所有的敵人！」它大喊：「因爲我們會以雷電和鮮血撼動空氣！你們即將毀滅！」

「嗯……」金曼琳的聲音在頻道上出現：「不管你是誰，願星辰保佑你啊。」

好極了。它在通用頻道上說了那些話？現在我猜它「隱藏起來」的命令已經失效了，它才不在乎有誰聽到它說話。

「是我的飛艇在說話，怪客。」我說。

「小旋！」她說：「妳找到另一艘飛艇了？」

「是它找到我的。」我說：「我正從你們的七點鐘方向接近，過幾秒後，應該就能跟你們在戰場上碰面。」M-Bot的投影同時顯示出其他人的抵達時間。

「等一下，」奈德說：「是我太笨了，還是小旋剛才說她的飛艇會講話？」

「嗨，奈德！」M-Bot說：「我可以確認你是個笨蛋，不過所有人類都是。你的心智能力看來是在平均值的標準差範圍內。」

「這很複雜，」我說：「好吧，其實這並不複雜。我的飛艇會說話，你們別理它就好。」

「在我雄壯的破壞力之下顫抖吧！」M-Bot接著說。

「你們兩個聽起來很合。」亞圖洛說：「我很高興妳在這裡，小旋。妳……或許有什麼計畫？」

「有。」我說：「首先，我們先看看他們對我有什麼反應。等一下。」

我讓M-Bot以自己爲軸心旋轉，然後往反方向啓動超燃模式，減慢我們驚人的速度。就算有它那樣先進的重力電容器，我還是感覺到G力在座位上將我向後猛推。速度達到二點五Mag後，我就在空中旋轉，評估情況。十五艘克里爾飛艇。

就這樣。我有了另一次機會。

該是阻止炸彈的時候了。

我高速從克里爾飛艇群的中央穿越，掠過轟炸機以及剩餘三艘緊鄰著的黑色飛艇。我往上飛，讓他們好好看清楚M-Bot、它可怕的機翼以及散發著危險感的輪廓。它有四個破壞砲艙口——希望他們不會看到裡面是空的——而且一看就知道是先進而強大的機型。

克里爾人總是會鎖定他們認爲最危險的飛艇，或是乘坐了官員的飛艇。我希望他們看見M-Bot，然後……

……然後他們立刻就追了上來。除了三艘黑色飛艇和轟炸機以外，其他飛艇全都脫隊衝向我，發射出一陣雜亂無章的砲火。

好極了。雖然很可怕，但是好極了。

「我們得剛好保持在他們前方，M-Bot。」我說：「讓他們一路追趕，以爲他們隨時都佔了上風。」

「了解，」它說：「耶兒。」

「耶兒？」

「假裝是海盜說的行話，但其實是一種程式化的西部地區口音，由某位特定人士演出的角色造成了流行。照理說會很嚇人的。」

「好吧……」我搖搖頭，輕鬆使出了一個複雜的阿斯特姆迴旋。

「我記憶庫中的空缺確實留下了一些兼容並蓄的趣事。」它說：「耶兒。」

我向右切，看著接近感應器，注意到亞圖洛、怪客、奈德已經抵達。

「就我們這些嗎，安菲？」我問。

「激流飛行隊正在過來，大概還要一分半鐘的時間，」亞圖洛說：「尤根被指派跟他們一起，還有幾個年紀比較大的飛行員，但我不認識。我想他們在路上遇到了一些偵察機，所以ＦＭ可能也會在裡面。」

「好極了。」我咕噥著讓飛艇又做出一連串閃避動作。「在他們到達之前，你跟奈德看看能不能騷擾到那架轟炸機。要小心，那些防衛的黑色飛艇比一般你們遇到的克里爾飛艇更厲害。只要試著把轟炸機趕回去，好讓——」

「不行。」鐵殼在頻道上說。好極了。她當然在聽。「飛行員，你們要擊落那架轟炸機。」

「雖然我很樂意讓妳犧牲自己，鐵殼。」我說：「但我們還是會先確認需不需要這麼做。安菲、奈德爾，看看你們的能耐吧。」

「收到啦，小旋。」奈德說。

「那我呢？」金曼琳問。

「待在後方，」我說：「瞄準那架轟炸機。等待它的護盾失效，也等它的護衛分心。」

我的私人通話頻道在閃爍。

「思蘋瑟……」金曼琳說：「妳確定要把這件差事交給我嗎？我的意思是……」

「我完全沒有武器，怪客。」我說：「除了妳沒別人了。妳行的。做好準備。」

我俯衝低飛，周圍都是破壞砲的閃光。我們飛掠過地面，而我後方像是有一大群憤怒的昆蟲在追著。可惡。我看得到艾爾塔就在前方。我們很接近。

奈德和亞圖洛在上空跟轟炸機的黑色護衛飛艇交戰。我沒時間注意他們，因爲我被迫往另一個方向閃躲，從一群繞圈想要截擊我的克里爾飛艇之中衝出。

兩道破壞砲擊中了M-Bot的護盾。

「嘿！」M-Bot說：「就因爲這樣，我要追捕你們的長子或長女，歡欣大笑著把你們的死法鉅細靡遺告訴他們，還要用很多聽起來不舒服的形容詞！」

我發出抱怨聲。它又在通用頻道上說出來了。

「拜託告訴我，」我說：「我才不是那樣說話的。」

其他人都沒回答。

「人類疾病才會產生的膿疱將要襲擊你們，那些疾病可是會造成不舒服的腫脹！」

「噢，可惡。我聽起來就是這樣，對不對？」我咬著牙，啓動推進器超越敵人。他們的數量太多，只要幸運打中幾發就行了。

但我只需要讓他們再忙碌一下。我往右切，以光矛刺中一艘飛艇，利用其動能讓自己迅速轉了一小圈。我衝過它的同伴，然後鬆開光矛，讓它笨拙搖晃地飛著。

現在往上。我往上飛，繞過一座山坡，在克里爾人圍攻我之前避開。

「思蘋瑟？」M-Bot說。

往下。我在一些克里爾飛艇試圖從另一個方向截斷我之前俯衝。

「妳是怎麼做到的？」它問。

往右。我轉向從一些直衝而來的飛艇中間穿越。破壞砲擦過我的機翼，但沒有任何一發打中。

「妳在他們行動之前就做出了反應。」它說。

我在腦中感覺得到他們的指令。從上面傳到這些克里爾飛艇的指令雖然很小聲，卻很有穿透力。他們是從另一個空間、另一個地方進行通訊的——而我可以聽見。聽見他們的指令。

我以某種方式吸收了他們的指令，在我意識到之前就做出了反應。

我盡量不被這種情況嚇傻。

M-Bot靈敏得讓人難以置信，能夠迅速推進並突然往另一個方向急切。我在飛行時覺得好像可以感受到它——感覺到我的命令像電流一樣穿透它的機身。我以無意識的方式直覺飛行著，就像一個人在伸展肌肉那樣自然。感覺自己像一位謹慎的外科醫生那樣精準，卻同時具有最強壯的運動員那種精力。這太不可思議了。

由於我太過投入，差點就沒聽見亞圖洛的呼叫：「小旋，這樣行不通。那些黑色飛艇不肯遠離轟炸機。他們會在我們接近的時候交戰，可是我們一飛遠就撤了回去。那架轟炸機還是在穩定飛行。」

「敵人抵達摧毀伊格尼斯位置的預計時間？」

「不到兩分鐘，」M-Bot說：「以目前的速度——」

「我是激流飛行隊的隊長，呼號：泰瑞爾（Terrier），」一個男聲說：「北極星光啊，這裡到底發生了什麼事？」

「沒時間解釋了。」我說：「隊長，盡你們所能攻擊那些保護轟炸機的黑色飛艇。」

「還有，妳是誰？」

我轉了個彎——後面跟著一連串憤怒的克里爾飛艇——接著從六艘剛加入戰鬥的新飛艇上方掠過。我好不容易才目視到他們，因爲我周圍的破壞砲砲火實在太猛烈。我又被擊中了一次，然後是第四次。

「護盾剩百分之四十了。」M-Bot說。

我維持在大部分敵人前方，在攻擊之間尋找空隙，而我可以透過本能看出克里爾人的動作。星星出現在我的視線中。針孔般的光線。

那些眼睛。

尤根的聲音在頻道中冒出來：「長官，恕我直言，你應該聽她的話。現在。」

泰瑞爾咕噥著，然後說：「激流飛行隊所有飛艇，與那些黑色飛艇交戰。」

「不是所有飛艇，」我邊說邊向右旋轉。「尤根、ＦＭ，你們在嗎？」

「我在，小旋。」ＦＭ說。

「你們兩個，在那架轟炸機附近就位。我要帶這群克里爾飛艇繞回那裡，希望他們會因此分心，讓你們可以接近。到時候，我要你們對那架轟炸機發射ＩＭＰ。我們的時間所剩無幾。」

「收到，」尤根說：「跟著我，ＦＭ？」

「了解。」

我繞了一大圈，經過金曼琳旁邊，她正小心翼翼地飛離主戰場。我的追兵無視她，他們認爲我才是危險人物。

「怪客，」我在私人頻道上說：「我要妳射那架轟炸機。」

「如果那艘飛艇墜毀，這樣會引爆炸彈的，」金曼琳說：「你們全都會死。你們全都會死的。就算你們逃脫了，艾爾塔的所有人也都會死的。」

「妳覺得妳可以打壞那艘飛艇的推進器嗎？或是做什麼讓那艘轟炸機丟下炸彈？」

「那種射擊會——」

「金曼琳。聖徒會怎麼說？」

「我不知道！」

「那妳會怎麼說？記得嗎？我們見面的第一天？」

我轉彎飛向轟炸機。泰瑞爾跟他的飛艇，加上亞圖洛和奈德，他們全都攻向黑色飛艇。我往他們俯衝，帶來了其他飛艇，製造出一片瘋狂的混亂。

「不到三十秒了。」M-Bot輕聲說。

「妳叫我要深呼吸，」我對金曼琳說：「伸手……」

「摘下星星。」她低聲回答。

我的出現——加上追擊我的那些飛艇——造成了我想要的混亂。飛艇往各個方向飛行，黑色飛艇也因爲要避免跟自己人相撞而被驅散。

我在腦中聽見克里爾人一道特別的命令，是直接下令給轟炸機的。那些眼睛跟著我，似乎在我聽見克里爾人的通訊時變得更亮——也更討厭。

執行一百秒倒數計時引爆。

「M-Bot！」我說：「上面有人剛把炸彈設定在一百秒後引爆！」

「妳怎麼會知道？」

「我聽得見他們！」

「妳怎麼聽得見他們？他們使用了我無法監聽的無線電！」它安靜了一下。「妳可以聽見他們的超光速通訊？」

我瞥見右側出現一陣閃光。「IMP成功了！」FM興奮大喊：「轟炸機的護盾失效了！」

「怪客，開火！」我大叫著。

一道紅色光線刺穿了戰場。光線射過眾多克里爾飛艇之間，在尤根的機翼正上方經過，而他正啓動超燃模式遠離轟炸機。

要是紅光沒打中轟炸機和炸彈之間那個確切位置、切斷夾具，我就完蛋了。

轟炸機繼續向前飛。

但是炸彈被切斷、往下掉了。

「殞命炸彈落下！」泰瑞爾大喊：「所有飛艇，啓動超燃離開！快！」

所有人四散開來，包括克里爾人。除了我以外。

我向下俯衝。

第五十三章

「殞命炸彈落下，」激流飛行隊的隊長大喊：「所有飛艇，啟動超燃離開！快！」

茱迪站著嘆了好大一口氣，她的雙手放在背後，眼睛看著立體投影。指揮中心內，在她周圍有幾個人鼓起掌，其他幾個人在祈禱，里科弗更流著淚。

她就這樣看著炸彈掉落。她已經盡了力。也許人類可以藉由剩下的飛艇重建。也許無畏者會繼續生存下去。

少了艾爾塔，他們仍然可以的。茱迪做好準備。

飛艇全部散開想要躲避衝擊波。

除了一艘以外。

那艘飛艇朝著炸彈俯衝。

「是那個缺陷。」茱迪輕聲說。

✦

我用光矛刺中炸彈，劃出一道弧線往上拉，這時就連M-Bot那麼厲害的重力電容器也超載了。強大的力道將我壓在座位上，而我只差那麼一點點，勉強從一座覆滿灰塵的山坡頂部飛過——還拖著那顆殞命炸彈。

M-Bot設定了計時器，與炸彈上的時間同步。只剩四十五秒。

「我們得把這東西弄出死亡地帶。」我將油門往前推到底，全力進入超燃模式。

「這會很接近，」他說：「我要打開進氣口，免得炸彈在我們加速時從光矛扯掉，可是超過十六Mag的話，進氣口的外罩會收縮到無法完全遮住炸彈，所以那是我們目前能夠達到的最高速度了……」

我們迅速飛離艾爾塔，加快至任何ＤＤＦ飛艇都無法達到的速度。就算有它的重力電容器，我還是能感受到強大的Ｇ力。我們側傾從一群ＤＤＦ飛艇之中穿越，他們轉眼間就消失了。

「我們會成功！」M-Bot說：「很勉強。不過我們會……噢。」

「什麼？」我問。

「它爆炸的時候，我們會在衝擊波正中心，思蘋瑟。我可不想死，這樣很不方便的。」

倒數計時剩下十秒。我看見前方空中有一群黑點。克里爾人正在追擊ＤＤＦ飛艇。

「一定有什麼辦法！」M-Bot說：「推進器與機動裝置：上線。不，不夠快。上斜環與高度控制功能：上線。我們爬升得夠快嗎？不，不，不！」

我覺得很平靜。很安詳。

「通訊與匿蹤系統：上線，但沒有用。光矛：上線，正在帶著炸彈。如果我們太快放掉，衝擊波還是會擊中艾爾塔。」

我沉進飛艇裡，感覺自己變成了它那些正在運轉的處理器。我感覺得出數字倒數到三了。

「自我修復：離線。破壞砲：離線。」

二。

我感覺到——而不是看見——炸彈在後方像花開般的第一次爆炸。而我也感覺到——不是聽見——M-Bot的診斷工具在運作。

「生物元件啓動。」它的聲音說著。

一。

「超感驅動裝置：上線。」

爆炸的火焰包圍了我們。

「什麼？」M-Bot說：「小旋！快啓動——」

我用我的大腦做了某件事。

我們消失了。就這樣在擴散的火焰與毀滅中，留下一個飛艇大小的空洞。

第五十四章

在那一瞬間，我感覺自己進入了某個全然黑暗的地方。不止黑暗，而是一片虛無。在這裡，物質並不存在，也無法存在。

在那一瞬間，我似乎停止存在了。但卻沒有停止感受。一片白色出現在我周圍——十億顆星星。就像同時張開的眼睛，照耀著我。

某種古老的東西在擾動。在那一瞬間，它們不止看見了我，它們還認得我。

我在那個不是地方的地方震顫了一下，覺得自己好像撞上了安全帶，彷彿整個人被甩回了駕駛艙。我喘著氣，心跳猛烈，汗水從臉頰流下。

我的飛艇盤旋著，平穩而安靜，控制面板上的燈號閃爍著。

「超感驅動裝置已離線。」M-Bot 說。

「什麼，」我上氣不接下氣地問：「剛才那是怎麼回事？」

「我不知道！」它說：「但是我的儀器顯示我們在——正在計算中——距離引爆地點一百公里處。哇。我內部的精密計時器顯示我們的時間與太陽時間並沒有差異，所以我們並沒有經歷時間膨脹——可是我們以某種方式在一瞬間就移動了這段距離。毫無疑問地，比光速更快。」

我在座位上往後靠。「呼叫艾爾塔。他們安全嗎？」

頻道連上了，而我聽見歡呼與尖叫聲——過了一會兒，我才認出那是開心的喝采，不是恐懼。

「艾爾塔基地，」M-Bot 說：「這裡是天防十一號。你們可以開始感謝我們拯救你們免於完全毀滅了。」

「謝謝你們！」有些人呼喊著：「謝謝你們！」

「最好可以提供點蘑菇，」M-Bot對他們說：「盡量找到越多種類越好。」

「不會吧？」我邊說邊摘下頭盔擦汗。「還執著於蘑菇？」

「我沒消除程式裡的那個部分，」它說：「我很喜歡。這能讓我有東西可以蒐集，就像人類選擇根據情感與主題價值堆積無用的物品一樣。」

我咧開嘴笑著，可是無法甩開那些眼睛看著我的可怕感覺。那些……東西知道我做了什麼，而它們並不喜歡那樣。或許這能夠解釋M-Bot的超光速功能為何一直處於離線狀態。

當然，這也帶起了一個問題。我們可以再那麼做嗎？奶奶說她媽媽曾經是無畏號的引擎。是她讓旗艦運轉的。

答案是不要害怕火花，而是要學習控制它。

我往上看，看著天空。

就在那裡，我看見了*一個開口*。碎片的排列正好顯露了星星。就像……我跟爸爸在一起的那天。我第一次來到地表的時候。

這似乎有非常特別的意思，不像是巧合。

「思蘋瑟，」M-Bot說：「司令想要聯絡妳，可是妳摘下了頭盔。」

我心不在焉地戴回頭盔，眼睛仍注視著碎片的那個開口。那條通往無限的路。我是不是可以……在外面聽見什麼？對我的呼喚？

「思蘋瑟，」司令說：「妳是怎麼在那場爆炸中存活的？」

「我不確定。」我回答，事實就是如此。

「我猜我現在得赦免妳爸爸了。」她說。

「妳才剛躲過會在眼前爆炸的殞命炸彈，」我說：「卻只想著那個老傢伙？」

司令沉默了。

對。我……我可以聽見星星。

來找我們吧。

「思蘋瑟，」她說：「關於妳爸爸，有件事得讓妳知道。是關於那一天的事。我們撒了謊，但這是為了妳好。」

「我知道。」我邊說邊切換控制裝置，讓飛艇的上斜環朝著下方。我旋轉飛艇，讓機首面向上方——朝著天空。

「回來基地吧，」司令說：「回來接受表揚與慶祝。」

「我會的。最後會的。」

他們的頭是石頭，他們的心也是石頭。

「思蘋瑟。妳的體內有一種缺陷。拜託。妳必須回來。妳在天空停留的每一刻，都會對妳和其他人造成危險。」

要與眾不同。把妳的眼界提高一點。

「我的飛艇沒有破壞砲，」我心不在焉地說：「如果我回來時發了瘋，妳應該可以擊落我。」

「小旋，」鐵殼的語氣很痛苦。「別這麼做。」

某種更偉大的東西。

「再見，司令。」我說，然後結束通訊。

接著我啟動超燃模式，往上飛去。

摘下星星。

第五十五章

我知道這很蠢。

司令說得對。我應該要回基地的。

可是我不行。不只是因爲我聽見了星星在呼喚我、引誘我。不只是因爲那一瞬間在那個地方發生的事。

我並不是被別的東西控制。至少我不認爲我是。可是我必須知道。我必須面對它。

我必須去看看爸爸看到了什麼。

我們越飛越高，越來越高，大氣變得稀薄，而我們也看見了星球的曲線。繼續升高，目標是通過碎片帶的那個缺口。

我比之前更加接近，而這一次，我看傻了眼，因爲一切竟是如此精心的設計。雖然我們稱呼此處爲碎片帶，但這些其實不是碎片。這裡的一切都有其形式。帶有一種意圖。

巨大的平台向下發出光線。其他的看起來像造艇廠。它們一起在我們的星球之外，形成了一連串的破碎外殼。而它們排列得恰到好處，就是爲了製造出一個開口。

我進入那個大型缺口。要是我轉向、往旁邊移得太遠，可能就會進入卡柏提過那些的防衛火砲的攻擊範圍。但是在這裡，在這個即興形成的通道中，我很安全。

我通過第一層碎片時，M-Bot說我們已經進入了太空——不過它也說大氣的界線其實是一種「不定的分界，因爲外氣層並非結束，而是逐漸消退。」

在我們經過巨大的平台時，我敬畏地屏住了呼吸。那些平台能夠容納一千個以上的艾爾塔基地。它們覆滿了看似建築的東西——每一棟都很安靜、黑暗。看起來像是有無數棟。

人們曾經住在上面這裡，我心想。我向上高飛，經過了好幾層。現在，我們正以不可思議的速度移動——五十五Mag——但是少了空氣阻力。這其實沒什麼意義，所有速度在太空中都是相對的。

我的目光離開平台，移向通道的盡頭。那裡有整齊、平穩的光線。

「思蘋瑟，」M-Bot說：「我偵測到前方有無線電通訊。那些光點之中有一個不是星星。」

我向前傾，看著我們經過了另一層太空碎片。沒錯，我發現前方有一個亮點，距離比星星還近得多。是飛艇嗎？不，是一座太空站。形狀像一顆螺陀，每一面都有燈光。

有更小的光點在它周圍移動。是飛艇。我調整我們的航線，直接往太空站而去。在我們下方，一座平台在軌道中迴旋，切斷了我的視線，讓我再也看不見狄崔特斯越來越小的形影。

我還回得去嗎？我在乎嗎？

我聽見它們的聲音越來越大，是星星的聲音。那種聲音不是來自無線電，也不是文字。星星的呼喚……那是……那是克里爾人的通訊。他們利用那一瞬間彼此對話，立即就能溝通。而且……而且那些會思考的機器，似乎也是仰賴相同的科技來迅速處理訊息。

要做到這一切，就必須能夠進入剛才那個不是地方的地方，那片虛無。

我們越來越接近太空站。「他們不知道這很危險嗎？」我輕聲說：「畢竟有某種東西住在那片虛無裡？他們不知道眼睛的事嗎？」

也許那就是我們只使用無線電的原因，我心想。所以我們的先人才會放棄使用這種先進的通訊技術。我們的先人害怕住在那片虛無裡的東西。

「我對妳的話感到困惑，」M-Bot說：「不過除了超光速通訊之外，克里爾人也會使用某種正常的次光速通訊。我可以駭進去竊聽原始的那種。正在翻譯。」

我讓M-Bot放慢速度，經過那些轉過來面向我們的飛艇。它們看起來不是戰機，都四四方方的，正面有很大的開放式窗口。

就在此時，有某種東西擊中了我，就像一種實質的力量。它爬進了我的大腦，讓我的視線模糊。我尖叫起來，然後癱軟在座位上。

「思蘋瑟！」M-Bot說：「怎麼了？發生什麼事？」

我只能哽咽著說話。痛苦。還有……印象。他們正在傳送影像。他們……他們想要覆寫……我看到的畫面……

「啓動匿蹤與干擾！」M-Bot說：「思蘋瑟，我讀取到了不尋常的信號。思蘋瑟？」

聲音消失了。痛苦散去。我放鬆地嘆了長長一口氣。

「別死，好嗎？」M-Bot說：「如果妳死掉，我大概就得讓羅吉成爲我的飛行員了。這是最合邏輯的作法，而我們兩個都會很討厭這樣。」

「我不會死的。」我往後靠，用頭盔輕碰座椅的頭枕。「我眞的有一種缺陷。我的體內有個洞。」

「人類身上有許多洞。想要我給妳一份清單嗎？」

「拜託不要。」

「哈哈。那可是幽默呢。」

「我的大腦裡有個洞，」我說：「雖然它可以看見那片虛無，但他們也可以利用這個來對付我。我認爲……我認爲我爸爸在腦中看見了某種立體投影。在他飛回狄崔特斯的時候，他看見了敵人要他看見的畫面。」

我還記得他說的話。我要殺了你。我要殺了你們所有人……他是如此悲痛，又如此溫柔。他以爲人類輸了——以爲他的朋友全都死了。而他看見的並不是事實。

「他炸死自己的朋友時，」我輕聲說：「他以爲自己擊落的是克里爾人。」

一小群四方形的飛艇開始接近M-Bot。在我看來，它們很像是送信的或某種拖拉裝置。透過寬大的玻璃正面，我看見一種生物，有點像是我們繪畫中的克里爾人：穿著盔甲的黑色形體，紅色眼睛。

不過在這裡，他們有鮮明的顏色——是一種活潑的紅色與藍色，一點也不黑。他們讓我想起古生物課在幾張舊地球照片中看到的螃蟹。而他們穿的「盔甲」似乎比較像是某種生存裝備，在「頭」的部分有開放式玻璃板，好讓那種生物能夠看見外面。

小飛艇側面有著像是以奇怪語言印出的文字。

「*Ketos redgor Earthen listro listrins*，」M-Bot將那些文字讀出來：「以我們的語言，意思大概是『地球人之監獄維護與封鎖』。」

可惡。那……聽起來不是好事。「你可以告訴我他們在說什麼嗎？」

「在比較靠近太空站的地方有一些無線電通話，」它說：「不過我懷疑這些飛艇使用了比光速更快的超感裝置來通訊。」

「解開你對我們的防護，」我說：「但是不要完全關掉。如果我又尖叫或是發狂了，就再啓動。」

「好吧……」M-Bot說：「對我而言妳已經很瘋狂，但我猜那也不是新鮮事了。」

我又有那種感覺了，在太空的黑暗之中傳來了聲音。我可以聽見他們透過虛無傳送的內容。即使沒有翻譯，我也可以理解他們，因爲在那個地方，所有的語言都合而爲一。

「它在看我！」其中一個生物說：「我覺得它想要吃我。我一點也不喜歡這樣！」

「它現在應該沒有行爲能力了。」太空站傳來了通訊：「而且就算它在看你，它也不會看見你。我們正在覆寫它的視線。把那艘飛艇拖回來研究。那不是一般的ＤＤＦ型號。我們很好奇他們是怎麼建造的。」

「我才不想靠近它，」另一個生物說：「你不知道這些東西有多危險嗎？」

我好奇地望向座艙罩外，有一艘飛艇正在靠近，於是我擺出一種咆哮的表情——露出了牙齒。那個生物大聲尖叫，立刻調轉飛艇逃離了；另外兩艘像拖船的飛艇也往後退開。

「這是無人戰機的工作，」其中一個說：「不該由有人操縱的飛艇來做。」

他們聽起來非常害怕。跟我一直以來想像的可怕怪物不一樣。

我往後靠在座位上。

「要我試著駭進他們的系統嗎？」M-Bot說。

「你做得到嗎？」

「那可沒有聽起來那麼容易，」它說：「我必須接收一段傳入的信號，解開他們的密碼，並且建立一個假登入帳號，接著在傳送檔案的同時欺騙一個授權請求——突破本地資料防線——而這一切都不能觸發他們的任何警報。」

「所以，你做得到嗎？」

「我剛做到了，」它說：「那段解釋非常冗長呢。開始資料傳輸……然後，他們抓到我了。我被趕走了，安全協定正在阻止我重新進入。」

太空站出現閃光，沒過多久，一群小型飛艇就從它側面的艙口彈射出來。我認得那些飛行模式。克里爾攔截機。

「該走了。」我抓住控制裝置，讓我們轉向。「你能不能導航讓我們穿過碎片帶回去，而不觸發那些防衛火砲？」

「大概吧，克里爾人每次攻擊星球時不都會這麼做嗎？」它說：「應該是可行的。」

我啓動超燃模式，飛向碎片帶的最外層。M-Bot在座艙罩上放了一些方向指示，於是我照著飛，剛開始時覺得很緊張。我們在迂迴飛向星球時，近距離掠過了一些平台，但是它們都沒對我們開火。

我覺得……異常地警醒。我先前經歷過的那種著迷——想要找出是什麼讓星星發出呼喚的那種吸引力——現在已經消退了。那種感覺已經被完全的現實所取代。

出來到這種地方眞的很瘋狂，即使對我而言也是。不過，在我們繞過另一層碎片時，那些克里爾攔截機就撤退了。看來，我似乎越來越有可能安全回到星球上。

「你有找到什麼東西嗎？」我問：「我是指從他們的電腦？」

「我從太空站的核心開始往外找，」它說：「沒找到太多東西，不過……噢……妳一定會喜歡這個的。」

「什麼？」我啓動超燃模式，往下飛回狄崔特斯。「你找到了什麼？」

「答案。」

尾聲

兩個鐘頭後，我坐在ＤＤＦ的指揮中心裡，雙手抓著圍在身上的毯子，盤腿坐在位子上。他們讓我坐鐵殼司令的椅子。

自從進入那片虛無之後，我就一直覺得好冷。有一種我無法甩開的寒氣，就算蓋著毯子也幾乎沒用。我的頭還在抽痛，儘管我已經吞下不知幾嚬的止痛藥了。

一群重要人物圍住我的椅子，將我擠在中央。國民議會領袖、年輕的指揮官們、飛行隊隊長。我對他們相信我不會背叛的事越來越有信心，不過一開始——在我重新進入大氣層的時候——他們可是非常謹慎的。

指揮中心的門打開，卡柏終於跛行進來。我堅持要等運輸機接到他、帶他回來，還有等他拿到下午茶或咖啡才行。

「好了，」鐵殼交叉手臂說：「卡柏上尉來了。我們現在可以談了嗎？」

我舉起一根手指。這可能是我心胸狹窄，不過讓鐵殼等待的感覺眞的很好。而且，在我解釋之前，還有另一個人也應該在這裡。

我們等待時，我伸手拿起身旁的無線電。「M-Bot，」我說：「一切都還好嗎？」

「我盡量不對這座機棚裡的工程師看著我的樣子感到被冒犯，」它說：「他們好像太急著想把我大卸八塊了。不過目前還沒有人敢動手。」

「那艘飛艇是ＤＤＦ——」鐵殼開口。

「那艘飛艇，」我說：「會在你們企圖強行闖進它內部時燒掉自己。ＤＤＦ是可以獲得它的科技沒錯，但那就取決於我們了。」

我說這些話時，她漲紅著臉，看起來也眞是太令人滿意了。可是她並沒有再提出異議。門終於又打開，尤根進來了。他眞的在笑，而我突然發現那副表情雖然很愉悅，但其實並不適合他。他嚴肅的時候看起來比較像他自己。

然而，我們一直在等的人並不是尤根，而是尤根被派去找的那位身材瘦長的年輕人。小羅進來時笑得像個傻瓜，還在隊長與司令爲他讓路時臉紅了起來，最後他向大家敬禮。雖然鐵殼對小羅和我沒有立刻交出飛艇的事很憤怒，不過大多數人似乎都同意小羅一邊處理一個威脅毀掉自己的瘋狂AI，一邊還能將技術轉移給DDF，是件値得欽佩的舉動。

「現在妳可以談了嗎？」鐵殼問。

「克里爾人不是我們想的那樣。」我說：「我的飛艇從他們資料庫下載到一些東西，發現了我們的先人降落在狄崔特斯之前經歷過什麼事。曾經有一場戰爭。一場規模浩大、跨銀河系的戰爭。人類對抗外星人。」

「對抗克里爾人。」鐵殼說。

「一開始並沒有克里爾人，」我說：「只有我們對上銀河系。人類輸了。勝利者是一支外星人聯軍，而根據M-Bot和我的判斷，那些外星人認爲人類太殘忍、太野蠻也太具侵略性，因此不能加入跨銀河系的社會。

「他們要求所有獨立或非獨立的人類艦隊向他們投降。我們的先人，也就是無畏號與一小群艦隊上的乘員，他們認爲自己是無辜的。他們並未參與戰爭。可是在他們拒絕投降的時候，外星聯軍派了一批軍隊要來捕捉或控制他們。那就是我們所謂的克里爾人。」

我閉上眼睛。「他們包圍了我們。接著——在無畏號爆發了一場衝突之後——我的外曾祖母帶我們來到了狄崔特斯。我們知道這顆星球，但這裡好幾個世紀前就被遺棄。

「克里爾人跟著我們來到這裡，並在我們墜毀時建立了一座太空站監視我們。他們不是嗜殺成性的外星人。他們是獄卒，是一支用於將人類困在這裡的軍隊。因爲有些外星人非常肯定要是我們回到太空，一定會企圖征服銀河系。

「他們設計了殞命炸彈，是要在我們看似快要逃出狄崔特斯時，用來摧毀我們的文明。但是我認爲他們大多數的攻擊不是眞的想要毀掉我們。他們有法律禁止徹底摧毀整個物種。他們認爲這顆星球就像……人類的保育區。他們會派飛艇讓我們專注在戰鬥上，讓我們無心去想別的事，這麼一來我們就沒時間去研究怎麼逃脫。雖然他們的戰機總是試圖將我們的軍力削減到一定程度，可是他們只被授權使用一定數量的軍力來對付我們，以免不小心害我們絕種。」

雖然裹著毯子，我還是在顫抖。「然而，最近有某件事改變了。」我說：「最後這一顆炸彈似乎眞的想摧毀我們。關於……應該容忍我們到什麼程度，他們有相關的政策。他們試過毀掉艾爾塔和伊格尼斯，不過我們打敗了他們。這讓他們很害怕。」

「好極了，太好了，」鐵殼交叉手臂說：「可是這對局勢並沒有太大的改變。雖然我們知道了克里爾人攻擊的原因，但他們的軍力還是佔優勢。這只會讓他們更下定決心要滅絕我們。」

「也許吧。」我說：「但是看管我們的那些外星人？他們不是戰士。他們是獄卒，主要都在操縱無人機，而他們不必多厲害——因爲他們可以藉由數量壓過我們。」

「這還是個大問題，」鐵殼說：「我們的資源不足，而他們擁有更厲害的技術，以及一支在軌道運行的艦隊，基本上我們還是死定了。」

「這倒是眞的。」我說。

「那妳爲什麼在笑？」鐵殼問。

「因爲，」我說：「我可以聽見他們的對話。只要知道敵人想做什麼，我們就有優勢。他們以爲我們被困在這顆星球上了。」

「不是這樣嗎？」尤根問。

我又開始顫抖，想起了自己在那片虛無的時候。克里爾人知道他們必須鎖定我們之中最厲害的飛行員——因爲他們知道缺陷的事。他們知道具有缺陷的人，可能會做出跟我一樣的事。

我不知道我是怎麼傳送飛艇的。我不知道我敢不敢再做一次。但我同時也知道，奶奶說得沒錯。運用這種能力就是關鍵。這樣我們才能夠生存。才能夠逃出這顆星球。

才能夠成爲眞正的無畏者。

（全書完）

誌謝

爲了完成這本書，我把自己當成年輕人來傳達我的情感。我的熱情不在於成爲戰鬥機飛行員，而是成爲作家。不過這條路有時似乎也會讓我感到絕望、無助，就跟思蘋瑟一樣。但我還是覺得自己適得其所，因爲我能夠做我想做的事情維生。

而我也跟思蘋瑟一樣，受到某些超級好朋友與同事的照顧。克莉絲塔・馬里諾（Krista Marino）是本書編輯、最主要的擁護者，也是最棒的飛行隊長。艾迪・施耐德（Eddie Schneider）是合約經紀人，另外還有約書亞・畢姆斯（Joshua Bilmes）的協助。這三位加上貝弗莉・霍洛維茲（Beverly Horowitz）對我特別容忍，讓我從他們手中抽走了另一本書還要他們出版這一本。

我一直對視覺藝術家的能耐感到驚奇不已。查莉・保沃特（Charlie Bowater）設計的美國版出色封面，確實替我爲思蘋瑟賦予了生命，而班・麥斯威尼（Ben McSweeney）依舊發揮了他在藝術方面的魔力，把我在紙上模糊潦草的構圖，變成了你在這本書中看到的超酷飛艇設計。最後，我的好友艾薩克・史都華（Isaa« Stewart）畫了地圖，也是空間藝術的藝術總監。

所有未出現的打字錯誤都是彼得・阿斯特姆（Peter Ahlstorm）的功勞，他會獵捕那些錯字並在自由市場上販售。一如往常，我非常感謝他努力不懈並鼓勵我。

同樣地，「龍鋼」的其他團隊成員，是我在試驗性惡作劇時提供支援的最佳「地勤人員」。凱拉・史都華（Kara Stewart）負責處理你們從我官網商店訂購的所有T恤和書籍。亞當・霍恩（Adam Horne）是我的行政助理兼宣傳人員。當然還有我的太太愛蜜莉，她讓我們大家能夠一直往正確的方向前進。

此外，我也要衷心感謝艾蜜麗・格蘭奇（Emily Grange）和凱瑟琳・多爾西・山德森（Kathleen Dorsey

Sanderson）對各種大小事的幫忙（包括聆聽我五歲的孩子解說他有多喜歡三明治。如果你們想知道——他喜歡把美乃滋塗在外面）。

凱倫・阿斯特姆（本書特別致謝的人物）是我的連戲編輯。你們一定無法想像我的某些書本來有多糟，幸好有她找出許多錯誤，逼我承認一個人不可能同時出現在兩個地方。企鵝蘭登書屋（Penguin Random House）/戴拉寇特出版社（Delacorte Press）的莫妮卡・珍（Monica Jean）、瑪麗・麥丘（Mary McCue）、莉莎・納德爾（Lisa Nadel）、亞卓安・溫特勞布（Adrienne Waintraub）、蕾貝卡・古德里斯（Rebecca Gudelis）提供了其他協助。文字編輯是芭芭拉・佩瑞斯（Barbara Perris），校對則是休娜・麥卡錫（Shona McCarthy）。

本書的寫作團體和飛行夥伴仍然是這些嫌犯：凱倫・阿斯特姆、彼得・阿斯特姆、艾倫・雷頓（Alan Layton）、凱琳・佐貝爾（Kaylynn ZoBell）、愛蜜莉・山德森（Emily Sanderson）、達西・史東（Darci Stone）、艾瑞克・詹姆斯・史東（Eric James Stone）、班・歐森（Ben Olsen）、伊森・斯卡斯特（Ethan Skarstedt）、厄爾・卡希爾（Earl Cahill）。

試讀讀者包括妮奇・拉姆齊（Nikki Ramsay，呼號：磷葉石）、瑪妮・彼得森（Marnie Peterson）、艾瑞克・雷克（Eric Lake，呼號：混亂）、達西・柯爾（Darci Cole，呼號：小藍）、拉維・佩索德（Ravi Persaud，呼號：碎嘴）、狄娜・柯維爾・惠特尼（Deana Covel Whitney，呼號：辮子）、傑登・金恩（Jayden King，呼號：三腳架）、愛麗絲・阿爾內森（Alice Arneson，呼號：濕地人）、布雷登・雷（Bradyn Ray）、思美嘉・穆拉塔吉—塔迪（Sumejja Muratagic-Tadic，呼號：西格瑪）、珍妮爾・弗西爾（Janel Frocier，呼號：蕪菁）、佩吉・菲利浦（Paige Phillips，呼號：工匠）、喬・狄爾達弗（Joe Deardeuff，呼號：旅行者）、布萊恩・T・希爾（Brian T. Hill，呼號：帥哥）。

其中我要特別感謝傑登・金恩和布雷登・雷提供戰鬥機飛行員的專業，（有時還花了很長時間）解釋我對飛行的愚蠢錯誤認知。艾瑞克・雷克在計算速度、距離和座標系統方面也幫了大忙（各位作家，請找物理學家和數學家當朋友。很值得的！）

我們爲這本書辦了一次特別的青少年試讀活動，成員包括：莉莉安娜・克萊因（Liliana Klein，呼號：哨兵）、納森・史戈爾（Nathan Scorup）、漢娜・赫爾曼（Hannah Herman）、約書亞・辛格（Joshua Singer）、伊芙・史戈爾（Eve Scorup，呼號，銀石）、瓦倫西亞・克姆利（Valencia Kumley，呼號：阿爾法鳳凰）、丹尼爾・桑默斯戴（Daniel Summerstay）、克里斯汀・史戈爾（Chrestian Scorup）、蕾貝卡・阿爾內森（Rebecca Arneson，呼號：緋紅）、柯爾・紐伯利（Cole Newberry）、布雷特・赫爾曼（Brett Herman，呼號：赫帥）、艾登・丹佐（Aidan Denzel，呼號：十字）、艾文・賈西亞（Evan Garcia）、凱瑟琳・史蒂文斯（Kathryn Stephens）、威廉・斯戴（William Stay）。

我們的校對讀者包括許多試讀者，再加上特雷・庫柏（Trae Cooper）、馬克・林伯格（Mark Linberg，呼號：巨齒鯊）、布蘭登・柯爾（Brandon Cole，呼號：柯帥）、伊恩・麥克奈特（Ian McNatt，呼號：怪咖）、凱琳・紐曼（Kellyn Neumann，呼號：跳躍者、蓋瑞・辛格（Gary Singer）、貝卡・瑞佩特（Becca Repperet）、卡里亞妮・波魯瑞（Kalyani Poluri，呼號：漢娜）、佩吉・維斯特（Paige Vest）、喬瑞・菲利浦（Jory Phillips，呼號：巨人）、泰德・赫爾曼（Ted Herman，呼號：騎兵）、鮑伯・克魯茲（Bob Klutz，呼號：塔西爾）、寶・芬姆（Bao Pham，呼號：懷爾德）、琳賽・路德（Lyndsey Luther，呼號：翺翔）、大衛・貝倫斯（David Behrens）、琳婷・「花漾」・徐（Lingting "Botanica" Xu，呼號：哈桑）、提姆・查利納（Tim Challener，呼號：安泰俄斯）、威廉・「艾伯戴許」・璜、拉胡爾・潘圖拉（Rahul Pantula，呼號：長頸鹿）、梅根・凱恩（Megan Kanne，呼號：麻雀）、羅斯・紐伯利（Ross Newberry）。

我非常感謝這些人。雖然名單中一如往常出現了新名字，但其中有許多人已經支持我寫作很多年──到現在甚至超過數十年了。所以如果你們需要厲害的僚機飛行員，我可以替你們找到一些。

中英名詞對照表

A

Acclivity Ring　上斜環

Acclivity Stone　上斜石

Administration Corps　行政隊

Achievement Merits　成就點數

Admiral Heimline　赫姆林司令

Ahlstrom Loop　阿斯特姆迴旋

Alfir　艾弗爾

Algae Vat Corps　藻桶隊

Algernon Weight　艾格儂・威特

Alta Base　艾爾塔基地

Aluko　艾盧寇

Amphisbaena　安菲斯貝納

Antioch　安提阿

Antique　安提克

Arturo Mendez　亞圖洛・曼德茲

Asker Weight　艾斯克・威特

Atmospheric Scoop　大氣風門

B

Banks　班克斯

Barret Sequence　巴瑞特連續動作

Battle of Alta　艾爾塔之戰

Battle of Trajerto　特哲托之戰

Becca Nightshade　貝卡・奈薛

Beowulf　貝沃夫

Bim　畢姆

Blaze　火光

Bloodletter　血字

Bog　波格

Bountiful Cavern　富足洞穴

Broken Wind　破風

Bryn　布琳

C

Camdon-class　肯頓級

Chaser　獵人

Cloak　斗篷

Cobb　卡柏

Commander Spears　史貝爾指揮官

Conan the Cimmerian　蠻王柯南

Custer　卡斯特

Cytonic Hyperdrive　超感驅動裝置

D

Darla Mee-Bim　達爾拉・咪賓

Debris Layer　碎片層

Defect　缺陷

Defiant　無畏者／無畏號

Defiant Defense Force (DDF) 無畏者防衛軍
Defiant League 無畏者聯盟
Destructor 破壞砲
Detritus 狄崔特斯
Deviation 偏差
Dia 迪雅
Digball 迪格球
Disputer 爭論者
Dodger 閃躲者
Doomslug the Destroyer 破壞者毀滅蛞蝓
Dorgo 多爾戈
Drama 德拉瑪
Dvorák 德弗札克

F

Finn Elstin 芬恩・艾斯汀
Firestorm Flight 火風暴飛行隊
First Citizens 第一公民
Fresa-class 弗雷沙級
Freyja 芙蕾雅

G

Galactic Law 銀河法
Gilgamesh 吉爾伽美什
Glorious Rises of Industry 工業復興
Gravitational Capacitor (Gra-Caps) 重力電容器
Grendel 格倫戴爾

H

Halbeth 荷貝斯
Harald Oceanborn 哈洛・奧許波恩
Hervor 赫爾薇爾
Highway Cavern 海威洞穴
Hope Flight 希望飛行隊
Hudiya 胡蒂亞

I

Iglom 伊格倫
Igneous 伊格尼斯
Inkwell Flight 墨池飛行隊
Imban Turn 英班旋轉
Industry Merits 勤奮點數
Inner Flight 核心飛行隊
Inverted Magellan Pulse (IMP) 反轉麥哲倫脈衝波
Ironsides 鐵殼
Ivy Flight 常春藤飛行隊

J

Jager 野格
Jax 傑克斯
Jerkface 蠢貨

Jesua Weight　耶莎・威特
Joan of Arc　聖女貞德
Jorgen Weight　尤根・威特
Jors　喬爾斯
Judy Ivans　茱迪・埃文斯
Junmi　君米

K

Kimmalyn　金曼琳
King of the Geats　濟茲之王
Krell　克里爾人
Kurdi Mushroom　科爾迪蘑菇
kus　克斯（能量單位）

L

Lanchester's Law　蘭徹斯特法則
Largo-class　拉爾戈級
Leif Eriksson　萊夫・埃里克遜
Lifebuster Bomb　殞命炸彈
Light-lances　光矛
Light-line　光繩

M

Magma　梅格瑪
Magna　梅格娜
Mara　瑪拉
Merit Chit　點數幣
Mongrel　蒙瑞爾
Morningtide　晨潮
Motorskaps　摩托斯卡普
Mrs. Vmeer　薇米爾老師

N

National Assembly Leader (NAL)
國民議會領袖
Nedd Strong　奈德・斯壯
Nedder　奈德爾
New World Symphony
《新世界交響曲》
Nightingale　夜鶯
Nightmare Flight　惡夢飛行隊
Nightstorm Flight
黑夜風暴飛行隊
Nord　諾德
Nose　諾斯

O

Odysseus　奧德修斯
Old Earth　舊地球
old Mrs. Hong　洪老太太
Overburn　超燃模式
Overwing Twist　翼上扭轉

P

Poco-class　波可級

Q

Queen Boudicca　布狄卡女王

Quick　快客
Quirk　怪客

R

Rally　雷利
Ranger Flight　騎士飛行隊
Remark　雷馬克
Requisition Coin　申請幣
Reverse Switchback　倒轉折返
Rigmarole　瑞莫羅
Rikolfr　里科弗
Riptide Flight　激流飛行隊
Rodge McCaffrey (Rig)
羅吉・麥卡弗雷（小羅）
Rubble Belt　碎片帶

S

Saint　聖徒
Sanitation Corps　衛生隊
Sigo-class　西格級
Siv　希芙
Skylight　天燈
Skyward Flight　天防飛行隊
Slatra-class　斯雷徹級
Sousa　索沙
Spensa Nightshade (Spin)
思蘋瑟・奈薛（小旋）
Stardragon Flight　星龍飛行隊
Starfighter　星式戰機
Stewart　史都華
Strife　史特萊夫
Sun Tzu　孫子
Sushi　壽司
Swing　史威恩

T

Tarzan of Greystoke　泰山
Tashenamani　塔薛娜曼妮
Terrier　泰瑞爾
The Conquest of Space
《征服太空》
Thior　席歐爾
Tony　東尼
Trojan War　特洛伊戰爭
Tunestone　屯絲頓
Tungsten Flight　鎢鋼飛行隊
Twin Shuffle　雙重曳行

U

Ukrit　烏克利特
Underscore　安德斯寇
Unicarn Skirmish　尤尼卡恩戰鬥
United Defiant Cavern
聯合無畏者洞穴

V

Val-class　維拉級
Valda Mendez　薇爾妲・曼德茲

Valkyrie Flight　女武神飛行隊

Vent　砲口

Ventilation Corps　通風隊

Vici Cavern　維西洞穴

Vician　維西人

Victory Flight　勝利飛行隊

Vigor　維格爾

W

Work Studies　工作研究

Writellum　萊特倫

X

Xun Guan　荀灌

Y

Yeong-Gwang　勇廣號

Yeongian　勇揚人

Z

Zeen Nightshade　齊恩・奈薛

Ziming　子明

國家圖書館出版品預行編目資料

天防者 / 布蘭登．山德森 (Brandon Sanderson) 作 ; 彭臨桂譯 . -- 初版 . -- 臺北市 : 奇幻基地 , 城邦文化出版 : 家庭傳媒城邦分公司發行 , 民 108.05
面 : 公分 . -(Best 嚴選 ; 117)
譯自 : Skyward
ISBN 978-986-97628-0-9 (平裝)

874.57 108004123

Skyward
Copyright © 2018 by Dragonsteel Entertainment, LLC.
Published in agreement with JABberwocky Literary Agency, Inc., through The Grayhawk Agency.
Complex Chinese translation copyright © 2019 by Fantasy Foundation Publications, a division of Cité Publishing Ltd.
All rights reserved.

著作權所有・翻印必究

ISBN 978-986-97628-0-9

Printed in Taiwan.

城邦讀書花園
www.cite.com.tw

BEST 嚴選 117
天防者

原著書名／Skyward
作　　者／布蘭登・山德森（Brandon Sanderson）
譯　　者／彭臨桂
企畫選書人／王雪莉
責任編輯／王雪莉
版權行政暨數位業務專員／陳玉鈴
資深版權專員／許儀盈
行銷企畫／陳姿億
行銷業務經理／李振東
副總編輯／王雪莉
發行人／何飛鵬
法律顧問／元禾法律事務所　王子文律師
出版／奇幻基地出版
城邦文化事業股份有限公司
台北市 104 民生東路二段 141 號 8 樓
電話：(02)25007008　傳眞：(02)25027676
網址：www.ffoundation.com.tw
e-mail：ffoundation@cite.com.tw
發行／英屬蓋曼群島商家庭傳媒股份有限公司城邦分公司
台北市 104 民生東路二段 141 號 11 樓
書虫客服服務專線：(02)25007718・(02)25007719
24 小時傳眞服務：(02)25170999・(02)25001991
服務時間：週一至週五 09:30-12:00・13:30-17:00
郵撥帳號：19863813　戶名：書虫股份有限公司
讀者服務信箱 e-mail：service@readingclub.com.tw
歡迎光臨城邦讀書花園　網址：www.cite.com.tw
香港發行所／城邦（香港）出版集團有限公司
香港灣仔駱克道 193 號東超商業中心 1 樓
電話：(852) 2508-6231　傳眞：(852) 2578-9337
e-mail：hkcite@biznetvigator.com
馬新發行所／城邦（馬新）出版集團
【Cite(M)Sdn. Bhd】
41, Jalan Radin Anum, Bandar Baru Sri Petaling,
57000 Kuala Lumpur, Malaysia.
Tel: (603) 90578822 Fax:(603) 90576622
email:cite@cite.com.my

封面設計 / 朱陳毅
排　版 / 極翔企業有限公司
印　刷 / 高典印刷有限公司
■ 2019 年（民 108）6 月 4 日初版
■ 2024 年（民 113）3 月 7 日初版 6.3 刷

售價 / 420 元

廣　告　回　函
北區郵政管理登記證
台北廣字第000791號
郵資已付，免貼郵票

104台北市民生東路二段141號11樓

英屬蓋曼群島商家庭傳媒股份有限公司城邦分公司 收

請沿虛線對摺，謝謝

奇幻基地

每個人都有一本奇幻文學的啓蒙書

奇幻基地官網：http://www.ffoundation.com.tw

奇幻基地粉絲團：http://www.facebook.com/ffoundation

書號：**1HB117**　　　書名：天防者

請於此處用膠水黏貼

奇幻基地

讀者回函卡

謝謝您購買我們出版的書籍！請費心填寫此回函卡，我們將不定期寄上城邦集團最新的出版訊息。

姓名：________________ 性別：□男 □女

生日：西元________年________月________日

地址：________________

聯絡電話：________________傳真：________________

E-mail ：________________

學歷：□1.小學 □2.國中 □3.高中 □4.大專 □5.研究所以上

職業：□1.學生 □2.軍公教 □3.服務 □4.金融 □5.製造 □6.資訊

□7.傳播 □8.自由業 □9.農漁牧 □10.家管 □11.退休

□12.其他________________

您從何種方式得知本書消息？

□1.書店 □2.網路 □3.報紙 □4.雜誌 □5.廣播 □6.電視

□7.親友推薦 □8.其他________________

您通常以何種方式購書？

□1.書店 □2.網路 □3.傳真訂購 □4.郵局劃撥 □5.其他

您購買本書的原因是（單選）

□1.封面吸引人 □2.內容豐富 □3.價格合理

您喜歡以下哪一種類型的書籍？（可複選）

□1.科幻 □2.魔法奇幻 □3.恐怖 □4.偵探推理

□5.實用類型工具書籍

您是否為奇幻基地網站會員？

□1.是□2.否（若您非奇幻基地會員，歡迎您上網免費加入，可享有奇幻基地網站線上購書75 折，以及不定時優惠活動：
http://www.ffoundation.com.tw/）

對我們的建議：________________

____

____

請於此處用膠水黏貼

Brandon Sanderson

布蘭登・山德森

Brandon Sanderson

布蘭登・山德森